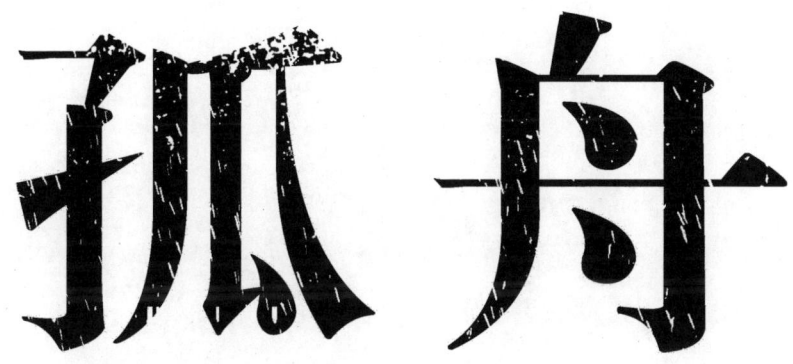

下册

林黎胜　吴　荑　原作
程三晔　改编

中信出版集团｜北京

目录

第十一章	二更	443
第十二章	三更	483
第十三章	坑杀	523
第十四章	问情	573
第十五章	尘埃	607
第十六章	不系	645
第十七章	故梦	681
第十八章	云散	729
第十九章	轮盘	781
第二十章	茫茫	829
	尾声	867

第十一章
二更

皮市街113号那间屋里已挖出一个直洞来，洞里挖出的水和泥装在桶里递上来，由肖若彤倒在屋角，已成了一个小山堆。富贵和挖金三人组都在地道里，富贵提着灯，三人组头上也戴着矿灯，赤着上身，拼命地挖着——忽然当的一声，铁镐撞在什么硬东西上，是块厚砖。

大胡子拎过锤子，后头几人霎时往后退了几步，他只狠劲一抡，厚砖碎裂，一道暗光从残乱的土缝里透出来。

几人顺着缝隙一路往里砸，洞口慢慢变大，肖若彤也下到了里面。这是个一米五左右高的暗渠，几人都得弯着身子往里走。过道也窄，只容一人，地上流水没到小腿，映着幽幽的光。

肖若彤走在最后面，慢慢地，一步一步地数着数，前头几人慢慢跑远了，不知多久，忽听富贵声音响在旁边："陆小姐……"

"怎么了？"

"你过来，过来。"

显然是有事。她在手边墙砖上画了一道粉笔印，跟着往前走，见挖金三人组也堵在前头，见她来了，让开了道。

肖若彤朝矿灯光里望，甫看第一眼，愣在那儿。

暗渠分了三岔道，条条看着都一样。大胡子提着镐，瞅着她问："走哪条？"

"90号这不还没到呢吗？"

"前头就是。那个地方小的实在不敢过去。"

人力车夫离大门还远就停了。顾易中没再说什么，付钱下车，瞟了一眼后头一直跟着的那辆人力车——那车也停了，旁边一辆自行车倒是照旧骑了过去。他径自往前走，临进大门时候，朝皮市街居民楼望了一望，见了仍挂在那儿的蓝色长衫，便安然踏进门槛。

高虎抱着坛绍兴老酒,迎面从曲桥上走过,正与他远远对上了眼神。顾易中没再做什么,穿过园林,回到办公室,高虎则走进了假山后的地牢口,抱着酒一路下去,见陆耀庭正靠在办公椅里,望着天花板掰手指头。他敲敲窗口:"陆叔。"

"哟,小虎。"

陆耀庭眯着眼瞧他,见了那坛酒,高虎顺势抬了抬:"我娘给你捎来一坛老酒。"

"怎么又送来了,上次那俩火腿还没吃呢。"

高虎一乐:"刚好就老酒。"见陆耀庭摆摆手,却又接过坛子:"小虎以后别这样。"

"陆叔,要不是你介绍我来当特务,哪有这么轻闲的工作。下个月我就又加薪了,三十八元五毛,加五元。"

陆耀庭点头。"加薪了。那要得要得……在90号混事,名头不好听,但落个实在。当今之世,活着要紧。小虎,你要记牢,别在顾易中屁股后头转……"他压低点声,"他怕是得罪了站长,早晚吃挂落。"

"陆叔教诲的是……"高虎随便往旁一看,往桌上一个写着"醉宁波"三个字的精致食盒上指了指,"这是哪个牢的食盒?"

陆耀庭努努嘴:"秘牢那位,通宵地嚷叫。我懒得伺候。"

"……我帮叔拎过去。"

"成。"

高虎一面拎起食盒,一面伸手:"陆叔,秘牢钥匙。"

陆耀庭刚伸手摸着钥匙圈,又顿住,站起来拿过那个食盒:"我自己来吧,站长一再交代,这位上海来的要看牢……站长最近气不顺,大家伙都得小心伺候着。"

高虎便不说什么了,只能看着陆耀庭走过去开门后一把将食盒扔了进去，嚷一句："打牙祭了，林常行。"再锁上门，把钥匙挂了回去。

食盒统共有三层，鸡鸭鱼肉满盘摆了一地，肖君侠捏着他那个手抄本，目瞪口呆。然而蒋伯先满面淡定，伸出手："肖兄，请。"

外面应该不至于要把这人毒死。肖君侠没犹豫，双手一抱拳："多谢林兄，那我不客气了。"手抄本搁在身边，他撕下两个鸡腿就啃，却见蒋伯先不动筷子，只还摸着那个食盒，不久，从里头拿出一团膏土来，又有个用白餐布包着的东西——餐布展开，是一杆极精致的象牙烟枪。

肖君侠僵了手，眼瞪得更大了。只见蒋伯先熟稔地弄了个烟泡，点了烟枪，猛吸一大口，连眼都眯缝起来，又递向肖君侠："肖兄，来一口？"

肖君侠连忙摇着还捏着鸡腿的手说："不会。"

蒋伯先也不勉强，又抽了一大口："老实说，贵党的主义着实是高，就是禁烟禁色这两款，蒋某实在是吃不消，否则，我早跟贵党走了。"

肖君侠却只听见其中两个字："蒋某？林兄原来姓蒋，你这官话，听着是宁波一带的，兄台，你到底是什么来历？莫非跟蒋委员长是本家？"

蒋伯先脸色一僵，立时住了嘴，抽起烟来。

"陆耀庭看得紧，无法靠近秘牢，更不用说递消息了。但新关进来的犯人名叫林常行。"

"林常行？听着陌生。"

"我也不知道哪三个字。从上海转过来的，站长特别关照，应该是大人物，听说真姓蒋。"

"看清是哪个饭馆的食盒了吗？"

"平江路上的醉宁波。"

话音没落，办公室里电话竟响，一个小特务正走进屋，高虎立时走开来，顾易中则在位子上坐了，见那小特务拿起话筒，回过身来叫他："易中……你家电话。"

顾易中一愣，接起电话来，脸色骤变："我是顾易中……什么？我马上回去。"他撂下话筒，拎起架上外套就出门。前脚踏出门槛，后脚那小特务又拨通了电话："我找谢科长。"

顾易中坐着人力车一路回家，甫下车付钱，便见早晨跟着他的那两个特务又远远跟了过来。他没理，飞快进了顾园，直往里走，便至前厅。海沫正在里头来回踱步，顾易中一愣："海沫，不是说你受伤了吗？"

"这样你着急回来，90号的人就不会起疑心。"

"家里来客了？"

海沫点点头，却不说话，只引着他往里走。两人进了书房，顾易中又顿了步子——肖若彤站在屋里，正翻一本诗集——是她从前借给他的《泰戈尔诗集》。

"……若彤。"顾易中道。见肖若彤不说话，他慢慢走过去，小心牵起她的手来。肖若彤却甩开，往后退一步："别这样。"

海沫不知何时默然走了。顾易中鬼使神差地，真往后退了两步："地道出状况了？"

肖若彤将他先前给的那张图纸铺在桌上："我们按图纸挖到了暗渠。顺着暗渠走了七十八米，应该就到假山底下了，可是我们走到六十米的地方，发现了三岔路，有三条暗渠在这里交会。"

"怎么会是这样呢？！"

顾易中翻出桌上几张别的图纸来："苏州下水道是1930年，我父亲募集百万大洋修的。蒋仲川这个园林应该是1934年才修的。难道是他们修园林的时候也加了暗渠？"

"除了确定不了是哪一条暗渠之外，还有一个麻烦的事，我们并不知道六哥所在秘牢的准确位置。定不了位,没法准确爆破。"

"……我正跟六哥建立联系。"

"只有两天了,后天就是他们的行刑日了。"

"若彤,放心,我会联系上六哥的,他会准确告诉我们秘牢位置的。现在你回去,跟富贵守着……这个你拿着。"

一个老式听诊器,肖若彤不明所以地看着,听顾易中道:"你们尽量地走到暗渠距假山最近的地方,用听诊器听墙壁,我会让六哥给你们发信号的。"他拿一支铅笔指着图,勾出一个圈:"应该在这一带。"

"你能去趟暗渠吗?"

"不行。周知非在我身后放了六条尾巴,轮流跟着。我哪里都不能去。顾园现在也不安全,你该回去了。对了,你怎么进门的?"话还没完,却见海沫探进头来。"肖小姐从屋檐上爬下来的。"她端着杯水走进门,"……我不是故意偷听你们说话的,肖小姐,你喝点水吧。我看你嘴唇裂了。"

肖若彤点点头,接过水杯喝了一口,轻声道一句谢。顾易中紧皱着眉:"得走了。"

"我还从屋顶走。"肖若彤放下水杯,顾易中却道:"海沫,带肖小姐从后门走。我在后门河里放了一条船,可以跨过河,再从对岸走。"

两人皆未答话,王妈声音陡然从外头冲进来:"少爷少爷,前厅来了好多人!"

肖若彤立时拔了枪,海沫道:"易中,你送肖小姐,我去前厅挡人。"不待顾易中反应,竟已出门上前厅去了。顾易中不再犹豫,拽住肖若彤的手腕就往后门奔。

"不是让你看好顾易中的吗?!"谢文朝踏进办公室便大骂出声。

小特务低着头,肩发抖:"他一撂下电话就跑了。"

"什么电话？谁的电话？"

小特务不吭声了。走在谢文朝身后的周知非冷不丁开口："问电讯室接线生。"谢文朝拨了电话，周知非看了一眼办公室角落的高虎，又看着顾易中办公桌的桌面。桌上只有个未完工的90号建筑模型，周知非眯起眼睛，听谢文朝汇报。

"是顾园一个叫王妈的打来的，说海沫在家摔伤了，让顾易中马上回家看看。"

"海沫就是那弹词女先生。现在下午三点，她不应该在凤苑书场唱曲儿吗？"

"我跟凤苑老杜打电话核实。"

"来不及了。你现在就带人去顾园，应该能堵住一两个有趣的角色。"

"是。九招，把侦行的人还有吹子都叫上。"谢文朝带着李九招几人出门，周知非一瞥，见高虎也想出门，即盯着他开口："坐着。高虎，消息要是走漏了，你……"

他话没再往下说了。高虎坐在远处，直至周知非出门，都一动不敢动了。

谢文朝带着两个特务上汽车，后面张吉平骑着跨子，还跟着俩骑自行车的，一众人呼啸出90号，直入顾园，却见海沫从中迎出来。谢文朝话不多说，指挥人四散开，只找顾易中。海沫横眉立眼："这都谁啊？没人请你们到家里来。"

谢文朝乜斜着眼："你就是海沫吧？"

"你又是谁？"

"我90号侦行科谢文朝。顾易中呢？"

海沫一笑："原来你就是谢科长啊，王妈，上茶。"

谢文朝不吃这套:"我们找顾易中……不是说你受伤了吗?"

"没有啊。"

"你在电话里骗人。"

海沫脸色也冷下来:"谢科长。我要不这么说,少爷能回来吗?你们放他回来吗?你知道今天是什么日子?"

张吉平找了一圈,一无所获,也回到谢文朝身边来:"什么日子,别在这里胡扯,丫头片子。"

"今天是顾老先生七七四十九祭日!按苏州老例,老爷子今天晌午应该回园子,说不定现在就在。顾老先生,你要在,就言语一声,总有坏人邪魔欺负咱们家少爷,还有我。"

谢文朝不耐烦了:"少在这里装神弄鬼吓人。顾易中人呢?"

李九招带着几个特务从角门回来,看看谢文朝,摇了摇头。海沫一侧身:"他就在园子里,你们自己找。"

"这么大园子,我们怎么找?"

"要让我带你们找,那就客气点。走——"

她转身往里,谢文朝与张吉平面面相觑,只得跟在她后头。

顾易中甫将肖若彤送上船,看她划到对岸,便转身回到顾园后楼去。他耳边响起肖若彤那句"你也保重",脚步就更轻了些。往园子里望,只见海沫带着一众特务在园子里乱转。

"怎么又走回来了?海沫,你这是在绕我们。"

"我才没那闲工夫呢。我说顾少爷在给老爷烧香,你们不信,非得来。前头就是了。"

她话音甫落,面前竟到了祠堂。祠堂门大开,顾易中跪在正中,正拈三炷香,拜着顾希形的灵位。灵位上字迹犹深,谢文朝踏进门槛,唤一句:"易中。"

顾易中起身,把香插在香炉里,又接过旁边王妈递来的两把香,竟递给谢文朝和张吉平。两人下意识接过,皆愕然。

海沫声音从身后传来:"来都来了,给顾老先生磕个头吧。不然老先生饶不过你们。"

她站在原处,见两人相视片刻,在顾易中身边的蒲团跪了下来。她使劲压了压嘴角。

"你们俩在顾园,除了给顾老爷子的灵位磕了仨头,什么也没捞着?"

张吉平憋了半天,憋出一句:"……这个海沫很像特务。"

谢文朝立时附和:"对,她跟顾易中打着默契。"

周知非揉着额角。

"臊不臊啊你们……绥靖军医院那批人的身份没查清楚,顾易中在卖什么药也没查到……还有最近苏州街面出现了许多外地口音的人,这些,你们都瞎了吗?现在连90号内部的事都摆不清楚。晋海要活着,何至于事事要我操心。"

俩人动也不敢动,听周知非总结陈词:"顾易中把你们当猴耍哩。"

张吉平小声:"军医院的事,东洋人还不知道,但黄副站长应该是听到了点风声,到处打听。咱们要不把蒋先生挪个地方?"

"已经安排了,明天。"

"那枪毙姓肖的事儿?"

"一样提前到明天执行。把消息漏给顾易中,添点油,逼他出手。这事谢文朝办。"

谢文朝忙道声"是",又问:"老师……新苏旅社外围报告说,楼上302客房住着两位上海来的,有天喝多了,说他们肩负大任务,要抓重庆来的女特务。要不要请进来 90 号问问？"

周知非又揉额角："牛鬼蛇神真多啊……这事我让黄心斋去办。"

"怕是这俩鬼就是灾星招来的，老师。"

周知非一笑："他不喜欢演戏吗？让他再串一回贼喊抓贼。你们俩还是给我盯紧顾易中。"

区晰萍的车停在德意志旅行社外头，她身边跟着两个保镖，下车走进旋转门。沈一飞正等在大堂，叫一声"区长"。

"人到齐了？"

"除了镇江站的丁自力，其他都在等您呢。"

"安全方面？"

"旅行社挂德国旗，老板是日耳曼伯爵。日本人轻易不敢进，更不用说 90 号的。"

区晰萍不动声色："不能松懈。"

"楼外放两桩暗哨、三处游动哨当外卫，内卫全是重庆带过来的同志。江苏各分站站长都在会议室等您呢。"

区晰萍看着他："先去电讯室。"

两个电台发报员正在里头发报，台长把一个信封交给沈一飞："沈副区长，这个要区长亲译。"

沈一飞一顿，叫一声"区长"，区晰萍只问："还有吗？"

"这个是早上十点钟刚到的电报；重庆说务必今日交给区长，其余还有几件普通件，我已译好，一会儿给您送来。"

区晰萍一挥手，几人便出门去了。沈一飞关上门，她坐下来，问："让你买的 1930 年商务印书馆版的《王云五大辞典》呢？"

沈一飞又把词典递给她，区晰萍一个字一个字地译，脸色越来越苍白，最后一个字落笔，她终于泄了力，靠在椅背上。

沈一飞有些着急："徐先生什么指示？"

区晰萍将那电稿递给他，只见上面两列字："勿惜一切营救蒋伯先，勿惜代价制裁周知非。"

沈一飞不说话了。区晰萍轻声道："徐先生另委本部季洪博为特派员，兼任江苏区督察长，克日履任。"

肖若彤按暗号两轻一重敲了皮市街113号的房门，露头的却不是富贵，而是大胡子。她有些意外，看看袖着手的胖子和瘦子问："沙老板呢？"

不等几人说话，她余光便瞥见后面枪影，立时闪身躲到柱子后头，也拔了枪，喊一声："别动！"

她便与大胡子用枪对峙，那枪竟是富贵的快慢机。胖子、瘦子缩在一角不敢动弹。肖若彤抬了声："沙老板呢？他在哪儿？不许动！"

大胡子半点不怵："他不姓沙，你也不姓陆……你们到底是谁？今天不说清楚，我一枪打死你们。"

肖若彤只作听不见，话声更急："他人呢？把人给我！我数一二三，不然我开枪了，要死一起死。一、二……"

瘦子到底被吓住了，进屋去把被绑着的富贵拎出来，推到肖若彤面前。肖若彤松了一口气，手上仍抬着枪口，把富贵嘴里的毛巾扯下来，像开了阀，富贵破口大骂："王八蛋！我跟老五都说好了，要加价你们也不能下阴招啊。宝藏咱们五五不行，四六也行。"

大胡子也吼："别扯了，还骗人！什么宝藏。我们挖到了90号里头，是不是？那里头全是特务鬼子。你们想干吗？你们是什么人？"

富贵也不慌，只道："把我放开。"

"不说清楚，不可能。"

"这事跟你们说不着，我跟你们老板聊。"

"今天不说明白，谁也别想出去。"

肖若彤却忽地开了口："我是新四军驻苏州办事处的。我们现在在执行一项重要任务，解救被关在90号牢里一位我们的抗日志士。你们要敢坏了我们的计划，组织绝不会放过你们。"

她字字坠地，富贵连忙帮腔："老五的家，我们组织能找到。相信你们几位的家，老五也会说的。"

瘦子立时慌了："哥，四爷可惹不得了！王三炮年初告了个密，直接被枪决了。"

胖子也颤了声："咱们仨家里几口人、住哪儿，老五全有。"

富贵就差笑出来："老五全家作保。"

肖若彤冷着脸："不当我们的朋友，就是我们的敌人。"

大胡子底气也松了："你们真是四爷？"

"四将军！她是，老子不是。老子没啥组织，惹毛了，天王老子都敢杀……快，把老子松绑了。"富贵囔道。

大胡子犹豫了一下，努努下巴，仍举着枪，瘦子过去把富贵松开来。富贵扶着腰爬起来，叫唤了两声，踉跄两步，竟就撞在大胡子身上。后者没提防，被抬腿撞了裆，脖颈后头被手刀一劈，声都没出就倒在地上。

富贵晃了晃快慢机，指着旁边看呆了的胖子、瘦子："趁老子打盹偷袭算什么好汉，下去，都给老子下到地洞里去。再不老实，老子给你们仨一梭子。"

俩人连忙抬着大胡子钻到地洞里。肖若彤放下枪："富连长，你没事吧？"

富贵摸摸脑袋："惭愧啊。老狗着了小猫的道了……见到易中了？他怎么说？"

"他会联系上六哥的,让六哥从地牢里给我们定位。这是他给的。"她拿出那个听诊器来,富贵接过去,翻来覆去地看:"少爷又在玩什么?"

顾易中正在他的书房里,趴在绘图板上做精细活儿。

刻蜡用的油纸被卷成个三公分长的细条,刚弄好,海沫便端着个盘子进来,上头放着两个鸡蛋。顾易中抬头,疑惑神情一闪而过,听海沫道:"我多煮了一个。按你吩咐,冷水,七分钟。最嫩。"

顾易中这才点点头,拿起桌上最细一个螺丝刀,轻轻钻开其中一个鸡蛋的缝。海沫仍站着,念一句:"这应该不是要吃鸡蛋。"

他便抬头,看了她一眼。海沫冷哼一声:"我不稀罕。"转身出门,重重把门摔上了。

顾易中轻轻叹了口气,把那蜡纸轻轻地、一分分地全都塞进鸡蛋里去。又从调色碟子里沾了点腻子似的白东西,抹在鸡蛋的白壳上,吹几下便干了。鸡蛋又放回盘子里。

顾易中扶了扶头上的帽子。他很少戴这样招摇的帽子,因而手和头都不大习惯,可这正是他想要的结果。他照常穿着西装,胳膊上搭着大衣,漫无目的地逛在街上,不用回头便能嗅到身后跟着的两个小特务的气息。

一队扬州师傅气势汹汹地排成阵列从平江路走过,三十来人,一见便知是"吃讲茶"的。顾易中被撞散在他们里面,好在有那顶帽子招引着飘飘摇摇的,他继续往前,使那两个特务跟上,只留一个极窄极模糊的背影,拐进人群涌入的狭隘里弄,帽子像是云,在跟踪的人眼里映了影。两个特务拥挤着往上爬,好容易碰到云的沿,一个糙汉子的脸却现在底下。

顾易中不见了。

顾易中看见了他们往回挤的影子,疾走着把大衣披上,像是行军,围巾蒙住下半张脸，鸭舌帽盖住头发，宽大的茶色墨镜掩住一双眼睛。他终于与两个特务错身而过，直走到远在天边的地界。

天边是"醉宁波"。招牌底下站着个雍容妇人，她从店小二手里接过个食盒，匆匆碎步朝门外不远处的小汽车走去。顾易中轻易贴上她，低声问一句："是蒋太太？"

蒋伯先的夫人便慌了，未待说出什么话，又听他道："我是蒋先生的朋友。他被关在90号秘牢里，我们正准备营救……"

"你是……重庆的？"

顾易中顺着点头："有个东西要让你帮着带进去给蒋先生。"

一只熟鸡蛋，轻轻搁在食盒上面，蒋太太摇头："他不吃鸡卵的。"

"这个我知道……鸡卵你混在食盒里带进去，我们会把他救出来。"

顾易中搭着大衣，一步步从一家书店走出来。西装，没有墨镜和围巾，手上一本书，也没有帽子。他走到面前两人身前去，轻轻笑了笑："二位有没有看见我的帽子？"

肖君侠在蒋伯先鸦片的烟雾与破桌上的烛光里看那个手抄本。蒋伯先看他撩开额头前脏乱的头发，吐出一口烟："肖兄，什么文读得如此入瘾？比我这阿芙蓉更勾人。"

肖君侠轻轻答："可爱的中国。"

蒋伯先似觉自己听错了："什么？"

"方志敏先生的《可爱的中国》手抄本，先前牺牲的牢友传给我的。"

"方志敏，听说过，就那个红军头头，1935年被国民政府正法。"最后两个字刚一出口，肖君侠瞪他一眼，对方立马改口，"牺牲牺牲……他一扛枪的还会作文啊？"

"这是一间囚室。这间囚室，四壁都用白纸裱糊过，虽过时已久，"肖君侠的眼光从纸页上移开，转而望着黑暗里消散的烟，"裱纸变了黯黄色，有几处漏雨的地方，并起了大块的黑色斑点……"

蒋伯先晃着烟枪："不读了不读了，太惨了。"

"……但有日光照射进来，或是强光的电灯亮了，这室内仍显得洁白耀目。"

耀目。耀目的灯光从牢房门被撕开的缝里映进来，醉宁波的食盒也映进来，陆耀庭说："林先生，你太太又送吃食来了。"

食盒留下，门被缝上。蒋伯先伸手扯过来掀开，一个鸡蛋赫然搁在第一层。肖君侠听见他嘟囔："搞什么？我又不吃鸡卵，送鸡卵有个卵用。"说罢，接着往外掏碟子。

肖君侠却伸了手："蒋兄，那鸡卵就由兄弟消受了。"

"这么多，想吃啥吃啥。咱们国共两党都合作了，不差一个鸡卵。"

蒋伯先往外铺碟子，肖君侠却小心翼翼拈着那个鸡蛋，对着桌上读书使的烛光死命照着看。忽地，他手上一使劲，把鸡蛋碎了壳拨开，从里头掏出一张卷成小棍的蜡纸。

蒋伯先手僵在原处，看怪物似的看着那张纸。纸上唯"叩墙定位"四个字。蒋伯先没看见，往前凑脑袋，肖君侠却将字跟鸡蛋一口吃下去了。

肖若彤扶着听诊器的听筒，将它按在墙壁上。远处的，流水声从她耳膜穿过，近处的，富贵蹚水走了过来，除此外却没有别的。

"没动静？"

她摇摇头，收了听筒，跟着富贵上去了。

蒋伯先啃着酱牛肉，坐得离肖君侠更远了些。

肖君侠脱了脚上的破皮鞋，上上下下左左右右摸着墙，终于找到一块靠里的地方，用皮鞋跟对着那块墙砖轻轻敲了一下。

一下，停了三秒，又一下，这样节奏便清晰起来。蒋伯先终于扔了酱牛肉，连滚带爬地过来："你们的人要来营救了？"

肖君侠没答话，只比了个嘘声。蒋伯先竟真一动不动了，只眼睛比烛火还亮，盯着肖君侠的皮鞋跟。

肖若彤顿住步子，忽往回看，却仍只有流水声，在她脚下，在暗渠深处。她回过身，继续往前走。富贵已到了地洞口，自己先上去，又拉肖若彤。挖金三人组早被绑在了上面，嘴里塞着布，从眼睛鼻子到嘴巴都恨不得把面前俩人吃了。

富贵擦擦手，递给肖若彤一碗水，她顺手接了，看了一眼旁边捆扎好的炸药包。

张吉平带着人，在停车场搭一个木头架子，绳套扔在上面，又垂下来，顾易中的眼也随着它动，人却发了呆，直到张吉平走过来叫他。

"这是干吗？"他问。

"吊死那些硬东西。站长说去望树墩太麻烦，给连科长报仇，吊死最解恨。"

张吉平难得答话这么痛快。顾易中拂拂大衣："不是明日吗？"

张吉平竟乐了："改今日。今日是良辰吉日。"

顾易中点点头，再没什么反应，朝大楼走了。张吉平一愣，空落落瞧着他背影，不知还该说什么。

高虎和谢文朝都坐在办公室里。顾易中走进门来，谁也没看，只坐到自己位置上。谁也没说话。谢文朝冷冷的，缩在角落。高虎泥人一般，缩在座里。他看着桌上的 90 号模型，伸手摆弄起来。

肖君侠仍在叩墙。蒋伯先颤着声，终于慢慢反应过来："你们共党不会挖地洞吧？"

肖君侠没答话，两人却都听见一阵轻轻的叩墙声，这回是从墙里来的，从暗渠深处来的。两人皆是一僵，肖君侠喘着粗气，又敲了一下鞋跟，正与那面第二阵叩声连上。

"真有救了！……不行，我得抽点提神。"蒋伯先又点了个烟泡，肖君侠则扔了皮鞋，把他的手抄本、破外套，一丁点儿的东西都拢进怀里，搓着手在牢里转。

"站长，顾易中听了今天要执行行动，一点反应也没有，进了侦行办公室就没再出来过。"

周知非坐在椅子里，眯着眼，支着下巴。张吉平有点虚："他不会真见死不救吧。"

周知非站起身来，走到窗口，眉目随着步子渐沉。他看见顾易中上了假山，上了亭子。他看着那个亭子……他伸出手："把我桌上望远镜拿过来。"镜筒滑过亭子、围墙，视野里忽然晃出一片鲜艳色彩。一件蓝色褂子飘在皮市街二层楼上。周知非手一顿。

"咱们 90 号假山外是皮市街。"

他不是在问，然张吉平答一声"对"，又听他道："你带一队人马上过去，皮市街那小二楼，记住窗台挂蓝色褂子那家。"

他把望远镜递给张吉平，张吉平愣愣往里看，听见周知非冲过去打电话："谢文朝，把顾易中带过来。"

张吉平还站在原地，周知非的吼这回是冲着他来的了："快去啊，吹子！他们在挖地道！"

富贵一手拎着铁镐，一手夹着炸药包奔了过来，肖若彤接过炸药包，看他抡下了一个碎石块。声音与震动都传进秘牢里，肖君侠浑身一颤，跑到秘牢的小口处瞧着外头的动静。他呼吸急促，心跳得厉害，蒋伯先在他背后又抽出一大团烟雾，人已经晕晕乎乎，秘牢外头仍一片寂静。

许久，肖君侠忽听见什么东西掉在地上的清脆声音，紧接着是凌乱的脚步声。

顾易中走进周知非办公室，谢文朝带着另外俩特务紧紧堵在他后面。谢文朝抬抬下巴："老师，人带来了。"

周知非坐在椅子里，抬起头来："易中，可以啊。不动声色，把地道挖90号里来了。"

顾易中抱着胳膊："易中不明白站长话是何意。"

"不明白是吗？"周知非重重摔一下话筒，拨内线电话，"接监狱长……耀庭，赶紧把地牢那两人都给我提出来。马上。"他又伸出手来，看着顾易中，竟笑了，摆出邀请的姿态，"坐吧，易中，我们等着看会发生什么事。"

顾易中也笑了，看着他，竟真就理理西装，坐在了那张椅子上。

张吉平领着七八个特务，直朝皮市街狂奔。一辆黄包车跟在几人身后，车夫戴着顶宽大帽子，却看不清长相。张吉平自然也再顾不上后头。他拐进皮市街，抬眼就见了那件蓝布褂子，抬手一指，几个特务即饿狼一样扑了过去。

周知非办公室里的钟嚓嚓地转。顾易中打了个哈欠，冲周知非抱歉地点了点头。

周知非闭上了眼。

陆耀庭捡起钥匙，连滚带爬地往秘牢跑。钥匙捅进锁眼，他手都在抖，而就在门将要被推开的那一刻，一股巨大的、含着火花的气浪从里头冲出来，几乎使整个秘牢地动山摇。

响声传进地面之上，传进办公大楼里，周知非猛地睁了眼。然而顾易中仍不动如山，两腿叠着，一晃一晃地踢着他的桌沿。他深吸一口气，谢文朝就在这时出了门。

谢文朝冲进走廊里，见黄心斋从另一间办公室探出脑袋，摇头晃脑地问："地震了？"话音没落，四面警报大响。

张吉平刹了步，险些栽在113号门前。警报声刺进他耳朵里，他一挥手，刚要带着几人往回跑，到底又住了步："别上当了。站长让我们堵这屋子。进去！"

蒋伯先已抽得有些晕了，肖君侠摇不醒他。他身侧的墙已炸出一个大洞，肖若彤探出头来，疾声喊："六哥，六哥，快走！"

肖君侠吱声回一句"九妹"，仍伸手拖着神志不清的蒋伯先："蒋兄蒋兄，走，咱们走。"

蒋伯先却半点都拖不动了。肖君侠听见外头钥匙和铁门的晃动声，其他牢房也嘈杂作响。肖若彤喊道："六哥！快走！来不及了！"

肖君侠到底松了手，转而拽住肖若彤。他钻进洞里，踏进了暗渠。

兄妹两人的手紧紧牵着，深一脚浅一脚往暗渠另一面的洞口蹚。富贵就在后面，用手榴弹布下一个地雷阵，而后也跟了出去。

秘牢的门终于开了。陆耀庭一马当先，几个特务跟在他后头。他先去瞧蒋伯先，又看那个七零八碎的洞口。一人从他身后过来，就要往里追，被他死死掐住手："不要命了！你不要我还要呢！"

洞口里封着拉开了弦的手榴弹，一触即炸。

肖若彤将肖君侠拉上洞口后取来放在一旁的大衣和帽子让他穿上，转身把一袋子钱扔到大胡子面前。"拿着这些钱消失，从来没见过我们。"肖若彤威胁道，"懂不懂？"大胡子只想迅速脱身，听罢慌忙点头。肖若彤脸色稍霁，俯身给他松了绑。

正当大胡子抖落绳索后给俩弟兄松绑时，富贵也从地洞里爬了上来。肖若彤见他冒头，招呼道："准备走，老沙。"富贵点了下头，疾步上前准备随着二人离开。在肖若彤将手搭在木闩上的那刻，肖君侠心里忽地咯噔一下。"等一下。"富贵突然出声，又回身几个跨步蹿上二楼。窗台边的蓝褂子静静垂着，富贵谨慎地拨开褂子的一角，阳光透过缝隙照亮他漆黑的眼珠，也照出那印在瞳仁里的、街道上严阵以待的特务们的身影。

肖君侠凑近门缝望出去，有带枪的特务从门前晃过。他放缓动作倚在木门后，轻声知会肖若彤："有特务。"富贵也从楼上下来，将他探知的情况说出来："外面有七八杆枪……我们被包围了。"肖君侠扣在木门上的手指抽动了一下，沉声道："枪给我。"富贵从腰后解下一柄枪递给他，三人散开各自找好掩体。有风穿过街道，淡淡的子弹硝烟味挤进木门缝隙，肖君侠将手指扣在扳机上。

此时，周知非与顾易中仍在办公室僵持不下。"笃笃笃——"叩门声敲碎沉默，谢文朝推门进来，向周知非报告："肖君侠跑了。姓蒋……林常行还在。"

周知非短促一笑："顾易中，你让同伙从皮市街挖地道到地牢下面，炸洞救人。委实聪明，敢干。"

"站长，易中不明白你在说什么。"

"只是没料到，有人会抄你的后路。"周知非毫不在意顾易中的卖痴，"吹子这会儿正带着警卫队的同志，应该把你的人全堵在皮市街屋里了。你们等着在地牢里再聚首吧。"

"易中日日早九晚五，顾园与90号，两点一线。工作丝毫不敢懈怠，站长何至于怀疑易中？易中已是被共党通缉追杀之人，站长要是想嫁祸于人，不必绕圈子。"

"没看错你。我们接着等新戏码。"

话音被一声枪响吞灭，顾易中的脸色变了几变。

周知非不动声色地盯着顾易中，一字一顿地说："枪声，来自皮市街方向。"

张吉平被这突然的枪声震得愣了一瞬，低声骂了句"妈的"，转头质问手下："说了别开枪！谁开枪？捉活的！"众特务分明没人开枪，正面面相觑之际，只听见后面传来一声大喊：

"是四爷开的枪。"

话音未落，接着便是一阵密集的枪响。张吉平与众特务根本来不及分辨开枪点的位置，只能一边慌忙回击，一边四处寻找藏身处。四五辆人力车从巷头拐角处冲出来，扰乱了张吉平对屋内的监视，特务们试图冲出扭转局势，又被猛烈的枪火压制得冒头不得。

周振武趁此机会朝屋内大喊："屋里的，快冲出来，我们接应！"

细细留意门外动静的肖君侠认出了周振武的声音："是周振武……我们冲出去。"富贵应和道："拼一下，比在这儿等死强。"

三人再次确认好武器，对视一眼。肖君侠抽开门闩后猛地把门推开，举起手枪朝着张吉平的方位射击，肖若彤和富贵全力对付其余特务，分散火力。

"君侠，上车，我们掩护！"周振武击毙一个特务后对三人大喊。

肖君侠与肖若彤各自翻身上了人力车，车夫迈腿狂奔，几息工夫便拉着车逃离了交火区。挖金三人组则趁着混战爬上屋顶逃命去了。

张吉平眼见任务失败，惊怒交加，冒着枪弹试图追赶人力车。一枚子弹从后方擦着他的耳朵飞梭而过，张吉平被属下往下一拽捡回一条命。又一辆人力车疾驰而过，周振武躺在车里，利用车体作掩护，手持冲锋枪连续射击为自己闯出一条活路，逃了出去。

枪声渐息，张吉平灰头土脸地爬起来后便往90号赶。

"报告。"张吉平推开门，狼狈得让提着一口气的顾易中放松下来。

"人跑了？"

"中途杀出一队四爷，火力太猛了。岩井带着宪兵队增援不及。"

周知非显然不想听这些借口："够了。"

"站长，要没什么事，我回办公室工作了，丁建生案的总结我还誊完呢。"顾易中站起来打断张吉平的汇报。周知非还未开口，顾易中略微颔首便往外走，谢文朝上前一步拦下顾易中："站住。"

周知非挥了下手，谢文朝欲言又止，但还是侧身让顾易中离开办公室。

"老师，就这么放过他？"

"送审讯室，我就不信打不出个实屁。"张吉平想弥补失败的任务，急着谏言。

"让他卧在90号太可怕了，他绝对和四爷有勾结。"

周知非皱眉止住二人的话头，这接二连三的事也让他有几分恼火："他是四爷的人又怎么着？杀了他？忘了四爷在太湖还有上万条枪呢？……你们这些脑子啊，你以为肖君侠是自己跑的？是我们故意放的，是我跟李先生商量好的,这不就试出顾易中的真身了嘛。你们要注意的是蒋伯先,他可别再出事了。"

谢文朝闻言立马报告:"已经按老师的指示,人转安全屋了……外卫内保,全是上海76号的同志。"

"别让黄心斋听到一丁点风声。这事中统既然闻到味了,小军统们不会袖手旁观的。"

周知非处理完公务,特务来报顾易中一个人在亭子里作画,他来了几分兴趣,想去探探他是真文趣还是假心闲。他登上假山亭子的时候,顾易中面前摆着一幅园林内外的半成品风景画。顾易中笔下不停,周知非也不出声,只站在他身后看着他作画。

"你应该在窗台加一件裈子,蓝布的。"周知非似笑非笑地提出这么一句,见顾易中并不搭话,他又追了一句,"窗台上挂着蓝布,说明一切按计划实施中,现在计划已经完成了,我相信那裈子也已经不在了。易中老弟啊,你这步步紧逼,是不给你老哥留一点腾挪的地方。"

顾易中不再绕弯子,直截了当:"我只想知道八号细胞到底是谁。"

"八号细胞名字给你,你就离开90号?"

"我不做交易。"

周知非知道这是块难啃的犟骨头,叹了口气,话锋一转:"别总记得过去的那些仇恨,明白人,要想着未来,别纠缠过去。我相信救人的中年汉子,应该是你的管家富连长,那个年轻女子,也就是送你自来水笔的肖若彤。富贵好找,肖君侠、肖若彤兄妹,应该都还在苏州,没有良民证,他们出不了城,要是我下死命令,你觉得我会捉不到他们?"

顾易中终于停下了画笔,抬眼直视一米外的周知非:"有话直说。"

"没有永远的朋友,也没有永远的敌人。尤其在现在的苏州。"他弯了弯腰,"易中,如果有机会见到你的上级,你告诉他,我,周知非,愿意跟你们建立联系。"周知非拍拍顾易中的肩膀，转身下了小亭。

另一边，小李拉着肖若彤和肖君侠到了茶庄门口，正欲上前搀扶，却被拒绝。肖若彤支撑着肖君侠的大半边身子，缓慢地挪移着往院子里走。好不容易走到卧室前，肖若彤空出一只手推开房门，她一边将肖君侠往床边扶，一边拜托小李："帮我打盆温水来吧，我得帮他清洗一下伤口。"

"好。"小李见屋内暂时不需要帮忙，出去找水去了。

肖君侠一手扶床柱，一手缓慢解开衣扣，脱下外套，露出了里头的牢服。那块布料上红褐纠结一团，先前被外套拢住的臭味也一下子挥散开来。肖若彤颤抖着手想上前帮忙，又怕弄疼他的伤口，悬在半空进退不得。

"六哥……"她想掀开衣服看看伤口，被肖君侠拦住手腕："不碍事，一会儿我自己来处理吧。"

肖若彤难得对着他冷下脸："放手。"肖君侠犹豫了一瞬，肖若彤趁机将他的手拂开，再轻轻掀起那身牢服。鞭痕、烙印……密密麻麻纵横在肖君侠的身体上，有些伤口已经溃烂，脓血粘连着布料一时也扯不开。

"不行，我得去找大夫。"

"别！我扛得住，90号的人肯定满苏州地搜捕咱们。"

肖若彤想着他在牢狱里受的这些苦，泪水盈满眼眶："他们下手也太狠了！"肖君侠安慰道："能活着出来，已经是万幸了。"阳光洒过门槛，肖君侠望见院子里郁郁葱葱的树，终于找到了一丝宁静。

小李端着水盆急急地往屋内闯，乍一看见肖君侠身上的伤，猛然愣了一下，有水从盆中晃荡出来。肖君侠问他："有酒吗？"

"没……没有……不过我可以想办法买点。"

"那麻烦你跑一趟吧，要高度的。"

小李点点头，把水盆放在木架上，转身出去买酒了。肖若彤整理好情绪，红着眼走到木架前把毛巾浸湿后拧干："我先帮你擦擦身子。"肖君侠接过肖若彤的毛巾攥在手里，却并不急着处理伤口："先别急，我有些话要问你。去把门关好。"肖若彤本想劝他几句，但看见哥哥的眼色，只好先去关门。

"我被捕后，到底都出了什么事情？顾易中怎么会在90号当特务……他是奉命卧底，还是另有隐情？"

屋子里安静下来。肖若彤低头沉默，眼前的情况和她的直觉搅在一起，她根本不知道应该坚持什么，也不知道该如何去相信。

肖君侠思索片刻，开口道："易中他绝不是八号细胞。"

肖若彤猛地抬头，内心憋闷已久的疑惑开闸泄出："我也不信他是八号细胞，可他若不是八号细胞，为什么要去特工站？为什么和日本人在一起？我试图为他找过很多借口，可我实在没办法再说服自己了。"

"你内心还是相信他的对不对，九妹？"

"我好难受，六哥，你被捕这一段日子，我太难了。"肖若彤拉住肖君侠的手抵在她的额头，难过和疲惫的情绪霎时间将她淹没。

肖君侠用另一只手摸摸她的头发："你要是不信他，怎么会配合他救我出来？他要是真落水了，你还能在苏州街面上出现？"肖若彤低头不语。

"我相信顾易中，即使是在特工站见到他，我也知道叛徒不是他。"

"就因为你们之前多年的兄弟情义？"

"不，不仅仅是因为他是我兄弟，我了解他的人品，还因为他当时看见我的眼神。"肖君侠扶住她的肩膀与她对视，脸上的坚定令肖若彤又看到了希望，"如果他是那个叛徒，在那种场合遇见我，他一定是恐惧不安的，可当时他的眼中，除了惊讶之外，充满了希望和迫切的情绪。我知道，他想要救我出去。"

第十一章 — 二更

"易中不是，那真正的叛徒又是谁呢？"

"我想我应该知道是谁了！……有剪刀吗？"

肖若彤连忙起身去一旁的书桌上拿来一把剪刀递给他。肖君侠拎起牢服一角，用剪刀细心把缝线挑开。一张照片从里头显露出来。

肖君侠把它递给肖若彤："还记得这张照片吗？"

肖若彤细细观察一番，立马得出了答案："这不是怡园行动那晚，我们要营救的中西太郎？"

"可这照片上的，根本就不是中西太郎！"

"啊？"

"我被捕后，关在90号的地牢里。大约一星期后，有日本宪兵给一名死刑犯送来吃食，90号地牢，平时日本宪兵根本不来的。那人整理好衣衫，忽然唱起了《国际歌》，我以为是自己的同志，就爬了过去，想和他握手道别……"

中西太郎站了起来，他整理了一下自己衣衫，用日语唱了起来：

起来，饥寒交迫的奴隶，
起来，全世界受苦的人！
满腔的热血已经沸腾，要为真理而斗争！
旧世界打个落花流水，奴隶们起来起来！
不要说我们一无所有，我们要做天下的主人！

熟悉的节拍唤醒了正闭目养神的肖君侠，虽然他不懂日文，但他听出这是《国际歌》。他扶着墙慢慢移动，挪到靠近日本人的木栏前，朝对方伸出手："同志，你是共产党。"

"我是，我是日本的共产党人。"对方紧握住他的手，用不甚熟练的中国话回复道。

"你是中西太郎？！"

"你怎么知道我叫中西太郎？你认识我？"

肖君侠看着他的脸，呼吸略微急促。正当他要说些什么时，一个日本宪兵走了过来，一边骂骂咧咧，一边打开关押中西太郎的牢门："唱什么唱，唱什么唱，都给我闭嘴！"宪兵动作粗鲁地把中西太郎拽了出去，后者在拉扯中挺直腰杆，依旧高呼着："同志们，千万不要放弃，要不了多久，日本就会战败的，你们所有人，都会大摇大摆地从这里走出去……"宪兵狠踹了他一脚，用枪杆击打他的背："八嘎！"

肖君侠握住木栏，心情复杂地望着远去的中西太郎。"同志们，来生再见了！打倒日本帝国主义！"中西太郎畅快的笑声久久不散，肖君侠缓了一会儿，又挪回角落，掏出一直贴身藏着的照片。

"我们要营救的叫中西太郎的日本共产党员，根本就不是照片上的那个人。"

肖若彤反应过来："照片有问题！"

"那晚行动中了埋伏，我就怀疑，内部出了叛徒。我复盘所有细节，过滤了所有参加的人员，就是没有怀疑到照片这一节。遇见中西太郎后，我意识到这个任务从头至尾，就是一个圈套。"肖君侠笃定道，"谁给的这张照片，谁就是八号细胞！"

肖若彤把照片还给肖君侠，叛徒终于露出马脚，她有些急切地问："那这张照片是谁给你的？"

二人正说着，周振武推门进来，他见肖若彤和肖君侠都直勾勾地盯着自己，不由疑惑。

肖君侠举起照片，一字一顿："是老鹰交给我的。"

肖若彤一下子拔出枪来，对准周振武。

周振武两手举起作投降状："哎哎！等会儿，什么情况？"

肖若彤紧紧盯着他，一旦他有异动随时准备射击："怡园行动，照片上的中西太郎是假的！你就是八号细胞！"

"照片？那张照片是胡之平交给我的。"

肖君侠和肖若彤对视一下，又把照片递过去和他确认："你是说，这照片是胡之平交给你的。"

周振武接过仔细看了看，肯定道："就是这张，我记得很清楚，绝不会有错。"

肖若彤放下手枪："叛徒，就是胡之平。"虽然揪出了八号细胞，但三人心情却毫不轻快，胡之平的身份太敏感了。

肖君侠当机立断："要斩断跟他的一切联系。"

周振武苦笑一声，消息肯定不能继续走胡之平那边的线，但一口气将胡之平从党的活动中剔除出去，又谈何容易："江苏省委领导近期从苏州过境，他们在苏州的一切活动都是由胡之平一手安排的。"

"如果他是八号细胞，我被救出来的事情，周知非很快就会通知到他，狗急跳墙，领导们很可能会有危险。"

"具体过境事宜全由胡之平一手操办。住哪里，从哪里出入关，我们一概不知，也联络不上省委领导。"

"必须找到胡之平，阻止他。你们没有他的联络地址？"

周振武摇摇头："没有。但他的交通员应该知道他的住址……我这就紧急联系交通员同志。"说罢便起身出去找人去了。

肖若彤安置好哥哥，便上街去了宏祥茶庄。没过多久，她就接到周振武的电话。

"找到特派员的住处了，你记一下。"

"好的……要不让小李跟你过去。"

"来不及了，我一个人先过去探一下。"

对面沉默了一瞬，肖若彤关切的声音顺着听筒传到周振武的耳朵里："老周，你要小心。"肖若彤很少直接表明她对周振武的关心，这让他紧张的神经有些松快。周振武认真地"嗯"了一声，挂上电话，不禁又笑了。

此时某处密林里，周知非正等着胡之平赴约。

"不是说了，没有紧急情况，不联络。"胡之平的埋怨从远处飘来，"我太太都起疑心了。跟踪我出门，转了三圈，才把她甩掉了。"

周知非背着手，嗤笑一句："早晚把你太太拉过来一起干。"

"做梦呢，有事快说。"

周知非也懒得和他绕弯子："肖君侠被共党的人给劫走了。"

胡之平一路疾走气还没理顺，乍然听见这个已被他抛之脑后的名字愣了一下："谁？"

"肖君侠他没有死。"

"什么？我以为那天除了顾易中，全牺牲了。你留着他干吗？"

"肖是富家子弟，可以换几个钱。"

"这会儿还搞钱！你们土匪绑票啊？"胡之平火气上头，"就这，还和平反共建国？"

"不是没换钱嘛。顾易中联手你们的人，从90号的地牢把人给劫走了。他们搞了个里应外合。"

胡之平做不来周知非那副平稳淡然的模样，他急得在旁团团打转："肖君侠被救出来，他跟老鹰一碰头，会怀疑到我了。"他脑中闪过万千念头，做出决定："我要从他们那里撤退。"

"同意。"周知非早已料到他必定在此时选择退出，但他今天来和胡碰面的目的并不只是批准他的撤退行动这么简单，"撤退之前，交出他们的联络点？"

胡之平闻言立时拒绝："我不会。"

"老鹰，肖若彤，我要一窝端了。顾易中动不了，我们就从外围入手，让他的女朋友肖若彤开口。八号，你必须告诉我，他们在苏州的联络点。"

"联络点如果暴露了，我也就暴露了。"

"你不帮我。我就让你暴露。"周知非不急不缓，他手里的矛对准胡之平最大的死穴，不愁他不妥协："让你太太知道你就是八号细胞，胡特派员。"

胡之平面露难色，低声道："给我点时间。"

"没有时间了！"

临时办公室里，区晰萍正批示电文，她面前搁着一捧花，花瓣上还挂着水珠，幽幽散着香味，中和了四方八面透来的硝烟味。笃笃笃，沈一飞推开门，报告道："区长，特派员到了。"

区晰萍一见站在沈一飞身后的人，立马旋上自来水笔，客气道："是季专员啊，暌违半年了，您这一路还好吧？"

季洪博摘下帽子，没有一点专员架子，向她问好："重庆飞桂林，桂林飞香港，再坐英轮到上海，足足折腾了半个月，干久了内勤，季某这老腰快顶不上啦。"

区晰萍忙引着他在沙发上落座，又给他沏上好茶，聊了两句家常。

"你们聊，我给特派员安排午膳去。"沈一飞将人送到便准备离开。区晰萍点点头，季洪博却拦下了他。"沈副区长留下一起听徐先生的口信。"又转向区晰萍，说明道，"这是临行前，徐先生专门交代的。"

沈一飞看了眼她，留了下来。季洪博从公文包里取出一个密封纸袋，借来区晰萍的裁纸刀当着二人的面裁开，取出里面的信笺，他清清嗓子："晰萍、一飞台鉴。"

区晰萍一听口吻严肃，赶紧站起来，与沈一飞立正。

"二位携人马赴苏逾三个月，弟千里倾听，未闻捷音，何故？"

开口即诘问，区晰萍心下一惊，便知这关难过了。

"蒋先生伯先，吾党先驱，系缧敌营有日，三令勿惜牺牲营救，依然人迹纱纱；周逆知非，本我局先进，甘附汪逆。汝等担保他心向光明，弟亦修书相托，犹石沉大海，若确不为吾党所用，须严厉制裁之。晰萍一向勇猛胜男儿，为何一入姑苏，竟胆小如鼠？！弟恩曾。"

季洪博念信语气平平，文字的锋芒却割得区晰萍抬不起头，信念完了，区晰萍仍垂首站立一旁。季洪博把信笺仔细叠好，放在面前桌上。

"晰萍啊，坐坐坐。"季洪博又恢复了先前的和气模样。区晰萍却不敢保持拉家常的随意了："晰萍有负可均先生所托，不配有座。"

"言重了。坐坐。"季洪博站起来，请她坐下。区晰萍不敢继续扭捏，却是如坐针毡。

"区区长忠心果敢，素为局里同志敬仰。"季洪博话锋一转，"只是我听说前几天军医院又折了五个同志。"

区晰萍看了一眼沈一飞，后者垂了垂眼，无奈道："特派员询问，一飞不敢隐瞒。"

"90号看管严密，江苏区会再订计划，救出蒋先生的。"区晰萍保证道。

季洪博叹了口气，放在膝盖上的手指点了几下，说："晰萍啊，救人与杀人，两件事，不办好一件，我看在可均先生那边是过不去的。制裁周知非你们可有计划？"

区晰萍与沈一飞对视一瞬,沈一飞道:"正在研究策略。"

"区区长早有良机,但已丧失。"

"特派员何出此言?"

"传闻区区长一直藏身周公馆,此事当真?"

区晰萍又看了一眼沈一飞:"确有此事。"

季洪博注意到他们频繁的小动作,直接挑明道:"这不是副区长报告我的。季某其实前天已抵苏州,找老关系打听的。"他停下来喝了口茶:"周知非一贯狡诈,住处不为外人所知。区区长,周公馆的位置地点你应该还记得吧?"

区晰萍这才反应过来,专员此行,问责是一,恐怕更大的目的是借她的手处理掉周知非。

季洪博又从公文包里拿出一张白纸和一支笔,放在桌上推给区晰萍:"请区区长写下周公馆的具体位置,以请行动组的同志执行制裁任务。"

区晰萍骑虎难下,冷汗都冒了出来。她强迫自己冷静地接过纸笔,心里不断盘算怎么行动才能为周知非赢回几成生机。但无论如何,她意识到,周公馆的真实位置不得不暴露了。

她几笔写好地址,把纸递给季洪博。

季洪博接过,并不看,又从先前取出信笺的纸袋里摇出一张纸条,再把区晰萍的那张纸放在一起比对。

"山塘街民生巷2号。一致。"

区晰萍心中一震,面上却不动声色:"特派员早有地址。"

"军统那边转来的情报。我怕有误,特请区区长复核。"季洪博一边将纸条收拾好,一边对沈一飞说,"沈副区长,麻烦你给行动队下命令吧。"

沈一飞走到一旁拿起办公室里的电话,拨出一个号码:"老韩,山塘街民生巷2号。行动。"

区晰萍虽说有些心理准备，却被这接二连三的动作弄得愣怔在原地。

季洪博问："周知非的汽车是防弹的吧？"

沈一飞回复："两个小组都配备有穿甲弹，专打防弹汽车。"

季洪博站起来，慢慢踱步至窗前，拨开半掩的窗帘，眯着眼睛瞧外面人来人往："咱们仨今天就在这儿，静候佳音。"

胡之平回到家中，机械地取出钥匙开门，脑子里还塞满了周知非的任务。关上门往里走了几步，他才发现家中无人。

"慧中……慧中……"他找了一圈，没看见顾慧中。胡之平坐立难安，走到床边，看着熟睡中孩子的脸庞，不禁伸手轻轻抚摸。他想起些过去和顾慧中愉快的回忆，嘴角不自觉地向上翘起，但周知非的声音又回荡在他耳旁：

"没有时间了！"

敲门声将胡之平拉出混沌的情绪，他走到门口，从门缝往外看。门外是周振武。他心虚得紧，有些犹豫要不要开门，周振武等不及似的又快速拍了拍门。

胡之平只好应了声"来了来了"，把门打开。

"老周，你怎么来了？"

周振武站在外面，手里拎着一个布袋，打趣道："就让我站在门口，不让我进去吗？"

胡之平朝他尴尬一笑，迅速打量了一下周振武身后的情况，然后侧身让他进屋。

门吧嗒一声被锁上，胡之平追问道："有情况？"

"没有。"

"那你？"

"慧中不是抱怨买不到奶粉吗？我给孩子搞到了两罐。只可惜是东洋货。"

周振武把布袋放在桌上，从里面拿出两罐奶粉，上面满印着日文。

胡之平放松下来，高兴道："太好了，这可真是救了急了！慧中为奶粉的事，愁得天天都睡不着。谢谢老周！"他接过奶粉，放到顾慧中特意收拾出来存放孩子物品的矮柜里。

"应该的。为了买药，慧中把奶粉的钱都捐上了。"周振武趁着胡之平转身放奶粉，一边应声，一边悄悄打量屋里的情况。

"奶粉哪里搞到的？商场完全断货了。"

"黑市上的，放心吧。"

"你怎么去黑市上买东西？"胡之平一愣，转头批评起他来，"你也是老同志了，组织纪律你比我清楚。你一单身男人买奶粉，特务很容易就盯上你。"

"你不了解那些人，一手交钱一手交货。"

"还是要小心一点。"

周振武哈哈一笑："保证绝不会再有下一次了，特派员同志。"

"多谢多谢了！"毕竟帮了大忙，胡之平也不能绷着脸一直说教，他给周振武倒了杯茶水，顺口客气道，"中午在我这儿对付点便饭吧。"

周振武接过茶杯，顺势留了下来："哦，那有劳了。"随后摘下帽子挂在挂衣架上，大大咧咧坐下了。

胡之平只是随口一邀，没料到周振武当真答应下来，他有些意外。

"慧中不在家？"

"买菜。"

"她把军生都带去了啊？"

胡之平这才想起来孩子还没吃奶。"军生在里屋，早上饿得直叫唤。

这阵子怕是睡着了。"他又走到矮柜前把奶粉翻出来,"我冲好奶粉,把他唤醒喝点,天天米糊糊藕粉,营养不够。"

屋里安静下来,只有胡之平冲奶粉的声音。周振武也有些紧张:"之平,再帮我倒杯水吧,忙活了一天口渴。"

胡之平隐约察觉不对,又给他续了杯水,试探地问道:"车行最近是有什么情况吗?"

"没有啊,一切正常。"

"肖若彤呢?……她有消息了没有?"

"没有。放心,她说是去办了点私事,等结束后,自然会向组织报到的。"

胡之平若有所思:"那就好。"

"之平啊,现在有个情况,据内部可靠消息,90号特务获悉江苏省委领导要从苏州过境的情报……"

周振武话还没说完,军生在里屋啼哭起来。"小家伙醒了。"胡之平连忙起身抱起儿子,"正好吃奶。军生,喝奶了,有奶喝了,周伯伯送你奶粉了。"

胡之平背对着周振武,把军生抱在怀里轻轻摇晃着,慢慢挪到脚下靠近抽屉,哄孩子的声音盖住抽屉拉动的响声,他从里面拿出了手枪。

胡之平猛地转身想用枪对准周振武,没承想周振武已有准备,在他进里屋的时候便举起了手枪。

"果然八号是你。"

胡之平有些慌乱,但也摊了牌:"肖君侠坏的事。"

"顾慧中跟你是一伙的?"

"我太太没有,她没有出卖组织。"听到顾慧中的名字,胡之平的情绪波动异常大,"是我一个人的事。我对不起组织,跟她一丁点关系都没有！"

周振武心里有了计较："跟我回车行，把省委同志的行踪全告诉我们。"

"行行行，我跟你回去。"胡之平示意要将军生放回床上，他缓缓弯腰，却在孩子接触床铺的那一瞬间一下子把怀里的军生扔向周振武。周振武没料想胡之平连儿子的命都不顾了，急忙伸手去接孩子。

胡之平趁着周振武的破绽，毫不犹豫地扣动了扳机。周振武被击中心脏，倒在地上，手上还紧紧抱着孩子的襁褓。

军生被颠簸得难受，扯起嗓子哇哇大哭。周振武努力抬起手来，想把孩子递给胡之平。胡之平从他手中接过儿子，枪口还对着他。

周振武的手重重摔在地上，胡之平等了一会儿，上前摸了摸他的鼻息。他已经断气了。

胡之平的力气一下子被抽干，瘫坐在尸体旁，孩子还在大声号哭，他也哭出声来。

周振武死了，他真的没有退路了。

他强迫自己按捺住这些情绪，将周振武的尸体拖到一旁，用被子胡乱盖住。然后翻出行李箱，手忙脚乱地收拾行李。家里一片狼藉，孩子啼哭不止，他无暇顾及。

不多时，胡之平一手抱着孩子，一手拎着箱子和周振武送来的奶粉朝外走。刚拉开门，发现顾慧中正站在门外，拿着钥匙准备开门。

"怎么回事？楼道里就听见军生一直在哭。"

胡之平不敢看她的脸，急切地说："咱们得马上离开这儿。"

"为什么呀，去哪里？"

"回头我再跟你解释，紧急情况。"

"让我收拾一下东西吧。"顾慧中刚迈进一只脚，就被胡之平用身体死死拦住了。

"电台拿了,其余的不要。这地儿暴露了,赶紧转移。"

顾慧中一脸疑惑,在胡之平关上房门时她扭头往里看了一眼,认出挂在衣架上的帽子是周振武的。但她来不及思考,被胡之平催促着离开了。

顾易中在街上散漫地走着,停下来买了份流动报摊的报纸。他早就注意到身后有两个人在跟踪他。他从口袋里取出钱,又取出一副墨镜。墨镜翻转间,他清楚看到谢文朝在和那两个特务说话。

谢文朝骑着自行车来到两个特务身边:"撤梢。"

"科长怎么不跟踪他?这小子有问题。"

谢文朝瞧着还停留在报摊前的顾易中,不耐烦道:"说得好像你们俩跟得住他一样。别丢人现眼了,回站里。"

两个特务领命走了。谢文朝蹬了一下脚蹬,自行车从顾易中身边滑过,他回头瞪了顾易中一眼。

顾易中没抬头,他看着谢文朝的影子渐远,把钱递给了摊贩。

顾易中从特工总部一出来,就感觉身后有人盯着他,警惕也已成了习惯。眼见谢文朝走了,盯梢的人却仍在,他不动声色,手伸进衣服口袋里握住了枪。一个人力车夫从后面跑了过来:"先生用车吗?"车夫抬了抬帽檐,露出小李的脸,他压低声音:"是肖小姐让我在这里等你的。"

顾易中看他一眼,脚步不停。

"九妹说六哥想跟你见一面,很着急。"

顾易中一下子明白这是自己人。他慢慢放缓脚步,同时观察四周情况,确定没什么问题后迅速上了人力车。

顾易中拉上围巾罩住大半张脸,又戴上墨镜,压低帽檐,其他人只能看到车里一团黑影,基本认不出来他是谁。小李拉着顾易中七弯八拐好一阵总算进了院子,有人见小李拉车回来迅速上前把院门关上了。

顾易中下了车，看看四周情况，在小李的引导下上了楼。

屋内，肖若彤正给肖君侠喂药，听见敲门声，她警觉地摸枪站了起来："谁？"

"他来了。"是小李的声音。

肖若彤这才把门打开，顾易中走了进来："若彤。"肖若彤眼泪一下子落了下来，她主动握住顾易中的手，却说不出话。

顾易中也看见了躺在床上的肖君侠，老友阔别已久，他忙招呼一句："君侠。"

肖君侠轻轻咳嗽一声，笑道："易中，把你这个世界建筑大师都逼成这样了。"

顾易中抽出手拍拍肖若彤的肩膀，一边拿掉乔装："六哥见笑了。"

"扮相蛮好的，职业白区工作者了。"

顾易中走到床边，没有回应肖君侠的打趣。在这个随时可能暴露的据点里，在四处遍布中统眼线的情况下，顾易中望着肖君侠，却感觉浑身放松。他从衣袋里取出一个折叠起来的手帕递给肖君侠："给你备了几粒磺胺，消炎最有效的，赶紧吃了。"

肖君侠坐起身，接过手帕。他有好多话想对顾易中说，但党务、私事堆叠在一处，一时竟不知如何开口。顾易中也看着他，眼眶越来越红，终于一把抱住了肖君侠。

"这些日子你受委屈了，易中。"

"为了这一刻，受什么苦我都愿意。"

肖君侠拍拍他的背："我还在这儿呢，别太罗曼蒂克。"

"六哥。"

顾易中的眼泪泅湿了肖君侠肩头的衣服，他陷在情绪里，也没发现手臂的力气有些大。肖君侠感觉有伤口又裂开了，但他没吭声，伸手帮顾易中顺了顺气。

　　谁也没说话。

　　"我以为阴阳两隔了，没承想，此生还能相见。"

　　"哪能啊，我还没参加你跟九妹的婚礼呢。"

　　一旁的肖若彤听到肖君侠又拿这件事打趣，擦擦眼泪岔开话题："好啦，六哥浑身都是伤，松开。"

　　顾易中连忙松开肖君侠，紧张地查看他的伤势。

　　肖君侠不想他们太忧心，避重就轻："伤不是事，就是一个多月没洗过澡，身上臭死了。"

　　"他们在烧水了，你先把药服下。"肖若彤端来温水，打开手帕，取出一粒磺胺，看着肖君侠将药服下，然后将剩下的几粒药片照旧用手绢包起来，放进抽屉里。

　　"挺能干嘛，90号特工站，你都能打入。"

　　"也是走投无路了。"

　　"要不是你走投无路，我这辈子恐怕都出不来了。"

　　顾易中顿了一下，问出心中最大的疑惑："在特工站见到我，你就没怀疑我吗？"

　　"我九岁认识的你，你什么德行，我能不知道？要连你的人品我都信不过，我怎么敢把我九妹交给你。"

　　肖若彤红着脸嗔了一句："六哥。"顾易中含笑看了她一眼，握住了她的手，她晃晃交握的双手，说："你听六哥说。"

　　肖君侠也严肃起来："我迫切想见到你，是有确切证据证明八号细胞是谁了。"

　　顾易中平静道："胡之平。"

　　"你早怀疑他了？"

"只是一直没有确凿的证据。我姐姐呢？我在寻找他们俩的住处。胡之平叛变了，我姐处于危险之中。"

肖若彤安慰地紧了紧手："不知慧中姐是否知情。事发突然，还没有和她取得联系，不过老鹰已经去他们的住处打探消息了。"

顾易中看着她："我姐一定不知情。世上没有比她更忠贞的了，她绝不背叛自己的祖国。"

肖若彤也了解顾慧中宁死不屈的性格："我相信慧中。"

"我担心的是，我姐要是知道胡之平叛变了，她会受不了这个打击的……我们得赶紧找到我姐。"

"江苏省委的领导最近在苏州，他们的行程是胡之平一手操办的，如果他狗急跳墙，他们的处境就很危险了。"

肖君侠问肖若彤："老鹰去了有多长时间了？"

肖若彤看了眼手表："有三个小时。"

肖君侠没说话，但眉头皱了起来。

顾易中也问："他一人去的？"

"他有打电话回来，说担心人多了，胡之平起疑心。"

顾易中觉得此事不妥："太危险了，老鹰这事办得莽撞……你们知道特派员住处？"

"老周刚才电话里有说。"

"是不是尹家浜附近？"

肖若彤惊讶地点点头。

"我跟踪过胡之平，知道他们大体住在哪一带。"

肖君侠思索了一下，决定不能继续盲目等下去了，嘱咐道："易中，振武去的时间不短，我担心有什么变数，你跟九妹去看看。"

第十二章
三更

周知非站在周公馆二楼落地窗的窗帘后，一边整理领带，一边查看外面的情况。对面楼底停了一辆卖杂货的三轮车，摊主正抄着手吆喝着，没有异常。他的目光滑过对面宾馆二楼的窗台，帘幕低垂，隐约有一个闪光点。

周知非神色轻松，拿起放在沙发扶手上的西装外套下了楼，又停在大厅衣帽架边挑选合适的帽子。周公馆的门开了，一个戴着礼帽的保镖走了进来。

"站长，车已经备好了。"

"开到门口。"

纪玉卿听到门外汽车引擎的声音，从厨房走出来帮他理了理衣服，又叮嘱他："跟王则民少喝点，老周。听见没有？"

周知非没应这个腔，他看着保镖头上那顶帽子，又低头看了看自己手中的帽子。纪玉卿瞧了眼他的脸色，也没再开口。

周知非戴上帽子走出周公馆大门，有保镖走上前来拉开后座的车门。

汽车缓缓开出暗红铁门，车身才刚刚驶离周公馆的范围，那辆卖货三轮车一下子就撞上周知非的汽车。司机不敢耽误，立马挂了后退挡，可还没松开刹车，后面又撞上来一辆汽车，把周知非的车前后堵死在街道上。

宾馆二楼的窗口伸出一杆枪管，有狙击手瞄准后座戴帽子的周知非，扣动扳机，一枪爆头。

区晰萍办公室的电话响起。季洪博闭目养神，不动；她怕自己的动作或声音暴露什么，不敢动；沈一飞瞧着两人，最后起身去接电话。

区晰萍此时有些茫然，如果周知非死了，她该怎么办？但如果周知非没死，徐先生肯定会继续逼她动手，那她又该怎么办？她转脸望向窗外，有只鸟落在窗台上，她在那里撒了几粒苞米，鸟儿伸着脖子快活地取食，叽叽喳喳，无忧无虑。

咔嗒。电话被重新扣上，耳边传来沈一飞汇报的声音：

"报告区长、特派员，老韩说行动顺利。立首功者二队队员李鲁深。周逆被一枪击毙。"

季洪博看了一眼区晞萍，开口无非也只是些客套话与恭维之语，他似是着急走，照旧让沈一飞送出去。区晞萍目送他们离开办公室，再也忍不住那股恶心，冲进洗手间趴在盥洗台就想吐，可又呕不出来。她看向镜子，里面的女人面白如鬼，微微颤抖。

外面传来敲门声，沈一飞喊她："区长。"

区晞萍用水沾了一下眼角，吐出一口浊气，冷静下来后出去开了门。

"督察长的意思是拟电文，向重庆报告这一胜利喜讯，也替立功同志请赏。"

"稍等。周逆狡黠异于常人，他的死讯要另找消息源来证实。"区晞萍面无表情，吩咐完也不等沈一飞的反应，离开了办公室。

车上。

受惊的纪玉卿趴在周知非的怀里仍不敢抬头，周知非任由她抱着，垂眸思索着什么。

跨子开路引导着汽车很快驶进90号的门，车一停下，等在此地的黄心斋和谢文朝便过来迎接他们。

"站长、嫂子受惊了。嫂子到后院宿舍歇息吧，弟妹已经在烧热水了，还烧了几个菜。"

纪玉卿怏怏地答应了一声，周知非道："有劳心斋兄了。"

"站长客气了。大敌当前，我们是一个阵营的。嫂子，这边，这边。"黄心斋殷勤地引着纪玉卿往后院走，谢文朝和周知非站在原地，不多时也进到屋内。

"老师,查出来是中统的人干的。枪手可能藏身在夫子庙边的德意志旅行社,我放了俩小组。张队长已派人把山塘围起来了,挨家搜查。"

周知非默声上楼,闻言点了下头。

"另镇江丁自力密报,重庆那头派的特派员,姓季。"

"是季洪博,当过老徐秘书。这回别让老小子跑了。"

"晚上咱们动手,老师。"

"不急。确保一网打尽。"周知非站在办公室门前,深吸一口气,慢声道,"别让鬼子们知道,这是中统家务。"

谢文朝替他推开门:"晓得。"

胡之平和顾慧中抱着孩子匆匆忙忙进了新苏旅社的一间客房,甫一进门,胡之平便将熟睡中的孩子交给顾慧中。

"你先在这儿住下,我一会儿就回来。"

顾慧中脑袋里完全是乱的,胡之平什么都不和她说,她拦住胡之平:"你要去哪儿?"

"以后慢慢跟你解释。"

"之平,到底出了什么事?"

胡之平听见她的声音都是颤抖的,回身抱住她轻拍她的背:"不担心,没事。"

"早上你出门见什么人?现在又见什么人?为什么突然又转移了?"

"你只记着,不管发生什么,我所做的一切都是为了你,为了咱们这个家。"

胡之平说完便要夺门而出,临走前突然想起那些奶粉,他怕顾慧中又为孩子的吃食忧虑,特意补充一句:"有奶粉,军生醒了喂他喝奶粉。"

"哪儿来的奶粉？"顾慧中拉不住他，只好看着胡之平匆匆走过旅店走廊，下楼去了。

关上门，顾慧中脑海中不断闪现周振武的那顶帽子，她翻了翻行李，真的找到一罐日本奶粉。她越想越觉得蹊跷，便把熟睡的孩子放在床上，用被子围好，匆忙跟出门。

顾慧中跑出旅社，远远望见了胡之平的背影。他缩着衣领，匆匆走在马路上。顾慧中不远不近地跟着他，看见他停在一家百货商铺前，四处观望了一番，走了进去。

周知非走进办公室后摘下礼帽，他转了转帽檐，抚摸了一下这顶救命的帽子，然后把他放在办公桌上。旁边的电话响了起来。

"喂……怎么把电话打这里来了。"

"身份暴露，现在必须得脱离。听着，我要五万块钱，法币，不要储蓄券，现在就要。"

"五万可不是小数目。"

"有个重要情报，值这个价。"

"说。"

周知非听见胡之平粗重的喘息声，对方一时没说话，他也不催，他知道胡之平已经走投无路了。

"中共江苏省委的三位领导现在就在苏州，都是有头有脸的人物。领头的联络部刘部长三万，其他二位一人一万。"

周知非手指沿着礼帽的布料纹路来回移动："别讹我。"

胡之平明显急了："他们的衣食住行都是我一手操办的，只有我知道他们住哪儿。这情报你不要，我直接找你们副站长黄心斋。"

"成交。但你得给我点时间。"

"给你一个小时，我现在就去土地庙等你，过时不候。"

周知非还想说些什么，但对方已经把电话挂断了。

顾慧中见胡之平挂断了电话，回头四下看了几眼，她连忙蹲下身假装在铺子上挑选东西。

胡之平走出商店，伸手拦了一辆黄包车。她也连忙拦下一辆。

"跟上前面那辆车。"

车夫以为她是捉奸的，一脸明白人样子，应道："放心吧，太太。"

顾易中跟肖若彤来到胡之平住处。肖若彤在敲门前和顾易中对视一眼，后者心领神会，悄声多上了半层楼，在楼道拐角的阴暗处隐蔽起来。肖若彤见他拔出了手枪，便上前拍门，但敲了半天，屋内也没人回应。她回头看了眼顾易中，顾易中指指门示意她继续敲，但屋内还是没反应。

肖若彤觉得奇怪，仔细观察着周围的情况。她垂眸一看，发现门口像是有血痕，忽然意识到什么，回身迅速朝顾易中招招手。

顾易中几步跨下楼梯，用自己的鞋比对一下，发现这像是脚后跟踩下的印记。

"后退。"

肖若彤往后退了两步，顾易中用力一脚将门踹开。

屋内乱七八糟的，很多东西胡乱摊在外面，像是刚被洗劫过一样。顾易中握着手枪正四下打量着，突然听到里屋传出肖若彤一声短促而尖锐的叫声。顾易中闪身进去，看见角落里，被单笼着一个不动弹的人。

肖若彤红着眼睛看着那人的下装和鞋子，已经认出了是谁："周大哥。"

顾易中拉开被单，探周振武的鼻息和颈部脉搏，朝肖若彤摇了摇头。

肖若彤愣在原地，捂着嘴不敢相信。顾易中伸手，将周振武瞪着的双眼合上。

周振武之前的话忽然闪过肖若彤被悲伤侵袭的大脑,吓得她眼泪都止住了:"不好,江苏省委领导有危险了。"

"茶庄有可能暴露,你赶紧回去带六哥转移。"

"你呢?"

"我回90号,若江苏省委领导暴露,90号一定会倾巢出动,赶紧分头行动吧。"

"那他……"

顾易中看着地上躺着的周振武:"我会打电话让义庄的人来。"

留给他们的时间所剩无几,顾易中拉着肖若彤出门,肖若彤回头又看了一眼,心中忽而痛得厉害,脚步竟顿住,到底折了回去,拿一件干净的白色衣服把周振武的头盖上了。

顾慧中一直跟着胡之平到斜塘土地庙外的街上,疑虑勒得她心跳急促起来,视野也有些模糊,几乎错过他下车那一刻。"哎,"她一时心急,又须控制自己的声音,"停车,我在这儿下就行了。"车夫接了钱,数了数,竟多一张,待喊时人已不见了。

顾慧中一心盯着胡之平,见他走进土地庙,四处张望,像是在等什么人。她心里不住翻腾,然而定不下任何合适的对象。是同志,还是……?她又探头看了一眼,胡之平半个背影浸入暗处,不太分明。再靠近怕是要被发现了,顾慧中在原地只有暗自着急。

不多时,一辆小轿车开了过去,在土地庙门口停下。顾慧中看着那辆车,忽觉紧张。怎么回事?它的轮廓仿佛在引逗她的记忆。从她这里看不清车上人是谁,也见不到下车的位置,她只能肯定,不会是他们共同的熟人。所以到底是谁?顾慧中抑着呼吸轻轻挪动,那人背影令人产生更加不祥的预感。究竟是谁？她始终看不清。她冒险走动起来。其间，胡之平正不断与那人说着什么，似乎这已经耗尽他的精力。

顾慧中终于找到另一处来藏身，她松了一口气。但紧接着——那口气霎时吊上来，让顾慧中差点惊叫出声。她只有捂住自己的嘴，憋得眼睛胀痛，几乎流泪。

是周知非。

顾慧中的胸膛剧烈起伏。她攥着手边的门框，目睹胡之平接过周知非递来的一个挎包。它在这一刻显得鼓胀、沉重，像一个肿瘤。

顾慧中咬住自己的手腕，不敢出声，缓缓地蹲下身去。

而茶庄外同样停着一辆车。小李扶着肖君侠还有另外一人到后座。肖若彤几乎等不及小李关上车门，一脚踩上油门。

车迅速开动起来。

与此同时，90号特工站内，顾易中刚刚走进大楼，就见张吉平带着十来个人匆匆从楼上下来。他似心脏遭受一拳猛击，几乎要双脚离地，但理智挟着他站稳，挺胸抬头，仿佛今天最重要的事是回屋里泡一杯茶。

胡之平，胡之平，胡之平。

"哥……！"

高虎出声，把顾易中的忧思拽了回来。他也是一样下楼，为了此事。顾易中定神开口，知自己必须要问。

"你去哪儿？这么着急。"他尽力摆出并不在乎的样子。

高虎显然不知他心底的徘徊，只是答："紧急任务。"

顾易中快被急死，但终究不能露相。"什么任务？"别皱眉，他告诉自己。

高虎不上道："不知道啊。全员出动，连监狱的看守都派出去了。"

"去哪里？"顾易中实在受不了，问完才发觉自己声音大了些，使得高虎满脸诧异，几乎有点慌张。

"哥，你问这个干吗？"高虎小声道。

顾易中没法解释，只好摆脸子吓人："快告诉我。"

他如此严肃，好像真有什么大事要发生，这让高虎很难不动摇。他犹豫了一下，扒在顾易中耳边，悄悄说了几句。他说完，看着顾易中，也很认真地补充道："我听李九招说的。可别说是我告诉你的啊。"

随即，他就离开了。顾易中停在原地，想了想，便反身出了90号的大门。

陆峥听见电话响了，拉开电话亭的门，接起来。

"营造社……易中。"

顾易中在那边擦额头上的汗，终于露出一点不耐："让若彤听电话。"

"没来呢。"陆峥有点惊异于对方的微妙变化，同时听到外边人声喧哗，一转头，说曹操曹操到。"等一下。"

肖若彤正带着小李及另外一个兄弟，扶着略有些不便的肖君侠过来。肖君侠稍皱眉，嘴里叫陆峥一声，后者搭手，回他："肖六哥……"又看向将将放手的肖若彤："若彤，电话，易中的。"

肖若彤手比他的话快。她拿住了听筒。

而陆峥在她身后，有些不知所措地看着车行的弟兄，枪在手上，手却发抖，汗水把领口浸湿。陆峥长出一口气，说："都小点心，别走火了，早知道你们还都带着家伙，我就不收留你们了。"

肖君侠挤出一线并不好看的笑容——伤口仍作痛，同时有莫名的担忧："都老同志了，不担心。"

那边，肖若彤把听筒挂上去，望向肖君侠："是易中的电话。我得去一趟。"

肖君侠放心不下,眼神一直跟着她:"让小李跟你一起去。"

肖若彤仿佛感觉到了,回头看着肖君侠:"让小李照顾你。我一个人行动方便点。"

肖君侠还想争一下,因为他感觉自己内心那点不安正在胀大。但他更知道九妹不会听他的。他只是说:"小心点,九妹。"

肖若彤点头。在消失于他视野之前,她再次看向陆峥:"陆峥,我哥就暂时拜托你了。"

陆峥看看肖君侠,又看向肖若彤,叹了口气,无奈地点头答应。

胡之平这时也已经回到旅社。他拎着装满钱的箱子,贴走廊一边行走,到房间门口,闭眼深呼吸两次,才敲门。

门开了一条缝。慧中来得并不慢,由此胡之平心中瞬间升起的狐疑也在瞬间消逝了,况且他当下根本没精力多想这些。但刚推门进去,他便被顾慧中用枪顶住了头。

胡之平悚然一惊,不由得让想法流到最坏的可能性上,然而他此刻只有尽力保持平静,叫一声"慧中"。

顾慧中已猜想好一阵,惊惧散去,只剩还带着最后希望的失望。她将枪口顶实一些:"手里拿的什么?"

胡之平听了,便明白在她所见的事实上已无什么余地辩驳,于是承认:"钱。"

顾慧中接着拆解,那股执拗的劲头好像回到了学生时代:"哪儿来的钱?"胡之平欲以情动人,刚一动,顾慧中手上却更用力。他简直预料不到妻子有这么大的劲儿。她不待胡之平解释,语带颤抖:"刚才你去哪儿了?"

胡之平方感到,事情似乎已到了一个比自己所想要坏得多的地步。她究竟知道多少？但他现在要赶紧做的是弥补。他只有利用爱。

他放柔了语气："慧中，你怎么了？我是平啊，你糊涂了？"

顾慧中听了他曾令自己心神俱醉的声音，简直想仰天号哭。

这太讽刺了。

"我是糊涂了。"她一字一顿地说，一边说，眼泪一边从她腮边滴下来，到地毯上圆圆的一点暗，"你到底去哪儿了？"

胡之平只有往妻子够不到的地方扯："江苏省委领导有麻烦，我去紧急处理了一下。"他确实慌乱了。谎言既不恰当，也不圆满。

顾慧中的心如沸腾的水一样，几乎咆哮起来，但仅存的理智还是让她把情绪的盖子压好。谎言把他们往两个方向推去，她却只有哭泣。

"还骗我？骗我要骗到何时？"

胡之平感觉到后背一股热浪。爱酿成恨。对这变质之过程的想象往他胸膛深处刺去，他已不愿再想自己究竟是怎么到了今天这样，更不想去猜测顾慧中的脑海到底演绎出了什么，他只想转头面对那张脸，仿佛这样便有融化过往的机会。从前她是看着他的眼睛从而相信了他的，这次也能是一样。

然而顾慧中的手一点没有松动。她字字迸出来："别动！你再动一下，我就开枪了！"

于是胡之平明白：他已经永远失去了顾慧中的注视。身份被发现了。他的需要也不再是弥合……至少不在现在。

他只能怀着逃亡的心情劝说："你冷静一下，先把枪放下，听我慢慢跟你解释。"

顾慧中也确实渐渐冷静了下来，不过，与胡之平所期盼的那种截然相反。她吸了吸鼻子，声音冷峻："别解释。我只要你一句话，八号细胞是不是你？"

胡之平自认逃不过。她确实聪明。很多事情，既为夫妻，多说无益，他现在几乎有些痛恨这样的联结，痛与恨，可能前者占得更多。他所能做的只是留下片刻静默，这或许是他们最后短暂的和平。

"……是！"

左右是不得不说。

最后一点希望也湮灭了。顾慧中手上的枪剧烈抖了一下，她将它抓紧，同时另一只手握成拳头，指甲全嵌到手掌肉里去，一点感觉也没有。

此时赶往目的地的肖若彤开着车，顾易中也坐黄包车，在路上。张吉平一行人骑跨子与自行车远远跟在后面。

所有人都在抢时间。

到了里弄口，肖若彤见其狭窄，直接将车一停，自成路障，下车便向内奔。如果她分神回头看，就会发现张吉平他们十来个人乌鸦般飞过来，马上就要降临在她所奔去的屋檐。

她直接拍门："开门，开门。"门内没有应答，肖若彤只能继续敲，干着急。终于，那人来了。男人警惕地拉开门缝，露出一只眼睛："你找谁？"

他叫何正军。

肖若彤费不起工夫，直接说："是胡之平同志派我来接你们的。"

何正军很谨慎地，不露出自己面孔地回答她："你找错人了。"他一边说，一边就要把门掩上，肖若彤立时伸出手扳住，丝毫不避可能袭来的疼痛。

关键时刻，肖若彤从不犹豫。

"你们已经暴露了，90号的特务马上就到。我是新四军苏州办事处的，我的直接领导是老鹰周振武，他刚牺牲了。我们的共同上级是六师敌工科王明忠。"

何正军的神色略有变化，仿佛不如刚才那般提防。他只是轻轻地念："果然是胡之平。"

肖若彤却有些意外："果然？"

何正军站在里面，还有些犹豫，然而远远看见张吉平带着特务过来，被一辆停在巷口的车拦住，不知是怎么回事。那些乌鸦们却正发现了肖若彤，拼命要冲过来。

肖若彤不明所以，只是根据眼前的状况劝何正军："快走。"

何正军也没有时间再同她解释，只好先避一避："进来吧。"

肖若彤进了门，不由心内一惊：里屋已守着七八位同志，全拿着枪。抬头望向高处，更有狙击手猫在那儿，王明忠亦在其间。她点点头表示问候："王科长。"

王明忠回礼，但不只是对她。

"确认了。"

何正军回答："确认了，叛徒是胡之平。"

肖若彤即使听也听了，猜也猜了，总想着还是问个明白为好。她开口："王科长，你们这是？"

王明忠严肃地把事情解释清楚："这是我们林副主任跟江苏省委一起设的一个局，没有省委干部过境，一切只是为了逼八号露面，这些是我们敌工科的同志们，这是何队长。"

话音刚落，门又吱呀打开，所有人警惕地一齐扭头看。是另一个荷枪实弹的同志。他带来了意料之中的坏消息。

"王科长，特务们上楼了。"

王明忠当机立断："我们按二号方案撤离。"说着，他带肖若彤直奔阁楼，殿后的人将门闩住。

室内又恢复了宁静。短暂的宁静。

而门外,张吉平正带人过来打算闯入。他一推,门是反锁住的,暗自骂了声。不过,王明忠有自己的方案,他们有他们的。他勾手,后面即有另一个特务上前来,拎着铁锤,只一下,就把门砸出个大洞来。

空的对面还是空。没有人。

人已爬到另一个亭子间去了。七八位敌工科同志在王明忠配合下,爬出亭子间的窗户,顺着屋顶过去,肖若彤在最后,连影子也没给张吉平留下。他仰脖子看那扇打开的窗户,眼都酸了。

还是什么都没有。

在办公室的电话铃响之前,周知非正坐着玩枪,往转轮里面填子弹,听金属相碰的声音。

一。二。三。四。五。六。

七。电话来了。

周知非拿起听筒。"嗯。"他没再说多余的话。放下之后,他把刚刚装填好的枪放进腋下的枪袋,穿上了西装外套。

顾易中却并无如此的从容。他坐着黄包车来,在尹家浜胡之平原住处外打探姐姐的行踪。边上好几位停着等活儿的黄包车夫,他走去:"请问有没有见过一个女的,中等身材,短发,眼角有颗痣。"

黄包车夫面有难色,拿手肘推身旁的同行:"欸,你见过他说的这人吗?"那黄包车夫也一脸迷茫,摇摇头说:"每天来往这么多人,我哪记得住。"

顾易中心里急,几乎是逼问:"您再好好想想,她下午三点左右出的门,手里应该还抱着个孩子。"

车夫靠着他的车琢磨，顾易中在原地，恨不得把他盯出洞来。"没什么印象。"顾易中一跺脚。他还要接着问，再问下去，车夫多的是，眼前这又一个听着他形容，一边吃手里的饼，直到咽下最后一口，方不紧不慢地说话。

"喂……"

顾易中的注意力被吸引过去。那车夫对他招招手，问他："你找人？"他点头称是。那车夫重复他的条件，又添上了新的。

"一个女的，三十多岁，短发，还有一个男的，穿长褂，手里抱着个几个月大的孩子。"

顾易中欣喜："你见过他们？"

车夫态度淡淡的，打量顾易中外表，说："下午三点多，我在这儿拉过他们。"

顾易中追问："那您知道他们在哪儿下的车吗？"

车夫看着他，搓了搓手指。顾易中会意，从兜里掏出几张钞票递了过去。那车夫舔了下手指，数数，又瞥了一眼顾易中，说："上车吧，我拉你过去。"

顾易中没有二话，随他一起走了。

顾易中急得有道理。旅社客房里，两人位置已变化了，但对峙尚未结束。顾慧中用枪指着胡之平，后者只是坐着，徐徐讲起事情经过。

"怡园行动前三日，我接受省委刘部长的任务，要营救一名共产国际日共委员，名叫中西太郎……"

那天，胡之平走进书场。评弹声漫流到台下，刘石清茶座里的背影镶一道光边，他看着，在视野里越来越近。来了。他们的交谈很简短，低声，最终结果是一张放在信封里的照片。胡之平抽出来看了一眼，把照片推回去，信封揣进内兜里，站起身走了。刘石清仍坐在那里，喝他的茶。

"营救时间紧，任务急，我知道，我必须尽快向老鹰发出任务指令。可我没想到，当天回到家时，周知非竟然在家中……"

胡之平回到住处，刚进门，后腰便传来枪口冷硬的触感。面前端坐的，是周知非。

周知非甚至烧水泡了茶。他脸上带笑："胡特派员，之平先生，久仰久仰。"

胡之平可没有好兴致。周知非话音刚落，他便扯开衣襟撕了信封，紧紧将照片揉成一团，塞进嘴里。一切如此迅疾平常，好像他不过吞了一个小笼包子。周知非手下人连晋海马上反应过来，捏住胡之平的下颌，手指向双唇缝隙里抠。胡之平紧咬牙关，脸色涨红。

秘密不好吃，然而，到底是给他咽了下去。

连晋海气不过，踹在他腿弯处，又狠狠来了几拳。胡之平躺倒在地。

"当时为了隐藏任务，我拼了命销毁证据，我想着，即使我被捕，组织上也会尽快调整营救方案，只要我咬死了什么都不说，营救行动就还有一线希望。谁知，周知非他早有准备……"

连晋海将胡之平提起来，押住，后者挣了几下，但身体的疼痛实在令人泄气。周知非抬眼看看他，喝了口茶，伸手掏出几张照片飞到桌子上。他似乎胸有成竹。

"胡特派员，你别冲动，先看看这个吧……"

说完，他瞟了一眼连晋海，胡之平便瞬间感觉到肩膀松快，迟疑着走上前。

几张照片拍的都是两个女人。其中一个是顾慧中，另外一个他不认识。

有一张，两人似乎在商场碰面。那时连晋海也在大丸百货，不远处恰好是能遮蔽他的地方。胡太太和周太太，这样的偶遇，不留下纪念实在可惜了。

另一张，像是谁的家里，看来大概是那个陌生女子住的地方。这次周知非也在。想不到，他也需要以这种方式偷拍自己的家。顾慧中神情放松，连晋海按下快门。

胡之平反复翻看，越来越紧张。

周知非悠然解说起来："两个女人，一个是你太太顾慧中，另一个，是我的太太。就在几个钟头前偷拍到的。……我让照相馆的人加班加点洗出来的。"

胡之平抬头看他一眼，没想到机缘如此残忍，竟能出了这样的岔子。周知非又噙一抹笑容。他对胡之平流露出的神情很满意。

他继续解释，仿佛阎王断案，让人死个明白："没想到，她们俩曾是前后届的中学同学。噢，下面那张是在我家拍的。"胡之平脸上惊恐更甚，周知非则变本加厉，终于亮出他的匕首："你应该还记得顾慧中今天出门穿的是什么衣服吧？我想这会儿，她俩一定聊得正开心呢。"

胡之平完全明白了。他恨自己连累慧中，但更想把周知非的脸打烂。可是妻子明明白白在他手里，还有任务……他只能啐一口："卑鄙。"

"放心，你太太现在很安全。她马上就能回家了，当然，"周知非一点不急，他慢悠悠地补充，"还有肚子里的孩子，只要你能配合。"

胡之平心里一下子慌了，然而凭着长久以来工作的本能，他还是答："做梦。"

周知非收敛了他得意的神情，换上理解的面具。他明白，理想太远，生活太近，对着活生生的人，内心不动摇太难了。

他说："你太太岁数不小了，这个孩子怀上一定不易吧？"

胡之平沉默了。他头脑中闪过无数过往的片段，痛有过，希望有过，满满缝缀着慧中的双眼。他心中的天平慢慢倾斜。

周知非盯着他,知道已十拿九稳,于是下了最后通牒:"我要你做的事很简单。"

天平坍塌了。

胡之平叙述完毕,声音颤抖:"他当时拿你还有孩子威胁我,如果不答应帮他们做事的话,就会立刻杀了你。"无法回头的不祥之感笼罩在他心上,与此同时,死亡的恐惧转身袭来,纠结成一片痛苦的愁云。"慧中,我不能因为我自己牺牲你的生命啊。还有孩子,为了怀上这个孩子你遭了多少罪。"他伸出手,触碰一下慧中的小腹,又立即缩了回去,好像军生还在那里,但是他已经无权再靠近了。顾慧中站在原地,抚摸着刚刚丈夫触碰到的地方,哭到干涸的眼眶又返了潮。

"他逼着我录下了叛变组织的证言,我,慧中,我不是东西,我背叛自己的誓言,成了可耻的叛徒……"

连晋海调好录制唱片的机器,放在胡之平面前,周知非则把那张纸塞进他手里。公寓里天旋地转,最温馨的地方成了最可怖的所在。

他读了起来。唱片机不停地转动着。

"中西太郎的照片已经被我销毁了,为了配合周知非,继续执行任务,我只能伪造一张照片交给老鹰。我知道这是一个圈套,知道他们会有去无回。我回不了头了……"

是夜,顾慧中睡熟。胡之平悄悄起身,看了一眼侧卧着的妻子,坐到桌前。他打开台灯,枯坐了一会儿,将照片抓来尽数摆在面前,挑选出和中西太郎相近的,开始剪裁。

顾慧中听完了。夫妻两个相对流泪。

她对于胡之平没有什么好说，但顾易中的事，对方没有提及。

"你口口声声说这一切都是为了我，那你为什么要陷害我弟弟？"

胡之平辩解："我没有，这真的不是我本意。出事后，当时你们所有人都在怀疑老鹰，我想着借这个机会，让老鹰顶了这个雷，我就能彻底洗脱嫌疑了。我没想到顾易中会搅和进来。我怎么会知道，他会参与当晚怡园的行动！……他不一直在搞他的古建筑吗？"

顾慧中冷笑了一下。胡之平心沉沉的，他知道，无论事实如何，他的诚信、他的名誉已经完蛋了。再也回不去了。

可他不能不挣扎，他只剩这个家了。

"真的，慧中，你要相信我。你想想，如果我真的想要害顾易中的话，当初在根据地，我就该让日本人一刀捅死他，我为什么还要拼了命地救他？他是你弟弟啊，是我们的亲人啊。"

顾慧中捂住耳朵，背过身去："住嘴，不要说了，不要再说了。"

胡之平一心要挽回，话已经不像是对慧中说，更像是对自己的一点安慰："易中被认定是八号细胞，我心里比谁都难过，我一直试图帮他摆脱嫌疑，可你们所有人都不相信，这不能全怪我啊。"他靠过去，想要抓住妻子的手。"慧中，你了解我的，如果你是我，你会眼睁睁看着周知非杀了我，不救我？慧中……真的，我一直想挣脱周知非这魔鬼，我……"

顾慧中回头，像刚刚从水里浮起来一样，眼眶鲜红，怒视着他，却坚持不了多久，眉毛慢慢撇下去，如热汤锅里细弱的死鱼。

"不要说了，胡之平，请你不要再说了。……从我十七岁认识你开始，你便是我的精神导师。我始终记得第一次见到你时的情形……"

下面的话，哽在她嗓子里。

"上课钟声还没有收住余音，你便穿着黑衣长衫走上了讲台。手肘上，裤子上，就连鞋子上也有补丁……你讲课时总是跳来跳去，全身的补丁也跟着一起忽闪忽闪的。同学们私下都笑你,说来了个乞丐老师……"

胡之平踏着铃声走进教室。顾慧中满心好奇,眼睛一转,一边探头向当时要好的几个人耳语,内容早忘了,无非对眼前人的猜测。若是就这样做成普通师生便好了,可命运哪是能够预计的?

"可很快,大家都喜欢上了你。你博学多才,经常补充许多讲义外的内容,你诙谐幽默,让平时矜持的女生们也常哈哈大笑……还有你身上洋溢的理想主义的光芒。"

唉,理想。

胡之平以他所有的能力去描绘的,青年人以其全副头脑去吸收的……同学们时而专注凝神,时而拊掌大笑,教室里涌动鲜活的声浪。

"我总是找机会去问你问题,就想私下能多和你说两句话。后来,在你的教育和启发下,我逐渐了解到党,了解到组织,是你告诉了我什么是信仰,什么是革命……"

他们越走越近。一切语句都是机会,顾慧中爱上胡之平的机会,胡之平爱上顾慧中的机会。声浪中,顾慧中的眼睛是两粒星,燃烧着崇拜的光芒。

现在她被泪水熄灭了。

"我不顾我阿爸的反对,义无反顾地和你私奔,一起去参加革命。这么多年来,再苦再累我都不怕,因为我所有的爱和信仰都是你给我的。"她擦干了脸颊,"可现在你却告诉我,你早已背叛了这一切,背叛了你对党,还有我许下的诺言……胡之平,你还是人吗?"

胡之平双眼泛红。他现在已完全没了当年坚定的、意气风发的模样,那时候即使受伤流血,苍白如冬天,他的眼睛也是亮的。自从他被周知非威胁,那时刻跟随的鬼魂就渐渐消磨起他的神志。顾慧中发觉,自己其实感受到了，只是不愿意相信。

"慧中，我……这么长时间以来，没有一天能踏实入睡，戴着面具的生活让我彻底分裂，有时候我自己都不清楚，哪一个我才是真的我。我总在想，到底什么时候是个头……可是，慧中，我二七年大革命最低谷的时候，参加共产党，这十四年，我……从没有做过一件对不起组织的事。"

顾慧中含着眼泪，几乎要笑了："还没有？"

胡之平急着辩解，他抓住了顾慧中的手："就一起。就怡园这一回，我就犯了一回错。为了革命，我肾都丢过，我付出了我能付出的所有，我为什么要为我一次的错误，受一辈子的折磨呢，慧中，现在一切都还没有结束，一切都还有改变的可能，咱们走吧！"

顾慧中没有掰开他的手，只是失去了力气一般地僵在原地。这让胡之平略生出一点希望来。她开口，一滴眼泪又滑下来："走？"

胡之平展颜："对，抛开这一切，离开苏州，到香港去，咱们远离这些是非，回到以前宁静的生活。我们有了钱，我们走，好吗？"

顾慧中看着他，撇嘴笑了，一根根掰开胡之平的手指。胡之平看着她的神情，心冷了。

"宁静的生活？你害了我弟，害死了我阿爸，还害死了那么多同志，"她一边说，一边站起身，"你认为我们还能回到过去吗？"

这并不是一个问句。胡之平听出来了。

"慧中，我是错了，你再给我一次机会吧。为什么不给我一次机会？"

顾慧中静静听着，心里头想，确实是错了。也许远在他软弱的那一刻之前。

但她仍旧爱他。她不能放任他毁了自己。

"没有机会了。"顾慧中凝视着胡之平，"现在你只有一条路可以选，就是去向组织自首。"

胡之平瞪大眼睛:"死了太多人了。组织上不会放过我的。慧中,我们走吧,带着军生走吧。"

顾慧中一听军生的名字,心中泛起混杂着愤怒的柔情。就算是为了孩子,她想,就算是为了孩子能无愧地面对自己的民族,她也不能就这样跟他一走了之。

"不。"她拒绝了。

胡之平心里很绝望,他想去抱住慧中的腰,仿佛这样就能抓住她,以及系在她身上的一切:"慧中……"

顾慧中不想再给他机会了:"别过来,胡之平,我警告你,别过来。"

她举起了枪。

胡之平下意识有了种对敌的心情,他的心已经痛得失去感觉:"你不会开枪的,慧中,我知道你是爱我的,你不会开枪的。"

顾慧中恍惚了。数年以来,他们的形象总是因为工作有些许改变,但眼前的胡之平永远都还是那副穿着长衫的从容模样。她有点不想面对这些了,如果时间一直停在做学生的那几年,该有多好。

"慧中你放手。"可胡之平不在她美丽的幻想里。他伸手夺枪,发出苟活的请求。顾慧中回过神来,手上用力——她若是有一丝放弃的念头,就是把他们两个,连同他们的家、他们一直以来共同度过的时间,都放弃了。

"你要干什么?"仅凭她的力气挣不过胡之平,但央求与捍卫相比,还是太过软弱。

两个用尽一切办法的人也几乎忘记,枪是没上保险的。

砰。

一方空间忽然定格,连同他们的表情。胡之平和顾慧中眼看彼此始料未及的神态,像两个小孩,在生死的可能性面前,他们和自己刚出生不久的儿子一样无助。

胡之平没觉得疼。

顾慧中也没有。但她马上就发现，那是因为它来得太剧烈了。感官不战而降，只是为了获得一点安宁。胡之平松开手，慢慢，慢慢地他们分离，枪还被顾慧中紧握在手里，浸上鲜血。她举起了枪。

胡之平看着枪口对准自己，下意识举起双手。"慧中。"他像是被永远留在了那个凝滞的时刻，因而无法理解眼前的场景。

顾慧中要站不住了。她扶住手边的家具，努力端稳枪，然而枪口不断向下垂。胡之平注视她按在扳机上颤抖的食指，他甚至觉得，自己现在的心情称得上是平静，死灰一般的。如果真的……

她没走到下一步。她终究不忍心。

顾慧中支持不住，向下滑落。枪在很低的地方才掉到地上，很闷的一声；血好像是随着这声响突然蔓延开来，顾慧中躺在自己的血泊里，仿佛一支被失手打破的红酒。

胡之平傻站着，听见他碎裂的爱人最后呢喃一次："平。"

顾慧中的血正流时，来找他们的人都到了。顾易中急匆匆赶来，丝毫不知自己将要面对什么。他由黄包车夫拉着来到一条小路上，被告知道："他们就是在这儿下的车。"他环视四周，并无什么特殊，都是极平常的居民楼。然而现在事态紧急，即使无从找起也要找，他叹口气，付了钱，快步朝黄包车夫指的方向走去。

另一班人，自然跟着周知非，他方才一直等着。周知非带人等戏唱到尾，他沉默地听着响动，心里只道，劳燕分飞，各有各的不同。胡之平与顾慧中，感人、纯净、俗套。不似他与区晞萍。也许是像的，只是今日的周知非已不复当时了。

撬锁并不费力。他踱步进屋内，闻到了血腥味。死生相隔，于他仅仅成为故事，所以他也会像上帝一般不带感情地判决。

崩溃的革命者，崩溃的背叛者。胡之平将顾慧中从地上捞起来抱在怀里，鲜血全都擦在他的衣服上。他一直呼唤着："慧中，慧中，你醒醒，醒醒啊……"顾慧中的力气就要流尽了，周知非看得出来，她连话都说不出，只能微弱地眨一下眼睛，泪水像汨汨脱出体外的灵魂。

她最后的力气付给了最后的努力："平，你不应该当叛徒，回去自首。"这是她最后的愿望。

胡之平盯着她闭上眼睛，不可置信地贴她的脸颊，捏她的手，泪水和半干的血迹混在一起。他彻底失去了他的生活。"为什么！为什么要这样？老天啊，我到底是怎么得罪的你？你要这么惩罚我！"

周知非看着这个顾不得信仰与理智的男人，觉得可悲，又可笑，长期被这两种感受冲击之后，人只剩下麻木。他想，自己把这种东西教给胡之平，或许也称得上真诚。

"怪不得老天，胡同志，时局，乱世，人不如蝼蚁！她死得挺好。"

胡之平用沾着血的手掌抹了抹脸。"她真傻啊。"他忍不住哽咽，"信什么，就真信。是主义害了她，主义害了她。"

周知非脸上轻轻笑了一下："女人打定主意的时候，比男人要坚决得多。他们的信仰比男人坚定。……女人，很少出叛徒。"

他在说顾慧中。他也在说另一个女人，或许。

胡之平望着怀里的顾慧中："慧中，你醒醒，你不要睡，千万不要睡……对不起，对不起。"

顾慧中的手已经彻底松了。周知非冷眼旁观，吁了一口气。

胡之平渐渐没了声响。他埋着头，周知非看不出他要做什么；少顷，胡之平便像是变了一个人似的，木着脸，抱起顾慧中就朝外走。

周知非不可能放了他："你干什么？"

胡之平看起来很平静，简直让周知非感到惊悚。他如往常一般说："她还有呼吸。我要送她去医院，她还活着，我要救活她！"

周知非不耐烦："她没救了，你亲手送她走的！"

胡之平就像是没听见。他似乎把一切都忘了。周知非不愿伸手去拦，也不想轻易驱使手下，他喜欢体面些。但胡之平真像是把一切都忘了。

"胡之平，你给我站住！"他忍无可忍。再次被无视之后，周知非的手下忽然拿枪指着胡之平。这是最后通牒。胡之平并未失去作为人的本能，他停了下来。

"你想就这么走了……"周知非咬着牙，脸颊上的肌肉因紧绷微微抖动，"我的人去那地址的时候，才发现，根本没什么省委三人团，来的人是新四军敌工科的，胡之平，你的领导，江苏省委刘部长，估计早就怀疑到了你……"

胡之平下意识地在瞬间回想起刘部长与自己接头时的神态。雪上加霜？或许吧，他做了太多无可挽回的事。他冷笑道："无所谓了，随便，你想怎样就怎样。"

周知非却不能把这些抛诸脑后，他还需要胡之平的消息。

"老鹰，还有新四军驻苏州的联络点在哪儿？"

胡之平只是凝视着已全然失去血色的顾慧中的脸。

"不知道，我什么都不知道。"

周知非失去了耐心。在一个绝望之人的身上，没法施展手腕，这种体验让他感觉很糟糕。

"你少跟我装傻！"他提高声音，"再不站住我就开枪了。"

胡之平也不回头，仰着脸，感到久违的痛快："死了。被我亲手打死的。死了，全都死了……死得干净。正好，你杀了我，杀了我吧。"他忽然哈哈大笑起来,这让周知非的心中涌出复杂的情感,似乎在一瞬之间,他自己也被胡之平的行将解脱感染了。

"胡之平!"周知非最后叫了一声。

而所有的努力都是徒劳。胡之平已经不在乎任何的争斗,他将要走回最美好的记忆里,他将要重新遇见顾慧中——

"春季到来绿满窗,大姑娘窗下绣鸳鸯,忽然一阵无情棒,打得鸳鸯各一方;夏季到来柳丝长,大姑娘漂泊到长江,江南江北风光好……"他唱起来,声音由弱至强。这是顾慧中最爱唱的《四季歌》。

算了。周知非知道一切无须再继续下去。胡之平就要跨出门去,他望着胡之平横抱顾慧中的背影,抬起手,开了一枪。胡之平跪倒在地。血从伤口渗到衣服上,几乎是瞬间就染红一片。他胸膛剧烈起伏,有点艰难地,终于回头对周知非笑了一下,说:"谢谢。"

周知非看着胡之平渐渐体力不支,保持跪着的姿势,低下头,只死死抱着顾慧中。他叹了口气,把左轮里的子弹全退出来,子弹掉下来。

六。五。四。三。二。一。

响声结束。手下人听见周知非轻轻地说了一声,冤孽。

而顾易中远远地听见了枪声,意识到出事了。他辨别出旅社的方向,连忙赶去。此时周知非只需要等着确认胡之平彻底死亡,不再对他造成威胁。他眼见胡之平的手慢慢松开,让顾慧中落在地上。死者依旧跪着的身姿,仿佛在赎罪。

周知非拿走了那包钱。他带走了害死这对夫妻的一场病,或者不如说,是死亡治疗了挣扎着的他们。

顾易中到旅社门口的时候,刚巧撞见周知非带人出来。他下意识躲了一下,心知事态不好,见那些人上车离去方跑进旅社。有人尖叫着从楼上跑下来，像是见到了什么可怕的东西，他心跳得异常之快，一边祈祷事情千万不要如自己所料，一边发狂似的往楼上奔。

楼道里隐约有火药味。顾易中边快步走边往两侧看，火药味越来越浓，伴随淡淡的血腥。在某处，他停了下来。顺着地上凌乱的脚印，他向那扇打开的门内望去。

姐姐倒在地上。胡之平跪在她身侧，低着头，姿态仿佛忏悔。地毯有一大块暗红，尽是他们的血。顾易中一下子跪倒，感觉自己像是被抽了筋一样，通体发冷，只能无助地抱着她摇晃，眼泪不知不觉滴到她的脸上。

"姐……你醒醒，姐，对不起……我来晚了……"

顾慧中听见了弟弟的呼唤。她还活着，她微微睁开了眼睛，伸出手，想要去抚摸顾易中的脸颊。顾易中那么多的眼泪，一直在掉，和小时候受了委屈找她哭诉的样子重叠起来；不过这次，却是因为她自己了。她一股悲痛，不知从何说起，也没有力气再多说，只是轻轻触着弟弟浸湿的脸颊。但最重要的一件事，她要辩白，也算是请求原谅。

"我没有叛变，易中，我是清白的。"

顾易中不住点头："知道，姐。"他心里很怕这就是顾慧中留给自己的最后的话了。

顾慧中继续说："我……我不该怀疑你……易中。"

顾易中咬着牙，努力不让自己崩溃，内心却翻覆得厉害。原来这件事一直在姐姐心里沉甸甸坠着，歉疚像血迹从顾慧中身上蹭到顾易中手上，即使洗去了，也会时时想起它曾经在那里。但顾易中此时管不得这许多，他只是说："姐，不要说话了。我带你去医院。"他不想再失去一个亲人了。

顾慧中灰白的脸上表情似喜似悲。她已经说不出话，只是摇头，用手指着柜子。顾易中不明白姐姐指的是什么，他攥紧顾慧中的手，仿佛这样就能留住她。顾慧中用冷手摸了一下顾易中的脸，像晴天时最后飘过的云，阴雨都留在后面。她气息越来越弱，然而指着柜子的手直到断气也没有收回。

顾易中伏在她身上痛哭。悲伤中，他感到屋内似乎有什么别的动静。还有人在？他警觉地抬头张望，并无埋伏的迹象，也没有埋伏的必要。顾易中又凝神辨认，隐约听出一种呢喃声，就在柜子的方向。

孩子！

他突然想起来，打开柜子，果真是军生，安稳地睡在褓褓里，姐姐已准备好手拎的摇篮。这以后，你就是孤儿了。顾易中看着孩子的小脸，思及此处，眼睛不由再次湿润。他连忙将军生抱出来，最后看了看姐姐，眼观四路，离开了这里。

周知非回到了特工站。他的小汽车开进大门，在办公楼前停下，黄心斋站在窗口，看着他下车，又朝办公大楼走来，快步迎了出去。

两人相会的时候，周知非手拎着那装钱的挎包，有点心不在焉的样子。黄心斋一见即问："周站长，出大事了？"周知非不愿搭理他，随意回道："你怎么天天就出大事。有什么大事，立功的机会归你吧。"

黄心斋很直接："近藤太君回来了！"

这一下把周知非的神儿牵了回来。他停住脚步，转身看向黄心斋："不是下个月？"

黄心斋一笑："特工站出了那么多事，他不在怎么能行呢？"

周知非皱眉："又是你跟小鬼子告的密？"

黄心斋摊手，只作无辜相："站长，你这可是冤枉我了，我可什么都没说，这地牢天降大洞，一个共产党员生生地跑了。特工站都传开了，人人都在议论。这事太大，黄某人就是想帮你捂，也捂不住吧。"周知非抱臂走近黄心斋，看着他，语气不善："别捂了。这件事，90号人人逃不开干系。"

黄心斋施施然。"当然，从我至下，所有相关领导，全天候待命审查。监狱长也已经抓起来了，还等您发落。"他沉吟半刻，说，"您看是送军事法庭呢，还是直接枪毙了？"

周知非撇嘴冷笑："你可真无情，黄灾星。老陆可是站里元老了。"

黄心斋听见这称号，一点不恼，反而显得得意："比你差点。周站长，儿子最近没写信告诉你，在那边没再挨打吧？"

周知非面色瞬间就难看了。他上手抓了黄心斋的领子："我他妈的现在就想揍你。"

黄心斋跳开："开个玩笑，开个玩笑。"

周知非剜了黄心斋一眼，什么也没说，朝办公室走去。

进屋之后，周知非把挎包往桌上一扔，一屁股坐在椅子上。他轻轻地叹了口气，回忆起这一天发生的所有，委实一点也不轻松，他与顾易中的结，越来越难解开了。

外面发生大事，园内还不知晓。海沫正应对送炭的，与人议价。那送炭的说什么也不肯相让，直抱怨："我说姑奶奶，十八块真下不来，你看这五挑的炭，往前富管家都是给二十元。"海沫则俨然有了管家的手腕，果断回了："这十九，明年还你家送。"

送炭的辩不出什么，只好默默拿钱干活。海沫给了钱，发现顾易中阴着脸来，抱着个孩子进屋，一晃就不见人了。她心觉不好，但想不出所以然，于是先跟着进去。

顾易中一进书房，便跌坐在椅子上，眼里含泪。孩子夺去了海沫的注意力，她没注意顾易中神情的变化。

她问："这是谁家孩子？"

顾易中呆坐着,像是没听见她的话。

海沫想想,只想出一条可能:"你姐的,军生?"

她过去抱孩子,军生看见她,咯咯地笑出来。她便也笑,刮军生的脸颊夸:"真乖,一点也不认生。"忽然,她思绪转到与之相关的事上,又望见顾易中神色不对,收敛了笑容问:"你姐呢?怎么了?"

顾易中难掩悲痛:"没了。"

海沫这才明白,反应过来之前眼中已含泪水:"怎么回事……你姐夫呢?"

顾易中扭开头去,流露厌恶:"胡之平死了。"

海沫大惊,手上不稳,差点把军生摔了。军生不知是否听懂了他俩的话,突然大哭,海沫着急拍哄,总不得法,孩子小脸都哭红了。回头再看,顾易中木木的,还是呆坐着,让人感觉一碰就能碎。于是她不敢再问,带着孩子出书房,轻轻掩上屋门,暂留顾易中在他自己的悲痛里。

城内有事,郊外水面亦非风平浪静。船夫摇橹行于水上,肖若彤坐在船头,有等待之意。片刻,从对面摇过另一船,这边船夫向它挥了挥手,它便停了下来。两船相接,对面舱内有人出来,原来是敌工科王科长一行人。他们与肖若彤握手后即跳上她的船。船夫再一篙,两舟又分离开。

肖若彤看着船消失在视野中。

营造社内,小李向肖君侠和肖若彤汇报情况:"我们在车行附近查看过,并没有什么可疑的人出现,照目前的情况看,茶庄并没有暴露。"

肖君侠摸着下巴,百思不得其解:"奇怪,胡之平杀害了老鹰,出卖了江苏省委领导,怎么单单没有暴露茶庄呢?"

肖若彤叹口气,摇了摇头。"还是不要掉以轻心。"语罢,又想起,

"易中这半天也没信,不知道他通知到他姐没有。"

肖君侠也想到了这点:"打个电话去他家,易中别出什么事。"

肖若彤点头,去拿营造社的电话。

线路那端,顾易中还在书房枯坐,海沫推门进来,叫他:"电话,是肖小姐打来的。"

顾易中听见消息,眼里泛出一丝活气,挪到前厅去接电话:"若彤。"

肖若彤听出他语气有异,于是问道:"怎么了?易中。"

顾易中使劲压抑着哭腔:"我姐去世了。"

肖若彤心下一沉,已经不由得考虑起顾易中内心的情状:"啊?"

顾易中接着说:"胡之平是八号,你们要小心。"

肖若彤听着他的声音,担心极了:"易中,你……"

顾易中强撑着打断她的话,抓紧交代道:"我没事,现在我要去料理我姐的后事,你们小心。"一说完,他就挂了电话,留下那边肖若彤拿着电话发呆。

肖君侠过来,满心疑惑,问:"怎么了?"

肖若彤把话筒放回去,眼泪也跟着淌下来:"慧中姐没了。"

日内,警察局在旅馆善后,不多时就叫顾家来人认尸。海沫跟着顾易中走进安息间,两具尸体上都盖着白布单。顾易中上前,警察局的人掀开其中一张,布单下的脸赫然是胡之平。

警察局的人问他:"认识吗?"

顾易中麻木地点点头。海沫担忧地望着他。

警察局的人又追问:"姓名?"

顾易中答:"胡之平。"

警察局的人瞟了顾易中一眼,对他说:"看看另一个吧。"

于是顾易中又走到另一具尸体前。这时他双手微微颤抖，几乎不敢掀开白布，因为一旦这样做了，眼前真实的场景会告诉他：下面盖着的人是顾慧中。他的姐姐已经死了。顾易中望着姐姐的尸体，咽下心内波涛汹涌。他喉咙酸痛，几乎让他以为自己要呕血了。

警察局的人依然冷漠："认识吗？"

顾易中点头，眼睛红得厉害。

警察局的人再问："姓名？"

顾易中吸气，又吸气，还是忍不住哽咽："顾慧中。"

警察局的人从记录中抬头，这一眼持续的时间长了些，但也仅仅如此。

"你跟死者的关系。"

顾易中机械地回答："姐弟。"

警察局的人唰唰几笔，在本子上记录下什么，又再看看顾易中，询问他："尸首是拉走，还是送义庄？"

顾易中坚持着说："我姐姐我自己处理。"

警察又问："那另一个呢？我们送义庄？"

顾易中别过头："随便你们。他不配跟我姐姐葬在一起。"

处理完毕，他们回到顾园。海沫坐在前厅，一边抹眼泪，一边喂军生米浆。王妈向她报告："行里说，年轻奶水多的奶妈，现在不好找，下午给再推荐两个奶妈过来。"海沫看着军生，眼中满是心疼："快点吧，光喝米汤怎么行？"

这时，顾易中经过他们，朝门外走。

王妈出声问道："少爷，你要出门？"

顾易中声音干涩："我要去买梅花糕。"

海沫不知所以："梅花糕？"

王妈一听，声音沉下来，眼眶也红了："小姐最爱吃梅花糕了，以前街面上有挑着卖的。"

海沫了然。这样一说，她又想起顾慧中，看着军生，心里酸酸的。

"我会做。易中，你别去买了，我现在就给慧中姐做去。"

顾易中停住脚步，回头看她，眼睛飞快眨动着，像是怕泪水流出来。

"谢谢了。多放一点豆沙，甜一点，我姐喜欢甜的。"

海沫点头应承："嗯。"

顾易中说完，就即刻回书房，紧闭房门。海沫见顾易中失魂落魄，心下担忧。

德意志旅行社这边，沈一飞推门进了区晰萍办公室。门刚合上，他便着急说："周知非没死。"

坐在季洪博对面的区晰萍正签字，手一顿，但立马恢复了常态，接着签字。季洪博向后一靠，对着沈一飞说："还好没发请功电文给徐先生，否则闹大笑话了。蒋伯先被转移到何处有消息吗？"

沈一飞摇头。

区晰萍签完字，把笔放下，问沈一飞："90号这两天没有任何动静？"

沈一飞还是不知："自从周知非带着太太住进90号，我们没有监控到他出门。"

季洪博对区晰萍说："虽然没杀到人，但算是震慑到周逆了。"她便沉吟，咬着嘴唇，似是否定地摇摇头："畏首畏尾不是他的风格。说不定他正在围捕我们呢。"说完，她走到窗边，扒开百叶窗，看着楼底下街面，那里正有俩戴墨镜的人游荡。她盯着，问："一飞，那是咱们的游动哨？"

沈一飞也过来顺着那个缝往下看："不是啊。"话还没完，就有人从拐角跑出来，后面跟着一声枪响。那人应声而倒，随后，从拐角处蹿出七八位90号特务。

办公室里三人面面相觑。紧接着,季洪博第一个蹿出,沈一飞跟上。区晰萍从容地自衣架取下风衣,披上身,又戴上帽子,拎上她的独特皮箱,最后关门而出。

外面枪声已经响成一片,嘈杂纷乱。

他们走了,却来不及带走东西。周知非一行回到90号办公室,将搜获的各种东西倒在桌子上,其中还有一些电文。屋里这七八个特务都还带着汗和火药味,身上沾着脏污。周知非冷眼看着。

谢文朝在一旁报告:"打死了两个。"他喘了一口气,接着说:"旅行社里头的都跑了。门口德国佬不让我们进,耽误了,老师。否则包圆。"

周知非从成堆杂物里挑出一本账簿,拈着,问道:"这是什么?"

谢文朝看看:"账簿?"

周知非指挥道:"查查上面有没有会计的名章或地址,徐恩曾、戴笠把中统、军统当成私业,一厘一毫进出都要记账。76号破获军统上海区,捕获区长陈恭澍,靠的就是一本账簿。谢文朝,现在轮到你立功了。"他斜去一眼,"先抓到他们的会计。"

谢文朝面有喜色:"是,老师。"说完,他接过账簿,周知非已转身离去。他一边走,一边扬声说:"我们要用枪和拳头告诉中统的人,90号,周某人,他惹不起。"众人立正,看着周知非摔门而出。

失去亲友的,并不只顾易中一个。夜间,营造社院内烟尘逸出,那是肖若彤在烧纸钱。肖君侠在一旁看着,火映红肖若彤的脸。

肖若彤站起来,含泪看着天空:"老鹰是个好人。他一直照应着我。他只说是江西人,到底江西哪里,也不知道,就知道叫周振武,根本没办法通知他的家人。"

肖君侠拨着火堆，补充道："估计周振武都不是老鹰的真名。"肖若彤讶异地回身看着他。肖君侠凄凉一笑，说："早年在江西参加红军的这批人，因为怕在老家的亲属被国民党打击报复，参加革命时，通常用一个假名，只保留姓。"

肖若彤听完，沉默半晌，叹了口气："除了我们，再也没人会记起他。连埋在哪里都不知道，六哥，我们是不是太残忍了。"

肖君侠把棍子放在地上，也站起身，严肃地对肖若彤说："方志敏先生说过，一个青年学生的爱国，真有如一个青年姑娘初恋时那样的真纯入迷。老鹰可能无名，但这个可爱的中国的所有人，会记得他们、我们、这些爱国的人。"肖若彤接着他的话念："希形先生、慧中姐，还有……"肖君侠眼睛里有亮亮的东西："跟我们参加怡园行动牺牲的小蒲，我只知道他是个大学生；大块头，纱厂的工人；还有双胞胎兄弟乔大、乔二，他们是烟厂工人，崇明岛的。"

肖若彤听着这些名字，这些可能并不足以纪念他们的名字，不禁鼻酸："我们永远不会忘记他们的。"

肖君侠点头："对，所有为国捐躯的无名英雄。"

肖若彤眨着眼，看向肖君侠："六哥，你太坚强了。"

肖君侠摇头。他走回火堆旁，慢慢说道："周振武的墓地，我们可以在义庄找到，待胜利的日子来到，我们会到坟前纪念的。"他一边说，眼前一边闪过方才提到的那些人的面容："无论是有墓地的牺牲者，还是不知葬身何处的革命者，在我们的心中，永远有他们的一块墓地。"

肖若彤眼里闪烁着火光："我会记得的，六哥。"

肖君侠又往火堆里放几张纸钱，忍不住叹气："我现在倒有点担心易中，他……父亲、姐姐接连去世。"肖若彤也皱起眉："还被我们误会成八号叛徒。"肖君侠言简意赅道:"他承压良多。"

肖若彤回想着,一边在嘴上念叨:"自从他进90号,他就变了,变得寡言少语了,昨天我开车,他就坐在我旁边,只盯着前面,一句话也不说,我都觉得他陌生了。"说着,她看向肖君侠,神情中有一丝无措:"六哥……我。"

肖君侠冲她摆摆手:"等我联系上组织,我们带他一起去新四军根据地吧。在90号他太压抑了,我怕他压力之下,做出不理智的行动。"

他们话中的人,这时正站在自家祠堂里。姐姐顾慧中的照片,已摆在父亲顾希形的边上。海沫从一旁进来,端盘梅花糕,轻轻放在顾慧中面前。她放完,退后一步,望着顾慧中的眼睛说:"慧中姐,易中给你做的梅花糕。"

顾易中听见,并没什么反应。海沫看了他一眼,合掌微低头默哀,退出祠堂门外。

站了些时候,顾易中回到卧房。他进去后,小心关上门,不点灯,只借着格子窗外透进来的光线打开衣柜,从中取出一捆包好的东西。

那把枪。顾易中撕开包装,看着它,从鹰眼手上缴来的莫辛-纳甘。他坐在桌前,仔细地擦拭。

擦净了,顾易中也不上床歇着。他挂着莫辛-纳甘,呆坐,窗外的光将他的影子整个投到墙上,他与他的影子是两团漆黑。

第二天早上,海沫在餐厅将早餐摆上桌后,觉得有些奇怪。她看了一眼钟表,平常这个时间顾易中已经起了,可今天一点动静也没有。

富贵进门来。海沫招呼:"富管家。"

富贵回礼,疑惑道:"少爷呢,还没有起来?"

海沫说："是奇怪，平素这个点，他早起了。"

富贵想想，低着头叹气："少爷捎信让我回来，帮着料理慧大小姐的后事，慧大小姐这辈子太苦命了。"说罢，他掩嘴拭泪。

海沫忽然想起了什么，叫着他往后院走。

到了后院，海沫直奔顾易中房间。她试着敲了敲门，无人应答。她又推了一下，门没锁，索性走进去，已是人去楼空。

桌上只有一张字条。

"海沫，军生只能麻烦你了。易中。"

海沫的心一沉，只道不好。

顾易中正如她所料，打算前去报仇。他背着那把狙击枪，走上天台，朝下望了一眼，对面便是周知非在90号的宿舍。顾易中将子弹上膛，匍匐在地，瞄准了周知非宿舍门口来回走动的警卫。

顾易中将瞄准镜对准周知非，扣扳机的手指已蓄势待发。这时，他突然听到后面似乎有人从楼梯上来，轻手轻脚的。顾易中马上掉转枪口，坐倚在墙板上，用莫辛－纳甘对准楼梯口。随着脚步声接近，楼梯口慢慢冒出了一顶呢帽子。那是谁？他紧张地用手扣着扳机。

慢慢地，那张脸浮了上来，顾易中意想不到——

那竟然是许久未见的黄秋收。他欣喜地叫起来："黄老师，先生。"

黄秋收笑着走了上来："我一早跟踪你过来的。"

顾易中没说话，转身，继续用那把莫辛－纳甘对准特工宿舍里的周知非，动作干净利索。瞄准镜里，周知非从宿舍走了出来。他做了一个扩胸动作，之后，纪玉卿突然从屋里跑出来，一直在跟他说着什么，显得有点激动。周知非就站在原地听她说话，一动也不动。千载难逢的好机会。顾易中继续瞄准，手指向内……

黄秋收一下握住顾易中要扣扳机的手，摇头，说："我们共产党人是不搞暗杀这一套的，易中。"

顾易中很顽固。他不松手，眼睛里渐渐有泪水泛上来："我阿爸没了，现在我姐也没了，这都是周知非害的。先生，此仇不报，此獠不除，易中愧为人子人弟。"

黄秋收凑近宽慰他："你现在一枪毙了他，只是报了私仇，你想过没有，真正导致令亲牺牲的是谁？"

顾易中还是固定在那个姿势上，眼神像是要把周知非烧穿。

黄秋收接着开导："……是日本人，是侵略者。抗战爆发以来，每天有无数的中国人因侵略而牺牲。国不平，家自难安。"

顾易中咬着牙："那我现在为民除害。为苏州的四十万父老乡亲，除掉周知非这个汉奸。"

黄秋收叹气："易中，你还是没明白。"他松开手，看着顾易中。后者仍在瞄准，不懈寻找下面还在运动中的周知非。眼看着顾易中就要扣下扳机，黄秋收这才不疾不徐地吐出一句话："儒以文乱法，侠以武犯禁。"

顾易中浑身定住，如遭雷击。他放开手，转身回头，红着双眼问黄秋收："正道何在？"

黄秋收笑了，鼓励地看向他："对。……正道何在？！"

顾易中满脸的不服："先生，当下乱世，奸人横行，宵小得志，正义蒙尘。难道我们就眼睁睁地把这个世界，让给这些不知廉耻的汉奸们？！"

黄秋收摇头否认。"当然不。"然而他话头一转，"但周知非这种三姓家奴，叛党叛国的汉奸，应该接受政府的公审、人民的子弹，这才更有警世意义。"

顾易中喃喃重复道："政府的公审？人民的子弹？"

黄秋收颔首："这才是正道所在。易中，收起你的枪吧，击毙周知非只是图一时之快。"

顾易中慢慢地把枪收起来,放下,人也一下子顺着塔楼板坐下,精神不振。他委顿地说:"当初进90号我是想证明自己的清白,现在真相大白了,我真的不知道我还能做什么,在里头还有什么意义。"

黄秋收捏捏他的肩膀。"你能做的事情太多了,要不是你提供的线索,何顺江、周振武他们怎么能拿到那么多药品?你知道那些药对于战场上的新四军战士们来说,有多重要。"他停了停,又继续说道,"要不是你去了90号,肖君侠又怎么可能获救?这些都是你的功劳,是你潜伏在90号的意义。"

顾易中沉默以对。他的感受一时间没法转变。

黄秋收接着说:"我知道,你一个人很孤独。组织上这次安排我回来启用你的身份,配合我们在苏沪地区的工作。平江路那边有个照相馆,叫容光,是我们的一个联络点,以后你可以通过这个联络点和我单线联系,易中,我正式成为你的上线了。"

顾易中抬头看黄秋收,神色松动了些许。黄秋收看着他,诚恳地说:"易中,我希望你能在90号坚持下去,请你相信,你不是一个人在战斗。"

顾易中眼神里有了光。

黄秋收抓住他的手,说:"站起来,易中,看看我们的姑苏城,在清晨的阳光下,它是多么的壮美。我们的家园多美啊。"

顾易中慢慢地站了起来,与黄秋收在塔楼并肩而立,看着远处的姑苏城。黄秋收叹道:"易中,虽然你现在还不是共产党员,但我希望,共产主义的信仰可以带给你力量,引领你走出无尽的黑暗。"

清晨的薄雾,此时悄然散尽。初升的太阳跃上苏州城上空,天地豁亮起来。

第十三章
坑杀

凤苑书场内，海沫正在唱着弹词。底下有客人进来，一身贵妇的打扮，在不显眼的地方坐下。海沫不经意地看一眼，觉得眼熟，再细看时，却发现是区晰萍，似笑非笑地盯着她。

是夜，在营造社，肖若彤将一根木质的拐杖交给肖君侠，说："六哥，你试试这个。"

肖君侠拿它在手里看："哪儿来的？"

肖若彤一抬下巴，微微笑着："我自己做的。以前易中教我做的。"

肖君侠将拐杖用起来，走了两步。他脸上露出笑容，对肖若彤说："这个好，有了这个，平时就不用老麻烦别人扶我上茅厕了。"肖若彤去挽他胳膊："六哥你还嫌弃起我了。"

陆峥这时敲门进来，兄妹两个收起了嬉笑神色，等他说话。

"顾易中来了。"

肖君侠看不见他人影，有点疑惑："人呢？"

陆峥指了指上面："房顶上。我瞧着他今天状态不太对，跟他说话，也不搭理。"

肖君侠看向肖若彤，说："你去看看他吧，慧中姐刚过世，易中一时很难走出来。"

肖若彤点头应下。她顺着梯子爬上营造社的房顶，见顾易中一个人在上面坐着，她便走了过去，在顾易中身旁坐下，用肩膀轻轻顶了他一下，说："来了怎么也不说一声。"

顾易中只看前面，不发一言。风吹动两个人的头发。

肖若彤也目视前方："慧中姐牺牲，还有胡之平是八号的事，六哥已经写成详细报告，由交通员送到那边师政治部敌工科，易中你总算昭雪。"

顾易中紧攥拳头，不让自己落泪："为了这一天，付出太多。阿爸，姐姐，都没了。"肖若彤一把握住了顾易中的手，她想起六哥说的话，也想把这份心意告诉他："易中，乐观一点点。"

顾易中抱膝，痛苦但坚定地说："我能坚持得住。"

肖若彤看着他就这样封闭自己，心里也怪难受的。她将手搭在他肩膀上，说："把心中的痛苦跟我说说，易中，我不想你这样子。"

顾易中也不知道从何说起。有些事过了，有些人没了。他憋了一会儿，只说道："战前，咱们俩也经常坐在这儿，那时候充满理想，充满斗志，满心全是希望。现在，我好像已经不知道什么是希望了。"

肖若彤握住了顾易中的手："组织上同意你跟我们一起回根据地。六哥在做安排，很快我们就可以走了。"

顾易中没回答。

肖若彤看着他："怎么了，你不想跟我们走？"顾易中缓缓摇头，颇有些犹豫的样子："有些事，我不知道应该怎么说。"

肖若彤心中有些忐忑，她只当是顾易中接连失去亲人，心理上承受不住，便劝说他："易中，你千万不要去做什么冲动的事情，找周知非报私仇，个人的暗杀不是我们的风格，也不能解决根本的问题。"

顾易中这时才看向肖若彤，她担忧的神色软化了他的心。

"我知道。"

肖若彤接着说："我不想你再离开我，哪怕一分钟。"顾易中握紧她的手，说："我也是。"肖若彤心跳得很快。她靠到顾易中身上，脸贴着他的肩膀。

顾易中感受着她的体温，想起一件正事："明天你帮我去定慧寺找一趟富贵。他的身份估计已经暴露了，周知非暂时不会动他，但日后不好说。你通知他务必尽快离开苏州吧。"肖若彤点头，补充道："你自己也要小心。"

- 525 -　　第十三章　- 坑杀

顾易中将肖若彤揽在怀中。他闭上眼睛，叹了一口气："若彤，什么时候咱俩才能无忧无虑地，就这样安静地在一起呢？"肖若彤抚着他的手，不知答案究竟是什么，只说："快了，易中。"

顾易中轻轻用脸颊蹭着肖若彤的发顶。他只想留在这一刻，但他明白不能。

"越快越好。"

两人怀着微薄的、但仍跳动着的希望，坐在房顶上，紧紧地依偎在一起。

而就在顾园外，僻静处，有一辆小黑车悄然靠了过来。

与肖若彤作别，回到顾园，顾易中走进厨房，发现奶妈正喂军生，王妈在一旁照顾。她一抬眼看见了顾易中，问道："少爷回来了，吃饭了没有，要不要给你做点吃的？"

顾易中摇头说："不用。军生挺好的？"

王妈颜面上有笑容："好，吃了睡睡了吃。幸亏于妈妈水足。"奶妈听了，也抬头一笑。

顾易中接着问："没看到海沫？"

王妈也疑惑，回他说："下午去了凤苑书场就没回来，惯常这个点该回来了。"

正在两个人说话的当口，前厅电话响了。顾易中接起话筒，是区晰萍的声音。

"你家门口，停了辆车，上车，听司机吩咐。否则你再也见不到海沫了。"

顾易中情绪一顶，冲出门来，向大门外看去，果然见一辆黑轿车。他直接上车，车上仅坐着司机，看见顾易中坐上车，没说话，只是指了指车后座放着的黑眼罩。顾易中了解规矩，拿起眼罩戴上。

眼罩一戴好，车就发动起来。顾易中感受着车子前进、转弯的动静，如堕雾中，内心暗自着急。

半途，车一拐弯，开到一条临河的石板道。顾易中在车里戴着眼罩，有些忐忑不安。在黑暗中，他感觉到车子不动了。车确实到达了目的地。司机不带感情地告诉他："下车。"

顾易中摘下眼罩，开了车门。眼前有石板路，以及更远处被黑夜浸没的河水。

司机接着指挥他道："上船。"

顾易中迈步下车，人一站到街上，车就走了，更使他感受到这条临河街的冷清。河面也空空荡荡。他向岸边看，果然看见台阶下面泊着一条不大的船，随后就顺着台阶下去，上了船。

站在船头，他能隐约看见舱里的人影。他凑近，眼睛习惯了黑暗，才辨认出那是海沫倚着琵琶而坐，受了委屈似的，不得笑颜。他的心因此颤了一下，唤道："海沫。"

海沫见是他，脸上有了些焦急："你来干吗？快走。"

话还没说完，区晰萍从那边船舱低头进来，已换上了一副家常装束，看顾易中的神情淡淡的，又扫一眼海沫，道："果然郎情妾意。"

顾易中不愿坐视海沫被拘，想要动作，背后却又有二人跳上船——沈一飞及船夫。三敌一，顾易中判断形势，知道自己难以轻易脱身。沈一飞一挥手，那船夫即用船桨一点，船就离开了岸边。摇晃中，顾易中望着区晰萍，眼神如刀："海沫不是咱们行当的，别把她卷进来。"区晰萍嗤笑一声，瞄着顾易中说："怪不得臭丫头死心塌地地跟着你，确实是个有情种，可惜干了特务。"

顾易中不愿纠缠，知其中定有条件，于是直接问："怎么才能放人？"

区晰萍也喜欢他爽快,给了价码:"蒋伯先。"

话虽不多,事却不少。顾易中在脑内过了关于他的种种,最后也只能吐出一个字:"难。"

区晰萍打量,知他是诚心回答,便说:"你可以再挖一次地牢,或者想别的招。"

顾易中摇头,眉间深锁:"他已经不在90号里头了,被周知非转移到秘密地点扣押,没人知道地址,知道了也没人能救得了他。"

区晰萍抱臂看着他说:"所以我们才想到你。顾易中,这买卖你不亏,"她斜睨海沫,"海沫比那个女学生长得好。"

海沫心里又急又羞又气,不自觉挺起上半身,要赶走顾易中:"顾易中,别听她的。她也不是我表嫂。"区晰萍神色一凛,蹲下来捏住她的手腕,说:"你住嘴比较有用。"海沫不买她的账,跟着又张口,她一下子就给了海沫一巴掌,霎时的脆响惊得顾易中心里一跳。海沫脸上皮肤白皙,立时浮现出红的五指印来。

顾易中差点奔到她身边去。他忽然加重了语气,不想让自己显得软弱可欺:"再动她一下,什么交易都别想有。"

区晰萍将手收回来,看着他:"那就这么定了?"

顾易中不能就这么认栽了。他回敬道:"你应该找周知非要人啊。他不是你们的人?"区晰萍背过去,言语中带怒意和酸楚:"我们的人?他恨不得要我们的命。他是中统的叛徒,是中国人不齿的汉奸。"顾易中明显感觉到,她这话是说给沈一飞听的。沈一飞倒只是把手插进西装口袋里,一言不发。

区晰萍不想再多说了,她直接列明条件:"给你两天时间,用那老头换这小娇娘。"

顾易中心想,这把他当成什么,才两天,不眠不休也没戏啊。于是他直说:"两天,办不到。"海沫着急对顾易中喊:"不要答应她,你快走,她不会对我怎么样。她那是演的。"

顾易中怔怔地望着海沫。他们怎么忽然竟真有几分生离死别的意味在了?

区晰萍看着他,又看看海沫,啧啧摇头:"魔怔了。"她迅速拔出枪,对准海沫的太阳穴。速度之快,在场的没人看清她究竟是如何做完这一套动作的。这便是她的利齿之一,这样的世道,女子少不得傍身之物。

顾易中明白,这件事对各方都极为紧要,中统也不例外。他看着海沫因枪口的逼迫而偏过头,深吸一口气,说:"慢着!成交。"

区晰萍稍稍将枪收回去些:"两天后,如果我见不到蒋伯先,你就等着给她收尸。"海沫白着脸看了顾易中一眼,顾易中试图用眼神告诉她没事。区晰萍继续说:"日本宪兵队也正在找这位蒋伯先,要是日本鬼子先得到人,重庆可能跟汪伪一样,也投降了。顾先生,我不管你是哪头的,总应该是个爱国者吧。帮我们也就是帮你们自己。"

说完,顾易中被后面两人扯下了船。船被撑开,越漂越远,他在岸上一直看着区晰萍,等她收回枪,才转身走了。

他忐忑地走在路上,风声搅得他心神不宁。风吹得顾易中有点冷,他于是把头缩在风衣领子里,一副躲避的姿态。他知道,自己需要找人商量,但他谁也不想找。

90号特工站连廊下面拴着一匹马,是近藤的马。周知非匆匆走过来,看见了那匹马,不动声色,接着走路。他从容走到近藤办公室外,黄心斋着急地迎上前,说:"哎哟,站长,你怎么才来?近藤太君等得都不耐烦了,让我出来瞧瞧你。"他着急迈步,见周知非落在后面,又催:"站长,快点。"

周知非听了这话,站住说:"这大晚上的,都下班了。"黄心斋听了笑:"下班?干特务的没听说还下班。"周知非就看不惯他这样子,反唇相讥:"干特务的不是人?"黄心斋身居下位,不能与他真斗起嘴来,况且近藤他也惹不起,只能说软话:"站长,快点,求你了。太君刚回来,别惹他生气。"

周知非白了一眼,跟着他过去。黄心斋敲办公室的门,过半响,才听里面近藤用日语说了声,进。黄心斋于是推门,带着周知非进去。

黄心斋开门时,近藤正跟岩井低头盼咐什么,看见周知非,两个日本人都停滞了一下。黄心斋躬身:"太君,站长来了。"近藤看着周知非,半天不开口。

周知非可不愿傻等,他直接问:"阁下这大晚上把我唤来,不知有何紧急事务?贱内刚把洗脚水给周某倒上。"

近藤点头:"你跟太太搬到站里的宿舍来住了,对的。"周知非不想显得谄媚,于是解释清楚:"重庆那边穷凶极恶,一直暗算周某。"近藤追问道:"是那位姓区的区长指挥的?"周知非只回:"我正在严查。"

近藤摆手,说:"我已经知会苏州宪兵队野村中佐阁下,他会介入剔抉的,苏州八大陆门三大水门,已经严加管制进出人员。重庆的人,一个也别想跑掉。"黄心斋借机拍马屁,竖大拇指:"太君威武大大的。"近藤没理他,只是向周知非说:"我不在的几天,90号出了问题。"

周知非假装没听见,黄心斋没办法,只好自己回答:"也没有多大问题,太君,就是地牢被炸了个窟窿,逃了一个在押的共党。"近藤听出这里面是避重就轻,眉毛一立:"黄,你也不跟我说实话。"黄心斋叫冤叫屈:"太君,心斋一直是忠心。"

近藤打断他的话,指了指桌上的文件:"你们看看这个。"岩井把桌子上的文件递给周、黄二人，日语他俩看不太懂，但照片上的人，周知非却看得清楚。

蒋伯先。

黄心斋却显得并不知情，问道："太君，这谁？"

近藤流露出一点倨傲，只抬眼看着周知非："你不识得，周，你应该熟悉吧。"周知非避开他的眼神，回答："周某也不识得。"

近藤一努嘴，清楚解释道："重庆要员，中央委员蒋伯先，据说已潜入京沪，被76号房获，上海宪兵队找特工总部要人。李一问三不知，据可靠情报，蒋就在苏州，关在我们90号。"

黄心斋听得张着嘴："是吗？太君，这么大的事，心斋怎么不知道。那，站长，站长，你一定知道。"他扯了一下周知非的袖子，后者带点厌恶，躲开了他，避称："周某也不知。"

近藤并不着急，看来是已对此事有把握的样子。他交代："我已询问过陆监狱长了。周，什么时候收押的蒋伯先，现在他人在何处？"

周知非坚持："知非印象中，没有收押过此犯。"他这时直视着近藤，希望这能使他相信："阁下，陆监狱长一直管理严格，90号特工站监狱连续两年被评为特工总部的模范监狱，若有此犯，监狱登记簿上必有记录，阁下一查便知。"

近藤冷冷一笑："监狱长说的跟你一模一样。周，你们对过口供。"

周知非心里忽悠一下，但他知道此时不能承认，还是坚称："没有必要。"

近藤看这边走不通，转向了黄心斋："黄，你呢，真不知道？"果真如他所料，黄心斋能吐出些有用的东西。他犹犹豫豫地说："太君，有一天夜里我是看见过张吉平他们……"

然而同时，周知非在那里做眉眼功夫。黄心斋余光看到，心想，虽然日本人权势大,但顶头上司终归是周知非,于是了然地把话音转了向:"押着一些人进地牢,但,不是照片上这个人。太君,或许是情报有不准确的地方。"

近藤听着,烦心马上到嘴的鸭子飞了,便更觉得黄心斋可憎,赶他:"你的出去。"黄心斋温顺:"好的,太君。"

近藤接着招手让周知非过来:"你的过来。"周知非故意抬起拖鞋脚,说:"阁下,我还没洗脚,脚臭,别熏着阁下。"近藤面带愠怒地叫:"过来。"周知非这才往前一步。

桌子上还有一封航空信。周知非离近才注意到,右眼皮忽然突突跳了几下。近藤怒意已消,状似不经意地指指:"令公子又寄来家书。"

周知非接过来。他知道这大概并不是什么好消息,但他也说不了什么别的话了。他屈辱地低下头,咬牙说:"多谢阁下。"

近藤说话不紧不慢,又提起一桩:"大阪陆军地方幼年学校正在京都留学堂招收少年学员,为日本帝国培养军事干部。周,我正在琢磨是否推荐令公子成为少年帝国军人,将来为帝国浴血沙场。"周知非听得心惊肉跳,连忙拒绝:"犬子鲁钝,恐非军事人才,况且他的身体……"

近藤观察他的反应,知道挟持已经奏效,于是满意地打断周知非,盯着他,吐出三个字:"蒋伯先。"

顾易中推门进咖啡厅,发现肖若彤正一个人坐在靠窗边的位置读诗集。他坐过去,肖若彤注意到他,没抬头,说:"你来晚了。"

顾易中点头,问道:"有情况?"

肖若彤这时才合上书,注视着他。"明天咱们走。六哥有一个关系,在和平军里当营长,明天,他们要出城清乡,我们可以乔装成士兵,混着出城门,"她想了一下,接着说,"从阊门出,去常熟。咱们部队在那边建立了新的根据地，"一边说着，她把一包东西交给顾易中，"这是和平军的军装。"

顾易中不知道怎么说。他叹气，把军装塞了回去："我明天没法跟你们走了。"

肖若彤没想到是这样。他之前明明还盼望着这一刻，方才一定发生了什么事情。她焦急地问："怎么了？"

顾易中照实答："海沫被中统的人绑架了，我得救她。他们现在逼我救出蒋伯先。"

肖若彤回忆了一下："六哥那个抽鸦片的牢友？"

顾易中点头："对。"他抓住肖若彤的手："若彤，海沫救过我的命，我不能坐视不管。明天你跟六哥先走，我这边一脱身，就去常熟找你们。"

肖若彤挣脱开，眼里有了泪光，倔强地说："我不走。"

顾易中就怕这样，他绝不能拖累了她。

"若彤，听话。"

肖若彤很坚持，她知道，自己选择要走不只是为了内心的安稳，如果顾易中不能一起，那这样的选择也没有什么意义。

"你不走，我也不走。易中，我说了，我不想离开你，一秒也不。"

顾易中还想劝她："若彤。"肖若彤抬手阻止他的话："听歌。好久没听见这首歌了。"

留声机正唱着《教我如何不想她》：

啊！
微风吹动了我头发，
教我如何不想她？
月光恋爱着海洋，

>　海洋恋爱着月光。
>
>　啊！
>
>　这般蜜也似的银夜。
>
>　教我如何不想她……

肖若彤听着，闭上了眼睛，她谈起回忆。"易中，还记得吗？你刚回国的时候，我们在留园野餐，你唱这首歌给我听，当时我觉得我是天底下最幸福的人。"她睁开双眼，眼圈已经泛红，但她笑着，对顾易中说，"我怀念三七年以前的日子，和你在一起的日子。"

顾易中紧握着肖若彤的手，内心伤悲："我也怀念。"

周知非在宿舍内泡脚，脚下暗红掉漆的木桶里冒着热气。屋外走廊有人影子，留下一点摩擦的动静；那影子隐隐趴在玻璃上看，像是黄心斋。

一旁，纪玉卿在看儿子的信。她颠来倒去地看，不大懂，只是问丈夫："老周，你看看，儿子又挨打没有？"她把信递过去，周知非看也不看，假寐着说："这不是幼非的信。"

纪玉卿困惑，道："是儿子的笔迹，我认得他的笔迹。"

周知非睁眼瞥她一下，解释说："是封样板信，儿子哪回写信这样整整齐齐、有板有眼的了。只有抄的信，才能这么连贯整齐。这是他抄的样板信。"说完，他把一只脚拔出来，用抹脚布擦干。

纪玉卿读来读去，觉得他说得有道理。"还真是。"她说着，回想起信里的内容，以及刚刚丈夫转达的事，不禁又说，"老周，你说东洋人要逼着儿子参军，那会不会以后幼非就带着兵回苏州，你们爷俩里应外合，我多好捞啊。"

周知非听得心头火起，一下子就把抹脚的布甩在纪玉卿的脸上，骂她："纪玉卿！让老公当汉奸，让儿子当日本军人，还要让他带兵打回中国。你他娘的还是中国人不是？"纪玉卿委屈，嘟着嘴："我不是随口说说而已嘛。老周，现在怎么办？东洋人要这个姓蒋的，李先生又不让你交人。你现在就是只风箱里的老鼠。"

周知非不愿听她再分析，自己这情况已经够不体面的了。他只是说："你带着好衣服没有？"纪玉卿眨巴眼问："干吗？"周知非答她："明天跟我去应客。"纪玉卿脸上泛出一点波光来，心想总算有点喘气的时候："真的，天天在你们90号这破宿舍里，快臭成咸鱼干了。我穿那件绿的还是碎花旗袍？"她急不可耐，说着，已经跑去开箱了。

楼层隔音不好，她刚去，周知非又听黄心斋的太太狮子吼："黄心斋，我的洗脚水呢？！"他看了看窗外，那个影子倏忽飘走了，但还是能看出，那显然是端着木桶轻闪的黄心斋。周知非轻嗤一声，根本不当回事，用脚去勾他的拖鞋。

黄心斋正看着，忽听妻子生气地叫他，赶紧端着一桶水进了自家贴破春联的门，一边忙不迭回应："来了来了。"

再到楼下，却是张吉平不动声色地站在地面，看着楼上的黄家夫妇表演。

第二天，周知非即带了纪玉卿"见客"。他们来到一座孤零零的别墅，建筑周围，歪挎着王八盒子的特务在巡逻，楼顶上有枪手在趴着。他们这一前一后两辆车进了院子，前面的保镖下车，替后面车开门。周知非先下来，又服侍纪玉卿下车，两人手挽手进了建筑大门。

客厅里，蒋伯先正发脾气，手挥着象牙烟枪吼："周知非他到底什么时候来？我告诉你们，要么把我放了，要么把我杀了，蒋某人绝不投降！"上海特务站在边上不吭声，任凭其发怒。蒋太太站在边上，手足无措，只劝道:"老蒋,不生气,我再给你烧一个烟泡吧。"

蒋伯先一挥袖:"不抽了。没心思抽。"

恰在这时,周知非带纪玉卿推门进来。他一进门,就堆着笑对蒋伯先说:"蒋先生,知非失礼了。一直没来看您。小事缠身,这不,一抽出时间,我马上就过来看您了。"

蒋伯先"哼"一声,没有买账。

周知非笑容有些冷在脸上,但他接着说下去,把妻子往前推推:"贱内老纪,见过蒋先生跟蒋太太。"纪玉卿配合得好,笑着对蒋伯先夫人说:"蒋太太,听老周说,你老家是金坛的,我们是宜兴的,咱们很近啊。"她着意说了家乡话。

蒋太太一听,耳根子和心都有些软化了,便也用金坛话说:"可不是啊,站长老乡太太,你们要多照拂我们老蒋。"

纪玉卿接着说宜兴话:"好说好说。他们爷们儿说话,我不喜欢听,咱们进里屋聊点体己话。"蒋太太顺利应了:"好的好的。"说着,便引纪玉卿进了里屋。

周知非看她们闭了门,跟蒋伯先也在沙发上坐下。上海特务在边上站着。蒋伯先抱臂,仍旧一副气愤的样子,周知非安抚他:"蒋先生,有什么要求您尽管提,能满足您的周某悉听尊便。"

蒋伯先这时才愿意正眼看他,没好气地说:"别再来这些虚的了。我就想问一句,你们想让我在这儿住一辈子?"

周知非笑了,冲他摆手:"非也非也。李先生的期望您是知道,只要您愿意和我们合作,随时送您回重庆,来去自由。"

蒋伯先嗤之以鼻:"你们的话我现在能信?"

周知非心知他虚张声势,只不过想搏一个最好的条件,于是回答:"蒋先生要是不相信我们,当时怎么不跟着姓肖的匪共一起爬地洞跑了。"

蒋伯先果然虚下来,摸着鼻子:"蒋某那天不是阿芙蓉抽多了嘛。"

周知非清清嗓子,带点揶揄地说:"怕是有意为之吧。"

蒋伯先见想法被说破,有些不好意思,但他并不表现出来,连脸也没红一下,只是吁口气,坦诚地说:"他们什么都戒……真吃不消。"

周知非乐见此景,乘胜追击,要彻底劝动蒋伯先:"匪共可不会有我们招待蒋先生的条件。周某今天来,是想告诉蒋先生,你要是待得太闷,可以出门游玩,虎丘、寒山、狮子林、沧浪、留园、邓尉山。随意。"蒋伯先面上登时绽放出喜色:"当真?"周知非加上一句:"只要你带着我们的弟兄。"那边一下没了兴致,摊开两手直怨:"你看你看。"

周知非拱手,再道:"周某没别的意思,近日重庆方面暗杀团凶得很,周某都差点着了暗算。保命要紧。"

蒋伯先翻个白眼,自顾自说下去:"那明天我就逛逛留园,前年临《虎丘前山图》,园林方面的笔法总不得要领。"

周知非一听,心想这人不管从哪个方面看都是肥羊,竟还藏着这样的好东西。他不顾对方已流露尴尬之色,直说道:"原来明钱穀的《虎丘前山图》流到蒋先生手上,这可是宝贝啊。可喜可贺,何日让知非一睹为快?"

蒋伯先知道自己说漏了,暗叫不好,可说出去的话如泼出去的水,再难收回,他只能客套。"好说好说。"他想想,又补充了一句,"周兄,那明日兄弟就要出游了,"他特意对着后面一帮特务,提高了声音,"你们听见没有?别到时候又推三阻四的。"

上海特务回他:"李先生吩咐过了,苏州的事,我们只听周先生的。"

周知非似笑非笑,安抚性地拍拍蒋伯先肩膀,脑袋里却不知在转着什么主意。

谈完,周知非他们就要走。纪玉卿边用宜兴话跟蒋太太打招呼告辞,边坐上车。门一关，纪玉卿的喜色就溢出来，从随身包里倒出金条展示，又给周知非看看手上的镯子，说："发财了发财了。十条小黄鱼不说，还加了只镯子，你瞧瞧，这回真的是宫里流出来的。"她不等周知非说话，又一条一条把金条装回去，喃喃自语："没想到这蒋太太挺大方的。"

周知非笑她眼皮子浅，摸摸手腕上的镯子，轻笑道："只会搞点便宜货。他们家的《虎丘前山图》才是宝。"

纪玉卿瞪大眼睛，看着周知非："是吗？……咱们回去？"

周知非顶不喜欢这样。他皱着眉瞪妻子："差不离得了！纪玉卿……"说到半截，话又吞下去，心想算了，不加计较，又直接和前面司机吩咐："回90号。"

纪玉卿心里不爽利，但还是问周知非："跟姓蒋的谈妥了？"

周知非也并没什么把握。他长舒一口气，说："给他一个逃命的机会，是死是活，就看他的命硬不硬了。"

顾易中回到90号，从一楼走下来，发现监狱办公室里的人已不是监狱长陆耀庭了。他向那人问候点头，问他："陆监狱长不在？"

那个特务喝了口水，脸上挂着副"别提了"的神情："老陆跑了。"

顾易中心下奇怪，逃狱怎么扯到监狱长身上了？但他暂且按下，只是问："怎么就跑了？"特务回答："还不是那个窟窿闹的，东洋人要找他麻烦，老陆又不傻，留下当替死鬼？"

东洋人找麻烦……是因为他们需要的东西不见了。

顾易中看着秘牢大门，明白过来。这就是他的方向。

谢文朝正脚步匆匆地朝周知非办公室走去。他急着推门而入时，周知非正站在窗前想事情。开门声一响，他神情稍有不悦："慌慌张张的，说了多少遍。"

谢文朝喘着气说："顾易中他来了，老师。"

周知非挑起了眉："还没逃啊？"这引起了他的兴趣。

谢文朝回话确认："一早，照常来上班。"

周知非想不明白，于是推断起来："八号细胞暴露了，又救走了肖君侠，按理，他在匪共那边可以自证清白了。他还回来，这有点意思了。"

谢文朝只想着自己这边，说："他是四爷的卧底无疑了。"

周知非听见，想想自己这学生还是脑筋发死，点了一句："无什么疑？现如今，有什么无疑的？就是卧底，又是四爷，近藤还罩着，碍你什么事了。"谢文朝被训，点着头称"是"。

周知非又问他："老陆的事，都安排妥了？"

谢文朝腰杆挺起来一些："我让监狱长连夜跑的，这会儿，估计出江苏境了，老师。"

周知非点头，这件事还算让他满意。他接着吩咐谢文朝："还有一个消息，你要帮我散出去！"

另一边侦行办公室里，顾易中坐在工位上，心里暗自着急。他装作若无其事，听着李九招他们几个聊陆耀庭的事。李九招评论老陆逃走的事情道："不能吧。一个月八十元薪水的肥差，他还不干。"旁边另一个小特务不同意，说："钱没命要紧。"李九招啧啧，坐在办公桌角，说："错，老陆要钱不要命。"

此时，谢文朝进门来，看了看顾易中，后者不动声色，装作继续干自己的事。黄心斋跟在后面也进来了。他喊所有人出去："都下楼集合了，近藤太君要给大家伙训话，快点快点。"

顾易中慢腾腾地起身，明显感到谢文朝两只眼睛一直在他身上。

出去之后，顾易中看着90号所有人都纷纷走出办公大楼在训练场集合，心中升起不祥的预感。高虎凑过来，一脸担忧地问他："哥，这是又出什么事了吧？"

顾易中摇头，不置可否。他确实心里没底。高虎接着说："岩井昨天下午带着五六个宪兵出去，半夜才回来的，叮叮当当闹了半宿，不知道又是谁遭殃。"

黄心斋正在场上狐假虎威，对着众同事喊："快点，快点，动作都快点！一个个骨头痒呢！"转身一看，岩井就站在后面，瞬间变了脸，腰也塌下去。岩井面对他，一脸严肃，黄心斋夹着尾巴赶紧归了队。入队之后，他才发现两边宪兵荷枪实弹，岗楼上的机枪也朝大家头上瞄准，有些慌乱："太君要搞啥？谢科长，你站长老师没下来？"

谢文朝冷着脸回："我通知了，要不你去催。"黄心斋冷笑一声："我讨那个无趣做什么？"

在办公室里，周知非手上抚摩着宜兴茶壶，正不知道想什么事。

训练场上，黄心斋率众特工列队站着，约有三四十名，大家都看着戏台上的日式窗格，估摸着过了好大一会儿，窗格推开，是近藤站着。

岩井用日语喊立正。众日本宪兵立正，黄心斋照样学样，谢文朝却有些吊儿郎当。顾易中则漠然看着台上发生的一切。

近藤发话："地牢被炸的事，都传到南京了。顾问机关和宪兵队上下，都在嘲笑本人。得有人付出代价。"话才完，岩井一挥手，众宪兵押着被打得满身是伤的陆耀庭出来。

李九招没忍住出了声："老陆。"高虎也小声嘟囔着："监狱长。"顾易中颇有些担心，谢文朝看起来有些慌，想要开溜，正往后缩。黄心斋这时却一把揪住他，面带得意："谢科长这是怎么了？"

谢文朝脸上的肉跳了跳。

陆耀庭被押到岩井的对面，他半低着头。岩井开口："最后问一次，蒋在哪里？"陆耀庭摇头，嘴里全是血。

岩井没再说话，直接拔出他的手枪，对准陆耀庭的脑门。

砰！陆一下子歪在地上，血涌了出来。

事出如此突然，把黄心斋跟谢文朝吓了一跳。枪声也向上传，到了周知非办公室。他站在窗边，脸上毫无表情，只是背部轻微地抽搐了一下。底下90号所有人都呆立，看着台上的近藤，黄心斋紧紧揪住想要开溜的谢文朝。

顾易中朝着空中望去，天空阴着。耳边传来近藤的声音："这是欺骗和背叛皇军的下场。岩井。"

岩井听令，把放大的照片拿在手上，挂着给众特务看。近藤在旁补充："他叫蒋伯先，就在苏州。谁能找到他，奖赏一万元。知情不报……"他一指那具尸体："陆的下场。"

黄心斋咽口唾沫，双手紧紧攥着，手心都是汗。在他们面前那块地上，陆耀庭头朝下趴着，鲜血和脑浆已把石板红红白白染成一片，有几个人偷偷作呕，不敢出声。

这事完后，黄心斋去了周知非办公室。他向周知非请教时，对方一副心不在焉的样子。

黄心斋先问："站长，你觉得地牢的事跟顾易中有没有关系？"后面他似乎还想说什么，却欲言又止。

周知非看向他，意识到他大概是有什么别的要交代，让他直说："不必吞吞吐吐。"

黄心斋分析道："根据皮市街的房东交代，房子是出事前七八天才租出的。要从那户人家挖通地道到特工站，同时又知道暗渠，若非专业搞建筑的，熟悉地下结构，根本无法办到。"

周知非一点头，似是赞许："顾易中学建筑的。"

黄心斋受到鼓舞，笑了一下，说得更响亮了："这是其一！地道直通牢房，可见，他们清楚地知道牢房所在的具体位置。特工站来往人员都有严格的记录，能去到牢房的人更是屈指可数。若非有人里应外合，外面的人根本不可能知道这么精确的坐标。我查过牢房之前的进出记录，出事前，顾易中恰恰去过牢房。这是其二。"

周知非表示知道了："赶紧说其三。"

"其三就是，肖君侠是顾易中过去的领导，按理说，他们过去的感情，应该是非常深厚的。有动机。"他顿了顿，最后总结道，"综上所述，地牢的事，顾易中的嫌疑最大。"

周知非的表情看不出任何态度。他淡淡地转着茶杯，问："黄心斋，你跟我说这些，什么意思？"

黄心斋微微躬身。"事关重大，属下不敢有半点儿怠慢。"他仿佛觉得说得不够，又补充道，"不管是朋友还是家人，但凡对帝国的和运事业有障碍的，我都可以牺牲。"

周知非哂笑，将杯子往桌上一搁："够损。"

但黄心斋没有止步于此，他接着说："可站长一贯教训我们，损人不利己的事，不要做。"

周知非又有点不知道黄心斋想干吗了，只好先回他："净记这些没用的。"说完，却听对面人问："站长，你不会有什么把柄在顾易中手上吧？"

周知非有点不高兴了："绕上我干吗？"

黄心斋慢慢道来："你们算是有血仇的。顾易中父亲、姐姐的死，都跟你有关系。这个事明摆着，站长，你为什么不跟近藤太君说，反而让老陆来背这个锅。"

周知非语气冷下来，对黄心斋说："这些话你为什么不跟你的太君报告呢？"

黄心斋笑道："这些毕竟也只是推测，无凭无据的，咱也不好拿人，是吧？"

周知非翘起嘴角，语带讽刺："黄副站长，咱们俩第一次想到一起了。苏州站本来就有老中统、小军统，如果再加上四爷，不更热闹吗？"

黄心斋笑得有些不自然，他打着哈哈："别听他们瞎传，什么小军统大军统的，心斋唯站长马首是瞻。心斋的意思是，站长，你别再派谢文朝查我了，我跟重庆那头真的没联系，心斋保证，不在太君面前上你的眼药。"说完，他朝周知非觑了一眼，看对方没什么反应，又问："站长，你看？"

周知非没接茬儿，只是说："心斋啊，晚上你家灶台能不能借用一下？烧几个菜，请个客。"

黄心斋丝毫没想到他会说这个，却也不是什么为难的事情，只点头称是罢了。

入夜，顾易中走过曲桥。因为下午的杀人事件，整个特工站的气氛满是不祥。顾易中走到职工宿舍，上楼，他要去的是周知非的家。

到地方了，顾易中轻轻叩门。门拉开，是一身便装的周知非，还穿着拖鞋，跟以前他见连晋海一个模样。他招呼顾易中："易中，进来，快进来。"周知非熟络招手，仿佛俩人是几十年的老朋友。顾易中迈进屋，眼前地方不大，角落摆着一张床，一个简单衣柜，一个写字台，然后就是中间的一个矮桌子，两个矮条凳。

周知非如待一般客人一样热情："坐坐坐。"于是顾易中点头称谢，背对着门坐下。一落座，周知非便很有兴致地说："我让老纪做几个宜兴家乡菜，咸肉煨笋，雁来蕈。喝点儿？"还未等顾易中言语，他就从柜里拿出一小坛老酒，给顾易中面前的杯子倒一杯，也给自己倒一杯。

周知非放下酒坛，端起杯子："我先干。"他一口把酒闷了，看见顾易中不动面前的杯中酒，就一把端过来，以惋惜的口气说："都是他娘吴四宝闹的，自从他在90号被毒死之后，咱们特工之间喝个酒，都没信任度。"接着，周知非又干了，把两个杯子并排放着，继续从坛子倒出酒来。他也继续抱怨："吴四宝活着就是个害人精，死了也能害人。他就毁在他老婆身上。"两杯重倒满，他指着，对顾易中说："这样，两杯，你先端，喝哪杯都行。"

顾易中看着并排的两杯老酒，并不动手。他不想绕圈子："站长唤易中来，有话直说。"

周知非也不回他，先夹了一块笋，看着："这咸肉煨笋的笋是李先生的一个朋友年初从闽北带过来的，放在冰箱半年多了，下午才让刘妈从公馆里取出来。你一定得尝尝。"他向顾易中抬抬筷子头，示意。顾易中还是不动。

周知非叹了口气，放下筷子徐徐开口："令姊去世，无关周某的事，不管你信不信，周某也很痛心。她是死在她最爱的人手上。"说完，周知非喝了一杯酒，或许算是赔罪。

顾易中眼中隐隐见泪光，一见便知心里还是放不下："她爱错人了。"

周知非微笑，对顾易中说："胡之平是我打的，我算是替令姊报了仇。"他观察着顾易中神情的变化，又接着问："易中老弟，我就是有点不太明白，你还回90号干吗？"

顾易中没法和他交底，只能含糊过去："自然是有事未了。"

周知非点点头，将手指放在嘴唇上，望着顾易中，再次确认："是奔着周某来的吗？"

顾易中摇头，看着周知非，脸上隐现笑影："我又不像你，只顾个人恩怨。"

周知非看出来了，但他更觉得顾易中傻。他发表起自己的处世哲学："那是因为我明白，国家利益不是你我这般小人物能摆弄得了的。易中，听老哥一句劝，该收手收手。八号细胞暴露了，肖君侠你也救走了，有了清白还立了功，何不事了拂衣去？"

顾易中原本也是这么想，但经过这些时间，他的想法慢慢转变了。不过现在，他只是需要一个说服周知非的理由。

"90号是那么容易脱身的吗？站长，我记得你给我们上课的时候说过，特务工作，说到底是政治工作，要忠于党派、忠于国家、忠于领袖。哪怕只干一天，一辈子也脱不了干系了。"

周知非笑出了声。他真是没想到顾易中给出这样的答案："你还真是我的好学生啊，说得我都要相信了。"他想把手搭上顾易中的肩膀，被对方不着痕迹地躲开。顾易中淡淡地说："站长，这世上，每个人都有短，没必要替日本人卖命，你说是不是？陆耀庭今天的下场大家可都看见了。"

周知非点头赞成："这也是我要跟你说的意思。咱俩没仇。从你父亲尽忠那会儿，咱们就没仇，令姊去世，咱们没仇，仇都应该算在小鬼子的身上。"

顾易中有些憋不住。道貌岸然，他心里想，不过嘴上不能说。他只好附和："那是自然的。"

周知非接着话头，算是请求他："我不挡你道，你也别拆我台，好不好？易中。"

顾易中敷衍："站长说得是。"

周知非脸上慢慢有了红晕："在90号，我就看好你。下回李先生来苏州，我引荐引荐你。千万别跟在黄心斋后头混，这小子人前人后，各有一套，下午刚告了你的黑状。"

顾易中并不在乎黄心斋怎样,对着周知非已经够累了。他只说:"易中问心无愧。"

周知非又喝了另一杯酒,两个空杯仿佛圆睁着眼睛看上方。

"我知道你为什么回来。"他停一下。顾易中等着下文。

"蒋伯先。"

顾易中感到片刻的惊悚,随即放松下来。他们虽然在说同一件事,但事情的关键不一样。他承认:"一万元悬赏不好挣。"

周知非幽幽叹气,对顾易中说:"告诉你在四爷那边的朋友,蒋伯先是李先生的要犯,谁都甭想得到。"

顾易中不置可否:"现在最想得到蒋伯先的应该是近藤吧。"

周知非正夹菜吃,闻言慢慢咀嚼了这一口,才说:"是我。"他像是艰难地咽下什么东西,接着说:"谁都以为蒋伯先为周某所掌控,周某又何尝不想这样啊。易中老弟,以后慢慢地你会品出周某的苦。"

二楼厨房里,纪玉卿正把菜盛进盘子,黄心斋冷眼旁观。纪玉卿放下菜盘,在围裙上擦擦手,对黄心斋说:"心斋,谢谢了。"

黄心斋大手一挥,表示没事儿。

屋里,周知非端起一杯酒,刚要喝,被顾易中夺过来,一口干了。他有点错愕,看着顾易中站起身,整理好衣服:"站长,谢谢相邀,易中告辞了。"

这时,纪玉卿端着一盘菜进来。她一见顾易中已经整装,赶紧挽留:"怎么,易中要走?这菜还没上完呢。"顾易中只点了点头,没说话,便迈出门去。

纪玉卿估摸着他拐弯下楼了,挂下脸说:"黄心斋家的灶头不太好使,我好不容易才炒熟了这盘杨巷羊肉。"周知非没说什么,用筷子指了指空位,纪玉卿省得,将菜放过去,随即回身掩门,在顾易中的板凳上坐下。她一边拿筷子戳着盘里的羊肉,一边问:"老周,既然拉不过来,干吗不早点做掉?"

周知非喝了另一杯酒,又夹菜吃,嚼的动作很实。他等了一会儿,才说:"该死的早晚都会死。老纪,过了明天,咱们就搬回家去。"纪玉卿半懂不懂的,但她知道,周知非心里有数。

楼下特工宿舍院子里,张吉平还在修桌椅,见着顾易中下了楼梯,不过一会儿,黄心斋也急忙跟着下来。张吉平抬头,看了看黄心斋的背影,跟踪他出去。

顾易中朝园林方向走,才转过一个圆门,就被一个人伸手拉住。他下意识害怕,想出手攻击,那人一挡,叫他"易中",他才看清。

是黄心斋。顾易中没答他,黄心斋先做噤声状。他悄声问:"老家伙跟你说什么?"

顾易中自然不能告诉他,敷衍道:"也没什么。"

黄心斋一副了然于胸的样子:"别瞒我了。连过年的笋都贡献出来烧了,周知非还不给大好处。别信他的,易中,那老家伙嘴里是一句真话没有。"

顾易中想起周知非说的话,有点想笑。这人倒还不是全然黑心。他含含糊糊地说:"那倒不一定。"

黄心斋啧一声:"你看你看,中毒了吧。我跟你说,想不想跟哥一起立功?"

顾易中隔着黑暗看黄心斋。他想,这也是条办法。

黄心斋接着炫耀:"哥找到蒋伯先踪迹了,76号那俩特务喝多了,说明天蒋伯先会去留园。"

顾易中带着讽刺的心情恭维道:"黄站长马上有一万元入账了。"

黄心斋否认:"不是钱的事。"他抓住顾易中的手,请求他:"易中,哥缺人手,跟哥一起干吧,我不会亏待你的。你考虑考虑?"

回家之后,顾易中直接到书房,背身而坐。正在他想事的当口,电话响了。

原来是高虎偷偷打直拨电话给他。他小声说:"哥,打听出来了。"

顾易中轻笑一声:"你打的不是分机。"

高虎也笑,但说的事情很严肃:"听你的,直拨的。目标,明天下午,留园。"说完,高虎马上放下电话,装作什么都没发生的样子。他根本就没注意到,不远处,谢文朝正盯着他。

顾易中已在家穿戴好了,正要出门。他边往门外走,边交代王妈:"王妈,我出门一趟。军生辛苦你了。"

王妈回:"放心吧少爷,王妈把小少爷服侍得好好的。"

顾易中没什么别的事担心了,疾步离开。

下等妓院里走廊狭窄。老鸨正带着一个客人往里走,这人背身,看不清楚,但显然他对周边莺燕有些不习惯。老鸨带他到一个门前,拍门叫道:"老板。"里头拖了半天,方才应了句:"进。"

老鸨让进那个客人,然后把门从外面合上。门里湘妃榻上,黄心斋整了整衣裳,把靠在身上的女子推开些。进门的则是中统特派员,季洪博。

季洪博皱眉道:"心斋,怎么安排在这么个地方见面?"黄心斋悠悠回答:"下等妓院在特工临时会面地点选择中,列第二。"季洪博不以为然:"也就是你们军统这么教,徐先生要是知道我们在这等下流的地方见人办公事，还不把我们骂得狗血喷头。"黄心斋跷起腿慢慢地说："所以徐先生没有戴老板吃得开。"

季洪博不想和他多废话，直接问："这么急约我什么事？"

黄心斋清嗓子，好像捏着什么宝贝似的："蒋伯先的时间、地点有了。"

季洪博表情一下被点亮了，他催促道："太好，快说说。"

黄心斋没直接应声，喝了口茶。季洪博让那小妓女先出门，小妓女有些不高兴地哼了一声，出去把门关上。黄心斋还是晾着他。季洪博明白，从随身拎包里掏出一沓文件钱财。他数道："旅行证，真正吴县区公所发的，不是假造的，出差路条，还有转道上海的车票，盘缠，你的，你太太的。"

黄心斋验看了一应物件，又把太太的那个退还给季洪博，说："我太太的这个不要了。"

季洪博一愣，问："她不转移了？"

黄心斋摆手，身体放松地靠回去，闭眼说："她跟我母亲脾气一直不太合，趁这个机会，让她滚蛋，我带着孩子走就是了。"

季洪博拿着旅行证，点头："明白。"说着，他就把那证件撕掉了，一边撕，一边着急问道："蒋伯先？"

黄心斋睁开眼，突然换了一种神情逼视着他："洪博，我们家老太太的事没骗我吧？"

季洪博本就急于知道蒋伯先的消息，这一下更急了，忽地站起来说："心斋，这么说就没意思了。我在重庆照顾你娘比对我亲娘还好，照片上回不也给你看了，你这会儿怎么疑心了。"

黄心斋也认真起来，脸绷着："要不是我们家老太太，我才不干这掉脑袋的事呢。我跟你说，周知非被刺的事，他已经怀疑是我出卖他家的地址了。"

季洪博心想也是，人之常情。但他现在没工夫顾，只要关键问题解决了，剩下的怎样都好说。他还是催着黄心斋："蒋伯先。"

黄心斋知道自己这是讨不着便宜了，叹口气："给我四个人手，六条枪，一百发弹，轿车一辆，明日午后，留园后门小径上候着。"

顾易中那边，也在忙同一件事。他又到船上去见区晰萍，钻进船舱时，只见她一个人坐着。她直来直去，叫顾易中："说。"

顾易中交代道："明天下午，蒋伯先会去留园。"

"同行几人几枪？"

顾易中沉吟一下，说："具体不知。蒋伯先的保卫由76号特务亲自负责，随身有两个保镖，外头警卫数目不详。"

区晰萍知悉，点点头："行。你走吧。"

顾易中转身，却又回来对她说："这条情报我有些怀疑。"

区晰萍看一眼顾易中，示意他往下讲。顾易中接上："蒋伯先的行踪一向诡秘，90号上下除了周知非，无人知晓，但昨天晚上，突然就有了他的消息。"

区晰萍指出："因为消息源单一不可靠？"

顾易中对她摇头，摸着下巴缓缓说："恰恰相反，有两条消息源佐证这一情报，太巧了。我怀疑是有人故意放出来的风。"

区晰萍转了两下眼睛，一个人名从她唇间刺出来，她想不到其他的可能。

"周知非。"

顾易中也想到一起去了："可能。"

区晰萍叹气，没说什么别的。她打发顾易中："我知道了，走吧。"

顾易中站起来，身子倾向她问："海沫呢？你把她放了。我已经帮到你们了。"

区晰萍脸上没有任何强烈的情绪，笼罩着一层淡淡的悲愁。她很真诚地说："放心，我们说到做到。"她顿了顿，似乎想起什么，又特地对顾易中交代道："顾易中，海沫跟我们这一行什么关系也没有，你可不能带她入行。"

交完消息，顾易中去了容光照相馆。店家正要关门，却见顾易中走进来，于是热情地招呼他说："先生，我们打烊了。"

顾易中问他："加急多少钱？"

店家见有生意上门，也就不推辞，直接说："您要几寸照？"

顾易中答："二寸、五寸各要一套。"

店家略思考一下，显得有些为难："两套的话最快也要一周。"

顾易中坚持："我等不及，三天就要。我可以付双倍的钱。"

店家听完，换了一副面孔。他已确信了顾易中的身份，对他说："同志，您二楼请。"

顾易中走上楼，见黄秋收已在楼梯口等候。他直说："紧急情况，不知道该怎么办才好。"

黄秋收让他进去："里面说吧。"

顾易中跟着黄秋收朝里走去。两人坐在沙发上，顾易中将之前所有事情陈述了一遍。黄秋收听完，将中央的意思告诉了他："蒋伯先是国民党的老中央委员了，和老蒋也有些亲戚关系。据说，他这次到上海，和日本人有些关系。我们担心他受老蒋的委托，和日本人密谈，影响抗日民族统一战线。"

顾易中愕然。他实在想不到，大家各方拼死拼活在前线，后面竟然有这么一个大窟窿。他气愤地问："都打成这样了，他们怎么还能和日本人密谈？"

黄秋收拍拍他的肩膀："重庆那边一直就有摇摆，一面观望形势，一面又暗度陈仓，给自己寻找后路。可南京汪伪并不希望重庆他们和日本人建立联系，否则，他这个南京傀儡岂不是就成了一颗废棋。"

顾易中听着，将形势理明白了些许："所以周知非、近藤、黄心斋，还有重庆中统四方都想得到蒋伯先。"

黄秋收摇头："可能还不止四方。明天留园热闹了。"

顾易中想想，还是决定把自己的看法说出来。他告诉黄秋收："我担心这是周知非放的一个圈套。"

黄秋收看着他，考虑了一下，回答："有可能，周知非想利用蒋伯先，引起各方互相残杀，然后他从中渔利。"

顾易中想想自己夹在这么多人中间，有些心急，问黄秋收："我们该怎么做呢？"

黄秋收神情严肃："一旦让日本人和老蒋搭上线了，那抗战之路，必将更加艰难。能救出蒋伯先是上策。"

海沫在藏身处昏睡着，脸色惨白。区晰萍走到她倚着的角落里，蹲在海沫面前，望着她一脸憔悴，眼中流露出心疼。她拿出手绢，想擦拭海沫的嘴角，海沫感觉到触碰，轻轻地睁开眼睛，迷迷糊糊间看清来人是区晰萍。区晰萍见她醒了，柔声劝她："吃点药吧。"

海沫倔强地将头转向一旁。区晰萍将手绢在手心攥着，声音干涩："你还真不要跟我置气。这事怪不得我。"她一叹气，手掌抚在海沫脸上受了打的地方："昨天我是不该打你一巴掌，表嫂跟你道歉。"

海沫硬顶回去："不用。"

区晰萍瞅着她，半是怨半是担忧，她知道，海沫心里想着顾易中："还真生情了？记着，男人知己十年都不可信，何况萍水相逢。"

海沫坚持，偏着头说："他是个好人。"

区晰萍站起身，又气又笑地教训海沫："好人？顾易中也能叫好人？为了自己，抛弃女友，逼死了父亲、姐姐，不忠不孝的人，也算好人？"

海沫眼睛转回来望着区晰萍，眼睛隐隐含泪："不是这样的，他有自己的苦衷。"

区晰萍怒气更甚："男人所有的苦衷不过都是借口！都是权衡利弊，选择让自己损失降至最低。什么迫不得已、无可奈何，这种话我听多了，全是骗我们女人的托词。"

海沫听出区晰萍的弦外之音，她理解，但不能忍受因此害了顾易中，害了她自己。她说："我不想跟你讨论这些。"

区晰萍用手压着自己的胸口。她指着自己说："我是过来人。听我一句劝，男人是不会为爱改变他们的目标的。这样的男人是最可怕的，当他心狠的时候，你根本不知道他的底线在哪儿！你的付出，根本就甭想从他那里得到回报。"她越说越激动，几乎沁出泪来，话语中没有周知非的名字，却处处都是周知非。

海沫看着她，有点怜悯，又像是神游。她大概想起了顾易中："我是从没想过要什么回报，更未奢求过什么感情。只要他平安健康，对我而言，就已经很满足了。"

区晰萍苦笑。她看着海沫，就像看着当年的自己："我曾经也和你一样，可以为了爱情义无反顾、头破血流，可到头来，除了那些无法兑现的海誓山盟外，剩下的只有利益和交易。爱情是这个世上最不牢靠的东西，你以为的奋不顾身，其实感动的只是你自己而已，对他而言，可能一文不值。"

海沫将两只手攥在一起，盯着它们，执拗地说："我不在乎他怎么想，我只做自己想做的事情。"

区晰萍"哎呀"跺脚,恨恨地指着海沫:"要我说什么你才能明白呢?!"

海沫看着她,整个人静静的:"你什么都不用说了。我不是你,他也不是你说的那人。"

区晰萍抹了一把脸,语气冷下来:"你执迷不悟,我们就走着瞧吧。天一亮,你就走吧。"

海沫不知道她怎么突然就放了自己,茫然地盯着她。区晰萍接着说:"最好离开苏州,离开这个城市,这些男人。记住,你是林书娟,你当不成海沫的。"

她说完,转身走出去,甩上了门,留下海沫在原地。

她离开之后,又上了船,看着船外,不知在想什么。

周知非在宿舍坐着,亦不知在想什么,床上纪玉卿已酣睡。

水边灯下,顾易中正坐在书房画着从黄秋收那里整理来的人物关系图,却一点也想不明白。

他们因相似的理由无法入眠。

次日白天,留园外有车停下。上海特务先下车,看前后左右没人,又遮挡着蒋伯先,让他下来。这实际上助益不大,蒋伯先暴露在各方的望远镜和瞄准镜下,朝着留园大门走过去。

散步游玩时,有两个上海特务一前一后跟着,但四下始终静静的,没什么异样,他们便有些放松警惕。过一会儿,正撞上黄心斋从圆门出来。他表现得坦坦荡荡,装作随便一问:"哟,巧了,二位同志,今天你们也逛园子,这位是……"

上海特务互相看了一眼,简略回道:"李先生的客人。"

黄心斋点头。"好的好的，"他接着一指之前过来的地方，"刚刚我从后门过来，有几个形迹很是可疑，听我说……"

两个特务将信将疑地靠过来，没等开口，啪！啪！交叠着响了两声，二人表情僵在脸上，倒了下去。人一倒，后面转出另外两个提枪的特务，其中一个已经挟持住了慌乱的蒋伯先。他飞速地说："蒋先生吧，我们是重庆派来救你脱难的。快，后门。"于是四个人围成一团，朝着留园后门而去。

而后门处，植两排竹子的小径中停着一辆车。季洪博坐在里面，一听枪响，便即刻发动。砰砰。他听到有人拍车门，感觉奇怪，但还是转头看去——然后就此没有了声音。装了长管消声器的手枪打出一枚子弹后，默默收了回去，留下季洪博被打碎的头颅。枪手确认他死透后，提着枪往园里走。

另一边园内，黄心斋等人挟着蒋伯先往后门走，忽然碰上一个熟人，停住了。

那是提着消声器手枪的谢文朝。黄心斋看见他，抖了一下，讪笑称呼："谢科长。"

谢文朝挥手："黄副站长，不逛窑子改逛园子了。"

黄心斋往谢文朝后面看看，见他只有一个人，胆子壮起来，吩咐后面一伙的特务："杀了他。"

话还没完，远处瞄准镜后面的人已经动手，周围特务依次倒地。黄心斋看了看四周尸体，两股战战，吓得半死；蒋伯先则已经尿湿了裤子，瘫倒在地上。

谢文朝举枪对准他："我老师问你，他家的地址，你换到了多少根金条？"

黄心斋说话的声音都变了。他欲求饶："谢科……"不等他说完，谢文朝一按扳机,只轻轻的一个声音,黄心斋便脸朝上倒地。蒋伯先吓得连声音都发不出来。谢文朝喝他:"退回前门,有人接应。"

蒋伯先不停点头,连滚带爬地出门去,谢文朝也消失在树林后,一个望远镜正对着的地方。望远镜后面的是顾易中,他人在山上,正寻找刚才枪手的位置。看了半晌,他终于发现枪手是在园中的高台上,于是他找个视角好的地方,将包袱布铺起来,架上那条莫辛-纳甘,在瞄准镜里寻找对面埋伏的那位枪手。

向左,向右——他看见了。枪手一副和平军野战装打扮。

周知非此时在等。他坐在车里,车停在街角电话亭边上。听到像爆竹一样的扑扑声响后,周知非一激灵,即刻下车,去拉电话亭的门。那里头有人正打电话,周知非不管这些,一下子把那人拉出来,开始拨号。那人骂着要回来抢位置,却发现自己被周知非用枪顶着,顿时举起双手,马上转身跑了。

另一边,周知非电话也打通了。他喘着气说:"近藤阁下,知非找到蒋伯先的下落,当下就在留园。"

留园前门,区晰萍跟沈一飞领着两辆车停住,下来有七八个人。除了她在车上,其余都进了留园。所有人清一色行动打扮,胳膊上都系着一条不显眼的丝巾当记号。沈一飞带着他们,飞一般地进了园子,而区晰萍自己从副驾驶挪到驾驶座,保证车一直发动着。

在山上,顾易中看见区晰萍那一行人跑进了园子,用望远镜跟着看。

蒋伯先这边还没到地方,便碰上沈一飞带着人过来。沈一飞叫他:"蒋先生,这边。"蒋伯先快速过去,几个人带着他往前门走,忽然什么地方枪响,其中一个特务瞬间倒地,沈一飞四处看,不知道哪里来的枪子儿。

蒋伯先知道来处，已麻利地匍匐，同时用手往上指指。沈一飞顺着他指的方向看，枪手人在高台上，一枪一个，他们这些中统的人像是笼子里的猎物。其他几人纷纷往远处跑，只有沈一飞聪明，拉着蒋伯先往高台跑，因此枪手一时找不到蒋伯先的位置。沈一飞由高台下往上开枪，枪手下意识避让，给他留出了机会。他拖着蒋伯先，一起逃出了留园前门。

区晰萍在前门外等着，听着园子里枪声响，心里着急，踩油门就想往留园前冲，不想，方向盘一下子就被周知非按住了。她惊诧地看着周知非。周知非朝她摇头，严肃地说："别去。"

区晰萍挣脱他的手，急着把方向盘："我得把蒋伯先带回重庆。"

周知非死死按住，两个人肢体上几乎争执起来。他低声说："今天进留园的人一个也不能活。上头埋伏的是和平军头等狙击手，准头一点不比那鹰眼冯治国差。"他凝望着区晰萍，抓起她的手："晰萍，逃命吧，时局我们改变不了。"

区晰萍看了看周知非，从袖子底下露出第三只手，拿着一把小手枪，对准周知非。周知非一动也不动。

区晰萍冷冷地说："松手。"

周知非有些着急，他们的时间不多了。"小鬼子马上就到。"

区晰萍不再多说，直接开了一枪，把周知非吓得一跳，松了手。她乘机踩下油门，车向前冲出去，把周知非差点拖了个跟头。

周知非不知说什么好。他心道，留不住的毕竟留不住，可惜，但……也只能这样了。

沈一飞这厢跟蒋伯先出了门，枪手后面发现，马上一枪跟来，又差点打中蒋伯先。枪手也正自顾不暇，边上高台不断被击中，原来是顾易中开枪，想掩护区晰萍及蒋伯先等人，打得枪手实在受不住，起身躲避。

这个时候区晰萍车刚好开到，停在两人面前。她叫道："上车。"沈一飞与蒋伯先才要上去，高处又响起枪声，他们只得再趴下。顾易中那边来救，又打一枪，意图压制狙击手。

区晰萍听着他们斗得激烈，却暂时顾不得了——日本人三辆跨子摩托、十几名宪兵正在岩井的带领下冲过来。沈一飞也瞧见，第一反应是让她走："鬼子宪兵，区姐快跑！"区晰萍却不跑，开门下车，直接朝鬼子开枪。岩井不遑多让，带人朝小轿车猛烈攻击。她大喊，意图告诉园里所有来找蒋伯先的中国人："中埋伏了，撤！"紧接着，她吩咐助手："沈一飞，掩护蒋先生走。"

沈一飞不舍地看她，知道这一个决定下去，可能此生再也无法相见了。他喊着："区姐！"

区晰萍正紧着对日本人开火，听见沈一飞声音，回头凄凄一笑。

"蒋先生要紧，按原先定的路线，找下一个联络站接头，见到徐先生，说晰萍牢记团体家训，任何情况下，不会叛变！"

沈一飞知道，这是他们能得到的最好的结果了。他流着眼泪，护蒋伯先仓皇离开。

另一边高台上，枪手瞄准了离开的蒋伯先，正要扣扳机，突然被一枪爆头，仰倒在原地。是顾易中在山上高处开了枪。

沈一飞与蒋伯先顺利离开了。区晰萍还在原地，独自坚持与宪兵互相射击。周知非远远地观察着她，心绪复杂，却不至于迫使自己投身枪战当中。他的脑中闪出他们相恋、决裂，又相互周旋的点滴。他承认自己懦弱了。

区晰萍还在战斗当中。她想冲上去，却发现一把枪已经顶在了自己的身后。

是岩井。顾易中从望远镜里目睹这一切。看见区晰萍被控制，他心里一沉。至于她自己，则看着已经远走的沈一飞与蒋伯先，笑了出来。

周知非远远见到区晰萍的笑容。他摇了摇头，手覆在脸上一抹，也不知有没有泪。然后，他就背过身走了。

一场争斗结束，顾易中蹲到人迹彻底消失，才飞奔回家。他跑进顾园，直奔从前是顾慧中，现在是海沫住的屋子，咚咚地拍门。

门开了。是海沫。

顾易中喘着粗气，看着她，觉得好像已经隔了一辈子："海沫。"

海沫轻声怪他，指指屋里的军生："小声点，刚睡踏实。"

顾易中这才意识到，自己太着急。他难为情地搓搓手，说："你没事吧？他们没难为你吧。"一边说，一边小心打量着海沫周身——没有伤痕。

海沫低头一笑。"除了那天打我一巴掌，表嫂一直很客气。"她看向顾易中，问，"你……帮他们把事办了？"

顾易中点头："蒋伯先算是跑了。"

海沫继续问他："我表嫂呢？"

顾易中想到区晰萍刚刚的一笑，犹豫了一下，没回答。

海沫看着他的反应，明白了，眉毛撇下来："她出事了？"

顾易中看她担忧，有些不解，问道："她拿你做人质，你还关心她？"

海沫摇头，一边靠踱步纾解自己的心情："她没想要伤害我，不然不会放我离开。她只是想要利用我，让你帮她做事，表嫂看上去像个刺猬，实际心肠不坏的。"

顾易中叹气，挨近她说："这几天你受惊吓了，让王妈、于妈多照看军生，你好好休息几日。"他就要走，被海沫一把拉住，问他："你知道她在哪儿对吗？"又补充，"表嫂。"

顾易中垂下眼，神色凝重起来："她被捕了，关在90号地牢里。"

海沫听了，捂住嘴，脸色都变白，尽力不让自己哭出声。她知道那意味着什么。她颤声问顾易中："她还有活路吗？"

顾易中如实将情况告诉她："近藤想劝她归顺。"

海沫摇摇头，表情更绝望了："她不会叛变的，她最恨日本人了。全家大大小小三十多口人，在广州，全死在日本人的刺刀下。表嫂曾经跟我说过，她就两个下场，要么杀日本人，要么被日本人杀。"

顾易中听了，沉默片刻，道："许多男的，都不如女的。"

海沫心里一阵一阵痛。她不忍心见到这样一个女人就这么折在侵略者手下，于是请求顾易中："易中，能不能想办法救她。"

顾易中的心也是一样的。他皱着眉，点点头，应承海沫："我想想法子。"

可从被日本人盯死的90号救一条命……谈何容易？

90号内，近藤在办公室里，正朝着周知非发火。他吼道："黄心斋怎么会是重庆的卧底？"

周知非半躬身子，一副恭敬样子："这是我收集到的相关资料，请您过目。"他细数，"这一年来，黄心斋频繁和重庆军统高层秘密往来，除了交换情报外，还暗中参与倒卖军用物资一事，疯狂敛财，丁建生的死跟他有关，"他拿出些别的东西，"这些是他家里搜出来的金条。"

近藤瞄周知非一眼："你早就在查他了？"

周知非照实回答："是。"

近藤话语隐含愠怒："为什么不报告？"

周知非脑子转着，组织一个合适的理由："空口无凭，再说，阁下一直要求我们团结搞和运。这是黄心斋跟重庆特务接头的照片。"

照片被推到近藤跟前。那里面是某处街头，黄心斋与季洪博交谈的场景,主角神情诡异。周知非接着分析:"这次留园行动,黄心斋一定是听从重庆的安排,把蒋伯先劫走了。"说完,他加了一句马屁:"托阁下的福,我们及时识破他们的阴谋。"

但近藤显然并不满意,对一切。

"但蒋伯先跑了。"

周知非提出解决办法,对近藤说:"全城搜捕,早晚瓮中之鳖。"

近藤点点头,不置可否。他又好像想起什么,问了周知非另一件事:"区,你打算怎么处置。"

周知非一凛,知道这是专门考验他的时刻。尽管他脑海又开始不断冒出和区晞萍相处的碎片,但他明白,目前只能听话。

他再次躬身:"我听阁下吩咐。"

近藤语气恢复如常,慢悠悠询问,像是单纯好奇:"你跟她以前的关系属实?"

周知非尴尬一笑:"这个在中统内部已不是什么秘密,当年我加入中统,就是因为她。这些事,我是向李先生和晴气长官报告过的。"他解释着,几乎都知道下一个问题会是什么了。

近藤拖长声音质疑:"此次没联系?"

周知非提高声音,十分笃定:"绝对没有。"

近藤眼神犀利地切了过来。他质问周知非:"你撒谎。黄跟我说过,怀疑区住在你们家。"

周知非一边在心里骂黄心斋搬弄是非,一边着急解释道:"绝无此事。黄心斋借着我和区晞萍过去这层关系,把他是重庆卧底的事嫁祸于我。"他直视着近藤,申冤一般,冷汗出了满身:"阁下,黄心斋觊觎站长一职已经很久了。要不是这次铁证如山,他还指不定怎么糊弄阁下呢。"

近藤沉默不语。他等周知非继续说。

周知非看他没反应，把话往上堆："我若和中统有勾结，别说是您，李先生第一个不放过我。"

近藤冷笑。他真是有些不懂这些中国人之间的关系，但他可以利用。

"李先生自己就不会跟中统有勾结？"

周知非倒一下给他问住了。是啊，这没法证明下去了。他还想开口，近藤阻止道："你和区是老相识了，她就交给你处理，做她的工作，策反过来。"

周知非冷汗出得更厉害，面对区晰萍，是他目前最不想做的事。然则想来想去，找不到话。于是他只得苍白推辞道："她是个死硬派，怕是白费功夫。"

近藤反而狎昵起来，一心要拿住周知非。他站起来，拍着他肩膀说："女人都是讲感情的，她不是你以前女朋友嘛。"

周知非咬着牙，忍。他看着自己的手，虽然它们从来也不曾干净过，但毕竟，在从前的一些日子里，他还是相信过它们会有自由那一天的。

离开近藤的办公室，周知非走在走廊上，远远地看见顾易中靠在窗口。他们交换了眼神，便一前一后走到特工站花园里。

两人站在花园的僻静处，周知非先开口："说吧。"

顾易中问他："留园的枪手是你安排的？"

周知非点点头，交代那人身份："和平军的头等射手。"

顾易中心下明白了，接着他的话："我要是去留园，也必死无疑。"

周知非一笑，却并不开心。他低声对顾易中说："你很狡猾。"

顾易中看看他，一条一条细细道来："故意散布蒋伯先出游消息，打死黄心斋杀人灭口，设计区晰萍劫人，透露行踪给近藤，让东洋人抄中统后路，再用和平军枪手屠杀众人，全是你做的局。"

周知非"嗯"了一声，面无表情，眼神阴狠："一批不自量力的家伙。"顾易中看着他，感到一阵深深的寒意。他忍不住质问出声："牺牲了十几位中统特务，只是为了保全你的性命？"

周知非忍了许久，这一刻终于爆发了。他带着轻蔑和怨恨向顾易中发连珠炮："对，不是他们死就是我死我儿子死我全家死，顾易中，我有得选吗？没有。你有得选吗？没有。"他来回走了两步，骂道，"特务工作，不是什么狗屁的政治工作，是他妈最肮脏的人玩人的游戏，现在你懂了吗？"

顾易中看了眼周知非。周知非发泄完毕，渐渐觉出不合宜，冷静下来，但他还是对一件事怀着恨意，怀着许多不甘。他不明白。

"要不是她我根本不会再和中统扯上任何关系！她非得来苏州，给我送什么信！我让她走，滚，她听吗？还要制裁我。现在落成这样，他妈的就是咎由自取。"他与区晰萍一样，指责对方的时候，都不愿意说出那个名字。

顾易中听着，觉得心中对周知非的厌恶生出些别的东西。那是因为区晰萍，因为那个坚强的、烈酒一样的女子。他终究还是不忍，兼思及海沫，于是开口请求周知非："能不能，留她一条命。"

周知非嘘一口气，笑了，把因刚刚发火乱了的头发整理好，对着顾易中说："行啊，可以啊，你行你想想办法，看能不能再打一个地洞？"他想到下面自己要做什么，内心近乎崩溃，"我现在就要去审讯区晰萍，你要不要一起来？你动手还是我动手？！"说完，他狠狠瞪了顾易中一眼，转身离去。

顾易中心里透凉。

周知非与顾易中说完，又找些杂事拖了一会儿，却终究还是拖不住。

他从走廊那头去往审讯室,每一步都听得清楚。他从来没觉得这条走廊如此漫长。

到了审讯室门口,周知非停下来,闭上眼深呼吸。他瞟了下隔壁房间,暗咬了下牙,推门而入。开门后,他发现张吉平正在努力把区晰萍绑在老虎凳上。区晰萍用力挣扎,她的体力很好,不输给男人。周知非看得心里一震,但他故意表现出满面春风,在日本人手底下干得很享受的样子,想要区晰萍看看,想让她的心里有些反应:"区区长,久违了。"

区晰萍连眼皮都没抬起来。周知非最不想要这种不在乎。

张吉平没顾周知非,要接着给她上刑。周知非伸手一挡,说:"吹子,区区长是老同事了,怎么就上老虎凳了呢,住手住手。"张吉平停下来,看着他们俩,不知道怎么办。周知非看两个人静下来了,就上前去,要解开区晰萍的绳子,一边在她耳边说着:"下来下来。"

区晰萍扯住绳子,一扭头:"不用。老虎凳很合适。"她眼睛冰冷地望向周知非——周知非也看着,猜想那其中或许还有一点点不甘,一点点未完的情意。但她只说:"来吧,把你们的刑具一件件都来一遍。"

周知非笑了,松开手,双手作投降状,向后退:"想哪儿去了,好好好,你要喜欢你就坐在这上面。"

区晰萍不理。他们都看不见,老虎凳下面,安装着一个窃听器。这东西连到审讯室隔壁,近藤正在那里,拿耳机听他们的对话。周知非拖过一把椅子,放在她对面,坐下。他晃晃双腿,以听来很随便的口吻开始,就好像他们还是同事,还是朋友。

"……其实也没什么好问的,就是想跟你核实几个问题。"他摸着下巴,单刀直入,"你们是怎么知道蒋伯先要去留园的?"

区晰萍沉默以对。

周知非点头,改变了策略:"你不想透露你的情报来源,我能理解。那我换一个问法,是不是你们在 90 号有个卧底?"

区晞萍直视着他,面无表情:"那是肯定的。"

周知非轻轻吹个口哨,口吻依旧轻松,眼神却逼视着她:"人名估计你轻易是不会说的。区晞萍,我们是中统老朋友、老同事了,我不想为难你。"他引诱着,"说吧,把你知道的都说出来。近藤长官已经发话了,只要你肯说,可以戴罪立功。"

她也一笑,讥刺的凉意直扎到周知非心里。她冷冷地问:"你最想知道什么?"

周知非脚尖点了两下,说:"你们安插在 90 号的卧底是不是姓黄?"

区晞萍忍不住呵呵冷笑。她想:他变成了这样……他还是这样。

周知非脸上表情凝住了。他被区晞萍的态度搞得有点生气:"你笑什么?"

区晞萍睨他:"我没必要回答这个问题。"

周知非站起身来,在房间里转一圈,又回到区晞萍身前。"拖延时间没有任何意义。"他指着区晞萍说,"我可以告诉你,你手下的人要么死了,要么全都招了,黄心斋就是你们安插在特工站的奸细!"

区晞萍不为所动。她慢慢地说:"既然都招了,你还问我做什么?"

周知非靠近,抓住她一边肩膀,看着她说:"晞萍,我是真的想挽救你,希望你能加入国民政府的和平运动。"

区晞萍高声笑起来,仿佛刚刚听了天底下最大的笑话。

"和平运动?真好意思起这个名字。"她语气变得恶起来,像在嚼骨头,"不过就是卖国求荣的幌子。"

周知非听出来,她看不起他。这无所谓!他想,这无所谓。但是晞萍,命是最重要的。他几欲流泪。怎么没一个人看得透?

"你怎么也这么愚昧?"他看着她的眼睛,"我知道,所谓'和'字,是一般人所不愿意听的,因为讲和的结果自然没有胜利的结果来得畅快。如今大家因为痛恨日本的侵略,恨不得把日本整个灭亡,然后才痛快。一般民众如此是不足为怪的,但政府却不可为一般民众所转移。"

好一出宏论。区晰萍心里轻蔑,又酸痛难言。她把周知非的歪理硬顶回去:"人民的意志错了?难道抵抗侵略不是为了保家卫国?"

周知非摊手,同她辩了起来。这情状,渐渐重叠在当年初出茅庐,进入系统的两个青年人身上。那时革命的、自觉正义的人,真多啊。

"我没说这是错,但不能只唱高调,而不考虑现实。对于民众同仇敌忾之心,我们固然要加以鼓励,才不致一鼓作气,再而衰,三而竭。可武力抗战到底的结果,要么是亡于日本,要么是亡于匪共。这是没有出路的。"

区晰萍的讥讽逐渐酿成了怒气。她不想听这些大道理,她只知道,流血是她亲眼看见的,她一定要让制造这非人残酷的人付出代价。她喊道:"全是托词,你们就是怕战!"

周知非皱眉,脸上有种怎么说也说不通的无奈感:"不是怕战,不得不战则战,可以议和则和。抗战十年有余,创巨痛深,倘犹能以合于正义之和平结束战事,则国家之生存独立可保,即抗战之目的已达。"

说来说去,无非还是怕。区晰萍细细听着,每一个字,都让她听出虚伪。是,他们在痛,在失去,可他周知非不是小孩子了,看不出退让只会落得全盘皆输?她只能一次又一次确认,并且接受,周知非本是这样自私的人。她怒视着周知非,还是想最后问一遍:"周知非,这都是你的真实想法?"

隔壁,岩井陪着近藤通过窃听器监控周知非的审讯,一个字也不落下。近藤听着,有些将信将疑。

周知非承认了。他点头时,看到对方失望地闭上眼,脸颊流下一行泪水。他真心对她说："晰萍，你虽然不年轻，但还有未来，我不希望你就这样轻易地把自己的前途给断送了。"

区晰萍一边哭着，一边笑了出来："前途？国不平，家难安，还能有什么前途？"

周知非心急，又要把情绪压下来劝她："人只要活着，就有希望。"

区晰萍恨恨地盯着他，眼里又含着一种"不该是这样"的悲痛："这样卑躬屈膝地臣服于日本人，也算活着吗？你忘了抚顺平顶山惨案、重庆大轰炸、南京大屠杀，日本法西斯的残劣行径，致使千万中国百姓流离失所，家破人亡。"她哽咽着，看向周知非，"除了保家卫国，没有别的选择，只能抗战到底。"

周知非看她情绪起伏如此之大，想着不好控制，便安抚道："别激动，别激动，怎么一扯这个就激动。"

区晰萍一听，心里更加痛苦，因为眼前这个人明明知道自己身上背着什么样的仇恨，竟然还能这样想着去讨好日本人。她悲从中来，哭道："我区家，三十九口都死于日军的轰炸，皮肉无存。周知非，我广东番禺正本堂区家被灭门了，你懂吗？区家四十口，就剩下我一人，你要我怎么冷静，啊？"

周知非喷了一声。他就怕她提这个，一提，好像显得他多么卑劣，而她后面的路，也就彻底被断送了。他说："晰萍，你看你看，你总是这样，活在过去！"

她从对杀戮的回忆中抽离出来，低泣着："是的。我讨厌我的过去，过去，我瞎眼，看错了人。"

周知非知道，区晰萍在说他。她心里一直有怨恨。他于是问："所以你就制裁我？"

区晰萍反应了一下他在说什么，晃晃头："不是我。"

第十三章 — 坑杀

周知非由此证实她没说谎，心中更痛。他像抓住一点希望似的问："我知道不是你，是姓季的勾结黄心斋干的。最后问一下，跟不跟我一起干？晰萍。"

区晰萍看着靠近的周知非，笑得很难看。她把声音放轻，但坚定地说："宁做战死鬼，不当亡国奴。"

周知非久久望着她，自知无力回天。他站直，叹口气，整整衣服，对她说："该说的我已经都说了，是你做的选择。"

说完，他叫张吉平来："吹子。"

张吉平站到他身边："站长。"周知非看区晰萍一眼，吩咐他："加砖。"张吉平听了就去拿砖，问道："几块？"

周知非转过去："三块。"

张吉平拿砖垫在区晰萍的腿下面。这是第一块。她感觉腿撕裂似的痛，忍不住大叫。

周知非并没有出门，他又回过身来，远远站着看区晰萍的脸。张吉平看着周知非，等他做下一步的吩咐。周知非转身想出门，这个时候，门开了，近藤在岩井的陪同下进来。

周知非见了他们，鞠躬："阁下。"

近藤挥了挥手，没说话，只是看着眼前一幕。区晰萍仍在老虎凳上痛得大叫，张吉平手上拿着第二块砖，看看周知非。

周知非漠然地下令："加。"

张吉平把砖头塞到第一块上面。区晰萍惨叫声更加厉害了。

周知非脸色铁青："再加。"

张吉平按他吩咐，再加砖，到了三块。周知非毫无表情，也不看近藤的脸，区晰萍惨叫的声音，在他耳边幻化成他们的回忆——

年轻的区晰萍坐在船头，周知非在她旁边，拿着相机照周围的景色。

她的侧影夹在其中，极为合衬，是风景画中的风景画。船行过一座石拱桥时，区晰萍突然转过脸来问他："知非，你说，我们的未来会是怎样的？"

周知非不知她为何突然这样问，想了想，说不好怎么答，最后也只是说："我不知道，你想怎么样？"

区晰萍笑了。她看着水波："永远像今天这般的幸福快乐。"说完，她扑到周知非的怀中，周知非心中甜蜜，也将她紧紧搂在怀里。

…………

张吉平见周知非愣神，问了声："站长？"周知非这才回到现实，见近藤还有岩井都在看着自己。他试图戴回面具，吩咐道："再加。"

张吉平都面露难色："已经三块了，站长，没人能撑得住四块。"

周知非心里气，几乎恼羞成怒地喊道："加。"说罢，他夺过张吉平手上的砖块，亲手垫在区晰萍的脚脖子底下。她有点嘲弄地看着周知非，更确切地说，是死盯着他。周知非承受不了这样的眼神，更兼近藤、岩井在场，汗都快出来了，然而心一横，还是把那块砖加了上去，然后排众而出，留下区晰萍在屋内狂叫，不知是在笑，还是在哭。

区晰萍受着刑，关心她的人在牢外煎熬。顾园书房里，海沫哭得像个泪人，一边擦眼睛，一边不住地问顾易中："真的没有别的法子了吗？"

顾易中实在无计，沮丧地摇摇头。他也希望能天降神兵，来帮帮他们，帮帮那个不该牺牲的女人。

海沫在屋里打转，她走着，忽然想起什么，问道："能不能想办法让我见她一面？"

顾易中还是摇头，这不仅是没把握，也代表不支持。既然区晰萍已经折进去，连累别人更是罪过。他回道："会引起他们的怀疑，90号正大面积搜捕渝方同伙。"

海沫见这也不行，更加伤悲。她想来想去，最后只说："那帮我带点东西给她？"

顾易中应下了。

海沫含着眼泪回忆："她最爱吃我做的饭团，以前在广州的时候，我经常帮她做。我想给她做几个。"

顾易中看着海沫为区晰萍担忧、伤心，问了件自己一直想问的事："海沫，你一直被她利用，就一点不恨她？"

海沫低头，思考了一会儿，回答："恨过。但这一年来，她是我生命的一部分了，我们跟亲人一样，想恨，也恨不起来。"

顾易中从前总找不到时机说这些。今日一问，便将下面的事也问出来了："你们怎么认识的？"

海沫将身世娓娓道来："我跟张先生学弹词没两年，张先生身体就不大好，我又独自撑不了台面，靠在茶楼跟人拼杂档为生。后来日本人来了，弟弟跟着学校去了内地，张先生因为不想给日本人唱弹词，被杀了。书场老板欺我孤身一人，伙人把我卖到香港……的那种脏地方去，还好，是表嫂救出我来。"

顾易中听着，心里怜惜海沫，又不解区晰萍如何有机会与她接触，于是问她："以前你知道她是干什么的吗？"

海沫摇头，说："直到要来苏州前，我才知道她的真实身份。原来她从重庆到香港，就是想找一个好的掩护身份，潜回苏州。恰巧知道真海沫跟你们家的因缘。"

顾易中知悉事情原委，由此判断道："她救你也非真心。"

海沫瞪大眼睛看他，真诚地说："可我一样很感激她了，要是没有她，我说不定早寻短见了，那个地方，太脏了。"

顾易中又问她："假扮海沫，你就不怕被戳穿吗？"

海沫不说怕，也不说不怕，只交代区晰萍的做法："表嫂她对我进行了严格的训练。关于海沫的生活习惯，当年顾伯伯见到海沫的时候，她还是个孩子，这么多年过去了，苏州又没有认识她的人，只要我不说错话，谁又会怀疑我呢？本来我就跟张先生学习过好几年的评弹，苏州话基本会听能讲，就这么糊弄过去了。"

顾易中一路听下来，觉得两个女子这样以身涉险，实在令人佩服，也惹人关心。他问："你不怕吗？干特务。"

海沫回忆道："开始的时候，我每天都怕得要死，有时候一想起她身上的那些枪，半夜都会惊醒。可她告诉我，不合作的话，在部队的弟弟就要受难，我没办法。"

顾易中听见弟弟，好奇起来："你弟弟呢？"

海沫悲容更甚："在长沙空战中牺牲了，表嫂一直没有告诉我，直到不久前。"

顾易中听完，沉默了半晌。他心里丝丝缕缕生出一种共患难的感觉，像是可怜海沫，也像是可怜自己。

他最后问："那你真名是？"

海沫答他，望着一个很远的地方，好像在想上辈子似的："我在戏班的时候，师傅觉得我嗓子好，声音像周璇，曾给我起过一个名字，叫璇璇。"

顾易中想问的，其实是家里给起的本名："再之前呢？"

海沫摇摇头，苦笑："不说也罢。"

顾易中也笑了，他为"海沫"找了个理由："我不能一直叫你海沫吧。"

海沫犹豫了一下，最后说道："林书娟。我爸起的，我弟弟叫林书杰。"

顾易中看着海沫，不觉间流露出一种同情："这几年，谁都难。"

海沫眼圈还红着，但情绪已定。她淡淡地说："人就这样，我谁都不恨。要不是表嫂，我也不会来苏州，也不会遇见顾伯伯，遇见你。"

说这话时,她的眼神有些灼人,顾易中觉得不自在,于是转移话题,说:"我想办法看看能不能见表嫂一面。"

14

第十四章
问情

车开进周知非公馆院内。周知非下车，无意瞥见院子里的花竟然开了，鲜红鲜红的。他不禁伤怀起来，多看了一眼，随后进屋。周知非一进门，就听纪玉卿不停抱怨："老周，你可回来了，跟你说，就这几天没住家里，花瓶就给我砸烂了俩，这刘妈，我得扣工钱。"

周知非缓缓坐在沙发上，无力地向后仰。纪玉卿见状，疑惑道："怎么了，站里出什么事了？怎么一回家就给我阴着脸。"她转了转念头，想到了，带着酸意说："别是那姓翁的又回苏州了吧？"

周知非未答。他实在是懒得争辩什么了。这时，电话突然响起。纪玉卿去接，一听对面的声音，她就带上了笑意："李先生啊，在在在，刚回的家，您到苏州了啊？"

周知非听着，大叹了一口气，无奈起身。这个电话，他不接还真是不行。

李士群请他到鹤园一聚。

周知非进了门，便被管家引到客厅坐下。管家解释道："先生有客人，劳烦你等会儿。"周知非点头，接着下人端来茶碗，周知非也起身称谢。然而，不知道为什么，他总感觉这个他已经算是来惯的地方，今天满是寒意，所以显得这桩事称不上"聚"，倒像是鸿门宴。过一会儿，只听咚咚楼梯响，李士群陪着客人下楼了。周知非打眼一看，两位都是日本客人，穿着军服，其中一位识得，是苏州宪兵队的野村中佐；另一位则有些面生。周知非冲他们点了点头，李士群看见周知非，脸一阴，把客人送到门口后，转身朝里走，进了客厅，大马金刀地坐下。周知非看情况，有些惧意，进了客厅不敢坐，只立在那儿，李先生也没管他，就这么晾着。

半晌，他觉得差不多，才开口问周知非："人真跑了？"

周知非已经冒汗。他悄悄深呼吸，稳了声音才回答："中统劫走的。"

李士群含着一份阴冷的笑意和他讲:"你给我说中统把人弄走了,我信,可日本人不信我的解释。刚才是上海的梅机关开口跟我要人,都追到苏州来了。"

周知非的心猛跳一下,赶紧认了错:"知非不才,给先生丢脸了。"

李士群摆手,又等了一会儿,继续说:"跑了也就跑了,为什么不做掉呢,我不是交代过的吗?"

周知非这回真不知道怎么交代。他只得支支吾吾:"临时出了点差池。"

李士群端起沏好的茶,一口饮尽,握着茶盏闻,一边说道:"你一贯心细,不该啊。知非啊,不会是因为你儿子被弄到京都当人质了,乱了方寸吧?"

他的确戳中了周知非最担心的事。周知非听了,连声辩解:"绝无此事。"

李士群放下茶盏,好像说家常话,转头去看着周知非:"你溺爱你儿子,大家都是知道的。"

周知非脑子快速转着,想不出什么理由,只好表表忠心:"先生,知非投身和运,一直心无旁骛,愿为领袖奉献全家幸福,直至生命。"

李士群一哂:"那倒也不必。我看汪先生都不至于为和运献出啥来。大家都在拼台做戏,知道何时登台、该唱什么就行。"

周知非长呼出一口气:"先生教训的是。"

李士群接着说:"东洋人那头我帮着支应。天可怜见,别让蒋伯先落他们手里就行了。"

周知非看李士群意不在问罪,也放下心来交底:"据情报,蒋伯先已到了忠义救国军地界,跟重庆那边第三战区的顾祝同接上头了。忠义军高层有我的眼线。"

李士群频频点头,不知道是表示"晓得了"还是满意:"这事就这样了。上海特工总部刚破获军统上海区,自区长陈恭澍、书记齐庆斌以降五十余人,无一漏网。万里朗这几天在我这儿人模狗样的,知非,苏州特工站也该立点功啊。"

周知非恭敬地回他:"知非明白。"

李士群又问:"区晰萍你打算怎么处置?"

这一下,更是刺得周知非心惊肉跳。他不知道如何说才合适,于是小心翼翼地反问:"先生的意思?"

李士群平静地回复:"走了一个蒋伯先,不能再走了区晰萍。"

周知非心里绝望,这仿佛最后一道判决公文。区晰萍确实没有活下去的希望了。这该怪谁?周知非不知道。或许怪她自己,或许怪他。只是,他必得咽下这个结果。

"知非也是这个意思。夜长梦多。我把枪决区晰萍的呈文也带来了,您批示。"他递过公文,手指上的汗渍在边缘,湿了一块。

李士群拿过来,看看公文,又看看周知非的脸,有些奇怪:"我太太还说你跟区晰萍一直藕断丝连呢。"

周知非赔笑,心里却在滴血:"早过去了。"

李先生看过几遍,掏笔签字,一边说着:"这就对了。知非,咱们干革命的,从第一天起,就要断了个人的这些情情爱爱。"周知非听着,亲眼看李先生签下一个"准",然后签上名字。

这把区晰萍的棺材又封死了一层。

李士群签完,递回公文。他一晚上说了这么多,终于说了那句他最想告诉周知非的话:"枪决,你要自己动手。"

周知非这下再怎么压抑,也难以不表现出惊讶了。

李先生补充理由:"上海、南京都在传你跟徐恩曾又搭上了,晴气亲自过问我了。得让东洋人增进一点对你的信任和好感。"他拍拍周知非胳膊,

"知非啊，身上的傲气得改改，苏省虽然愚兄兼着主席，但小鬼子枪比咱们多啊。"

周知非听出来了，这是极微妙的暗示，暗示着局势正越来越无法控制在他们手里。被日本人利用的中国人，是夏草寄生的冬虫而已。

他回复："知非懂得了。"

李士群轻叹一声。他也觉得疲惫了，于是打发周知非："去吧。"

周知非称"是"，退出了屋外。

牢房里，区晰萍已被折磨得憔悴不堪。她用手扒在铁窗上，听见脚步声传来，微微地睁开了眼睛。那脚步声是顾易中的。他到牢房门口，停住，看守开了门。他递给看守一把钱："谢谢兄弟。"看守接过钱，催促道："你快点。站长要是知道了，我小命都没了。"

说完，看守便离开了。顾易中走了进来，蹲在区晰萍面前，轻声唤她。

区晰萍嘴巴微微动了一下，什么也没说。她强撑着身子坐了起来，顾易中连忙上前搀扶，帮她靠在墙壁上。区晰萍费力气睁开眼睛，看看他，轻笑了一下，说："没想到你还真是好人。"

顾易中摇摇头："我也是受人之托。"

区晰萍一听，便想到了是谁："海沫让你来的？"

顾易中点头，上下打量着区晰萍，她浑身是伤，没有一处好皮，令顾易中有些不忍看。他问对方："还撑得住吗？"

区晰萍淡淡的，仿佛不过是多干了些活，受了点累："比起当年我在广州遭的罪，这不算什么。"

顾易中打开袋子，将海沫做的饭团递给她，一边说："海沫做的，她说你最爱吃她的饭团。"

区晰萍把脸凑近，几天来脸上第一次出现纯粹的笑意："闻着真香啊。"她接过饭团，眼眶含泪，吃了起来。她一边吃着，一边问："允许家属送饭菜，应该是最后一顿了吧。"

顾易中不想说，却又不得不回答。他语气有些凝重："下文了，明天。"

区晰萍倒并不显得很害怕。她只是放慢了咀嚼的速度，语调平板板的："是枪决吗？"

顾易中点头。区晰萍呵呵一笑："这痛快，比用绳子吊死好看多了，我不想当个吐舌头的鬼。"接着，她放开胃口，大吃饭团，一副豁达的样子。

顾易中顺便问道："我给你也带了酒，喝点？"

区晰萍不看他，只专心吃着，直白说："你们男人才要喝酒壮胆，女人不用这些。"

顾易中听了这话，有些黯然。他没来得及想更多，区晰萍就问他："顾易中，你能答应我一件事吗？"

顾易中没有多想，先点了头。区晰萍语气低落了下去，这时确有一点不舍之意："我可能不是什么好人，但海沫，她真的是个好姑娘。她身世可怜，无依无靠，在这个世上，她一个亲人都没有了。我走了，希望你能替我好好照应她，将来也别让她流落街头，受人欺负，别委屈她的真心，也不枉她表嫂前表嫂后地喊我小半年。"

顾易中一听这事，觉得自然，不必她交代，便好好答应道："我会像亲妹妹一样看待她的。"

区晰萍听完，笑着摇头，那笑容里包含的东西，不知是对往事的追思，还是对她看不到的未来的想象："你还是不懂我们女人。算我没说。"片刻，她又像是想起什么，握住顾易中的手，低声说，"请转告你们黄先生，后悔没听他的劝。只能来生再会了。"这话一出，顾易中又震惊了。

到了行刑的时候。区晞萍将自己收拾妥当,走出牢门。顾易中站在高处走廊,目送戴着脚镣手铐的她走向刑场。他心中忽然生出一股敬意,虽然大家隶属不同阵营,但目标同为抗日,命运实则紧紧相连。十二名日本宪兵持枪守卫在外,区晞萍由张吉平押着,见了枪,神情依旧淡然自若,只在见到周知非时,从眼中流露出一丝不舍。她昂头走到周知非面前,停下了脚步。

不只顾易中,戏台上,近藤也正在看两个人的反应,岩井在边上立着。近藤靠在椅子上,藏不住得意:"杀了中统的人,周知非只能彻底断了和重庆再勾结的念头。"

岩井一鞠躬:"阁下英明。"

周知非望着同样望着自己的区晞萍,走过来,站定在她跟前。他们相互看了片刻,岁月残酷,时局残酷。区晞萍深情地望着周知非——她最后的、留给他的深情,缓缓说:"我已经是要死的人了,你能不能跟我说句实话?"

周知非想到这是在什么地方,周围是什么人看着,隐约生出被捆绑的恶心,但区晞萍的一问让他暂时甩下了那些束缚。他诚心诚意地问:"想听什么?"

区晞萍与他度过这么长时间,终于问出一句属于自己的话:"这么多年,你有真心爱过我一刻吗?"

周知非想不到,或者说,他没有想到她在这里问出这句话。这给他的心上又扎了根软刺。他犹豫着,不知道该怎么说。

区晞萍忽然笑了,像是明白了什么。她举起锁住的手,理了理头发,绝望地迈开步子,朝前走去。看着她的背影,周知非心里蓦地一动,知道这就是那个时刻了。

他叫:"晞萍。"

听见周知非叫她，区晰萍停下脚步。她没回头。她也知道这就是那个时刻了——她要的回答。

周知非颤着声音："我是真心爱你的。"

话随着子弹一齐飞了出去。区晰萍正以为自己可以转头了，留下最后一片记忆，漂亮的，面带笑容的，如那时一般未受磋磨的……可周知非杀人的枪太快，回忆根本来不及追。她倒了下去。周知非用手捞住她瞬间瘫软的身体，像捞住一脉流水，捞住日子匆匆在桥下过。

近藤看着区晰萍倒下。他见人已经死了，周知非手段麻利，长舒了一口气。顾易中再次目睹了亲近之人的死亡：父亲，姐姐，再就是这个女人。他的眼泪不受控制地冒出来。

区晰萍已经感觉不到自己，也感觉不到痛。她从被击中到死，都一声未吭，可在那一刻，她就这样怔怔地盯着周知非，仿佛这个人很近，也很远。他说了爱，却仿佛已不是曾经认识的那个人。在她眼中，周知非慢慢模糊、虚化，最后，成了一朵生命里反复飘过的云。

周知非也看着区晰萍的脸，感受着她体内逐渐流走的生命。他将她的身子轻轻地放在地上，想要拔腿离开，然而终于没有忍住，一滴眼泪掉在区晰萍的脸上。

她的表情立即松弛下来。周知非送给她最后一场雨，触碰过她，滋润过她，也折磨过她，但以后不会再有了。周知非又合上了区晰萍的双眼。她就像一座被撞碎的雕像，永远留在了他的心里。

走廊上的顾易中擦干眼泪，默默离开。

一行灰黑的飞鸟惊掠入天。海沫坐在顾园亭子，正把军生抱在怀里。苏州今儿是难得的晴日，她口中正柔和地唱着儿歌。是评弹的调子，是南粤的声腔。孩子熟睡着。晴日的光流在他们身上，海沫抬眼，那光又刺进她眼里，透过飞鸟，刺下一行泪来。

顾易中望着街上车马流出的嘈杂的河，静静坐着。他坐在街边长椅，又仿佛已经脱离这个世界。他身边坐来个人，他下意识浑身一颤，转头看着黄秋收。

"留园真是一场大屠杀啊。"黄秋收却只说。

顾易中脑中不受控制地闪过区晰萍后脑迸开的血花，他没看清的她脸上滑下的泪，还有周知非蒙在阴影里的脸。他说不出话来，当时是，现在也是。

他答："当时情况紧急，我没时间汇报，擅自处理了。"

"你做得对，至少没让日本人抓到蒋伯先。"

顾易中愣了愣。他终于沉进自己的回忆里："黄心斋，表嫂，加上中统特工，十五条人命，顷刻就这么没了。"

黄秋收的声音又撞进他的耳朵："斗争就是这么残酷。黄心斋是汉奸，他的下场理应如此，即便不是死在周知非手中，将来也是要接受人民的审判的。区晰萍不计后果，劫持人质，应该早就做好了牺牲的准备。行动虽然鲁莽，也算值得敬佩的爱国行为……行动之前，我通过关系转告过她，这可能是周知非的陷阱。"

顾易中只点点头，他已经从区晰萍的话中猜到。他合上眼，出神一会儿，却道："留园系四大名园，美轮美奂，可那天，真是血腥。"

"我理解你的心情。你是名建筑师，也没有接受过训练。作为一名特工，理性是需要大于感性的，甚至亲眼看见同志死在自己面前，也绝不能表露出任何悲伤的情绪。"

顾易中没转头，然嗅到气息变了。黄秋收也望着街上，嘴唇微微颤抖，然而只一刹，又恢复如常，静静地看向他。他轻轻叹了一口气。"老师，我累了，我不想再做下去了。"他顿了顿，似是看出黄秋收心绪，又补充道，"我知道抗日这条路，本就漫长……我不是放弃，只是我真的不适合做这份工作。这段时间以来，我已经快要不认识我自己了。每天说的话，做的事，连我自己都难分真假，再这么下去，我真的会崩溃的。"

黄秋收却笑了笑，拍拍他的手："我说过，无论怎么决定，我都尊重你的选择。"

顾易中的手颤了颤，他垂下头："对不起，让您失望了，老师。"

黄秋收只是摇头："将来，怎么打算？"

"君侠已经把我的情况汇报给组织了，组织上决定让我和他们一起回去，参加新四军……"他放轻声音，"六哥跟十六旅联系上了。"

黄秋收却沉默起来。他声音也低，然而是一种不同于顾易中的沉痛："有一个情况，我也是才得知。十一月二十八日，我们六师十六旅在溧阳塘马战斗中损失重大，旅长罗忠毅和政委廖海涛都牺牲了。十六旅被打散了。但我相信，谭师长会带领六师官兵们走出困境的，易中。"

他没再说下去，然顾易中却明白。他的手紧了紧，话声竟有些急促意味："老师，不管怎么样，我想，我还是离开苏州一段日子吧。90号太泯灭人性了，老师，我不想回那魔窟了。我想一点负担也没有，漫步在洒满阳光的路上。"

"一样。"黄秋收慢慢道，"我也想的。早晚有那一天的……中国，必胜。"

"中国必胜。"顾易中和道。

"站长，下班了？签个字，领个钱。"

周知非拎着皮包，脸遮在夕阳后头的一片黑里，拿过笔来签了条，看着总务科的苗建国："什么钱？"

"枪手费。"

最后一笔拖得极长，然到底还是已经落下了，苗建国声音嗡嗡响着："咱们站枪杀一名重庆特务，不都有二百元的补助嘛。这是区晰萍的人头费。"桌上搁着二百块钞票，苗建国揣条子进兜，转身出门，周知非攥着包，也把钱塞进兜里。哐当一声，关上了门。

他又走进一片黑里。是区晰萍住过的房间，在他的家里。他的大衣挂在楼下，他看着平整的床单，昏黑的桌和窗，他听见诵读《诗经》的泠泠声："德音莫违，及尔同死。"

"老周、老周！"是纪玉卿呼唤声。他回过头去，看见那件硬挺的大衣，二百块钱钞票被翻出来，捏在她纤纤玉手里。

她是命令的口气："这哪儿来的二百块钱？归我。"

他静静地说："枪毙翁小姐的人头费。"

钞票被扔在地下，纪玉卿惊叫一声"晦气"，又奔下楼梯。周知非漠然，没看钱，也没看她，径自往旁走去了。

"哥！"营造社当中灯影明亮，淹过月色，今夜中苏州风清月朗，肖若彤推开了门扇，唤着肖君侠的背影。

他伏在桌上写着什么，见她来了，立时笑着转过身来："什么事？高兴成这样。"

"易中来消息了！他决定了，和咱们一起去根据地。"她递过一封信去，肖君侠一怔，展开来，喃喃几句："好啊……他承受了这么多，也该喘口气了。和平军出城这条路是走不通了。我再想想别的办法。"

"……我们找水生家的，坐船？我们可以化装成渔民，凌晨出湖。"

肖君侠点头："正好，等最后这两针陆大夫给我用完了，我们就走。"

"去常熟找部队？"

肖君侠压低了些声音："据说十六旅转移到苏北溧阳去了，十八旅在苏南东路，但放心，只要他们在江苏，我们就能找到他们。"

肖若彤便终于又露出点笑意来。她拉了把椅子坐下，轻声道："六哥，我马上就能穿上新四军的军服了，想想就美。"

草木之中冒出烟。有水滴颤颤落在其间，碎得像顾易中的步子。海沫蹲在那儿，纸钱一张张地往火里放。他也蹲过去，使火烧得更旺。

"她走的时候，"她静静的，也并未回头，"痛苦吗？"

顾易中摇了摇头："一枪毙命，周知非动作很快。"

"……姓周的亲自动手！"

她心中涌出比火焰更旺的震动，说出的话与之相比却更苍白："这个男人太可怕了。表嫂对她那么深情，他竟然还下得了手。这到底是人还是畜生？"

"战争已经让许多人人魔难分了。"他顿了顿，仿佛看见她掷入火中的眼神，又道，"她说你是个好女孩，跟整个事情无关，是她把你拖进这个局里面的，她对不住你。"

他没有提到名字，可她已经又掉下眼泪来，这几句话在她耳中已不是顾易中的低沉声音。她沙哑地问一句："真的？"

顾易中点了点头。

她并没有说这些话吧。但我喜欢听这些，这些话从你嘴里出来，说明你是这么认为的，易中。她目光被烧在火里，散在他眼前。顾易中合上眼，又放进一张纸钱，使劲嗅着火堆中冒出的烟。

"海沫，我要离开苏州了。"他说。

"去哪儿？"她听上去并不意外，而只是问了这样一句。顾易中转过头，看着她扬在烟里的长发，觉得自己将要说出的话干涩无比。

"我不能说。"

"那你还回来吗？"

"一时怕是回不来了。"

"跟肖小姐他们一起是吗？"

顾易中话便又哽住，只是点头。他明晓海沫从来知道这件事，可或是出于将她一人丢下的愧疚，或许出于他自己都不知是何的矛盾心理，他再也说不出话。他却听见她先承诺："你走吧，你放心，我会替你照看好这个宅子的。"

在顾易中的一切记忆中，承诺，这样守护的承诺，都该是男人对女人做出的。可她这样说了，评弹一般婉转，平静。他越发觉得自己连热血也苍白："海沫，你听我说。不光我走，你也得走。90号的人一旦发现我不在了，必然会全城搜查，为保安全，你不能留在这里。"

"我不知道我还能去哪儿。"

哪儿。这字眼转瞬将一切拉回现实中来。顾易中深吸一口气："我在香港有同学，是关系很好的朋友。我会写封信给他，到时候你凭书信去投靠，他必会帮你安排……我这里情况很复杂，不能带上你……即使到了太湖那边，也要接受很长时间的调查。你跟着我，恐怕会很麻烦。况且，自从来了这边，你已经受了太多委屈，你应该远离这些纷争，去过你该过的日子。"

她竟笑了，只是同火堆将要熄灭下去一般："什么才是该过的日子呢？"

顾易中不假思索："安全、开心、快乐地活着。"

海沫这会儿看着他，连柔和眉目也弯起来："唱评弹，挣银子，强作欢笑，这样活着，便是安全、开心、快乐了？"

顾易中几乎是立时便摇了摇头。他眼中终于现出那种浓重的悲哀的颜色，他说着："海沫，你要相信，抗战早晚会胜利，日本人早晚会滚出中国。"

"然后呢？"她慢慢道，"我们会再见？"

他再次不假思索："当然。"

她这回算是笑话他："骗人的话都不会说？"

顾易中一愣。他承认他曾骗过她许多回，但这回却是真心实意，他也并不怀疑她能够看出其中真假，可她仍旧这样笑，她道："我相信抗战早晚是会胜利的，但是，我们俩，就不一定会再相见。"

他肩头一颤，有什么连自己都模糊的东西就这样被捅破泻出。他脊背陡然松了，垂下头去，听她继续讲着："那个时候，举国欢庆。顾易中，你跟肖小姐郎才女貌，去当神仙伴侣，为什么要见我林书娟，一个萍水相逢的弹词女先生……对不起，我又说真话了。再见。"她总是将"再见"飘飘摇摇讲出"永别"的味道，即便她说得并不多。顾易中没回头，只望着残残的火，将最后一叠纸钱扔进了里面，看火苗蹿高，照亮他的脸。

"从黄心斋家搜出来的？"

"可不。上次没注意到，后来发现越来越像一个人。"

周知非看着那张画像。画上一个平平无奇的中年男子。他团起眉："顾易中家的管家。叫什么来着？"

"富贵。"

"黄心斋画富贵做什么？"

谢文朝跟过来看一眼，笑了一声："老师，黄心斋哪有这本事，四分局专门画嫌疑人的李画师的笔法，你看落款，十八子，我在四分局当警察的时候就识得他。"又道，"我刚把他叫来问话，说是按黄心斋对皮市街113号房东描述绘的。"

张吉平便也笑："哟，赁房者、挖地道主谋的画像。"

周知非指尖点点画像："黄心斋这家伙活着没办好事，死了倒帮我们一个忙。逮着富贵，顾易中就现形了。"

广播里刺啦一声响。

"夏威夷时间，1941年12月7日清晨，日军空袭美国太平洋舰队基地珍珠港；当地时间8日清晨，空袭关岛；当地时间8日清晨，空袭香港；当地时间8日中午，空袭菲律宾吕宋岛……"顾易中手里的文件滑在桌上，他抬眼盯着电台。广播仍在继续："……从日军航空母舰上起飞的第一拨共计183架飞机，穿云破雾，扑向珍珠港，取得巨大战果。仓促应战的美军损失惨重，数千官兵伤亡……"

"国际形势大变，我们得抓紧跑了。"肖君侠看了一眼营造社窗户上蒙着的被子。

肖若彤点点头。"我去90号找顾易中。"

顾易中听见几声巨响，他见窗外飞起硝烟——是枪响。

"朕今向美国及英国宣战。朕希望陆海空军将兵奋其全力从事交战，朕希望百官有司励精奉职，朕希望众庶各尽其本分，以期举亿兆一心之全国总力，达到征战之目的，期无失算……"是日本天皇发布的《宣战诏书》从近藤的电台里传出来。他两手撑在桌上，骤然一扫，将纸笔文件，乃至电话电台全都甩在地上。碎裂声忽被乱枪盖过，他冲到窗户边上，见广场当中，岩井正带着十二名日本宪兵朝天中崩枪子儿，连串的日语吐出来，引得周围的中国人皆是侧目。他狂奔下楼，从办公大楼冲到广场："你们这班蠢货！回去、都滚回去！"他举着枪，上前用脚踹倒几个，把一众宪兵都赶回了军营里。

"……阁下。"

近藤抬起枪口，狠狠揣在他腿上。宪兵皆四散了，中国人自然也没有一个敢留下。近藤喘着粗气，朝天空散开的硝烟嘶吼："你们这帮笨蛋！"

"我们一而再，再而三地向美国退让，可他们不仅冻结了对日贸易，还要求日本帝国无条件从中国撤出。为了帝国的生存和世界的和平，以及亚洲人民的福祉，日本帝国有必要同美国开战，且必须开战！"

会议室紧闭着门窗，空气凝滞在长桌，糊成深色的、厚厚的一层，灯火通明，众人皆看向坐在主座上的小林师团长，待他话音一落，掌声即起，雷动几使地板震颤。

"……帝国现在正用国家的全部力量专心进行广泛的大规模战争，向建设大东亚共荣圈的大事业迈进。我们所有人今后都务必更加至诚效忠，团结一致，抱定必胜的信心，竭尽全力，迅速实现战争目标！"

"——天皇陛下万岁！万岁！"这喊声比方才掌声更加地动山摇，然一丝哭声钻入其中，似撬出一条裂缝，使凝固的空气也碎裂开来。小林目光落在桌尾的近藤身上，大颗大颗的泪珠从他脸上滑落，砸在桌面。

"近藤。"他身边坐着的军官默默唤了一声。

近藤恍若未闻。小林望着他："近藤正男，打败美国，这是天大的喜讯，你哭什么？太不像话了。"

近藤终究直起上身，唯余眼泪还在流着，他开口，涕泪都流进嘴里："抱歉长官……正男以为，日本帝国应该向北攻击苏联。南下与英美开战，我们早晚必败。"

"浑蛋！"他话似含锋，要将近藤撕成碎片，桌上所有军官的眼神也随之而来，汇在近藤身上。而他神色竟丝毫未变，只站起身来，深鞠一躬。

"抱歉，但这是正男内心的真实想法，野中四郎他们当年白牺牲了。"

90号大门敞开着，一如往日，天日明湛。顾易中拎着公文包，指甲掐在皮带里，一步步往外走。今日踏出这道门槛，他便再也不会回来。他深吸一口气，闭上眼，再睁开时，却见一个人影戳在那儿，腰间刀光闪闪。

　　"顾桑，要出门？"岩井道。

　　"噢，约了一个细胞在茶楼见个面。"

　　"恐怕今天你要爽约了。近藤长官命我来接你，车已在等候了。"

　　他一侧身，一辆黑色轿车就停在外头，刀口和枪口都对着顾易中的前胸。他抬着眼，问一句："接我，去哪儿？"

　　"去了你便知道了。"

　　话到此便没有余地。顾易中耸了耸肩，要往回走："噢，那我先给细胞打个电话，不去了也得通知他一声，免得人家一直等着。"

　　"不用了。"岩井竟说这么一句话，仍定定站在那儿。顾易中脚步便僵住。他拎着公文包，抬腿上了车。

　　苏州街头拥挤不堪，大多是穿着和服的日本人，而两侧店家大门紧闭，似要将日语叫喊出的欢呼声隔绝于外。顾易中隐约听见日本国歌。他被困在小汽车后排座椅上，不时朝外张望——这行动倒也不致人怀疑，毕竟街上的情景百年难得一见，然便在这时，他要寻的人真真切切出现了。肖若彤一袭长裙，自人群之隙刺过，掠过顾易中眼前。他身子一绷，下意识往前一倾，却又僵住。他余光瞥一眼前排的岩井，听见尖锐的汽车喇叭声。

　　车停在一处私家园林外门之前。岩井请他下来，两人不言，只往里走。顾易中并不遮掩四下打量的目光，直至近藤在小径深处朝他挥了挥手。

　　顾易中快步而去，微微躬身："近藤阁下。"他顿了顿，放出些轻松情绪："敢问这是什么地方？我从小在苏州长大，竟不知道还有这么一处世外桃源。"

近藤便也笑了出来，他伸出手，意思显然是邀请，引顾易中往园林深处走："你是学建筑的，我请你来，是想听听你对这园子设计的看法。"

顾易中一颔首："易中本学是西式建筑，对园林只是爱好，见识有限。"

"你是梁任公公子的忘年交，还是中国营造学社的社员，你不是行家，谁是行家。请讲。"近藤从不吃这一套，而客套话在此处亦再无益。

顾易中扶了扶眼镜，又朝周围看了一眼。"那易中就恭敬不如从命。结构上来说，这园子沿用了苏州山水景观的骨架，以微地形展现山体，以小片水景表现湖泊。又加入了典型的日式枯山水风格，以白沙代替河流，景石代替矶石。苏州山水景观和日式枯山水风格有机地结合在一起，既体现了苏州山水文化的意境，又流露出日式枯山水情怀。而除了建筑、山水外，园林最重要的一个元素，便是植物。"他看了一眼连连点头的近藤，捉住那张脸上的得意神色，又道："苏州园林有无竹不园之说，而日式园林中，竹篱笆又是必不可少的植物。这里以日式的竹篱笆环抱中式的竹林，形成空间分隔，光景交错，可谓别具一格。"

至此，近藤方才抚掌："顾桑可谓真行家啊。"

"阁下过奖了。"

"这边请。"

几言之间，两人已走至一处亭阁之前。飞石为阶，枯枝为帘，一个日本姑娘正跪坐其间，面前摆着茶具，一身和服，为二人斟出两杯热茶。

顾易中盘腿坐下："阁下，请问这世外桃源是何人所建，为什么我从来没有听说过？"

近藤慢悠悠端起茶杯来："原是吴姓进士的故宅，他举家北迁后，便将故宅出售了。我一向热爱苏州园林，早有心购置一处，于是便用私蓄将其买下。"

顾易中听出他话外之意："……这是您重新改造的？"

近藤不置可否："我花了几年时间重新设计,保留苏式园林的诗意,又融入日式园林的禅境,变成日中合璧的一个所在。这算是我一个极其私人的地方。"

他仍旧话里有话,顾易中只作并未听懂,仍就建筑论,心底却越发提起警惕："实在没想到,阁下在建筑方面造诣竟然如此深厚。"

近藤放下了茶杯："这只是些皮毛而已。但要说对两国文化融合之决心,我是异常坚定的。总有一些观点认为,我们来中国,是要消灭中国的文化,占有中国。这种想法实在可笑。"

顾易中没应声,只微微一笑,垂下眼去,看着滚烫水面,听他继续道："中国与日本往小里说是亲朋,往大里说,就是一家人。我们要想携手建立大东亚共荣圈,共同对抗西方侵略,首先,就要做到文化上的相互融合,而不是狭隘的对立……"近藤似言及自己情之所钟,行云流水,侃侃而谈,顾易中始终没望向他的脸,直至听见"中日文化协会"一词。

"……我想要在苏州成立一个中日文化协会,记着,是中日,不是日中。我要先从文化上达成中日和谐,中日建筑可以融合,饮食、起居,一样可以融合,中国的孩子和日本的孩子也可以一起上学,一起成长。我想过了,我要推举你为这个中日文化协会的副会长。主管其事,你意向如何?"

顾易中立时搁下茶杯,拱手道："阁下,易中恐难胜任。"

虽问他"意向",近藤却又摆手,道出"不许推辞"四个字。顾易中继续道："易中资历太浅,特工总部上有站长,下有各个科室的主任,易中普通一特工,实在难以服众。"

"中日文化协会和特工站本就是两个独立的个体。况且,你之前搞的也是文化研究嘛。"

"只是建筑方面而已。"

近藤却又笑了:"你是担心周桑不同意,不瞒你说,我不喜欢周桑。"

顾易中盘算好的话便都顿住,听近藤道:"他不为和平运动做事,只为自己做事。要不是因为李先生,我早就拿下他。你,留美回来的,不论是学历还是见识,都远胜这些中统、军统流氓。"

这话倒有几分真心,顾易心中嘲讽,嘴上道:"阁下过誉了。"

近藤喝的不似茶,似酒,话也说上了头:"别说是中日文化协会,就算是特工站,早晚也由你当这个站长。"

顾易中一怔。

"站长……站长。"

周知非浑身一颤,从沙发上坐了起来。眼光也从几乎灼出洞的天花板上移开,转向身旁站着的张吉平。张吉平难得露出茫然神色,听他问:"你是说顾易中跟近藤又搅和在一起?"

"麻子跟了一下午,在虎丘那头一个进士园林里盘桓了两小时。隐约听到他们提及了什么协会。"

周知非似想起来了:"中日友好协会?……王则民说过,日本人想搞这么个协会,统领苏州的文化商务各界。"

"那也不会找顾易中领头啊,他什么履历。咱们站谁不比他资格老。"

周知非眯着眼,撇嘴一乐:"留过洋,懂英文,学建筑,还会画图。"

张吉平闭了嘴,见周知非笑容隐去了:"吹子,我知道你惦记着副站长的位置,跟你说,东洋人说不定也有他们的想法。"

"……站长,90号的人事,不是归站长管吗?"

周知非啐了一口:"少在这儿挑拨,小鬼子这些话你还当真了?那个富贵的下落查清楚了?……定慧寺,还真躲到寺庙里去了。"

张吉平扯了扯嘴角:"说是要守着顾希形的棺木,一日不下葬,就一日不离开。"

周知非心底泛上一股难言的浪来。苦的,激得他笑,他摆出惯常的阵势:"这是演义仆呢。黄心斋没了,顾易中又跟近藤打得热乎,我看早晚我们这批老中统的人,都要被四爷过来的人替了。你带几个人去,把他捆回来。这回得把顾易中挖出来。"张吉平应声出门,周知非却至窗边,陷进昏黑夜色之中。90号之内的探照灯四散,映出幽幽的光。

打完了中国,打美国,还有苏联、英国呢……小鬼子真是疯了。他们跟全世界为敌,他们以为……他们是谁?

天日空明、草木凋零之间,张吉平领着七八个特务,撞进了定慧寺的门。寺门边守着一个小和尚,见他们不问而入,便几步迎上:"施主,请问有何贵干?"

张吉平压着性子:"富贵在哪里?"

"……对不起,我不认识什么富贵。"

张吉平一听这话,当即不再理会,径自指挥几个手下四散搜查,又一把推开拦在前头的小和尚,去摸富贵的房间。

小和尚望着他背影,双手合十,轻声念了一句:"阿弥陀佛。"

张吉平已步至大殿与后头排排厢房之间,几个人跟在他后头。厢房重叠,在树影之下显得格外昏暗。忽有个人自房后急奔过去,他霎时抬起了枪口:"在那边,给我追!"

富贵冲出了寺庙,钻进了庙后的深林之中。张吉平与带着的几个特务四散开来,慢慢将他围了起来,枪声四起,富贵手里也攥着一把枪,砰砰几声响,枪声忽然停了。

富贵躲在一棵树后头,死死捂着自己的肚子。他急扣两下扳机,终于确认子弹已空。枯枝败叶烂在他脚下,他又往林子深处跑了不知多久,终觉血已流尽，靠在一棵树上，回身看着围上来的张吉平等人。

"老东西，还挺能跑！"

张吉平撑着膝盖喘气，另一手还平抬着枪，听富贵囔囔："我就知道，你们早晚会来！"

"那就废话少说，跟我们走一趟吧。"

富贵两手举了起来，张吉平枪口一挥，几个特务便上前去，却见富贵抬起眼来，苏州晴日自树间缝隙茫茫而入，他嘴里念了句什么——张吉平骤然吼道："卧倒！"

富贵衣服里缠满了炸弹，他尾音未落，轰然一声，火光冲天。

"海沫、海沫，快来啊！出事了。"

海沫正抱着军生，孩子哭闹不止，怎么哄也不行。她手下未停，抬起头来："怎么了？"

王妈还没答话，却听门口一阵嘈杂脚步声，谢文朝带着三四个90号特务拥进屋来，也冷冰冰叫她一声："海沫。"

海沫未起身："又是谢科长啊，怎么了，又想过来给顾老先生磕头？"

谢文朝白了脸："胡说什么啊，跟我们到90号一趟。"

王妈一听便急眼了，冲上前去拦着要抓人的特务："凭什么抓人？我们先生也是90号做事的。"

"你知道这海沫是干什么的？重庆，中统特务。"

"她一个姑娘家，怎么就特务了？"

海沫抿着嘴，把孩子轻轻递到王妈怀里。孩子的哭声也轻了，似被面前几个生人吓得噤了声。她道："王妈，别怕。"又默默看向谢文朝："我跟你们走，别吓着老人孩子。"

"周站长……"

医务室里一股血气，扑进周知非鼻子里。张吉平满脸是血，瓮声瓮气叫了他一句，刚要坐起来，又被周知非按住。

"不动。怎么成这样了？"

张吉平骂声泄了洪："那富贵他早有准备，我带去了七八个同志，除了我以外……死了俩，伤的伤。"

"那富贵呢？"

"成了碎片。"

周知非顿了一顿，慢慢道："大家添了新账。"看一眼张吉平不明就里神色："好好歇着吧，让麻子给家里送个信，省得担心。没有功劳也有苦劳，你当副站长的事我替你想着。"

张吉平要乐，又被脸上伤扯得龇牙咧嘴："谢谢站长！"

周知非转身出门，回办公室去，优哉游哉喝茶，一口抿进嘴里，半天才咽下去。门口砰一声响，顾易中眼镜都往下滑，推门进来，周知非头回听见他厉声："海沫呢？"

周知非搁下茶杯："知道在跟谁说话？"

顾易中似听不见："海沫呢？"

周知非吐字："审讯室。"本要押在牢里，女牢实在没了地方，他又确不可能拿海沫怎么样，只能搁在审讯室。眼下倒成了刺激顾易中的又一根稻草。

"她什么都不知道，跟这事没瓜葛，为什么抓她？"

周知非撇嘴角，似要笑，可到底绷着脸："我的情报怎么显示她是一名中统的特工，是区晰萍的部下呢，这是从中统江苏区搜到的薪水簿，上面有海沫的名字。"

顾易中看也没看那本甩在他手上的账簿："这是栽赃陷害！"

周知非耸了耸肩："也有可能，总之我们先抓人。"

顾易中还未答话，门口又响。近藤推门而入，周知非瞥一眼，又端起了茶杯。

近藤也没搭理他，只看着顾易中。"有个叫海沫的，你认识？"见顾易中点头，抽出份文件给他，"你看是这个吧？"

是真海沫的个人档案。顾易中仅看了一眼，便捏在手里，听近藤问："她从重庆来，是中统的？"

"阁下，这都是误会，是资料上面写的。她不是海沫。海沫她不是中统的人。"

他心底慌得厉害，若要解释此事，很难将海沫彻底择出中统。周知非显然来者不善，他又摸不清近藤态度，然今日无论如何也要保下海沫。周知非插嘴："我们调查得一清二楚，张海沫是重庆过来的中统特务，她是原中统苏沪区区长区晰萍的亲随，每个月支三十五元补贴。"

任谁也看得出顾易中乱了阵脚，脑子里只剩一句话："近藤阁下，不是这样的……她不是海沫。"

周知非终于笑出声来："不是海沫，那她是谁？顾老弟，你可想明白了再说。"

顾易中眼睛穿过镜片，凝在周知非脸上。他脑子里却如乱线缠成一团。海沫是谁？不是中统档案上所写的那个从重庆来的海沫，更不能是区晰萍利用的探听顾家消息的孤女，那就只能是广州来的弹词先生。是……

"她是我未婚妻。"

周知非却笑了出来，从牙缝里挤出声："啧啧……"近藤则没说话，脸色淡淡的，显然是等顾易中的下文。

"先父与海沫的父亲张玉泉先生在十五年前订的婚约，结为儿女亲家。她就一弹词女先生，绝非中统特务。"

近藤道："当真？"

"易中不敢有半句谎言。"

"你们有婚约，又共处一室，为何没结婚让人不明不白的呢？我印象中，你们苏州人不是这样的。"

莫说苏州人，近藤深研中国学，提出这礼仪问题再合理不过。可顾易中就是从中听出股刺探意，或说就是敌意来。近藤到底知道了什么？他现下无法知道，也只能顺此路先推开眼下危机了。

他还未答话，周知非却嗅出几分不对来："阁下，不能仅凭顾易中一面之词。我们现在得到的情报是，这个海沫和化名翁太的区晰萍一起坐英轮从香港去的上海，然后从上海乘京沪线来的苏州，之后一直住在顾园……这是她在中统江苏区支薪的账簿。"

他要递给近藤，却被顾易中拿过去："阁下，这个账簿上只有海沫的名字，并没有签名，而且海沫的名字放在最后，似是临时加上去的。"

近藤分别看了账簿和周知非一眼，又听他道："这是从德意志旅行社所缴，应该可信。"

顾易中似终于缓过神来，急道："海沫跟我说过，她来苏州是为重庆所胁迫，自从她来到苏州以后，除了去过凤苑书场，就一直待在顾园，照料家庭。家父临死前，也将顾园的地契转交于她。她生性单纯，除了弹词，不懂政治，若不是被人利用，绝不会搅进这些风波之中。"

周知非拍了拍手："看起来顾老弟挺了解她的……阁下，海沫现在人已经被我们拿回90号，她是不是中统，老虎凳一坐就清楚了然。"

"易中敢用自己的性命担保，她和中统，绝无瓜葛。"

"知非有十足把握能证明这个张海沫是中统的人。"

"阁下。"

"阁下。"

近藤看一眼面前两人。一站一坐，都盯着他瞧，纹丝不动，却剑拔弩张。他笑了笑，摆摆手："顾，既有婚约，又两情相悦，为何没有早些完婚？"

顾易中即答："家父骤逝，易中服内结婚，实不合礼数。"竟见近藤摇头："事急从权，如今战乱，有些人伦该遵从就遵从，有些该逾越就逾越！"

顾易中愕然，周知非也被这转折惊得有些说不出话，三人正僵持间，却听推门声，谢文朝迈进一步来，眼睛一转，抬腿就要退回去，然被周知非叫住："什么事？"

谢文朝瞥一眼顾易中："海沫已绑在审讯室了，请老师示下。"

周知非也看着顾易中的脸："好，那我们过去问问话。"他终于从椅子上站起来，拍拍外套，绕过顾易中就朝谢文朝去。

近藤却抬起了手，话对顾易中说："顾，你敢给她作保？"

顾易中眼睛发直："易中敢以性命担保。"

近藤点了点头，看向站在原地的周知非。

"好，放了她。"

周知非紧抿着唇，终于开口："……阁下。"

近藤却又将眼光转向顾易中了，话声竟现出些长辈似的温情。"近藤有些建议，顾，你们要早点完婚。"看一眼顾易中脸色，"这也是90号的一桩喜事，周，拨点经费，让顾把婚礼办得体面风光一点，也改变一下90号特工站在苏州民众中的印象。"

顾易中与周知非都张开嘴，都没说出话来——近藤拍了拍顾易中的肩："去吧……我跟站长还有些话要说。"

他与谢文朝便都出了门。周知非立在原地，垂着手，神色极冷："阁下，顾易中除了有通共嫌疑，我怀疑他跟重庆……"

近藤却连看也不看他一眼："这个问题不聊了，我对顾另有重用。"

周知非便不说话。他有预感接下来会是什么,也想起了白日里刚谈过的事,而近藤就在这时开口:"黄心斋死了。90号缺一个副站长。"

"我正在物色中。"周知非一字一句道。

近藤念出三个字。

"顾易中。"

周知非几乎也在同时、在心底念出这个名字,因此竟毫无意外神色。他道:"不同意。我推荐警卫大队长张吉平。"

"我已决定。"

近藤说罢便不再看他,兀自从怀里摸着什么东西。周知非当真有点急了,往前走一步:"阁下,你只是90号的顾问,副站长的任命权在我们中国人手里。这是特工总部跟你们总顾问晴气阁下的君子约定。"

"是跟晴气不是跟我。"

周知非没料到近藤会耍这样的赖,火气也被点起来,上桌旁摇起电话。"接上海李先生。"回头对近藤撂下一句,"我要请示。"

"不必了。"

近藤的手终于从兜里掏了出来,一张委任状抖开在周知非眼前:"周,这是李先生签下的委任状。顾易中为苏州特工站副站长。"纸飘在电话旁边,盖住周知非的手。近藤转身出门,没再多说一句话。

谢文朝把海沫压在老虎凳上,拿绳子缠起腿来。谢文朝低眉瞅一眼,不理海沫死死瞪着他的眼,敲了敲凳子:"海沫小姐,就在这个位置,你的上级区区长全招了,识相点。你这小白腿估摸着轻轻一压就断了。"

海沫死死咬着牙,使脸上神情半点不变,手攥成一团,却轻轻发着抖。谢文朝轻哼一声,出了屋门。

审讯室中昏暗,血污腐烂成为更加刺鼻的气味。海沫木然坐着一动不动,合上眼,却忽然被对面亮出的光刺了一下——房门又开了,竟是顾易中走进来,一句话没说,两三下解了她腿上的绳子。

他的手有些抖,她觉出来了。她反倒不怕了,听身后的小特务拔出枪来指着顾易中:"你干吗?住手!"

顾易中置若罔闻,扶着海沫就往外走。那枪口几乎顶在他脑袋上,直至谢文朝声音响起来:"放下!"

顾易中亦没看他一眼,紧紧牵着海沫的手,走出审讯室,走出90号办公大楼,又走出90号院门。一辆车正停在大门口,周知非斜斜倚在车门上,海沫看见他的时候,手顿时攥紧了些,而顾易中指尖轻轻划过她冰凉的手背。"你先上车。"顿了顿,又放轻声音,"别担心我,没事。"

她没说一个字,只又看了周知非一眼,坐进小轿车后座。周知非站直了,跺了跺皮鞋跟,往旁几步,看顾易中跟过来,眉眼冷淡问他:"为什么要抓她?"

周知非难得义正词严:"我必须把中统在苏州的关系连根拔了。"

"海沫是无辜的,"顾易中压低了声音,对周知非意图的看清使他方才混乱的情绪转为纯粹的怒火,"你知道。"他觉得周知非是疯了。

"当下时局,没一个中国人是无辜的。"

顾易中不愿也无心与他辩驳:"你要再追着海沫,我会把区晞萍潜伏你家的事报告给近藤的。还有你故意放走蒋伯先的事。"

周知非全然不动声色:"没证据,没用。"

这话却像打开顾易中什么匣子。他往前移了半步,声音更轻:"留园前门,你还帮过区晞萍。"

周知非眼光闪了闪:"果然那天你也在。"

"家父生前喜欢收藏望远镜,德国的,能看很远。"

周知非了然,点点头:"和平军头等射手也是你杀的。"

"他杀伐太多。报应。"

周知非竟笑了起来，若非两人现下话同耳语，顾易中几乎觉他要拊掌大笑，或许他已经这么做了，然顾易中只看见微微抽动的嘴角："好一声报应。易中老弟，我们都逃不过这俩字。"

只一瞬间这神情便变了。周知非沉着脸，仿佛笑容从未出现过。"别小看近藤。让你和海沫成婚，是想断了你和匪共的联系，就像让我亲手除掉晰萍一样，要想在90号多活一天，你就得把东洋人的心思摸透，你段位还不够。"他见顾易中表情僵住了，便知是戳到他痛处，"我们这些中统、军统过来的，说叛变就叛变，你们共党信念坚强，真要叛变，要取信于小鬼子，自然就多了点难度。无论你是哪头的，我们俩的账，一时也算不清。近藤赐婚，我先恭喜，届时自然要去讨一杯喜酒。你还是带着海沫小姐先回家结婚要紧，易中老弟，不，顾副站长。"

顾易中逼着自己凝神听他这一番冷嘲热讽的话，试图再从里面寻出些什么能用上的来，可直至听见最末一句已到了一头雾水的境地。然周知非一句不多，转身便走了。

"出什么事了？你这一路阴沉着脸。"

快要入夜了，顾园弥漫出冻结雾气的苦味。顾易中走在前头，听见海沫话声，方才顿了步子，答一句："没有。"

"不可能，"海沫一抬眼，"怎么就放了我？"

顾易中迈开了步子，只不过这回是与她错身而过，往顾园外头走，听她又问："你倒是说句话啊，你越这样我心里就越没底。"

"……我现在得马上出去见个人，在我回来之前，你哪儿都别去，听明白了吗？"

海沫方才立住："不明白，但我哪儿都不会去的。"

"除了让你们结婚以外，近藤还说什么了？"

顾易中徘徊至屋子正中。他望了一眼照相馆窗外的喧嚷街道，又看向黄秋收手里的茶杯："前几天把我拉到他的私宅，说要成立一个中日文化协会，委我当副会长，操控此事。还说，他信不过周知非……对了，很奇怪，刚才周知非叫我副站长。"

黄秋收竟点点头："这就对上了。"见顾易中半点没明白过来，又道，"76号我们内线的情报，李先生刚签了你当90号副站长，听说是东洋人要求的。"

"日本人明着是要我落水！他们不放过我阿爸，现在又不放过我。"

黄秋收却摇头："只有两条路，离开90号；或顺水推舟，跟海沫结婚。"

"不可能！"顾易中低吼一声，把他自己都吓了一跳，他絮絮叨叨地念着，"我不能跟海沫结婚……我已经向肖若彤求婚了，她也同意了。我忍辱负重，就是为了这一天。"

"……只是假结婚，易中。"黄秋收叹了口气，"我们潜伏的时候，经常要与人假扮夫妻，一起工作，党内叫坐机关。夫妻身份，只是掩护地下工作的一个手段。三四至三六年，我在上海跟一位哈尔滨来的女同志当了近两年的假夫妻。"

顾易中似平静下来了，却立时道："我不想这样。"

黄秋收不逼他再多说，难得也沉默。半晌，道："肖若彤那边什么情况？"

"六哥联系的船要下周才能走。可如果等到下周，我怕我就走不了了，我想跟她马上走。"

"只怕你现在想走，也没那么容易。"黄秋收又是摇头，顿了顿，"有个不幸的消息，我必须告诉你。"

他看着顾易中的眼睛:"富贵牺牲了。"

顾易中张嘴,却发不出什么声音,只听见黄秋收的话混在嗡嗡的杂音里:"昨天发生的事情,90号的特务去定慧寺抓捕他,他宁死拒捕,和敌人同归于尽了。"

"怎么会这样?"他听见自己说,"我早就让若彤去通知他离开苏州的,他为什么还在定慧寺?我以为他早走了——"

"他不愿走。"黄秋收说,"他不愿眼睁睁地将自己的家乡拱手让于日本人,所以宁可死,也要奋力一搏。"黄秋收紧盯着顾易中,话中有安抚意味,但更多的是什么暗示。

顾易中似听懂了,又似故意不明白,喃喃一句:"他还那么固执!"

黄秋收硬了硬心肠:"易中,我不想强迫你,现在近藤让你当副站长,你就有可能接触到更核心的情报,这是我们搞地下工作可遇而不可求的。"

顾易中也缓过神来。"老师,不是我不愿留下……"他念道,"我答应过肖若彤,要和她一起回根据地。我绝不能负她。"

"易中,你要知道,只有到抗战胜利的那一天,你们才能真正地在一起。"黄秋收看了看他苍白的脸色,明白这话到底被他听进去了,"周知非是特工上海总部姓李的的亲信,早年在中央特科的时候,我跟他打过几次照面。他是顾顺章二科那边搞行动的,我在一科王庸下面搞情报,掩护身份是建筑事务所的画图师。周枪法奇准,心思缜密。顾顺章叛变后,把他供出来,他就投了中统,三七年徐恩曾让他潜伏南京,四〇年他被76号捕获,旋即叛变,可谓三姓家奴。周为人桀骜不驯,对日本人一贯不假以颜色,现在近藤赏识你,要用你制衡周,这是天赐良机啊。"

顾易中沉默。他坐下了,垂着眼睛,像在搜寻什么理由。他看着自己的手:"老师,就算留下,我怕我完不成任务。"

"我相信你可以的。"

顾易中几乎闭上了眼,脊背弯着,变成蜷缩的一团:"……能和若彤商量一下吗?"

黄秋收心中动了动,然还是道:"建议不要。"不等顾易中再说什么,又道,"只有这样,才能保证你的绝对安全……易中,地下工作是拎着脑袋干活。谁没有个儿女情长,但革命者,都得舍弃这些。你不是党员,我们以党员的标准要求你,有点高。但……'残酷'两个字,我希望你永远记住……你不仅不能让肖若彤知道你的任务,也不能让任何一人知道你的身份,不要在站内发展任何关系,你的任务就一个:情报。"

顾易中终于直起身来,他长长吐出一口浊气,靠在椅背上,眼睛透过镜片,茫然望着天:"我想退出。我不想干了,黄老师。"

黄秋收仍旧平静:"你要退出,我不阻拦。但如果你决定留下,就不仅要切断和肖若彤所有的联系,还要和海沫结婚。只有把身份坐实了,有家有业的,才能减少近藤对你的防备,更好地开展工作。在此期间,除了我以外,不会有任何人知道你的真实情况,你将会继续被百姓唾弃,被亲人误会,继续承受汉奸的骂名。我知道,这对你来说很难,你才刚刚看到希望,我却一盆冷水,又要将这希望浇灭……但国家已到存亡之际,我辈必得奋不顾身。"

顾易中出了照相馆的门,径自步至营造社门外,恰见肖若彤跟着陆峥出来,站在门口,说着什么话。他抬起皮鞋跟,又轻轻落下,只将目光牵在肖若彤身上。她着一身酒红色的裙子,披着大衣,在人群当中,在陆峥身边,一眼便能寻见。她往这边看了!顾易中压低帽檐,下意识后退一步,再抬眼时候,她已经又消失在门中了。

回过神时,他已站在定慧寺外了。寺中空荡,一路石径皆寂静无人。他行至顾希形棺前,双膝落地,脊背却挺直,合上了眼。遗像前烛光在一片黑里晃着影,就似香炉的烟,飘在他眼前。

他轻轻翕动嘴唇:"……阿爸,我该怎么办?"他听见脚步声,睁开眼。小和尚的手从他肩侧伸过来,捏着一封信。

对不起少爷,当你看到这封信的时候,我已经不在人世了。不要怪肖小姐,不走是我自己的决定。作为一名军人,我本该战死沙场,多活几年已愧对先人。富贵追随师长数十载,寸步不离,师长生前说过,顾家百年名门望族,里面出来的人不能辱了顾园的名头。富贵自知"忠诚"二字重于性命。师长会看到小鬼子滚出苏州的那一天的。放心吧,少爷,我会在那头照顾好师长。

是富贵。富贵在定慧寺,为顾希形看守棺木,祭奠上香。他或许就是在救出肖君侠之后的、如今日一般的某个极平静的冬日,给顾希形叩最后一次头,而后将炸药绑在身上,等着已然注定的结局。

顾易中攥紧了那封信,泪凝成雾,飘在纸面上。

苏州齐门旧城墙仍在。

顾易中一步步爬上城门楼,站在高高的日头下面,迎着苏州四方城并不凛冽的寒风。他垂着眼睛,听见身后有脚步慢慢来。

海沫站在他身边,也一句话没说。她不知该说些什么,又知道此刻不该说话——他昨日回家以后便进了书房,自始至终一句话没说,一口饭没吃。她站在门外,听见木门缝隙中流淌而出的、细碎的歌声,是《教我如何不想她》。

"吴王阖闾当年派伍子胥筑阖闾城,《吴越春秋》说,子胥使相士尝水，象天法地，造筑大城，阖闾城有多大呢，《越绝书》说，周四十七里二百一十步二尺，陆门八，水门八，城筑了三年才成，这阖闾城就是如今的姑苏城。破土筑城时，是周敬王六年，也就是公元前 514 年。"

"离现在很远的事了？"她轻轻问。

"两千五百年。"

"没想到姑苏这么老了。"她轻轻叹。

"当年日本建筑学家关野贞说，中国没有古建筑，最早的唐构都在日本京都。梁先生与林先生不服这口气，历经七年，终于在五台山佛光寺找到了唐代建筑。民国二十五年，梁思成先生特地修书给我，让我测量苏州古建筑，保护好苏州古建筑。我本想能尽我绵薄，但抗战一起，人民皆如蝼蚁，何谈建筑。"

海沫摇了摇头。

"顾先生，你说的这些我都不懂，我也不知道你要做什么。但我知道，你跟顾伯伯一样，是正派人，是真正懂姑苏，也喜欢姑苏的人。"

顾易中并非答她话，自始至终，更似自言自语："两千五百年的姑苏城，不能就这么让强人践踏。"

"……我知道顾伯伯不入土，就是想看到东洋人被赶出苏州。顾先生，有什么话你尽管说吧，我都听你的。"

她自然也没有别的选择。顾易中终于回过头来了，他道："海沫，我得娶你。"

第十五章
尘埃

苏州城今日降了冬雨。护城河在雨中流，渔船在河上枯叶似的漂，渔翁披着蓑衣，坐在船头，鸬鹚在渔翁手边，捕着的鱼含在嘴里。雨渐大了，冰似的砸在青砖上，连同屋檐下滴着的水，溅在肖君侠脚边。他茫茫望着雨幕，拉了拉身上的厚衣。肖若彤攥着一团毛线在他眼前晃了晃："哥，你看这毛线颜色怎么样？"

"挺好的。"

他敷衍意味太浓，即便肖若彤无心纠结，也不得不关心上一句："你都没问我用这毛线干吗，就说挺好的……"不待肖君侠再问，即自顾自答了："六哥你可真敷衍。我想给易中织一条新围巾，天马上冷了，他能用上。"

肖君侠望着她，即使刚救他回来那日，她也没在他眼中看到这样浓重的忧郁。他说："若彤，你坐。"

"怎么了？这么严肃，不会船又不走了，咱们又回不去了？"她坐下，脑中仍飘摇着那样久远又那样近的、顾易中信中的话。她把毛线团搁在腿上，听肖君侠道："他……他暂时不能和我们一起走了。"

"为什么？"

她手一下子凉了，如石板地上的流水一样，而肖君侠摇了摇头："具体原因我也不清楚。"

"他是不是有什么事耽搁了？还是特工站又出了什么问题……他被怀疑了，有危险？"

肖君侠仍是摇头："不是，都不是。他很好，只是暂时不能归队。"

肖若彤声音有些哑："他亲口跟你说的？"

"托陆峥给带的话。"

她便站了起来，伞也不打，就要往外走："突然不走，一定是有原因的。我要跟他见上一面。"

"不行。"

"为什么?!"

"他托陆峥带话就是行动不便,你贸然和他联系,会给他带来不必要的麻烦,他也可能不见你。"肖君侠顿了顿,"我们离开后,组织上会派新的同志过来,如果到时候他能走,我们的同志一定会帮他想办法的。"

肖若彤立在那儿,垂头,定定地看着肖君侠:"六哥,我就是想知道,他是不能走,还是不想走。为什么这些话他不能直接过来,跟我当面说。还有什么情况?我就不明白,还会有什么情况?"她其实知道,其实明白。然而几个月中的疲惫早已经全然将她压垮——她等着与顾易中一起离开的这一夜,就似等一根标志着结束的救命稻草。不论是什么样的情况、什么样的紧急,她只觉得——这句话是能说的,无论如何他也能够亲口和她说这么一句话,只要是他站在她面前。都托陆峥来了,还有什么……

"六哥,你跟我说实话吧,我受得了。"

"九妹,你忘了他吧。"

兄妹二人几乎是同时开口。肖若彤话声顿变作嘶喊:"凭什么?!"

肖君侠望着她,眼中终于流出悲悯的神色,他道:"他要结婚了。"

肖若彤却笑了。她站在雨幕之前,背着天光,脸上落下一片暗色。她笑:"胡说,他跟谁结婚,能和谁结婚?"那笑容就在这些笃定的话里慢慢隐去:"……没我他怎么结婚?!"

你知道的,肖君侠想,你知道的。他念道:"海沫。"

"你胡说。"

"九妹,要哭你就哭吧。顾易中亲口告诉陆峥的,婚礼后天举行,西式的,在教堂。"

倾盆大雨落在天井,砸出嘈杂乱声。肖若彤手里的毛线团滚落,湿哒哒的,黏在石板地上。

顾易中坐在竹椅当中,望着亭子檐角滑落的雨珠,听雨泠泠。雨声杂着脚步声,他偏过头,见海沫一袭青花旗袍,撑一柄油纸伞,一步绽开一片水花。她近了、更近了,声音响起来:"……你应该当面跟她说。"

他合上眼:"当面我会反悔的。说实话,我没勇气站在她面前,也没有勇气说出那番话。我辜负了她对我的信任。"

"肖小姐现在得多伤心啊……我真不应该答应你做这样混账的事。"她却笑了一笑,轻轻道一句,"我也混账。"

"……这事你要不愿意的话,不勉强。"

"我不勉强。"她道。

"海沫,事关一辈子,而且……"

"嫁给你,是我赚了,你吃亏,好哦,虽然我知道只是假的。"她仍是笑,"我知道你想说什么,我都明白。你心里只有肖若彤,我不在乎,真的。我现在只有一个心愿,就是替顾伯伯和表嫂,还有富管家报仇……我是一个没本事的女人,我也不知道怎么干,如果能跟你一起坐机关……我愿意。放心,我能演好这个太太的。就怕你演不好先生。"

"近藤阁下。"

顾易中站在近藤的花房门外,望着近藤拨弄风琴的琴键。新沏的热茶在他身后的茶桌上泛起热气。顾易中看着他弹完一曲,又将茶喝完,最后站在窗边,才叫了这么一声。

"是顾副站长啊,进来吧。"

顾易中端着一张大红请柬,双手呈上,正是他与海沫的结婚请帖:"近藤阁下,我们诚挚地邀请您来参加我们的婚礼,这对我和海沫来说是莫大的荣幸。"

近藤显出些诧异神色，半晌，又看了请柬一遍。"顾桑，我有些意外你会邀请我。"他握着茶杯，又道，"非常谢谢你的邀请。这是我第一次收到中国人的邀请去参加婚礼。我是真的想去参加，尤其是你的婚礼。但是我不能去。我懂得你们中国人的人情世故，如果我去了，就会让所有人感到不舒服，不开心。这样吧……"他转向门外，"岩井，你来一下……去，把我的那块精品料子拿来，就是我要做和服的那块，送给顾桑。"

"……长官。"岩井叫了一声，见近藤毫无改变主意的意思，只得又看了一眼顾易中，转身出门，不一会儿便端了一块上等的料子来，站在近藤身边。

"我虽不能亲自参加，但是礼物还是要送上的。这块料子就送给你做身衣服吧，同时希望你有个愉快的婚礼。"

"你怎么买了块料子，还拿托盘装？"

"这是近藤给的，你拿去处理了吧。"

海沫瞥了一眼那料子，接过托盘来，只道："看着还不错，哪天问问当铺，看能卖多少。"

顾易中一时没反应过来，只愣愣看着她，再欲说些什么时候，海沫却已出门了。

请柬亦送到了周知非家里来。

周知非正跟纪玉卿一块儿坐着，一人揭开请柬，一人翻看时装杂志，夫妻两人无话可谈。而周知非就在这时笑出声，纪玉卿抬起头来："怎么了？老周。"

他便不吝将请柬递过去："顾易中的婚礼请柬。"

"张海沫小姐，这是哪家的小姐？不是说他跟一个共党好上的吗？"

周知非又笑："不是那个共党。是个西贝货。老纪，我们得随喜。"

"我可不去，别是个借口，把我们请去，一网打尽。"

纪玉卿是被上回吓坏了。周知非耸耸肩："人不去礼得到。把去年得的那鸳鸯戏水镜面送去，外加两个龙凤金镯子。"

纪玉卿又吓一跳："你疯了！送这么大的礼给你仇家。"

周知非一瞥："你也就这格局。顾易中现在是90号的副站长，近藤的新红人，我敢不巴结？利落置办去。"

婚礼如请柬中所说一般，是西式流程。教堂外头停了许多宾客的汽车，留出地方给两排西洋礼乐队，吹吹打打的，奏出《婚礼进行曲》来。教堂正门大开，众人皆往外看，直至一身洁白婚纱的海沫挽着陆兆和的手臂步步走了进来。她脸上洋溢着比日光更灿烂的笑容，站在顾易中面前。顾易中看见她笑，听见掌声，望着宾客，有陆峥带着的顾家亲朋，亦有90号的特务：谢文朝说是代周知非来，高虎也必定是要来的……然而他们的面孔都陷入模糊。

海沫走到了他面前。陆兆和把她的手放在他的手上。他握紧了，机械地转身，与她一同走到神父面前。

他睁着眼睛。

"看见若彤了吗？"

"她一早就出去了。"

"去哪儿了？"

"她没说。"

小李仍旧擦枪，肖君侠转身便往外走，走到营造社门口，却又住了步，长长叹一口气。

肖若彤还是去了。她就在教堂外面，却不会进去，他就是知道。她听见了《婚礼进行曲》，看见教堂当中的人群。却有两个小孩在她身边，手中牵着风筝，脚下追跑着，嬉戏声湮没在进行曲之中，湮没在神父蹩脚的中文之中。

"张海沫小姐，我在上帝面前问你，你是否愿意顾易中先生成为你的丈夫，无论疾病还是健康，或任何其他理由，都爱他，照顾他，尊重他，接纳他，永远对他忠贞不渝，直至生命尽头？"

"我愿意。"她说。

"顾易中先生，我在上帝面前问你，你是否愿意张海沫小姐成为你的妻子，无论疾病还是健康，或任何其他理由，都爱她，照顾她，尊重她，接纳她，永远对她忠贞不渝，直至生命尽头？"

…………

他曾写道：

尊敬的肖若彤小姐，未遇到你之前，我没想过结婚，遇见你之后，结婚这事我没想过和别人，我正式在此向您求婚。允，则易中此生之幸。

民国三十年九月二十一日

于姑苏

"先生、先生……"

是谁在扯他的西装。他闭上眼，又睁开，答道："我在。"胸前口袋里别着的钢笔似乎刺过衣料，将凉意刺进他皮肤里。

他说："我愿意。"

神父笑了。笑容真诚地从浓密的胡须中泛出："我以主的名义，赐予你们这戒指，祝福你们彼此相爱，直到终身。阿门。"

他与她交换戒指，而后拥抱，他的手抚在她单薄的后背，仍是凉意，仍是湿意。湿意从他眼中泛上来又回流，他迟滞地听见掌声，他肩上一片凉。却是海沫哭了。

他却在这时松开了手，他忽然往门口看去，看见一闪而过的人影，而他心中大恸。不知自己的手与海沫的手，究竟哪个更凉。

"姐姐，我的风筝挂在树上了，你能帮我取下来吗？"她竟真的哭了，眼泪被掩在墨镜之后，满溢着，流不下来。小男孩似忽然出现，喊着她。肖若彤浑身一颤，捡起一根树枝，去够高处的枝杈。然而恰有风来，顺着她手中的树枝，顺着风筝线的方向，将它彻底吹得不见了。

"风筝，我的风筝……"孩子们追得远了，同风筝一样，连影子都看不见了。

她立在原地，泪如泉涌。

"……若彤。"

肖若彤只往屋里走。她背着黄昏，身上似洒下一片金色。肖君侠跟了上去，顺手关上门。而她似什么也没看见，接着织那条做了一半的围巾，直至肖君侠站在她面前，她忽然将所有的毛线扯开——毛线就是那日留在雨中的，干了又湿，湿了又干，此时散在地上，在兄妹二人之间。

肖若彤抬眼，默默无言，脸上只余泪痕。

"六哥。"她道。

"我知道……我怎么不知道。他们是假的，他们在演戏……易中为什么不跟我说呢？为什么，六哥？我不相信他？……还是谁……还是你不够相信他？"

顾易中一身吉服，倒在床上。

他喝多了，被陆峥和高虎一块儿搀进顾园新房里，死人似的瘫在那儿。海沫端端正正的，点了点头："辛苦表哥了。"

陆峥很是客气："这家伙，还真是沉……没事，今儿不早了，我们就先走了。"

"……他这喝得不省人事的，我也就不留你们了。"

高虎摸了摸脑袋，只觉浑身不自在："嫂子，新婚快乐。"

海沫道着谢，将一众人送出卧房去，关门回身时候，竟见方才还醉得死沉的顾易中已下了床，端坐在椅子上，不由吓了一跳。然还未开口，便听他道："都走了？"

她喘了口气："走了。还以为你真醉了呢。"

"不这样，天亮了都回不来。"

"一天你也累了，早些休息吧。"她见他点了点头，起身朝外走，晃晃悠悠的，东扶西撞，又问一句，"你要去哪儿？"

"我去隔壁的房间睡。"

她有些无奈。"今日新婚，若被人瞧见咱俩没睡在一屋的话，一定会被怀疑的。"说罢，打开衣柜，从里面拿出一床新的被褥铺在地上，"我早就给你准备好了。你就在这儿先委屈一晚吧。"

灯便灭了。两人下榻，背对着背，各自睁着眼，看向黑暗之中。

香火燃起来，冒出明亮的烟，飘在顾希形的遗像之前。海沫摆上了祭品，而后与顾易中一同跪在蒲团上，听他开口。

"爹，不孝易中……"他却停了，转过头来看着她。

海沫忽而张不开口，半晌，方念一句："海沫……"

- 615 -　　第十五章　- 尘埃

"给您磕头了。"夫妇二人齐道。

"爹,我和海沫结婚了,其中缘由,我不必多说,您在天之灵一定会明白我们的苦衷。抗战已达生死攸关之时,我等不能后退,只能向前。所幸海沫不计个人得失,愿与我同甘共苦,易中感激不尽。所欠之情,日后必当偿还。"

"你也说点什么吧。"他转头道。

海沫点点头,乍开口:"顾伯伯……"

"叫爹了。要养成好习惯,别让旁人看出端倪。"

"……您嘱托我的事情,我一定会办好的,您就放心吧。"

她望着顾希形的棺木,而顾易中有些诧异地转过头来:"爹嘱咐你什么?"

"我不能说。"

"……怎么还有秘密?"

海沫干脆不答:"我说完了,下一步该干吗?"

顾易中抿了抿嘴:"……接着磕头吧。"

两人便跪,对着沉寂的棺木,磕了三个响头。

容光照相馆大门紧闭,挂着转租的招牌。顾易中开车,下意识往旁瞥了一眼,又照常往前,只轻轻抿了抿嘴角。黄秋收告诉他,从此以后,他们会单线联络,而他代号即为"孤舟"。

"南宋杨万里《泊平江百花洲》云:莫怨孤舟无定处,此身自是一孤舟。"顾易中沉吟道。

黄秋收却摇了摇头:"我更喜欢杜工部的'孤舟一系故园心'。明天开始,这个联络点就撤销了。我会给你一个新的联络办法,孤舟同志。"

陆峥的车没有开前灯，停在河边破旧的小码头上，肖若彤与肖君侠不住往湖上望，终于见了一点亮光——是个船灯，一艘小船正被个戴斗笠的人划着，慢慢朝他们来。肖君侠点点头："我们的人。准备上船。"

肖君侠下了车，上前去和陆峥握手："这些日子，多谢了。"

"客气什么，一路保重。"

陆峥转过头来，见肖若彤却还站在码头："表哥，他可有什么话让你带给我？"

他摇摇头："你还是忘了他吧……我也没想到顾易中会被一个弹词先生迷成这样。我都没脸当这个表哥了。"

肖若彤愣着，直至肖君侠在船上喊她一声"走了"，方才浑身一颤，转身上了船。船篙一点，小舟离岸而去。她立在船头，望向一片黑暗。

苏州这日难得天气不错，午后暖和，太阳又好，侦行科几人没事会在这儿打打篮球。顾易中已经是副站长，又与科里的特务不再那么生疏，谢文朝拉了手下的两个小年轻庄瑞恩和丁一昌，跟他打两人组篮球赛。众人正来往激烈、挥汗如雨时候，却见近藤跟岩井牵着马进了90号大门。

顾易中动作没来得及收，一个抢断，球恰掉在近藤脚边。近藤没说什么，回头看了眼岩井，岩井弯腰把球捡了起来。岩井又对旁边宪兵使了个眼色，宪兵便把马牵走，近藤恰在这时轻轻踮脚，一个定点投篮，球划出漂亮的弧线，干脆利落地穿过篮筐。

庄瑞恩惊呼一声："阁下，您也会打篮球啊！"

近藤竟笑一笑："为了日中的友好，让我们在这小小的篮球场上比试比试吧。"

庄瑞恩一愣，回头看了一眼沉默不语的顾易中和谢文朝："阁下，要不我跟您一队，顾副站长和谢队长一队吧。"却见近藤看向顾易中："顾桑，篮球打得怎么样？"

"……以前在宾大的时候打过，水平一般。"

近藤摆了摆手："我和你一队，庄和谢一队。"

谢文朝方才开口："是，请阁下赐教。"

近藤把配枪和军装外套都卸下来，交给了岩井。顾易中和谢文朝立在原地，冷眼看着庄瑞恩热身，待近藤转过身来，比赛便算是开始了。谢文朝虽不知近藤用意何在，也明白稳妥的招数——他故意放了点水，近藤轻易进了两个球。然而他给庄瑞恩使的眼色似乎没起作用，浑身热汗的小伙子见比分落后，开始防守，几乎到了横冲直撞的地步。顾易中与谢文朝皆插不上手，只得看着庄瑞恩在马上就要抢断篮球时候，被近藤狠狠撞了下腹，又失一分。

顾易中心里咯噔一下，转眼见谢文朝脸色也不好看。谢文朝往庄瑞恩方向去，然还没来得及说什么，便能看见庄瑞恩几乎化作实体的火气——他从侧面起跳盖帽，拦住了近藤的三步上篮，又抢断了被打飞的篮球，之后一套行云流水动作，球几乎没从他手中离开过。他连进五个球，近藤累到脱力，也没能再进一个。

"不打了。今天就到这里吧。"近藤慢慢踱步到场边，喘了几口气，笑着对顾易中说，"日中的友谊是长久的。我们下次继续友谊赛。"

顾易中不明就里，然还是笑着点点头，见近藤对庄瑞恩竖起大拇指："小伙子，你篮球打得，大大的好。"

庄瑞恩也站在原地歇着，还未答话，便见近藤走向岩井，接过自己的军装，又把球抛向庄瑞恩，他双手一接，场中诸人却陡然听见一声枪响——近藤在扔出球那一刻便拔枪射击，子弹带着尾烟穿过篮球，正中庄瑞恩眉心。破碎的篮球摔在地上，滚在顾易中脚边。庄瑞恩倒在地上，双眼大睁，血顺着额头渗进地里。

顾易中与谢文朝皆愣在原地,场中无一个人敢动。谢文朝打了个寒战,缩了缩自己的脖子,顾易中则抬眼望着近藤,看他整理好军装,拍拍裤子,路过他眼前:"下次我们还一队。"

近藤面上甚至含笑,只往办公室走去,岩井跟在他身后。大楼之上,周知非关上了窗户,篮球场中,众人站在原地,像僵硬的散落的棋子。

庄瑞恩的血流满了棋盘。

李士群端起茶杯,把手里的报纸搁在桌上。报纸头版印着前些日"苏州中日文化协会"成立剪彩的照片。就在近藤那日领顾易中参观的园林门口,挂着招牌,点了鞭炮,近藤与顾易中一人提着红彩带的一头,为协会剪彩。近藤至少表面上的确安排细致,连礼仪小姐亦是一位穿和服的日本女士和一名穿旗袍的中国姑娘。周围满是记者,回去就将照片挂上各大报纸的头版头条。

"……近藤独断专权,处处护着顾易中,现在还搞了个中日文化协会,让顾易中去当副会长。顾易中什么资历啊,才进特工站几个月,选谁当会长也轮不到他啊。"

李士群却一笑:"我倒觉得近藤用他是有道理的。"

"怎么讲?"

"他爹死了,姐姐也死了,还都是因为你们90号才死的,他心中能没有怨气吗?但他从来不表现出来,一副为90号积极卖命的样子,为了什么?还不是为了活命。虽说咱们现在靠着日本人,但以后怎么样,还真不好说。"

周知非霎时会意:"现在美国人搅和进来了,未来战事如何,是谁也不好说。"

李士群似毫无顾忌,慢慢道:"一旦东洋人战败,汪政府该如何,咱们又如何？"

周知非面不改色："知非请先生明示。"

"眼光要放长远些。顾易中不碍着你的事，你又何必非要和他角力呢。倘若他真和共党藕断丝连，或许将来也能给你留条后路不是？"

李士群抿了口茶，看周知非低下头，说一句"是知非肤浅了"，又道："……这次来，我还有个事体要跟你商量，上次我说的要有自己武装的事，有了眉目。"

周知非眼光一闪，还未出声，却听门外有个娇柔声音传进来，声量却大，似故意要嚷给里头人听的——

"哎呀，今天可把我给累坏了……"

他看见了鲜艳的旗袍与高跟鞋，高跟鞋嗒嗒地响。穿着旗袍的姑娘风情万种，摇曳生姿，没看见他似的，身后跟着两个拎着大包小包的保镖，直朝李士群来："苏州大丸百货太差劲了，比上海的新世界差老远了。脚上这双鞋又太硬了。"

她招呼保姆把东西往楼上放，又蹲在李士群身边："给你看样好东西。"她晃了晃自己的手，一枚硕大钻戒在她纤纤玉指上闪，周知非眨了眨眼，听见她问，"怎么样？好看吗？"

李士群揽着她的腰："你戴什么都好看。"

她眼睛一亮，杏眸里竟真脉脉含情，望着李士群，搂在他脖子上。李士群抿了抿嘴，道："有客人。"

她往李士群脸上凑："我不管。"

她在情夫脸上亲了一下，即便是李士群亦有些浑身不自在，只得看一眼早扭开头的周知非："我来介绍一下，苏州站站长，周知非先生，这位是昆曲名角儿绿珠小姐。"

周知非这才回过头来，点点下巴："绿珠小姐好。"

绿珠相比之下显得十分敷衍,只点了头,径自起身,望着李士群:"我先上楼了。你……快点儿。"其中含义,屋中三人没一个不清楚。周知非眼观鼻鼻观心,半点不敢往旁瞥,李士群则一直盯着她摇曳如柳的背影拐过楼梯角,才又看向周知非。

"知非啊,你要学会放松,别总绷着自己。"

"老纪看得太紧了。"周知非道。

却听李士群一笑:"言不由衷了吧。区晞萍在你家落脚有十六天?"

周知非心底一震,明白这才是李士群问这话的真意,立时答:"十五天半。"

李士群却又耸了耸肩:"女人也不是个个都像区晞萍那样,她到你家去,我原先想着你可以把她拉过来,没承想她那么视死如归。咱们这些当男子的,惭愧啊。"

"玩得还挺麻利呢。"

肖若彤闻言抬头,叫了一声"六哥"。她已经一身军装,此时正在茅山新四军六师十六旅驻地的院子里,跟七八个男女新兵一块儿上枪械课。拆装机枪的事,她已经做得不输任何新兵了。她手上动作未停,又道:"我不行。我们班长蒙着眼睛数二十五下就能装上。"

肖君侠只道:"若彤,有任务了。"

肖若彤却连头都没再抬:"有也不让我去,他们嫌我是女同志,又是上海来的,不让跟行动。就会看不起人。"

肖君侠闻言,皱起眉头来,然到底接着自己的话讲:"你得脱军装穿旗袍了。"

"才不要呢。"肖若彤顶了一句,又问,"什么任务?"

"我们可能要回上海了。王科长跟我说了,晚上请咱们吃便饭,同时布置任务，准备准备。"

"……真要脱军装？"

"还要把皮肤整白一点，吃胖一点，反正不能这么又黑又瘦地去上海，一看就是从根据地来的。"

肖若彤听着有谱，这才搁下装好的枪。"那些旗袍不知道还能穿吗……"顿了顿，眼神飘回肖君侠身上，"……哥，他有信吗？"

肖君侠如实相告："东洋人办了一个苏州中日文化协会，他当了副会长，还有，在90号也成了副站长。小鬼子很重用他。"

"我不是指这个。六哥，我是指你问了王科长没有，易中是不是我们这条线上的。"

肖君侠又皱起眉头："这事能打听吗？打听了王科长会告诉我吗？"

"反正他就是当到站长，我也相信他是咱们的人。六哥，咱们去上海，说不定就是要配合他工作呢。"

"别再胡思乱想了。我走了，一大堆工作要交接呢。记得晚饭穿旗袍来哦，王科长想看看你扮起来像不像我妹妹。"

肖若彤无奈："……六哥。"

肖君侠一笑："开玩笑。走了。"

肖若彤没动步子，顺手捡起机枪，几下卸成零碎部件，扔在桌子上。

"来，趁热吃。"王明忠拿起桌上盘子里的煮芋头递给肖若彤，肖君侠也拿了一个，转头看肖若彤身上的旗袍——她现下看着与他的军装、与周围的土房子都格格不入。王明忠拘谨地打量一番，点点头："还别说，肖同志穿这一身真像个大小姐。"

肖若彤嘟囔一句："真不习惯。"

"剩下就这皮肤了，太黑了，怎么白回去？"

肖若彤又道:"科长放心,我只要在屋里待一礼拜,就能白回去。"

王明忠却笑着摇了摇头:"没那么多时间了,给你五天,努把力。这上面是你和君侠的良民证,还有新的身份。你们看看。"

肖君侠接过东西来,边看边问:"科长,我们的任务到底是什么?"

王明忠还没答话,却见师政治部林副主任从里屋走了出来。几人立时起身,相互打了招呼,林副主任却只坐下,请王明忠继续说。王明忠便又掏出一张照片来,摆在肖君侠和肖若彤面前。

"潜回上海,打入和平军内部。这是你们这次行动的目标。"

一身军装,器宇轩昂,"罗武强"三个字端端正正写在照片下方。

车停在上海街道边,肖君侠与肖若彤挽着手,昂然下车,两人皆是衣衫亮丽,径直走入旋转门。

一入繁华场转眼间,即是1943年。

苏州街上已换一副模样,身着和服的日本人随处可见,连招牌上也打了中日双语的标识。掌柜大多都对日本人毕恭毕敬,甚至说出日语来——这也难怪,如今苏州中小学里头,也都要教习日语了。顾易中这时便会有些庆幸军生刚刚长到两岁,不必上这些学校去。海沫在家中带着他,顾易中早间出门,正见两人在前厅里头嬉闹。见他来了,军生立住,海沫则从衣架上拿下西服,帮他套在身上。

军生叫了一声"舅舅",顾易中便笑,将他举在空中,听孩子的清脆笑声。海沫虽见得多了,也总是心惊:"快下来,当心再摔着。"

"不嘛,我要举高高。"

顾易中一听孩子话,便更来劲,又举了好几回,直至海沫上前去接:"好了好了,舅舅要去上班的。"

军生刚落地，王妈便拎着菜篮子进来了。苏州今儿又下着小雨，王妈收伞，许是上了年纪，越发絮叨起来："现在真是要人命哪。"

海沫牵着军生："怎么了？"

"这米一天一个价，先前一斤才一块多钱，现在快到三块了。短命的也吃不起的呀。"

顾易中便道："海沫，你再多给王妈支点钱吧。"

王妈忙道："有的有的，太太先前给得不少的。咱们家不怕的呀，我就是可怜那些乡亲，大米这么贵，又不知道要饿死多少人了。"

屋中便沉默起来。顾易中拎起公文包："你们在家，我去上班了。"

王妈上前去接军生："先生慢走啊。军生，姆妈抱抱，舅妈要送舅舅上班。"

两人出顾园外门，瞥了一眼对面饼铺站着的麻子。海沫站在顾易中身前，帮他整理衣领，两人便低声说话。外街正有两辆小轿车过来，停在了隔壁院子门口，几个人从车上下来，轮流往院里搬箱子。顾易中一瞥："隔壁是新搬来的？"

"前天刚赁的屋。"

"什么样的人家？"

"这两天进进出出，在搬东西，我看有不少是东洋人的物什。"

顾易中点点头："我上班了。"

海沫却没松手，低声道："还有一个动作……大饼铺的麻子盯着呢。"

顾易中会意，轻轻吻上海沫的额头，这才转身离去。海沫也关上院门，从门缝里悄悄往外探，见饼铺的麻子在围裙上蹭了蹭手，低头奋笔疾书，写着什么。

顾易中轻轻叩了叩门。

"进。"门内,近藤用日语答道。办公室内的广播正放着报道共产国际解散的消息:"1943年5月15日,共产国际执行委员会主席团做出《关于提议解散共产国际的决定》,并于5月22日公开宣布解散……"

近藤仰靠在办公椅上,闭着眼睛。顾易中站在一旁不敢打扰。消息播完了,近藤抬手关掉收音机,抬眼看着顾易中,并不说话。

"阁下。"

"顾,我想听听你对这个新闻的看法。"

"共产国际瓦解,这将是影响太湖匪共的一件大事,其精神和信用必将从根本上动摇,乃至完全丧失。"顾易中恭敬地低头,对答如流,"匪共不日必将溃散。"

"还有……"

"这也说明苏俄已在战场上被德国打得透不过气来,此刻没有出路,只能借此博得英、美的欢心,从英、美等国获得大量援助,蓄意力谋扩大、强化。下一步苏联红军有可能会威胁满洲。"

近藤露出满意的神色:"对的。顾,这个才是重点,留学美国的人,看问题的角度就是不一样。"

"阁下高明。"

"看现在的形势,我们未来会从东南亚撤军,北上对抗苏俄,这也是小林师团长的看法。"

顾易中静静地听着。

"三期清乡取得很大成果,小林师团长命令我们加强封锁,扫荡新四军,巩固吴县、常熟、昆山及太仓清乡成果。苏州特工站要全力配合。"近藤起身走了过来,拍拍顾易中的肩:"顾,请你起草一个封锁详细计划。"

"是的,阁下。"顾易中领命,又试探道,"这个是不是应该由周站长牵头比较合适？"

"我不放心周。顾，就由你来，特工站的事，你要多多担任。"

"是的，阁下。"

近藤对他点了点头，又坐下批阅文件。顾易中敬礼后离开办公室，走了几米距离，总务科的苗建国满脸带笑地迎了上来："副站长，您的《良友》到了，正想给您送过去呢。"

"我自己去拿就是了，怎么好意思劳烦您跑一趟呢。"

"哪还能您自己跑腿。副站长，现在东洋人天天找您，瞧给您忙的。"

顾易中笑笑，接过装着杂志的信封时却发现已被人打开过了。

"以后您需要什么，告诉我们总务一声就行。"

顾易中没应他的奉承，问道："我这信封怎么口都开了？"

"小鬼子电检员干的，您看，这些信都拆了。"苗建国努努嘴，示意他看手里的其他信件，确实都开了封，"站里所有人的通信都得查。除了封锁，就是检问、保甲、扫荡，我看东洋人快疯了。"顾易中只当没听到这句抱怨，往自己办公室走去。

顾园前厅，海沫与王妈在拆毛衣，军生在不远处一个人玩着木制小汽车。王妈突然停下手里的活计，朝外看了一眼，又朝军生看了一眼，对海沫说："太太，你别嫌我多嘴啊，你还是得趁着年轻，要个自己的孩子。军生固然是好，可总归不是你自己亲生……"

海沫有几分不愉快："王妈，以后在家里可别说这样的话。先生听见了会不高兴的。"

"是我多事了。"王妈瞧见她的脸色，慌忙认错，又忍不住嘀咕，"就是街坊们有时候都说，快两年了，怎么也不见喜。"

海沫有口难言。

"要不要找郎中瞧一下，我认识一个郎中，专攻妇科……"

王妈话还没说完，就听见军生高兴地叫了一声："舅舅！"

海沫循声望去，见顾易中拎着公文包从外走来。

"今天这么早就回来了？"

顾易中"嗯"了一声，摸摸军生的头，又往书房走。

"先生最近也真是太忙了，忙归忙，孩子还是要生的，太太。"

"王妈，你就别操这个心了。再说，我可就恼了。"

顾易中锁上书房的门，从公文包中拿出那份《良友》杂志，仔细瞧了半天。他拿起桌案上的茶壶，里面的茶水是海沫刚送进来的，他揭开壶盖，将杂志包装贴着邮票的地方凑近热气。邮票背后的粘胶慢慢失效。顾易中小心地用裁纸刀揭开邮票，拿过藏在柜子里的药水，将邮票浸进去后迅速取出，挪到放大镜下面。顾易中凑近细看，密信内容冒了出来：

"本周日下午三时，上海永安百货见面，急急急。"

顾易中记住字条上的内容，点燃一只火柴，把邮票烧掉，随后拨通了周公馆的电话。

此时的周公馆内气氛紧张。周幼非穿着和服，蹑手蹑脚地从房间里出来，准备悄悄溜出去。在沙发上看报纸的周知非头都没抬："干什么去？！"

周幼非被逮个正着，只得站直身子回道："我要和同学去参加联谊会。"

周知非从报纸上抬眼，看见儿子穿一身和服，气不打一处来。报纸摔到桌子上，发出一声沉闷的响声。

"你这穿的什么东西？"

"这叫和服。"

"我知道这是什么玩意儿！你一中国人，打扮成日本人干什么！"

"今天晚上大家都这么穿！"

"给我脱下来。"

听见动静的纪玉卿从屋里出来："怎么了怎么了？"她一见周幼非，便知道周知非的气是冲哪儿发的了。但她有心维护孩子，便劝周知非："这孩子好不容易放假回趟国，有什么话你就不能好好说吗？"

周知非指着那身和服，骂道："这就是你的宝贝儿子。留了几天学，连自己是谁都快要忘了！"

纪玉卿小声问儿子，怎么穿成这个样子。

周幼非委屈道："京都校友联谊会，大家说好了，要穿和服的。"

"什么联谊会，我告诉你，你今天哪儿也不许去！"

"平时你不管我，现在你凭什么管我。"

"凭我是你爹！"

周幼非忍不住用日语反抗了一句："我没有你这样的爹。"

周知非火气更甚："你说什么？你再跟我说一遍。用中国话！"

"说了你也听不懂。"

周知非抄起自己的拖鞋朝周幼非打去，纪玉卿连忙把周幼非护在自己身后。

"你这是要干什么呀？"

"你给我起开，今天我好好教育教育他！"

周幼非躲在纪玉卿身后："救我，娘你救我。"

纪玉卿也生起气来："你要打他就先打我吧！"

"你这是干什么！"

"怪天怪地你不该怪孩子，当初还不是你要把他送去日本的！他要是一直在我们身边，能变成今天这个样子吗？他说日语怎么了，你自己还不是天天在那儿学日语？"

"我那是工作，但凡我不干了，我他妈才不学日语呢！哇里哇啦的。"

纪玉卿正准备说什么，电话铃声响了起来。

周知非压制了一下自己的火气，走了过去，接起电话。

"喂……噢，是顾副站长啊……"

顾易中手里端着一盏茶，手指顺着茶杯边沿滑蹭："周站长，我想跟您请个假，海沫非要去上海买洋货，跟我嚷嚷不是一次两次了，我想着，这周末要是没有什么事情的话，我就带她去趟上海，也省得她一天到晚啰唆。"

周知非笑着回道："这么点儿小事，还用跟我说。"

"您一直交代，任何人，离开苏州一步，都得请示您。"

"易中老弟啊，你是副站长了，不是任何人了。"

"应该的。"

"你以后不用事事向我汇报。我最近腰不好，站里的事，你就多做主。"

顾易中轻轻放下茶盏，关切的询问被电波传递得有些失真："站长多注意身体。"

"有劳惦记。易中老弟，女人想做的事情，你可是得当回事，否则天天念叨着，耳根子都得长茧子。"

"谁说不是呢。"顾易中笑了一声，又问，"那嫂子可有什么需要我们帮忙带的？"

"不用不用，她自己也一天到晚地往上海跑，没少买东西……"

提及纪玉卿，周知非微侧了下身，却发现纪玉卿正偷偷放儿子离开。他的火气又被勾了起来，怒视着母子用手比画着什么。周幼非还是穿着和服跑走了。

周知非按捺下脾气，对顾易中说："好，我知道了，就放心去吧……没关系没关系……再见！"

周知非一放下电话，就对纪玉卿发难："谁让你放他走的？"

儿子不在跟前，纪玉卿也不给他留面子："有本事你去把他逮回来呀，你们不是最会抓人了吗。"

周知非对她这副姿态简直无语，想到还有正事，便不再理会她。他又拨通一个电话："给我接上海76号总部一处万里朗，对，长途。我等着。"

纪玉卿冷嘲热讽道："又要查顾易中，你监视顾易中都监视两年了，毛都没发现一根。他们一家人挺好的，郎才女貌的，海沫上礼拜天还送了一个大蹄髈，你不也吃得挺欢实的嘛。"

周知非分外不耐烦："你懂什么。"

电话响了。

"喂……是我……对，里朗啊，顾易中这周末要去上海，又得辛苦一下你的人。帮我盯牢，能拍照拍照。有劳有劳。"周知非交代几句后挂掉了电话，站在原地思考着什么。

"那周三顾太太约我去任援道三姨太太家打牌，我还去吗？"

"去。男人的事，跟女人无干。"

周末，上海火车站。顾易中一手抱着军生，一手牵着海沫从火车上下来。站内人头攒动，三人穿梭其中。车站负责盯梢的两个特务见他们下车，迅速锁定目标，尾随上去。走出火车站，一辆小汽车停在顾易中三人面前。海沫拉开车门，顾易中抱着军生先坐上车。特务连忙上车跟上。

车在一家有名的西餐厅门口停下，顾易中三人走了进去。另一个特务坐在不远处，一边喝着咖啡，一边监视这边的动静。顾易中也在暗中观察，他意识到有人盯梢，便拿起手边的纸巾，温柔地替海沫擦拭嘴角的油渍。西餐厅外一辆停靠路边的汽车内，有人举着相机，拍下顾易中的一举一动。

　　吃完西餐，顾易中和海沫带着军生上了前往永安百货的有轨电车，身后坠着两个始终不远不近跟随着的特务。海沫进商场后开始认真挑选，顾易中抱着军生，假意四处张望打量商品，实则在寻找接头人。他注意到斜后方卖成衣的店铺里有人一直盯着他们，便对海沫说："那条丝巾不错，蓝的。"

　　"我也喜欢这条。"

　　"喜欢就买。我送你。"

　　海沫打趣他："你还会送人东西了？两年了，送过啥？"

　　顾易中只是笑笑。这时，一个戴着礼帽、身穿大褂的身影从不远处走出，顾易中认出此人便是黄秋收。他又看了一眼身后的特务，将军生交给海沫，指指不远处的男士衣帽店说："你先抱会儿，我到那边看看。"

　　海沫接过军生哄了几句，也没在意顾易中的去向。

　　特务见两人分开，远远对视一眼，一人继续盯着海沫，一人跟着顾易中往前走。顾易中在走到男士衣帽店前，成功把尾巴甩掉了。黄秋收已经在店里等着他，顾易中隔着一堆挂满衣服的衣服架递给黄秋收一折叠纸条，黄秋收立即将纸条收进内衣兜里。

　　顾易中压低声音："紧急情报，孙殿英密使到了南京，新编第五军在酝酿投日。孙殿英向日本人保证，可拉庞炳勋一道投降，关键是还有二十七军、四十军一部分队伍，人数不详。"

　　听到这个消息，黄秋收非常意外："什么时间的事儿？"

　　"正在进行中，日本军方对庞炳勋这样的高级军官投降非常关注，堂堂集团军司令啊，不惜一切代价要劝降庞炳勋，以向军部彰显战绩。"

　　"早有情报证实，二十四集团军被南京方面严重渗透，我会马上向上级汇报。易中啊，在中日之间确实存在着一些摇摆不定的军人，这些人如果投敌，就会给我们带来极大伤亡。如果把他们拉到我们这边来，我们的力量就会强大。"

顾易中对这些"炸弹"也很担心："是啊，好好的军队变成了汉奸，用于对付我们中国人，实在是令人心痛。"

"据可靠情报，驻扎在常熟的独三十三师，八千多人，正在被汪伪政府争取，日军也计划对其实施武力消灭。我们新四军跟师长罗武强也早已接触，要拉他过来，现在三方都在争取这支队伍。日军小林师团正在实施一个叫'武工作'的行动，这个行动就是针对罗武强的独三十三师。"黄秋收停顿片刻，"你的任务，弄清日军'武工作'的确切计划、目标。这个计划在小林师团的苏州司令部，搞到它。"

"苏州司令部只允许日本人进出。"

"拿出你的智慧，相信你能完成任务。"黄秋收鼓励道，"易中，罗武强这支力量，早已在我们的策反计划中，几方人马已经开始了这项工作，不能被日伪破坏。你如果能搞到'武工作'的情报，将会大力帮助这次策反计划，成功的意义，你应该知道。"

"先生放心，我一定会尽最大努力完成任务！这是组织上第一次正式委派我重大使命，我很感动。"

"保护好自己。"黄秋收从衣服缝隙里递过一百元钱，"拿着。"

"我有钱。"

"不是给你的，这是给军生的。他爸爸虽然背叛革命，但他的妈妈是忠于革命的，他是革命烈士的后代。"

顾易中想到姐姐，有些伤感："他的舅舅也是忠于革命的。"

"是的，我们都看在眼里了。"黄秋收注意到有人进了店铺，像是在寻找什么，"尾巴过来了，分散走。"

顾易中看见特务过来，故意从衣架旁走到开阔的店中心，吸引特务的注意，黄秋收压低帽子，趁机离开了。

海沫抱着军生走了过来："你在看什么呢？"

顾易中随手拿起一旁的衣服："噢，西服好像不错。"

"不是刚做了件新的吗？"

"也是，我差点忘了。"

"西服还是定做的好，买的总归是不那么合体。要喜欢这款式，回头让天赐庄谢掌柜仿一件。"

顾易中本意也不在衣服："不了。"他把西服挂回去，抬头一看，黄秋收已经走了。

他定下心来，想起海沫此行是来买丝巾的，便问："丝巾买了吗？"

"买了，你送我的，我为什么不买？我跟你说，我还买了两条，一式一样的。"海沫空出手摸摸一件黑大衣的料子，轻声说了一句，"算是陪你来上海接头的代价。"

顾易中意外地看了一眼海沫。

海沫还是没看他："放心，我什么都没看见。"

海沫回到顾园后便叫来了王妈："王妈，这是给你的。"

"呦，还给我买东西了呀，这是什么呀？"

"这个叫护手霜。"海沫拧开盖子，用指腹取出一点膏体，抹在王妈手上，"你平时总沾水，我瞧你手都裂了，抹点这个，能保护你的手。"

王妈乐得合不拢嘴，一边把护手霜揣进兜里，一边客气道："哎哟，我这粗人，哪能使这些洋玩意啊。"

海沫又从一堆袋子里拿出一个小盒子递给她："还有这个，发簪，你头上那个都快断了，早就该扔了。"

"谢谢太太！"

"这是给你买的新衣裳,是今年上的新款式。"海沫拿着衣服在王妈面前比画了一下,"你瞧,多洋气啊。"

王妈摸着簇新的衣服,感动道:"太太可真是好人,每次出门都给我带这么多东西,我都不好意思了。"

"平时也不见你买什么,我们出去一趟,总归是要带些回来的。再说了,这家里上上下下全靠你打点,我谢你还来不及呢。"

"那……那我就不客气了。"王妈接过衣服,又问,"先生没给您置办点新行头?"

"有,丝巾,可漂亮一款。"海沫打开一个包装精致的盒子,里面躺着一条丝巾。

王妈这次没上手去摸,只看了几眼:"是好看。就一丝巾,先生也太抠门了吧。"

海沫把盒子盖上,微微叹口气:"我已经心满意足了。"

夜晚,海沫一脸疲惫地走到床边,见军生已经睡熟了,便帮他掖了掖被角。她看向坐在桌前的顾易中,问:"明天是爹的忌日,我准备了些祭品,回头你看看,还缺什么。"顾易中像是没听见似的,看着面前茶盏上方冒出的袅袅轻烟,一动不动。

"跟你说话呢。"

顾易中这才缓过神来:"什么?"

"我说明天是爹的忌日。"

"你准备我都放心。"

"你有心事?"顾易中愣了一下,海沫没等他回答,接着道,"知道了,不该我知道的,我不问。你那些个破事,我也没兴趣。"

她不再理会他,从衣柜里把床铺拿了出来,铺在地上。

周知非办公室里，张吉平将一个信封递给周知非："这是上海急送过来的快件。"

周知非打开信封，里面是一沓顾易中一家上海之行的照片。

"他们传话过来，说是和以前一样，没有什么异常。"

周知非拿起照片一张张仔细看，他的目光忽然凝聚起来，手中的照片里，顾易中在商场和一个戴着礼帽的身影站得很近，但那人背对着镜头，看不见脸。

张吉平见周知非脸色不对，忙问："这张照片有问题？"

"背影似曾相识。你看看。"

张吉平接过照片，眉头紧皱，想了半天也没有头绪，他摇摇头："是你老熟人？"

周知非没有回答他，又把照片拿了过去，盯着那个背影默不作声。

第二天清晨，顾易中和海沫坐着黄包车来到定慧寺，发现昔日清净的寺庙外，此时却站着两名日本卫兵。

海沫担忧地看了顾易中一眼。顾易中八风不动："不管他们。"

他们下了车，一起走进寺庙，里面充斥着日本的祭祀歌谣。正殿里，一群日本人正举行丧礼，僧人在为死者念经超度。一位西装革履的男士见顾易中来，连忙迎上："是顾少爷吧？"

"我是。您是？"

"我是六十师团通译，葛军。"

"有事？"

"是这样的，您看，您家老爷子的棺木放在这儿也有好几年了。是不是找个良辰吉日，早些下葬呢？"

顾易中脸色微冷："顾家家事，不劳操心。"

通译葛军却还在想法子说服他："您看，这寺庙地方本来就小。太君现在也相中这儿了，牺牲的将士骨殖在送回帝国之前，想寄在此地。您看……"

海沫忍不住斥道："就是地界冥府，也得有个先来后到吧。"

"话虽如此，可太太，太君可都是真刀真枪的，狮子林、寒山寺他们都占了，这小小定慧寺？"

"什么意思？"

通译也不怕扯破脸皮，笑笑说："顾少爷，还是早点儿把老爷子安葬了吧，要实在不行，恐怕也得挪个地方了。"

顾易中大怒："这棺木放在这里我不短他们寺庙一分费用，怎么日本人放得，中国人就放不得！何况你去问问方丈，每年，我们顾园往这里捐多少香火钱。"

正说着，一个日本军官走来，操着日语问通译："怎么回事？"

通译弯腰惶恐地说："我正在和他们协调，协调。"

日本军官一副鼻孔朝天的姿态，倨傲道："我们牺牲的勇士是参与清乡运动的重要军官，是为帝国牺牲的。他们的骨灰，是绝不能和清国奴放在一起。"

"是是，我这就跟他们说。"

通译葛军又看向顾易中。"顾少爷，您瞧瞧，太君都已经急了，想办法尽快给挪走……"他压低了声音，威胁道，"别为了死人的地方，丢了活人的命。"

顾易中不肯让步："我是不会挪走的，他们占了中国人的土地，还要来争死人的地儿。"

日本军官并不懂得中国话，但从顾易中的态度上，他判断出眼前这个中国人的忤逆，他一下子掏出枪对准顾易中："八格牙路！"

通译做和事佬，先是看向日本军官："您消消气消消气，误会，都是误会。"又看向顾易中，"顾少爷，你这是何苦呢？闹僵了谁也不好过！"

日本军官看向通译："你跟他说，不肯让，我一枪崩了他！"说着又把枪举起来。

"住手！"近藤急急地从外面走进来，日本军官见近藤军阶比他大，立刻收起枪，点头向近藤问好。

"少佐阁下。"

"怎么回事？"

日本军官上前，在近藤耳边说着什么。近藤眉头紧皱，又对日本军官说了几句话，后者频频点头。过了一会儿，日本军官径直朝顾易中走来，立在他跟前猛然鞠躬道歉，用日语说："顾先生，多有得罪，请多包涵。"

通译连忙翻译："顾先生，这是在向你道歉呢。"

顾易中不欲将事情闹大，也朝对方点头，示意此事化解。

近藤见事情解决，上前和顾易中打了招呼。得知对方是来祭拜父亲，便跟随他们到顾希形的棺木前三鞠躬以示敬意。顾易中和海沫垂手站在一边，面上无喜无悲。

待近藤祭拜完，顾易中送他出去，感谢道："承蒙近藤君关照，我父亲才能得以不被打搅。"

"顾桑言重了。只是这顾老先生，为何一直不葬？近藤不明白。"

"顾家讲究多，非良辰吉日不得安葬，非风水宝地不能葬。祖祖辈辈都是这规矩，不能到我这儿就乱了不是？"

"有人说顾老先生是想效仿伍子胥，要看着我们日本人滚出苏州，才肯安葬。"

近藤毫不客气地盯着顾易中。顾易中也看着他的眼睛："并无此意。中国人讲究入土为安，顾某当然也希望家父能早日安葬。只是来来回回找了好些个风水先生了,都说还得择日择地择时。一旦日子合上了,马上就会入土。"

"希望如此。"近藤将视线挪到不远处的庙门,"顾,我希望你明白,我们日本帝国既然占领苏州,是绝不会放弃的。苏州,就是我们在中国的京都,你的明白?"

顾易中没说话。近藤等了一会儿,没有得到他想要的回应,他又看了顾易中一眼,随后大步离开。

海沫跟着顾易中一回到顾园就开始抱怨:"日本人也太霸道了,活人的地方要抢,死人也要抢。姑苏城,我们中国人住了两千五百年了。"

顾易中回头看看海沫:"这话别再说了。"

"我也就是在家里啰唆了两句,出了门我自是什么都不会讲的。"

"家里也不要说。"

海沫嗤了一声:"你这汉奸还真当上瘾了,胆都小成这样了。"

王妈走了过来:"先生,太太,回来了?"

"嗯。军生呢?"

"吃饱了,刚睡着。"

海沫刚走进屋子就看见桌上堆满了东西,她问王妈:"这都什么?"

"隔壁新来的邻居送来的,我看了,是饭团。"

"饭团?"

"是啊,我说不要,人家非要给,我也只好收着了。"

海沫打开盖子看了看:"这饭团怎么样啊?"

顾易中本没有理会,但他认出饭盒里的东西是日本的,警惕地询问王妈:"这是日本人的寿司……这寿司单送了咱们,还是别的邻居都有?"

"好像左邻右舍的都送了。"王妈见顾易中表情不对,忐忑道,"先生,您看，这东西怎么办？"

顾易中思考一瞬："既然送来，吃吧。"

王妈应了一声，又说："我看这日本人也不诚心，送来这饭团都是凉的，我拿去热热吧。"说着就上前拿起饭盒，要去厨房加工一下。

顾易中拦住她："别别王妈，日本人这东西，就是凉着吃的。"

"哎哟，凉饭吃了是会拉肚子的。"王妈又放下寿司，撇撇嘴，"你们吃，反正东洋人的东西我是不吃的。"

海沫吩咐一句："做碗热汤就是了，瞧着挺好的，别浪费。"

"欸，我这就去。"

海沫见王妈离开，又问顾易中："新搬来的日本人，会不会有问题？也是来监视咱们的？"

"我应该没那么重要。"

海沫看着饭盒，一脸担忧："那这寿司……怎么办？真吃啊？"

顾易中在餐桌前坐下："为什么不吃？这也是用咱们苏州的大米做的，别浪费食物。"他自顾自挑起一个吃了，海沫瞧他吃得悠然，也挑一个起来吃。

周知非正朝办公室走去，走廊上排着长队的军官见他过来纷纷问好：

"站长。"

"老师。"

周知非疑惑地点点头，走到队伍最前头的时候，见张吉平从总务处办公室内出来，他拦住张吉平，问："这怎么回事？"

张吉平回道："顾易中让总务处的人找了几个裁缝，说要给大家统一定制新的工服。这不量尺寸嘛。"

"工服？当特务的还要穿工服，头一次听说。"

"说是大家衣衫不整,出去有损特工站的形象。"

周知非冷笑:"天天不干实事,净搞这些没用的玩意儿。"

张吉平赔笑:"谁说不是呢。"他顿了一下,解释道,"但近藤批钱了,还不少,不穿白不穿。"张吉平见周知非还是对这件事有些不愉快,便岔开话题,"还有,站长,饼铺的麻子说,顾园隔壁新搬来一家日本人,还特意去顾园送了寿司。"

"日本人?干什么的?"

"还不清楚。"

"没打听清楚你跟我汇报什么!整天就知道跟我讲这些鸡毛蒜皮的小事,有用的情报丁点没有!"周知非更不满意,恼怒道,"吹子,侦行你要干不来,我让谢文朝从上海回来得了。"说罢怒气冲冲离开。

海沫坐在顾园花园里的凉亭内,抱着琵琶,弹唱着《莺莺操琴》:

"香莲碧水动风凉,水动风凉夏日长,长日夏,碧莲香,有那莺莺小姐她唤红娘,说红娘啊,闷坐兰房嫌寂寞,何不消愁解闷进园坊……"

她正唱得起兴,听见王妈喊着:"先生,太太,隔壁的日本先生来了。"

海沫回头一看,小野就在她身后十米的地方。见她放下琴走过来,王妈介绍道:"太太,这位就是上次给咱们送饭团的小野先生。"

小野纠正她:"是寿司。"

"噢,对,寿司。"

海沫见礼:"小野先生,您好。"

"冒昧打扰,实在抱歉。"

"小野先生有事?"

"噢,不,我刚刚听到悠扬的丝弦声和清丽委婉的吴侬软语的唱腔,十分惊艳,便不自觉地被吸引过来。未经通过,有些冒昧,还望见谅。"

海沫笑笑:"王妈,帮小野先生沏杯茶来。"

王妈应着退了出去:"好,我这就去。"

"小野先生,这边请。"海沫领着小野往里面走,又问,"小野先生也喜欢评弹?"

"酷爱,之前在上海的时候学过一阵,只可惜技艺不佳。"

"小野先生学的是哪派?"

"俞调。"

"先生学的也是俞调?"

"是,所以听您刚才唱时,觉得格外亲切。可是您所弹既是俞调,又不同于普通俞调,多了些高亢的感觉,所以特来请教。"

"业师张玉泉先生,学俞调出身,后又加入了苏门民间乡谣唱法,所以铿锵有力,也称张派俞调。"

"原来是张玉泉先生的弟子,那真是久仰了。民国十三年,我来姑苏,专门想拜访,听说其与光裕社不合,南游了,没想到,能听到他的亲传,太荣幸了。"

"不敢,不敢。敢问先生哪里高就?"

小野递上名片:"浅井物产苏州办事处的,从事进口贸易,出口也做。这是我的名片。"

海沫看着片假名下面的中文念道:"小野二郎。"

小野微微鞠躬:"请多关照。"

海沫把名片收了起来,客气道:"先生中文说得这么好,实在是难得。"

"我一直和中国人做生意,在中国的时间,比在日本还长,自然会说一些。顾太太,您的先生是从事……"

顾易中工作敏感,海沫一时不知道怎么回答,正巧王妈过来上茶:"先生喝茶。"小野端起茶盏品了起来,海沫趁机又将话题扯到刚才弹唱的

《莺莺操琴》上。

日军六十师团司令部门口,很多持枪的日本士兵来回巡逻。一个推着垃圾车的中国人从里面走出来,一个日本兵拦下车例行检查。车夫掀开盖子,一股恶臭从里面飘出来,熏得日本兵眯着眼睛捂鼻子,拿树枝随便扒拉几下,便嫌弃地挥挥手让他走了。车夫推着车快步离开司令部。走进一条小巷后,他左顾右盼地张望着。

头顶大檐帽,戴一副眼镜,还用围巾遮住了自己大半张脸的顾易中出现在车夫身后,他压低声音问:"都在这儿了?"

"是,这两天的垃圾都在这儿。"

顾易中从兜里拿出一沓钱递给车夫,车夫数了数后点点头,顾易中拎着两大袋垃圾从另一个巷口离开了。他悄悄把垃圾运到一处民宅内,又去换上了一件白大褂,戴好口罩、手套,扯着垃圾袋底端把东西呼啦一下全倒了出来。他蹲下身,拿着一把放大镜,一样一样地翻找着,试图寻找有用的线索。

晚上,顾易中坐在卧室里整理资料,海沫在一旁铺床。床整理好了,海沫直起身来,对顾易中说:"今天隔壁那个日本人来了。"

顾易中从资料堆里抬眼:"他来做什么?都说什么了?"

"他之前也学过弹词,听见我在这边弹唱,好奇,就过来聊了两句。"

"没别的?"

"就说点评弹上的事情。"海沫拿出日间小野递给她的名片,"这是他留下来的片子。"

顾易中并不接过,又低下头去:"大阪来的,米商,供职浅井物产苏州办事处,叫小野二郎。"

"你都查过了。"

"这只是他的公开身份，至于他的真实身份，还不清楚。听说小野家以前也是陆军界的，跟军方瓜葛很多。"

海沫忽然又想到什么："他不会也是特务吧？"

"有可能。日本人特务除了宪兵队、梅机关、竹机关，还有许多浪人民间组织，都为政府工作，有的拿津贴，有的不拿，完全是自发的。"

海沫把名片扔到桌子上："你说这小鬼子，真是全民上下惦记着咱们苏州。"

顾易中叮嘱她："跟他们打交道你得二十分小心。"

海沫答应了，又想起王妈："回头我跟王妈说，他再来的话就想法儿把他打发了，不让他进门。"

"那不行。"

"为什么？"

"你莫名其妙地拒绝别人，不显得你心里有鬼吗？要表现得像平常一样，他若真有意图，也不会隐藏太久。我们早点知道也是好事。"

"被你说得，我现在倒是有点心慌了。"

顾易中安慰道："或许就是个普通日本商人。回头找机会，我会会他。"

海沫点点头："可别是个日本特务啊。"她走到顾易中身旁想帮他收拾一下桌面，突然问一句，"你今天干什么去了？什么味儿啊？"

顾易中也跟着嗅了一下："有味儿吗？"

"垃圾堆里钻出来的味儿。我让王妈烧热水了，洗去吧。"

"行吧。"

16

第十六章
不系

第二天，顾易中刚走上特工站的楼梯，迎面看见高虎和几个特务走来，满脸高兴。

"怎么样？精神吧？"

高虎乐呵呵："你穿这身，保证能找到家子婆。"

几个人正笑着，看见走廊上站着顾易中，立刻止声："顾副站长。"

顾易中朝他们点头，特务们纷纷离去。高虎站在原地，很兴奋地问他："哥，瞧我这身新制服怎么样？"

顾易中拍拍高虎的肩膀："好看，精神！"

"大家自从换了这身衣服，都神气得不得了，感觉自己气质都不一样了。"

"是吗？"

高虎把头一昂，神气十足："那可不，以前出门不亮个身份，都没人搭理你，现在一看到我们这身派头，谁都得敬我们三分。"

"给你们统一制服可不是让你们在外面耀武扬威的。要是让我知道你在外面惹事，我绝不放过你。"

"哥，我是那样的人吗？"

顾易中觑了他一眼，又继续往近藤办公室的方向走。打完报告进去后，近藤一看见他便和颜悦色地夸起来："这件事你做得好啊，特工站招聘的这些人员本就闲散，看上去和街头那些地痞流氓没什么区别，一点没有特别工作人员的尊严。现在统一着装，看着还像点样子，至少让苏州人民瞧见，90号这儿是个正经机构。"

"内部的工作人员每人都做了两套，这样不仅有助于锻造特工站的纪律，强化凝聚力，也有助于增强人员的归属感。"

近藤点点头："很好。"

顾易中补充道："不过外勤人员，没有做这方面的要求。我考虑到他们经常外出行动，有时候低调一些，有助于隐瞒身份。但是我准备制作一些小徽章，以示区别。"

"考虑得很周到，比宪兵队只知道围袖强，好，顾桑。"

"谢阁下夸奖。"

近藤又聊到另一件事："最近，周又招收了一批新的特务学员，你听说了吗？"

"有耳闻。"

"周之前编撰的特工训练手册的那些内容，方法老套。"

"周站长照搬的是共党那一套，学的都是三二年顾顺章在中统内部办培训班的那些方法。"

近藤摇摇头："三二年，十来年，太老了。对现在的形势来说，早已经不适用了。"

"是应当根据现在的需要，做出一些调整，增加一些新鲜的内容。"

"特工培训的方式也应当推陈出新。我想把重新编纂学员教材的任务交给你，你意下如何？"

顾易中没有直接接下这份差事，只说："培训新学员的工作一直都是由周站长一手操办的。"

近藤却不以为意："培训这件事本来就不应该只听一家之言，否则未来的人才又何谈进步。"他从抽屉里取出一大沓资料，递给他，"这是大本营参谋部发下的最新情报工作准则，你拿去请人翻译参考。"

顾易中接过那些资料，上面全是日文，印着"绝密机密"的字样。

"记住，顾，这是内部资料，绝对机密，不许带出90号。"

顾易中颔首："是。"

近藤不容拒绝地说："这期培训班，由你担任主任教员。"

顾易中见他态度坚决，也不便驳了他的面子，只能硬着头皮接下来。

从近藤处回来后，顾易中紧锁办公室门，把那些机密文件一张张摆在桌子上，又从保险柜里取出相机，迅速地拍照。

此时，周知非已经得知近藤的决定："让顾易中重编训练教材？"

张吉平站在他面前，忐忑地回复："是，近藤刚下的命令。"

周知非心里窝火："他顾易中懂个屁啊。他当年进特工站，还是我培训的呢，他应该叫我老师！"

"说的也是，近藤这命令下得蹊跷。而且，听说，培训班的主任教员，也由顾易中担任了。小鬼子这么一味地偏袒顾易中，早晚这个站长都得让他当了去。"张吉平劝道，"站长，防人之心不能无啊。"

周知非当然知道，他拿出一个信封："上海的那些照片我仔细看过了，有问题。"

"什么问题？"

周知非将信封里的两张照片拿出来，摆在张吉平面前："我比对去年还有今年顾易中去上海的照片，我发现，上次我们怀疑的背影在其他照片中也曾出现过。"

张吉平仔细地看着两张照片："啊？"

周知非指着照片里不甚清晰的人影说："你看，这是去年拍的照片。这个戴礼帽的男人，虽然只能看清半张脸，但从身形和衣服的款式上来看，和上次这个背影相似度极高。"

"我就知道，顾易中他绝不干净！这次我看你往哪儿跑。"

张吉平话音未落，有人敲响了周知非办公室的门。两人马上噤声。

"进。"

门开了，顾易中走了进来。

周知非一见是他，马上堆起笑容，招呼道："易中老弟。"

"站长，您忙呢？"

张吉平不愿和他待在一起，便向周知非告辞："站长，没事我先走了。"

顾易中朝他点点头，张吉平没理他，径自出门去了。

周知非问："有事？"

"是这样，新一届特务工作训练班要开班了，近藤阁下……"

周知非抢白："让你当主任教员。"

顾易中知道他不高兴，也不愿蹚这浑水："易中才识浅薄，还是请站长出面担任这个主任吧。"

"那不合适。易中啊，东洋人让你来，你就来。说实话啊，我最近血压有点高，腰也不好，正在家里养着呢。站里的事，你都管了挺好。"周知非又问，"你不会是担心我有意见吧？"

顾易中还没答话。

周知非哈哈一笑："真没意见。易中老弟，你们年轻人，能接手工作，好事体啊，是不是，我不一直看好你的嘛。听东洋人的，他想怎么我都行，我都没意见。"

"那……"

周知非心中本来就不痛快，懒得和他就这个事情反复说，便聊起别的："哦对了，他们从上海给我送点东洋人的巧克力，明治牌的，我以前尝过，真不错，分一半给你，让弟妹尝尝。"

"那怎么好意思？"

周知非从身后的柜子里找出巧克力，硬塞给顾易中："拿着。"熟络的姿态倒像是对待多年的老友。

陆峥和顾易中面对面坐在书房里，听着收音机的播报："南京国民政府新闻办公厅刚刚发布最新喜讯，第二十四集团军司令庞炳勋将军，以及新编第五军军长孙殿英将军昨日在河南新乡宣布，向南京政府投诚，二位将军及其所部一同回归到中日友好的怀抱中来。喜讯传来，国人振奋，国民政府希望，全国的爱国将领，都能认清形势，做出勇敢的抉择，向南京投靠。"

顾易中一把关上收音机。海沫见状把茶放下，准备离开书房，给两个男人留出空间："你们俩慢慢聊。"

陆峥看着海沫的背影，半天冒出一句："她不比肖小姐差。"

顾易中白了他一眼："别嘴欠。"

陆峥端起茶，慢悠悠回忆往事："当年你跟肖小姐断了，娶了这张小姐，当时觉得你是昏了头了，现在发现，你老有眼光了，这才是当家过日子的婆娘。肖小姐……"

顾易中不耐烦聊这些，出声打断他："不聊这些行吗？你这两年，都去哪儿了？"

"把阿爸送安徽屯溪后，我便西奔重庆，投梁先生去了。"

顾易中低声问："去了李庄？梁先生还有林先生还好吗？"

陆峥点点头："物质缺乏，精神丰裕。"

"快给我说说那边的情况。"

陆峥也认真起来："梁先生在编写《中国建筑史》，我偶尔也跟着打打杂。对了，四一年底你让陈琛转交给他的苏州古建筑资料，他收着了。专门让我跟你道谢。"

顾易中笑笑："还没按他的指示测量完。"又问，"李庄那边的生活条件呢？"

"能当的东西几乎都当了，梁先生用了几十年的派克金笔和怀表，换回来的，也不过是两条草鱼及半小袋糙米而已。"

"林先生身体可有好转？"

陆峥摇摇头："肺病严重了，那个美国佬劝她去美国治疗，她不肯，说死也要死在中国的土地上。"

顾易中叹口气："林先生的人品一贯是让人钦佩的。"

"没几个收入，住处天天高朋满座，天南海北地侃，艺术、音乐、建筑、历史当饭吃。普天之下，也就林先生有这个魅力了。"

顾易中把话题扯到陆峥身上："你此次回来的目的？"

陆峥也不瞒着他，并且希望能从他这儿得到帮助："一是想办法看看能不能再筹措点资金帮衬点营造社的那帮弟兄，二是有一些古籍我想看看能不能带走。"

顾易中想了一下："运输的事交给我，好歹我现在也是苏州站的副站长。出张证我帮你搞到手。"

陆峥点点头，谢了一声，又问："你怎么样？就一直在90号混下去，跟肖小姐真的就这么散了？"

"还能怎么样？"

"别蒙我。"陆峥站起身来，走到老盘唱机旁，把唱针放上去："看看你这桌子上的唱片，你能忘了她？"

赵元任唱的《教我如何不想她》的旋律缓慢从老盘唱机里逸出。两人都没再说话，一站一坐，陷入一种故园他国的幻觉之中。

"放不下了，阿爸。"周幼非坐在地上，看着摊开的箱子和箱子外头散落的许多衣服和字帖，屋里白炽灯照在他脸上，使他显得格外苍白。周知非从沙发上起来，看一眼窗帘外极深的夜，又蹲在他行李箱旁边，三下五除二，腾出许多空当来："你再塞。"

周幼非又放了点衣服和帖子，周知非冷眼看着，瞥一眼边上叠着的一套和服："那个怎么不带了？"

纪玉卿终于找到地方插嘴："你不是不高兴他穿东洋人的服装吗？……带去干吗？"

"带上。"

周知非干巴巴地说这么一句，亲自蹲下，把和服塞进箱子："都去人家地界接受法西斯教育了，脑子都不知道洗成什么样了，还在乎一套和服？我不让你在中国穿和服，但你在日本，要天天穿，知道吗？这样他们才会放松对你的警惕。"

周幼非也干巴巴答："懂了。"

纪玉卿合了合眼："行了。就别再教儿子你那一套了。你当了一辈子特务，还盼着以后子承父业不成？儿子，把这些钱拿着，以后有事，别写什么密码信了，打电报回来，受气了就在电话说，我看东洋人能怎么样。"

这回换周知非说不出话。幸而刘妈敲了敲门框，身后跟着谢文朝："先生，谢科长来了。"

周知非点点头算是打招呼："现在京沪线蛮快的嘛。"

"提速了。老师叫我回来有急事？"

"书房说吧。"

周知非往里走，合上门，递给谢文朝两张照片。谢文朝翻来覆去，没看明白，怯生生问一句："老师？"

"你看这两张照片的背影是不是相似。"

"……还真是。"

谢文朝仔细看了看，却又听周知非道："我相信这是顾易中去年跟今年在上海接头的人……想拜托你在上海帮我秘密对这个背影做个调查。"

谢文朝诚惶诚恐："老师你吩咐就是了……顾易中终于露出马脚来，但是单凭一个背影，有点难。"

"你看西装袋里装的是什么？"周知非又递过一个放大镜来，谢文朝

孤舟 - 652 -

使劲看了半天，描出两个字，慢慢念道："……良友？《良友》画报？"

周知非默认："在上海找俩可靠的人，不要声张，也别跟万里朗提。"他不知从哪儿抽出一本《良友》来，甩在谢文朝面前，"秘密调查《良友》编辑部，最后一页有他们所有工作人员的名单，你一个一个排查。"见谢文朝默然翻看，他又道，"按匪共的一贯做法来看，这个应该是单线跟顾易中联系的上线。若隐藏在《良友》，文化程度应该不低，党内身份也不会低。记住，千万别让76号的人知道。76号已经被渗透了，李先生正在密查。"

谢文朝合上杂志："放心吧老师，这事交给我办。"

"76号那边有什么新闻？"

"正想跟老师汇报呢，前几天跟原来登部队的老熟人吃料理，说日本人最近在苏州有大动作，准备一个叫'武工作'的行动。"

"武工作？内容。"

谢文朝一顿，摇了摇头："不知道。"

周知非也不为难，只心里埋下根刺："再去打听打听。在家里吃完饭再走？"

"不了，老师，我爷爷腹水涨得厉害，没几天了，我刚好回昆山看一眼他。这上海一去就半年，总脱不开身。"

"那行吧。"

周知非眉眼有些沉，掏出皮夹子来，往外数钞票，递给谢文朝："这一百块，给老先生买支参。"

谢文朝接了，低了低头："老师放心。我明天就回上海，顾易中这个上线他跑不脱的。"

周幼非第二天一早去火车站，提着箱子，一身制式学生装，戴着黑色小帽。他紧跟着前面的两个同学和日本督学，将父母远远落在后面。箱子又大又沉，周幼非在火车站台凛风噪声中，几乎显得摇摇欲坠。纪玉卿到底看不下，要上前去帮忙，却被周知非一把拉住。她抬起眼来，看见周知非漠然的脸。

"我们帮不了他一辈子的。"

周幼非上了车，一次也没回头。纪玉卿愣愣站在那儿，握着周知非冰凉的手。

海沫推门而入时候，正见顾易中在书房里翻箱倒柜，她靠近前去："干吗呢？"

"我书房那组花瓶怎么不见了？"

"你忘了，去年拿当铺给当了，说是要还上海一笔账。"

顾易中便刚想起来，应一声"是"，又听海沫问："钱又不够用了吗？"

"李庄那边的情况现在很困难，林先生身体不好，买药的钱都拿不出来。我搞点现金，让陆峥给他们带去。"

海沫却难得没应承："这几年，能当的也都当得差不多了。哪有像你这样的，天天往90号那些特务流氓身上贴钱。"

顾易中没接话，盯着边上博古架搁着的方鼎，半响，开了口："把这个方鼎当了吧。"

海沫一惊："这不是你们顾家祖传的方鼎，当年顾老先生宝贝的，当不得。"

"救人要紧。等有钱了赎回来。"

海沫仍未应："回回都是这句话，什么时候才能赎回来。"

顾易中没再说什么，转身要出门，最后嘱咐一句："记着别去观前街那个当铺啊。"

"知道，那家是日本人开的，咱不能便宜了他们。我去王则民家开的那家，让他们知道顾园日子艰难，我们家不像是从外头拿津贴的那种。"

顾易中当晚回至顾园，刚下黄包车，远远便见一辆挂着日本军旗的小轿车背着夕阳，往近处开来，正停在小野家门口。他一面付钱，一面往车那边看，见两个日本军官下车来，还拎着礼品，与迎出来的小野二郎热情攀谈着什么。顾易中没来得及避开，正与小野的目光对上，海沫恰在这时出门来，被顾易中拉住了手。

小野轻轻一躬身，顾易中亦点头回礼，随即拉着海沫走回了顾园。

"那就是小野？"

海沫点了头："说是商人，怎么和日本军官也有来往。"

"是日军司令部的车。"

"那指定是浪人特务。"

"那倒不一定。三七年以来，我还没见过肯朝中国人行鞠躬礼的日本人。"

海沫不依："……说明这个特务是特别老牌？"

顾易中无话可说，只得另起话头："他们送咱寿司。回头你准备点糕点，回个礼。"

海沫挑起眉头："你这是要我去他们家干特务？"

顾易中无话可说，扶了扶眼镜，转身进屋。他从公文包里抽出几份文件来，抱着进书房，却见早上那口方鼎还放在原处。

他心头有点烦闷，往外喊了两声"海沫"，话音没落，海沫推门而入，即听他追问："这鼎怎么还在这儿啊？"

她站着不动："噢，我凑了凑，钱还够，就没卖。"

顾易中浑身的劲便泄了，海沫的话怎能瞒过他，他亦早看出端倪，只慢慢开口："你的耳环怎么没戴？"

海沫下意识摸了摸耳朵:"最近耳朵有点痛,戴着累赘,就给摘了。"未料他又上前来,掀开她的袖子:"镯子呢?"

海沫一抖,迅速抽回手来:"不小心打碎了。"然一抬头,看见顾易中眼神,便知道他什么都明白了。她再站不住,便回过身去,要往外走,"别这样看着我,我乐意的。军生还等着我洗澡呢,我去了。"

"海沫!你相信我,等有了钱,我一定把你当掉的首饰都赎回来。"

海沫背着身,步子却停下:"赎回来做什么,我又不喜欢那些玩意儿。不行我去书场演几场,赚点外快。"

"……家里真缺钱成这样了。"

"不至于揭不开锅。"

顾易中闭了闭眼:"毕竟,我也是个副站长,你再去书场,会让他们怀疑,没事你跟周站长的太太,还有绥靖军司令那些姨太太多联络联络。"

海沫也疲惫地合上了眼:"天天联络着呢。"

"黄编辑,新一期的样刊。"

"放那儿吧。"黄秋收头也没抬,正了正领带,看了看手表,合上文件,见工友出了门,方才提起公文包和礼帽,从另一侧门出了编辑部。

上海外间已是黄昏,他走至街上,手下一顿——他被人跟踪了。他拐进一条小巷里,停了步子,假装左右打量,又从公文包里掏出个东西,藏在墙角一块松动的砖石后头。他知道特务就躲在身后不远,放下东西,立时钻进了巷外大街上的熙攘人群当中。

两个特务急追出小巷,却哪还有他的影子,只得迅速奔回小巷里头,取下那块砖,从空缺里掏出个烟盒来。烟盒里却什么也没有,两人翻来覆去看着,又对视良久,不知做些什么。然黄秋收就躲在小巷另一头,将他们的动作尽收眼底——他知道,自己已经暴露了。

"大丸百货的小叶打电话来了,说是进了一批洋装,款式跟巴黎的差不离,海沫,明天一起逛逛去。"周家客厅里麻将声音喀啦喀啦响。纪玉卿一面码牌一面看着海沫,听她道:"周太太,我可不敢去,就易中那点薪水,置办不起。"

王则民却先笑了:"顾太太,顾园家底厚在苏州是有名的,据说光在东山,就有几百亩的水田。"

海沫垂眼看牌:"王知县你是不知道啊,早几年老先生都捐给中学了,顾园啊,就一个空壳,再这么败下去,我得再去书场说书了。"

纪玉卿忙道:"那不能。顾太太,有难处跟我说,我还有点体己钱,借给你,外头都是一分五的利,放你这儿,我收一分利就好了。"

海沫怎会同她这儿借贷,因而也只应下:"谢谢周太太。"

再旁坐着王则民的三姨太,此时却开口:"海沫,你们怎么就不要一个孩子?"

纪玉卿瞟了海沫一眼,状似无意扔出一块牌,却接了话:"是啊,成亲都一年多了,没动静。瞧你这屁股大的,不像是怀不上的样子,该不会是顾先生不行吧?"

海沫少听这样直白的话,一时哽住,脸也红起来,王则民又道:"要不要我介绍你一位东洋西医瞧瞧,是我在日本留学的同学,给陈院长的太太瞧过病。包你明年就抱上大胖小子。"

她这厢方能开口:"这些事我们是顺其自然……周太太,明天我是真不行,你让站长陪你逛好了。"

纪玉卿冷嘲热讽,笑了一声:"让他陪我逛街,做梦,老周就知道抓共党,苏州的抓不够,还要抓到上海去。"

海沫抬了抬耳朵:"站长是要高升到总部去了?"

"不是。前天专门把谢文朝从上海叫来了，俩人躲书房嘀咕半天，临了还搭上我的《良友》画报。"

海沫也笑："他们这些搞特务的真有意思，画报里头还能有啥共党？"

"不会是看上了哪个画报女郎吧，周太太，可得小心。"

纪玉卿忙着和牌，随便搭了搭三姨太的话："他不敢。有了上回翁小姐的烂事……"话至这儿，忽而断了，猛地把牌一推，"……我和了和了。"

海沫骤而抬起了眼。

海沫推门而入时候，顾易中正翻着桌上铺开的一大堆《江苏日报》，对着一张边角照片仔细研究。新闻标题是"小林师团长莅临视察"，照片上的军车和军旗则正与小野家门口停的一模一样。海沫把他吓了一跳，他顺手便合上报纸，见海沫难得没挺直脊背，而是瘫在椅子上，嘟囔一句："累死了。"

他给她倒了杯热茶，递上去："累成这样。这一天麻将打的？"

海沫没接："不是这个……都在问我为什么没娃、没怀上。顾易中，这让我怎么回答。"

顾易中倒答得干脆利落："说我不行。"

"那多不体面啊。你是先生，还要在外头拨份儿。我一个女人家，无所谓。我跟他们说我在吃中药调理了。"

顾易中握着茶杯，手一顿："不好意思。"

"我谁也没怪，只是没想到这假凤虚凰一当就是快两年。你的任务几时能完成？"

顾易中眼光一闪，只看着她："什么任务？"

海沫撇起嘴角，冷冷一笑："又来了。就没一句真心的。不想理你。"她站起来，直直望着他，"前天周知非把那个谢文朝从上海专门调回来。"

顾易中陡然提起气："干什么？"

"干什么我哪知道，说是要抓什么人。听纪玉卿说临了还拿走了她好几本《良友》杂志……"她似没什么话了，转身要走，"乌烟瘴气了一整天，我站都站不直了。"

顾易中顿了顿，亦没再追问，只道："你先吃点东西吧，马上我们去拜访小野家。"

海沫声音比平时更轻："我不就为了这事赶回来的。糕点我早备好了。"

入夜，顾易中牵着海沫，抱着军生，踏进小野二郎家的门槛。他亲手将糕点递给小野："这是内人亲手做的枣花糕，还有这个，是生春阳的腌腊，不知小野先生吃不吃得惯。"

小野笑得礼貌："顾先生太客气了。"这厢正说着话，他的夫人朋子便用日语同女儿美代说话，是叫她带着弟弟们去花园里玩。小女孩便冲军生招手，军生抬头，眼睛眨眨，望着海沫，海沫拍拍他的肩："去吧，跟姐姐去玩吧。"军生却仍站着不动弹，直至小野的儿子小野南上牵起他的手，慢慢把他往外带，他才一面看着海沫，一面跟着两个孩子走了出去。

顾易中这才开口："这么晚来打扰，失礼了。"

小野摇头："不碍事的，听顾太太说，顾先生公事繁忙。"

几人随话进屋落座，顾易中笑了笑："在政府里做事，身不由己。小野先生在哪行高就？"

"进出口贸易。顾先生你们有什么需求可以跟我讲，或许能帮上忙，尤其是一些紧缺的物资。"

"谢谢，也没……"

"小野先生，印度大米可买得到？"

顾易中话却被海沫打断，他偏头瞧着她，却见她神情无虞，轻轻道：

"现在别的不敢想了，肚子填饱了，比什么都重要。"

小野抬了眼："顾先生在政府任职，你们还怕会饿肚子？"

顾易中便也顺着她话说："现在不是时兴囤东西吗？粮食左右都是要的。再说了，自从政府成立了米粮统制委员会以来，这些东西市面上也不太好弄了。"

海沫附和道："天天涨价。"

"……大米我们社是有的，但多为普通糙米，小朋友才这么大，应该吃白米。我会帮你留意的。"

顾易中点点头："先谢谢小野先生了。"然听海沫又道："如果有肥皂再弄一些，更好。"

他便皱了眉，唤一声"海沫"，又冲小野一低头："见笑了。"

小野摇摇头："肥皂容易，家里就有，一会儿让我太太给你拿些。"顾易中正连声道谢，朋子便端着茶走了过来，搁在主客当中的矮桌上。

顾易中与海沫道谢工夫，小野又开口："我也有一事，不知是否能劳烦顾太太帮忙。"

海沫险些没反应过来："我？……能帮你什么尽管说。"

未承想小野道："小野不知是否有幸，能拜顾太太为先生？"

海沫更糊涂："拜我为先生？"

朋子接话道："弹词先生。二郎他听到顾太太唱评弹，曲调婉转、引人入胜，回来后一直赞不绝口。"

顾易中看了看海沫，知她有些不知所措，便先接话："过奖了。内子也只是略懂一二。"

"顾先生谦虚，听说顾太太在凤苑书场，可谓冠绝一时呢。杜老板说日场每天都有三百多客，是大大有名的响档。"

海沫轻轻道一句："见笑。"

孤舟

小野继续道："三六年，我在上海跟着严雪亭先生学了一段，四〇年在上海听范雪君先生弹《杨乃武与小白菜》，喜不自胜。然范先生太年轻，不招弟子。这回到了苏州，又是弹词的发源地，我发愿一定要找一个好先生，重新学过弹词。苏州评弹虽为贩夫走卒喜爱之物，然不少体现中华文化、历史，相当值得在日本国推介传播。"

海沫这方点了点头："小野先生如此抬举弹词，真心感谢。"想了想，又道，"小野先生若有兴趣的话，随时到顾园来。先生我是不敢当，相互切磋一下也是蛮好的。"

顾易中听得此言，霎时转头看着她，海沫却无反悔之意。小野喜形于色："那太好了，顾桑，您看是否方便？"

顾易中只得应下："当然，当然，顾园随时欢迎。"

夫妇两人直至进了自家卧室门，把门锁一落，才放下半口气来。顾易中脸色有些沉，看着海沫打开小野送的礼盒，从里头拿出几块香皂，颇有些爱不释手的意思。他到底开口："你不该接受小野的要求。"

海沫神色不动："学评弹而已。看出来小野先生是真喜欢评弹……这些香皂苏州市面上根本就没货了。"

"他身份复杂，我们现在还没有搞清楚。"

海沫握着香皂，忽而抬眼："怎么搞清楚，难道就靠送几个点心？你不已经把人查得底儿掉了？"见顾易中愣神，显然是没想到她会知道，也正是被她说中，便又道，"我教他评弹是一种最好不过的接触方式，要求是他提的，自然也不会觉得我们有什么鬼胎。"

"……你早就盘算好了？"

海沫笑了一声："你去拜访小野，真是因为邻里关系？我不知道你有什么任务，但你想跟这个日本人混熟，还有比这个更快的法子？你就总瞧不起人,跟那些太太一个德行。"

顾易中被她说得有些尴尬:"海沫,不是我不信任你,不让你去。这些事,很危险的。"

海沫却似更坚定方才想法:"你就不危险?……要换了肖小姐,你也不让她去了?"见顾易中嘴唇颤动,又道,"我是没肖小姐能干,但现如今我是你太太。这些个事,我不去,难不成还要劳烦别人?"

"排查十三位工作人员,此人最可疑。黄祖冲,两年前到的《良友》,担任建筑版块的编辑。自称是北海道大学毕业,妻子早逝,单身租住在南京路上华安公司后面的三层小楼上。亨得利洋行的董事施罗德做的铺保,一切倒也严丝合缝。"

周知非捏着照片,翻来覆去地看,亦听着谢文朝的话。照片上男人西装革履,周知非笑了一笑:"他真名黄秋收。"

谢文朝话停了,意外神色浮在脸上,听周知非道:"我跟他早年在中共特科共过事。他是一科干情报的,我是行动二科。三二年听说他躲到日本去了,怎么又回来了。记得李先生跟我说过,三六年他跟中统王思诚办过一桩共匪案,里头有个姓黄的,也是办杂志,懂建筑,日本留洋回来。"

"……那就是他。"

周知非点点头:"彼时他有一个东北太太。现在看起来是一起坐机关的。"他又看了看照片,"单身独居,不婚不酒,上班住处,两点一线。够谨慎的。"

"租住的地方是写字间,那里挂了不少公司的牌子,前后门都通着。适合逃跑,从这点看,他是职业特工无疑。"

周知非沉默一会儿,看向手边谢文朝带来的烟盒,仔细拿起来翻看一会儿:"这是什么?"

"我的人跟着他，发现他在一条巷弄中藏了这么一个烟盒，怀疑其中有情报，就给取了回来。我仔细查过了，什么也没有……也不像是密写过的。"

周知非却一颤："是个烟幕弹，你们暴露了！"

黄秋收压了压礼帽，停在小巷当中一间民居门口。一个女人开了门让他进去，又十足谨慎地合上了门。

"日军又从上海登部队紧急调派了一个大队补充小林师团，日军的'武工作'可能很快就要实施。新四军的领导致电江苏省委，三期清乡之后，苏常太地区的'敌顽伪'很是猖狂，为了减少牺牲，我们必须要尽快搞清楚小林'武工作'的具体内容。"

坐在黄秋收对面的正是江苏省委联络部部长刘石清。黄秋收沉吟了一会儿说："我的关系不在小林司令部，要想了解到日本军的'武工作'，确实有点困难……但他已经领到任务，我相信他能完成。"

刘石清点了点头，另起一事："目前斗争形势困难，江苏省委决定分散撤到苏北根据地，只留少数人坚持。老黄，你也在撤离名单中。"

黄秋收有些为难："刘部长，我能不能先不撤，上海还有苏州的关系需要我维持。"

"我们会派新的同志接替你的任务的，你尽快把这些关系整理一下，移交给新的同志。"

"那好……但我需要特别跟苏州的关系交代一下，他比较信任我。"

"可以，争取这两天把工作交接完毕。这个联络站后天取消了。"

"好，我今天把我所有的关系整理下，明天交给组织。"黄秋收在心里梳理一会儿，又道，"还有一事，今天有两条尾巴跟我。"

刘石清皱起眉头："76号的？"

"应该是……我可能暴露了。"

刘石清严肃起来："《良友》画报那边别回去了，你住的地方没暴露吧？"

"应该还是安全的。"

"尽快把你的关系整理出来，撤离路线及时间我会让交通员宝庆通知你的。苏北根据地见，老黄。"

"老师，那我现在就赶回上海，把姓黄的拿下！"

周知非顿住步子，深吸一口气，看着谢文朝："等你回上海，人早跑了。我现在打长途，让人先动手……你回上海，负责把姓黄的给我押回苏州。我要让他与顾易中当面对质。"

"好。老师，我马上赶回上海。"

谢文朝说着便往外走，甫一开门，却见顾易中正站在门口，脚步霎时僵住。顾易中却神情自然，跟他摆了摆手："文朝兄，久违了。"

"顾副站长……我回昆山看我爷爷，顺路给老师捎来两筐大闸蟹。"

两人皆知对方是糊弄，也都不明说，顾易中连连点头："应该的，应该的。"却也没进周知非办公室，只与谢文朝方向相背，回自己办公室去了。他从二楼窗户往外看，见谢文朝一路狂奔到了院里，跳上一辆跨子，隐约是"火车站"三个字传过来。

他立时翻出办公桌玻璃下面的京沪线火车时刻图来，而后起身披衣出门。"我要上海75023。"他左右看了看，掏出西装胸前的手帕捂住话筒，使自己声音变得格外沉闷。里外四面无人，而电话终于接通，"是佳友文具店吗？转告员外，他已暴露，马上撤离。我是孤舟。"

两名76号特务走进《良友》编辑部时候，黄秋收工位上只剩一份样刊。而另一拨特务已经包围了他的住处——上海华安公司。

黄秋收的交通员宝庆骑着自行车飙至公司外里弄时候,见公司门口已停着76号的车,车上正下来四个特务,全都带枪,往小三楼上冲。他躲至里弄边上,掏出一面小镜子,往三楼一个房间玻璃上仔细反射着光。

黄秋收正用钢笔写报告,蝇头小字密密麻麻,最后一笔落下,他恰听见动静,当即拧上笔筒,扒在门边听了听。

四个特务已持枪一路进来,公司中的白领都不敢动弹。行至黄秋收住的工作间,却见里面整整齐齐、干干净净的桌椅床铺,勿说黄秋收,几连人迹也没有。

玻璃反光映进特务眼里,一人撞开玻璃,正看见楼下举着镜子的宝庆。宝庆扔下镜子就跑,却听一声枪响,当即栽在地上。

黄秋收按了按礼帽,已从另一亭子间出来。他匆匆步下楼梯,同楼下烧菜做饭的人家点头致意,不紧不慢地往外走。上海正是晴天,太阳终于照在他头发上,他握了握手心,才发现里面已湿透了。

陆峥擦了擦额头的汗,他打包古书弄了一上午,屋里屋外也有伙计进进出出搬东西,周围杂乱不堪,再一转头,却见顾易中进来,将几张证件搁在桌上,正是出张证。

"日本人简直疯了,米面油药品什么的军用物资管制也就得了,这古书他们也管制……他们抢回去,《营造法式》看得懂吗?"

陆峥照旧絮絮叨叨,却见顾易中心不在焉地往椅子上一坐,也没应他的话。他往旁一站:"怎么心神不定的?"

"总觉得要出事。"

陆峥见旁没人,便压低了声,凑到顾易中耳边:"还在替太湖那头办事?"顾易中自然不答,他便皱紧眉,又道,"这都几年了?你也就是命大，没被他们发现……易中，跟我一起走吧。去李庄，找梁、林二先生，做建筑研究，那才是你老本行，别再干特务了。"

顾易中这晌方抬头，目光定定，陆峥以为说动了他，加紧道："那边虽然苦了点，至少不用天天提心吊胆，行不？把海沫跟军生都带上。"

却见顾易中动动嘴唇，念道："岸傍杨柳都相识，眼底云山苦见留。"

陆峥不明就里，正愣神时，顾易中又往那些证件上搁下一个信封："我凑了点钱，麻烦你转交给梁、林二先生，希冀他们能接着做古建筑研究。也希冀这辈子我们有缘能再见。"

"我是万里朗。"

"怎么样？万兄。"

"姓黄的跑了，不过逮着他的交通员了。"

"谢文朝这会儿马上就到上海了，由他来审好了。"

"谢文朝这小子，都调到了76号，怎么还替90号办事？"

"万兄，这个案子功劳记你身上，活逮住姓黄的，让他来苏州帮我认一个人就行了。事毕，姓黄的还归你。"

"就这么定。"

"……那好，我在办公室等你们，多晚都等……吹子，你过来一下。"

上海下起雨来，夜中街上更无行人，唯有路灯昏暗亮着，映得雨丝如幕。黄秋收并未撑伞，走在当中，竖了竖衣领，不时往两旁看。他步至一个邮筒边上，把怀里装着《良友》杂志的信封扔了进去。马路对面正有个"大碗面馆"的招牌。他抬头看看，走了进去。

汤面大碗，热的，腾腾冒着香气，甫端上来，他便动筷子，两个黑衣男人恰在这时进了门，身后还跟着一个——正是谢文朝。黄秋收抬了抬眼,拾起一头蒜,一面剥皮,一面拧开那根笔筒,将那卷材料掏了出来,慢慢撕碎,撒在了面汤里,而后端起碗来,一口口往下喝。

"别让他把汤喝下去!"

谢文朝终于看见,大喊一声,然已晚了。黄秋收被按在桌子上,看谢文朝捞那些碎纸片,上头的字迹是一个也看不清了。

黄秋收轻轻地笑起来。

谢文朝冒着雨拉开车门,身后跟着两个特务和被夹在其中的黄秋收。黄秋收已挨了一通毒打,有气无力地被架着。谢文朝冲开车的小特务喊一声"去苏州",便坐上副驾驶。小特务抱怨一句"下着雨呢",然还是点着了火,车慢慢开出76号总部大院。

谢文朝回头:"周站长着急见他的老朋友,黄秋收,站长问你好啊。周知非,你不会不记得吧。"

黄秋收一抬头,正对上谢文朝阴沉的笑。

"多带俩人。顾园有后门,应该知道吧。"

张吉平站在周知非办公室里,点头表示明白:"三个小组,一守前门一守后门,我带一队进去捕人。"

周知非声音低沉:"请人。"

"知道了,站长,我现在就去请。"

周知非却摇头:"不急。谢文朝他们过来也得五个钟头,你让他先睡个半觉,过半夜迷糊中请来,后面的工作会好做一些。"

正入深夜。京沪公路上唯有车灯亮着,被雨映成一团迷雾。谢文朝抱着胳膊歪在副驾驶上,已然是睡得迷糊,两个夹着黄秋收的特务也睁不开眼了。便在这时,黄秋收指间捏着铁丝,咔嗒一下,便捅开了手铐,左边的特务霎时醒了,转过头来,一双凶眼瞪着黄秋收。

然他什么也未来得及做,便见黄秋收紧紧箍住了开着车的小特务的脖子——汽车顿时失了把控,左右乱晃起来,谢文朝亦睁开眼,立时拔了枪,顶在黄秋收的头上,吼道:"松开!"

黄秋收恍若未闻,谢文朝无法,攥着枪柄,一下下砸着黄秋收的脑袋,顿时鲜血横流,然黄秋收手似钢铁,仍死死箍在那特务脖子上。

车已四处歪着,擦出火花,碰出响声,后排特务也扑了上去,然已晚了,汽车翻进公路侧沟里,砰砰砰,枪连响三声。

顾易中猛地从地上床铺坐了起来。

海沫本就觉浅,更被他吓醒,也翻身过来:"怎么了?"

顾易中眼光尚迷离着:"做了个梦。"

"什么梦?"

"没事。"

"喝点水吧。"

海沫却已经下床,还未拿着水壶,就听敲门声响,是王妈的声音:"先生,有人找。"

张吉平领着几个90号特务站在顾园门外,顾易中尚着一身睡衣,海沫陪在旁边,也只披一件大衣。顾易中眉目间似真有怒色:"这大半夜的,闹什么?"

张吉平只道:"紧急公事。"

海沫也忍不住:"什么公事不能等天亮了?一个月也就百来元薪水,有这么使唤人的?"

顾易中往后扫一眼,看见几个特务手里开了保险的快慢机,轻轻握上海沫的手,道:"行,走吧。"

海沫一愣:"……换一下衣服吧,易中。"

顾易中又是一握:"不用。跟表哥说,今天可能没法子去车站送行了。"说罢,便跟着张吉平上了跨子,几个特务也收了枪,两辆跨子冒着轰鸣声开走,海沫匆忙关了门跑进园子,正是去寻陆峥。

90号则灯火通明,跨子停在院里,顾易中往旁一瞥,见一辆军用卡车后头连着绳子,牵着一辆坏得不成型的小轿车,心底便提上一口气来,跟着张吉平往里走。

"……人呢?"

周知非看着谢文朝吊着的胳膊,身上大小的绷带,又看一眼他身后同样血糊糊的特务,只吐出这么两个字。谢文朝声音嘶哑:"审讯室。"

周知非难得骂人:"他娘的放在审讯室干什么?人都死了,你还要审他?"

谢文朝头快要垂到地上:"我不知道放哪里。老师,对不住了。"

周知非长长吐了口气,到底摆手:"死了几个弟兄?"

"……一个。被枪误中的。"

话还没完,却见背后门开了,张吉平大步流星走进来,颇有点得意:"站长,顾易中逮来了。"

谢文朝脸上先挂不住:"来了管个屁用。"

张吉平更恼:"谢文朝你跟我发火做什么?……站长,怎么了这是?"

周知非仍旧一言未发,还是谢文朝接话:"姓黄的都死了……本来想让黄秋收指认顾易中,现在好了哦,死人怎么指认?"

张吉平也愣住了,几人在屋里站着,皆不敢看周知非脸色。半响,却听周知非道:"黄秋收指认不了顾易中,那我们就让顾易中指认黄秋收。吹子，你带顾易中去审讯室。咱们也审一次死人。"

"这审讯室，张队长，大半夜带我上这儿来什么意思？"

顾易中跟着张吉平的眼色往深处走，见角落躺着一人。张吉平没再跟过去，只在背后冷眼瞧着。顾易中迈着步子，一步更比一步看清——地上的尸体浑身是血，然无论如何他也不会辨认不出——黄秋收闭着眼，安然躺在那儿，然再说不出话了。

顾易中呼吸顿滞，他几乎听见自己混乱的心跳声，耳边也有嗡嗡的杂音响起来，使他眼前发黑，手心的冷汗顺着掌纹溢满。他闭了闭眼，再回头时候，仍是来时那副神情。

他听见脚步声。

"站长。"

他作出副意外模样，然周知非也视若无睹，只自顾自说着话："黄祖冲，表面身份是上海《良友》杂志的建筑编辑。实为匪共江苏省委联络部刘石清部长单线联系的高级特务，他的真名，黄秋收，死硬共党分子。"

顾易中点点头："恭喜站长又破了大案子。"却听周知非冷不丁道："他应该就是你在匪共内的上线吧。"

他神色陡然严肃起来，直盯着周知非，仿若他才是审判者："站长，这种玩笑可开不得，要死人的。"

周知非仍没反应，默然看着他，陡掏出两张照片来，塞在顾易中冰凉的手里："去年和今年你跟他在上海接头时的照片。"

顾易中不必看也知道，场景他都认识，人也必定是他和黄秋收无疑。然此时还远不到最后关头，他看一眼照片，模糊至极，毫无接头的明确标志。而周知非还在说："还有，黄秋收在《良友》工作，你又订阅《良友》杂志。"

他几乎想笑，眼泪从喉咙里咽下去，问道："还有吗？"

周知非忽然严厉起来："够了，顾副站长，辩白吧。"

"《良友》杂志每期销售量二万五千册计，90号特工站也并非只有我一人订阅！听说你太太在家也订有一份啊。"

顾易中听见自己的声音，颇虚张声势，颇麻木不仁，然应对周知非是够了，然听在他自己耳中只觉可悲。他又听见周知非笑："情报都做到我家去了。"

"你不是也一直派人盯着我吗？站长，快两年了，就搞到这两张模糊不清的照片，张吉平队长的水平是差点意思。"

周知非竟点点头。

"处变不惊，应对自如。好。顾易中，我明说了，黄先生的交通员宝庆可没黄先生硬气，他交代，黄先生应该在刺探日军一份叫'武工作'的情报。"

顾易中打了个哈欠，抹掉眼角一点湿意："哎呀，你说得比《营造法式》还难懂。"

周知非似已下定决心不理他一切话，又向前一步，同他一块儿站在审讯室的阴影之中："讲实话，李先生也想知道小鬼子'武工作'的计划内容，你要是得了这个情报，跟我们共享如何？易中老弟，中国人何苦为难中国人。"

话音甫落，那两张照片便进了旁边的炭盆。周知非的手拂过他的袖口。

"我相信你能从东洋人那边搞到这个情报。"

而顾易中只是摇着头："我要回家睡觉了。"

他便从周知非身边往外走。然肩膀相擦时候，他听见身边人一句幽幽的话。

"晚安，孤舟先生。"

咔嗒一下，顾易中合上厕所门。他脚步有些趺撞，挨个隔间看了，确定真是没人，一下撞在洗手盆上，稀里哗啦地吐了起来。他今儿吃的东西不多，吐到最后都是酸水，连着满脸泪流在一块儿，堆在盆里。他腿也软了，靠在镜子上，滑下一大片脏污的水渍。

来不及了。连哭也只能掉几滴眼泪，他得将自己和这块地方都弄干净，再干干净净地走出去——他不用听、不用说，他已经全都明白。然而孤立无援的处境甚已不算什么，他感到纯粹的悲伤——为最后情状都悲惨的生离死别。

卫生间门打开时候，高虎见顾易中用手绢擦了擦嘴，站在他面前。

"……谢文朝找人抬死尸，大家都不愿意去，我自告奋勇。听说姓黄的特别英勇，勒住开车的小马，死不撒手，谢文朝枪柄都打出血了。最后车冲进沟里了……敢情他是不想活了。"

高虎看着他："他们说他是为了保护共党在90号的内线……哥。"

顾易中一言未发，擦过他肩膀走了。

海沫还坐在前厅里，旁边是也没走的陆峥。天色亮了，晨光照进厅里，映得顾易中身影极冷。陆峥叫他一声，他却没应，只往后院走，陆峥看一眼海沫，不明就里。

"……表哥，易中应该没事了，你回去吧，这一宿惊着你了。你今天还要赶路。"

陆峥便也点头："那行。海沫，易中就交给你了……等咱们胜利了，再见。"

海沫转身上后院去，直入书房，却见门关着，锁了，她推不开，拧不开。她立在门外,轻轻敲了敲:"易中,易中,出什么事了?"

顾易中一声没有,而她又叫了一声,顾易中声音终于撞出来。

"走开!"

低沉的,近似嘶吼的,她从没听过他这样说话,然即刻听到断断续续的啜泣声。

他与黄秋收是在华盖公司的画图室相识的。陈琛正是介绍人。两人皆是才华横溢的建筑师,亦师亦友,朝夕相处之间,除却各式各样建筑草图,也终于踏入工作以外的领域——七七事变之后,黄秋收于公民集会上激昂演讲,露出了他的真容,而顾易中就在台下。

顾易中听他道:"你的代号是孤舟。"

他听见评弹声。

月凉如水,自窗而入,评弹声凄婉更胜,唱的是一曲《枫桥夜泊》。

"姑苏城外寒山寺……夜半钟声到客船。"

"黄秋收的事,你办得鲁莽了。"

周知非低着头:"让先生失望了。"

李士群只笑:"顾易中真了不得了。你教出来的学生,倒反过来教育起你来了。"

"他是共党代号'孤舟'的细胞无疑。"

"那又怎样?"

周知非一惊,抬起眼来,听李士群又道:"近藤说不定想通过顾易中跟共党联络呢。仗打了几年,结果还不知道。知非啊,做人要方也要圆!你这个脾气啊,不收敛收敛,将来是要吃大亏的。"

周知非便无言以对,李士群看他一眼:"'武工作'打探出来什么消息了吗？"

周知非愁意更重："日军司令部严防死守，以前愿意出来喝点的通译和军医参谋，最近都不出门了，连慰安所都不去了。"

李士群冷不丁道："我怀疑是跟罗武强的独三十三师有关。"

周知非想了一想："他的部队驻常熟附近，一直与新四军六师残部拉锯，不退也不打，都说东洋人急了，要收拾他。"

"这个罗武强，原是冯玉祥部下，后来所属部队改为抗日同盟军。抗日同盟军瓦解后，一直避居天津，直到两年前才出山，收罗了些山西、陕西的流亡军队，组成了和平建国军，直属孙良诚的第二方面军。他们可不像任援道的绥靖军那些草包。纪律严明，装备精良。就是一直拿着南京的钱粮，也不服老孙管辖，不干正事。"

南京政府虽招揽十年内战时期各方军阀残余部队为伪军，然连蒋介石都无法使之完全听命的军阀，汪精卫又怎能收服。日方不信任中国军队，更是冷眼旁观为主，以致和平军、绥靖军等各方面军队，形成错综复杂的势力，其中又以和平军为精英，是以各方招揽，皆欲将其收为己用。

"先生的意思是？"

"罗武强是个硬脾气，谁都不服，是条好汉。他拥兵八千，要能拉拢过来，不失为一张好牌。"

"……听说周佛海要收编他去当税警？"

李士群却笑了："老周能办的事，我们就办不得？汪主席是支持我的。"

周知非这才点点头，听李士群仔细指点："我们只要条件开得好，他没有理由拒绝我。咱们将来的政治出路，全靠咱们自己的实力。现在和日本人合作，受到重视和重用，就是因为咱们有自己的价值。现在的形势谁也说不准，将来如果说蒋先生胜利了，我们有实力，不愁得不到适当的地位，即使共产党胜利，我们凭武装实力，和他们谈判，也可讨价还价。

万一不行，还可拥兵割据，以待时机。"

这番话终于将周知非镇住，直至"拥兵割据"四个字，他方隐约发觉李士群的确将他当作心腹。他话声便愈渐模糊起来："……咱们现在不但要扩大特工组织，关键是要建军，建自己的军。无论是对和平军、渝军、共军，只要有路可钻，必须想尽方法去拉拢，为达目的，可以不择手段。"

他着实将话记在心里了，由衷道一句："先生高瞻远瞩。"

李士群点点头："这件事，我们自己心里明白就好了，去做，但不能声张。让别有用心的人知道了，徒增麻烦，我这回来苏州，就是专门为罗司令来的。"

"知非明白。"

李士群眉目便舒，脸色也轻松下来："还有件事，你得帮我办好。绿珠小姐，你是见过的。"

周知非却显得比方才还紧张："噢，记得记得，昆剧界的朋友。"

"别在她跟前提昆剧了……你嫂子不知道哪里听到了风声，净跟我闹。南京也待不住了。我想在苏州给她安个家。"

周知非一哽："这个，没问题。"

李士群笑："她对苏州不熟悉，也没有什么朋友。素日里我不在，你多照应，交给别人我也信不过。"

"这个绿珠……不会又是一个翁小姐吧？"

梳妆镜里映出纪玉卿冷笑，周知非坐在床沿，话声更冷："这个名字，你最好烂在肚子里，永远都不要提。"

然纪玉卿半点不慌："你跟我急什么呀？还不是你自己办的好事。"

"行了行了，我没工夫跟你啰唆。"周知非话毕，掀被子上床，背对着纪玉卿躺下。她凑过来，靠在他背后："李先生不就是让你给安置个人？你至于愁成这样吗？"

周知非烦得厉害："你懂个屁，这娘们就是个灾星。"

"怎么说？"

"在上海时，李先生将她托于警备司令部的张大宝照料，没两个月，张大宝被处死了。后又置于南京，又疑她与特工总部江苏区副区长谢长乐私通，没多久，谢被乱枪打死。"

给纪玉卿吓了一跳："看来真不是个省油的灯，这差事你不能接。"

这回换周知非冷哼："李先生交代的事，我能不接？"

"……找个借口。"

"能想的都想了！"

未承想纪玉卿忽道："你把这事交给顾易中去办怎么样？"

周知非猛地翻过身来，定定望着她，里头泛出疑惑，纪玉卿道："你粗手粗脚的，又不会照顾女人，我瞧着上次文化委员会的酒会，小姐们都围着他转，要是找他照顾绿珠小姐，照顾得好，说明你考虑周到，要是绿珠对顾易中动手动脚的，刚好，借着李先生的手，把顾易中也乱枪打死。"

听这番话，连周知非也是一怔，半晌又笑起来："纪玉卿，你心怎么就这么狠！平素跟海沫还姐妹长姐妹短的。"

纪玉卿也笑："这不跟你学的嘛！"

"易中老弟，昨晚电话上跟你商量的事，考虑得如何？"

周知非敲门进来，他难得这么客气，顾易中虽然不想搭理，也到底起身："我和李先生素无往来，他的朋友，恐怕我照顾不来。"

周知非只笑："老弟啊，咱们不都是李先生的人，得替先生分忧啊。"

顾易中敲了敲桌子："站长前几日还指认我通共呢，现在又拿我当自己人了？"

周知非躬了躬身:"老弟啊,我向你道歉,不是针对你。上海的那些照片是76号的人干的。万里朗,真不是个东西。"

顾易中知他是有意糊弄,然事至如今,推脱已是希望不大,从此为自己谋得更多的好处才是紧要,他话头一转:"顾园对面饼铺的人,也是76号的?"

"饼铺?什么饼铺?"

周知非还这模样,反倒把顾易中气笑了,他干脆坐下,腿一跷:"站长,算我多心了。绿珠的事,易中无能为力。"

周知非实在无法。

"老弟,这事算帮老哥一个忙行不行?你也知道,老纪,那是个河东狮子,平素我晚回家一会儿,她都要骂娘,我这要是天天陪着绿珠小姐,眼珠子还不得挖出来。"

顾易中耸耸肩:"站长,海沫也不是省油的灯。"

周知非又笑:"站里谁不知道弟妹贤惠了。救救急,李先生的事就是站里的工作。也不用你耽误太多时间,意思意思就好,将来李先生问起来,有个交代就行。"

"……就是我乐意,李先生乐意吗?"

周知非听他话头软了,立时道:"李先生一向是很器重你的,这样,下次,下次李先生再来苏州,我攒个局,好好介绍你给李先生认识。"

顾易中从眼镜片后头盯着他:"饼铺怎么说?"

周知非打个响指:"现在我就让吹子撤人。以后你的安全,我就不负责了。这事就这么定了,老哥算欠你一个大人情。"

"是站长交代你来陪我的?"

"是,绿珠小姐,没事我就先回了。"

顾易中的轿车停在小洋楼外头。绿珠懒洋洋歪在沙发上，闻言脸色更不耐烦："我讨厌姓周的。滑头。"

顾易中没搭话，听她径自嘟囔着："走了一天，累死了，我这肩膀痛得都快抬不起来了……"

她捏了捏自己的肩，瞪他一眼："听不明白话啊，帮我捏捏呀。"

顾易中躬着身："我这笨手笨脚的，哪做得了这样的事。您要是有需要的话，我这就去请一个推拿的师傅来，苏州盲人正骨很有名的。"

绿珠却嗤笑一声，眼波软了，只望着他："盲人除了按摩，他还懂啥。"

顾易中一怔，怎会还听不明白，转身就要走。绿珠在后头高了声："你站住！"

她站起来，鞋跟"哒哒哒"，身姿婀娜，站到他身边去，眼光流在他身上，从他额头到眼镜，仔仔细细看着："跑什么呀，还怕我吃了你吗？"

顾易中几乎闻到她的香水味，慌忙往旁一躲，站到门边上去："绿珠小姐，请自重。"

绿珠愤愤坐了回去："讨厌你这种的。"

顾易中深吸一口气，努力使事情回到正轨上来："绿珠小姐，您看这样行吗？我这就帮您去找个推拿的师傅，杨铁拐，这边顶有名的。"

绿珠却火气更大，还没处撒，鞋跟一蹬："算了吧，不是瞎子就是拐子。明儿你打算怎么打发我呀？"

顾易中恭敬垂头："站长说您对苏州园林感兴趣，可以逛狮子林、逛留园。"

绿珠尖着嗓子："还嫌我腿不够粗？"

"听听评弹也是可以的。"

"土不土啊。"

顾易中一愣，心底有些不舒服，然还是敷衍着，背台词似的："那苏绣？苏绣将传统刺绣'排比其针，密接其线'的方法与西洋绘画相结合，工艺错综复杂，件件堪称艺术珍品，有个私家博物馆，可以……"

"你念得跟课本一模样，还真什么都懂？"

顾易中松了半口气："我是苏州土著。"

绿珠又笑："姓周的倒是省事，先生交给他的任务，甩手就扔给你。"

"站长公务缠身。"

绿珠闻言，嘲意更甚，摆了摆手打发他："行了行了，一破站长，搞得比那些个部长、院长还忙。一会儿来接我，我先睡会儿，养点神，晚上我要去跳舞场玩。"

顾易中走进家门前厅时候，步子都快抬不起来，难得任海沫接过公文包，又帮他脱了外套。海沫一头雾水："怎么累成这样子了？"

他往沙发上一瘫，就着暖和夕阳合上眼，昏昏欲睡："你们女人可真能走呀。"

海沫声音模模糊糊传来："真陪她逛马路了。"

顾易中没答，睁开眼，端起一盏茶喝，却见茶具陌生："新买的？"

"那个日本人小野送的。说是不能白学评弹，要给学费。我怎么好收他的钱呢，左右不是，他就送了这套茶具。"

茶不喝了，他端起来仔细看，又问："对面的饼铺撤了没？"

"今天你一出门就撤了。姓周的不监视你了？"

顾易中嘟囔："陪绿珠小姐换来的。"

"你倒好，两头合适。"

海沫这句话声与平日里都不大一样，顾易中听得心里乱，顿两秒才反应过来什么意思，刚要开口，客厅电话却已响了。海沫接起来，脸色却变了："您是哪位？找他啊？"

顾易中心底咯噔一下，大抵猜出对面是谁，海沫就在这时候说出一句："我是顾太太。"

咔嗒一声，电话被对面挂断了。

海沫也愣了，偏过头来，凤眼一斜，盯着顾易中："脾气还真不小。顾先生，你陪的就是这位爷？我是无所谓的，你可别生出对不起肖小姐的事儿来。"

顾易中默了默，揉着额角起身，朝书房里走："让我歇会儿吧，一会儿我还得陪她去跳舞场。"

他进书房去，按下留声机，乐声似水，《教我如何不想她》的歌词一句句流出来……

17 第十七章
故梦

中德酒店外街戒严，卡车当中跳下一群全副武装的士兵，在路一头放下拒马，拉起警戒线，他们留出的空道当中鱼贯开来三辆小车，都插着"和平反共建国"的旗子。

三辆车停在酒店门口，前后两辆里头跳下来八名荷枪实弹的警卫精兵，手里不是冲锋枪就是快慢机，一概拉了保险，不过一分钟便摆出森严警戒的队形来。中间汽车这时才终于打开车门，副驾驶座下来一位军官，肩上赫然挂着中校军衔，他又拉开后座车门，重头戏人物——这支部队的将领罗武强从中下来，却又回过身，替身后下车的女人挡住了车框。那女人穿金戴银，衣衫华贵，贵妇打扮，顾盼生辉，却是肖若彤。

酒店当中也已警卫密布，为军人巡逻掌控。罗武强与肖若彤进了一个大套间，肖若彤坐在外厅，不住咳嗽，罗武强迎出来，眉头皱得紧，颇着急的模样："哎哟，陆老师，坐、坐，你要喝什么跟我说一声就行。"

"我这么大个人了，倒要人伺候不成？司令，别麻烦你了。"

罗武强却已倒了杯开水递给她："早知道就不该让你陪我来苏州，本来都见好了，这一路颠簸，又加重了，陆老师……"

肖若彤没让他说下去："是我自己要来的。都说苏州景美，早就想来看看了，刚好孩子们又去夏令营了，用不上我这个家庭教师了。"

"你之前不是一直在上海吗？离得这么近，就没来过？"

"总是有这样那样的原因，就像这回，要不是我坚持，不是又错过了吗？"话没说完，她咳嗽声又起，罗武强险些要站起来："还是找个大夫来给你瞧瞧吧。"

肖若彤摆摆手："今天别折腾了。明日若不见好，再去找大夫不迟。"不待罗武强反驳，敲门声便响，一个女佣打扮的女人走进门来，却正是太湖上刘水生的妻子吴冰梅。罗武强开口吩咐："冰梅，你去让酒店再熬点梨水送过来。"

冰梅点头："司令，已吩咐下去了，李副官自己在伙房盯着，一会儿就端上来。"

"记得放一点冰糖，陆老师喜欢吃甜的。"

冰梅都应下，肖若彤又出言宽慰："不是什么大病，过两天就好了……司令，你忙你的事吧。我这小毛病，别小题大做。"

罗武强不依："什么病也得治，耽误了是要出大问题的。"看了看肖若彤苍白脸色，又道，"你先休息吧，陆老师。我答应我们家三个小毛头，要照顾好他们的陆老师，尤其是老三，千叮咛万嘱咐的。还用英文写了条子，我都看不懂。"

提到孩子，肖若彤面上终于轻松一些："三少爷的英文最近是蛮有进步的。"

罗武强这才起身："那我走了，冰梅，帮我照顾好陆老师。"

屋中两人皆应下，又起身送他。罗武强站在门口，犹自回头："我就在顶头那套房。陆老师，有事挂个电话就行了。"

冰梅关上套间门，再回头时候，肖若彤早不复方才病容："联系上他们了？"

冰梅点头："已接上头，约的是明天下午见。"

绿珠来的是日军俱乐部的舞厅，里头亦大多是日本军官。顾易中充当舞伴，她极擅跳舞，动作张扬舒展，俨然闪亮舞厅当中耀眼的一枝鲜花——跳了不知多久，她终于舍得回至座位上，顾易中看着她坐下，给她递上一杯白葡萄酒。绿珠抬眼看他，到底接过酒。

"没看出来呀，你舞跳得不错。"

"以前在纽约的时候学过一点。"

他就读于宾大，自然熟稔这些社交场。绿珠抽出一根烟来，顾易中替她点上，她檀口轻吐之间，一股烟雾漫在顾易中脸上。

"这地方你常来吧？"她问。

"偶尔，主要是应酬。"

绿珠笑一声："也是，今儿也是应酬。"

顾易中面色不变："是我不会说话。"

绿珠反倒仍笑，冲他举起酒杯，顾易中回敬，两人皆是一饮而尽。顾易中还未再开口，身边却有人来——一个日本军官站到绿珠面前，躬下身，伸出手："可否请小姐赏光？"

顾易中眉目一闪，方才他便注意有人一直盯着这儿看，还以为是照常来监视他的，却未想是冲绿珠来。绿珠瞥一眼军官，照常抽烟，作没看见的模样。军官还未开口，他身后的随从便先恼怒起来。

"跟你说话呢，你听见没有。"

他声音不低，绿珠自觉被冒犯，也生出怒气："嚷嚷什么呀？你谁呀你？"

那随从正要吵，却被军官拦下来，军官仍平静望着绿珠："我见小姐舞跳得不错，想请小姐跳支舞。"

绿珠又瞥他一眼："我累了，今天不想跳了。"

"大佐要你跳舞，是给你面子，你别敬酒不吃吃罚酒！"那随从彻底忍不住了。

绿珠却起身，回头看着顾易中："我们走吧。"

顾易中侧身过来，她甫要迈步，却被一把抓住了手腕，正是那军官随从，她心头火起，一手使劲甩着，反身就是一个巴掌抽在那人脸上。

动静闹大了，舞厅里静了一片，都回过头来看着她。那人气急，竟拔出枪来，枪口赫然对着绿珠眉心。

顾易中一惊，两步上前，挡在绿珠面前。

孤舟

"先生，绿珠小姐今晚确实喝了不少酒，得罪，还望见谅。"

"你是个什么东西，滚开！"

两人便拉扯起来，一切不过电光石火之间，那军官也未来得及反应，刚要说什么，身后又有一人过来，顾易中分神去看，竟是小野。

"伊藤君，你也在这里玩啊。"

军官大抵便叫作伊藤了。两个日本人相互问好，颇有礼貌，小野这才对着顾易中："顾先生，你也在？"

正撕扯的两人松开了，顾易中仍在绿珠身前，来回看看，又听小野道："怎么，你们认识？"

顾易中挂上笑："有些小误会，喝多了。走，绿珠小姐。"

绿珠却岿然不动，顾易中见她瞪着那随从的枪口："谁冲撞他了？是他们先找麻烦的。我偏不走。"

小野也不急，只换了日语："这干什么呀？误会，把枪放下。"

那随从急了，见谁都骂："八嘎，你是什么人？！"

这番伊藤却也生起气来："八嘎，把枪放下！小野君，失礼了。"

随从手一抖，撂下了枪。小野不动声色："伊藤君，小林师团长要知道了你们在这种地方起了冲突，怕是会不高兴的。小林师团长最不喜欢的就是跳舞场了。"

周围人大多已经散去，又一曲音乐声响了。伊藤冷冷瞪了一眼顾易中，转身没入舞池。顾易中一躬身："小野先生，多谢了。"

小野只点点头："这些军人喝多了，什么事体都闹得出来。快快离开这是非地。"

顾易中还未答话，见小野却已往伊藤那面去了。他拽着绿珠手腕，听她嘟囔："我还想玩。"他没应声，拉着她就出了舞厅。

顾易中与绿珠一路上谁也没说话。小轿车停在绿珠的小洋楼外面,顾易中替她拉开车门,她下了车,仍同往常一般调笑:"进去喝杯茶再走吧。"

顾易中摇头:"太晚了,我就不进去了。"

绿珠抱着手,抬抬下巴,笑了:"你是不想进来呀,还是不敢进来?"

顾易中看一眼司机,面色更沉,两人就在车边说起话:"你知不知道今天晚上那个是什么人?"

绿珠眼都不眨:"他是什么人,和我有关系吗?"

顾易中几乎要真生气:"李先生没告诉过你吗?日本人的枪可是不长眼睛的。"

绿珠又要笑:"怎么,怕了?你刚才可以不管我的呀。你们怕日本人,我可不怕,李先生也不怕的。李先生说了,在中国地界上,离了我们,他们玩不转。"

疲惫与烦乱交织,顾易中只觉头痛欲裂:"这种话可千万别在外头说。"

绿珠却敲了敲鞋跟:"我就说,我就说!"

顾易中深吸一口气:"别任性。"

"我就任性。"

"受人之托,忠人之事。我必须保证你的安全。"

绿珠却在这话后变了脸色,她怒视着顾易中:"那就让我去给日本人当舞女?!"

顾易中一怔,反倒有些平静下来,慢慢道:"你不想和他跳舞,我理解,我只是不希望你给自己惹麻烦,你可以有很多方式拒绝他,而不是故意去激怒他。"

却没料到绿珠怒气更甚:"姓顾的,你以为你是谁呀?我想做什么、怎么做,还轮不到你来告诉我!你长得人模狗样的,我以为你还有点骨气,没想到,你比周知非还不要脸。"

顾易中恍惚中觉得绿珠就差往他脸上吐口唾沫,话音一落,绿珠便转过头,嗒嗒嗒地朝小洋楼里走。

"太太,你去睡吧,我在这里等先生就好了。"

海沫一面织着毛衣,一面打着哈欠,手轻轻掩着嘴,说出一句"我不困"。话没落地,顾易中就进门了,王妈连忙迎上去:"先生可回来了。太太等了您可快一宿了。"

海沫也起身,去接顾易中的公文包和外套,轻轻吸了吸气,便问:"又喝酒了?"

顾易中吐出一口浊气:"我说了,你们早点歇息就是了,以后别等我。"

海沫没应声,只道:"王妈,帮先生把莲子汤端来。"

顾易中却往卧房走:"不用了,累了,我先睡了。"海沫看一眼王妈,两人都有些不知所措,海沫道:"没你的事了,你也快去睡吧。"

她拿着顾易中的公文包和外套,轻轻往衣架上挂,一阵扑鼻香水气就这样钻进来,她手下一顿,轻轻把外套挂了上去。

顾易中坐在餐桌主位,看着桌上一碗白汤,一盘青菜,愣了半晌,到底冲王妈开口:"今天怎么就一个菜?"

王妈倒恭恭敬敬:"太太说您肠胃不舒服,吃不了荤的,只能吃点清淡的了。"

"……这太太说的?"

顾易中觉得自己和旁人总得有一个在做梦,然而王妈答道:"一字不差。"他撂了筷子,往花园里去寻海沫。

海沫今儿没同他一块儿吃饭,在院子里教军生剪裁枝叶。她对孩子极耐心:"你看,这片叶子已经发黄了,证明它没有吸收到养分,很快就会枯萎了……所以我们要这样拿起剪刀，咔嚓一下，把它剪下来……"

"你怎么跟王妈说我肠胃不好？"

顾易中声音横截进来，海沫眼都没抬："我说错了吗？"声音慢悠悠的，"你天天在外面喝酒，肠胃好得了吗？我让王妈煮了点莲子芡实汤，要不要给你端上来？"

顾易中其实听明白了："你这话里有话。"

海沫仍是那声调："我哪敢。"

连听不懂的军生都要笑了。顾易中揉着额头："……海沫。"

海沫这才撂了花园剪，抱着军生，抬头看他："实说吧，我就见不得你天天跟什么南京、上海来的小姐、太太胡混，游乐场、跳舞厅，什么混账地方都去。我这个太太虽然只是个摆设，你到底也得有点尊重，是不？顾先生。"

顾易中求仁得仁，彻底闭了嘴。

"罗武强已于昨日下午五点抵达苏州。"

"他不敢不来。"

"这些清国奴滑头得很，清乡毫无作为，现在听说授勋奖赏，就……"

"带了多少人？"

"随身警卫二十四。长短三十二条枪，电台一部，汽车三辆……还有一位姓陆的小姐，听说是他的家庭教师。"

"我们的人呢？"

"也来了，已经跟我们接上头了。"

"来了苏州，就不能让他再回去。他的部队，也要解决。"

"代表汪主席来苏州出席授勋仪式的不是周佛海，而是李先生。他俩面和心不和，周为什么放手让李来？"

"是李抢来的差事。"

"李觊觎罗武强的军队？"

"南京的情报说李正在企图建立自己的武装。我们要在苏州拖住罗。你马上报告师团长，'武工作'可以开始实施了。"

苗建国站在桌前，弯着腰看，周知非坐在旁边，张吉平则戴着手套，站在一边一点点揭开一个信封上的邮票。他捡起放大镜，翻来覆去看了几回，却什么也没发现。周知非冷眼看着他额头冒出的汗，张吉平又取出密写汁，轻轻刷上，然还是什么都没有。信封里原是一本《良友》画报，张吉平捡起来甩了甩，一张小纸片掉在地上。

在场三人心里都是一跳，张吉平忙捡起来，却见上头密密麻麻印着小字，标题赫然写着：勘误表。张吉平失望神色全写在脸上，正要夹回去，周知非却伸了手，也仔细看了看，半晌，到底放回在画报上。

"……老苗，把杂志给顾副站长送去吧。"

苗建国一声不敢出，转身出门，张吉平这才从包里掏出个档案袋来，递给周知非。

"这是陆君诺的档案，就是和罗司令一起来的那个女家庭教师。"周知非一面看，他一面仔细介绍，"地道的上海人，在去罗司令家之前，在美浮洋行的襄理家当过一段中文家庭教师。她的父亲早年间是光华大学的一名哲学教授，三年前，和她母亲先后病逝了。"

周知非冷不丁说："东吴大学毕业的？"

"是，这些是她的学籍档案，分数表、教师评语都齐。"

周知非没分眼神给他，反盯着档案上那张照片："你觉不觉得这照片有点眼熟？"

张吉平看了一眼，看表情显然是半点没认出来，周知非摸摸下巴："我肯定在哪儿见过她。"

办公室门被关上了。顾易中看着桌上的信封,半响,掀开邮票,新贴的;里头的杂志,被翻出来过。他晃了晃书,勘误表从里面掉出来。他手心霎时一凉,慌忙从笔筒里抽出一根水笔来,又从书柜上取下《营造法式》,先抄数字,再破译成汉字,口随心动,一个字一个字地念了出来。

"孤舟,我奉命撤离,会有新的同志联络你,暗号照旧。"

水笔轻轻一声,掉在纸面上。

高虎端着酒壶,小心翼翼地将酒倒得和杯口平齐,两手端着,敬顾易中。

"哥,我敬你,感谢这么多年来,你在特工站对我的关照。"

顾易中被他没头没尾一番话弄得糊涂,然而还是举杯,一饮而尽。高虎又倒酒,把两个酒杯都斟满,又举起来。

"这第二杯酒,我替我娘敬你。她最后走的时候很安详,没受什么罪。"

顾易中这回亦没说话,仍是将酒喝光,又见高虎竟举起第三杯来。

"第三杯酒,我想问你一个问题。"

顾易中清清嗓子:"什么问题?"

高虎面色涨红:"你能不能跟我说句实话,你到底是不是四爷?……共产党?"说完,不等顾易中开口,酒便喝光了。顾易中一愣,知他是醉了,自己倒了杯酒,也喝下去。

他笑:"快别说这些话,高虎,要是吹子他们听去了,咱们俩就没下一顿了。"

高虎胡乱摆着手:"站长他们在查你,但又查不到你,哥,说实话,不管你是不是,你都是我哥。上次牺牲那姓黄的,真的是爷们,顶天立地的汉子。"

顾易中却沉默了,高虎径自絮叨:"你对我有恩,放心,我绝不会背叛你。我现在向天发誓,高虎如有对不起我顾哥……"

顾易中伸手去拦他:"别这样。高虎,我不是……真的不是。"

高虎话停了,望着他,肉眼可见地有些失望,然很快也笑起来:"不是就好,不是就好,我不管你是还是不是,你都是我哥,我脖子上扛的玩意儿都是你的……来,喝!"

顾易中却又挡住他的酒杯。

"不能喝了,下午我们站里的同志们都得去省政府担任警戒,说是有大活动。"

江苏省政府内外确实挤了不少人,放眼望过去即有几十号,还有二十几个军号手排在两边,整整齐齐,颇有些气势。罗武强一身军装,顺着空道朝前走,乐声即起,不一会儿,李士群则从拱门下头走出来站定,侧面跟着周知非。他一露面,军乐立停。

李士群挂着笑容:"各位来宾,各位朋友,各位和平运动的支持者和爱好者们!今天,我们在这里举行隆重仪式,感谢罗武强司令为大东亚共荣圈的建设做出杰出贡献。罗司令文韬武略、英雄年少,那是举国皆知的,就是汪主席也十分器重!汪主席曾再三说过,像罗司令这样智勇过人的人才,国家需要给予相当的肯定。今天,我在这里代表汪主席,正式授予罗将军陆军中将司令衔。"

军乐骤起,比方才激昂更胜,罗武强身上军装硬挺,从周知非面前走过去,站到李士群跟前。勋章一上,掌声雷动。

顾易中、高虎、张吉平、李九招等90号侦行科的人都混在人群当中,四散而开，只以胸前领章作识。顾易中一身中山装，漠然往台上望着，又扫视人群，却对上了绿珠笑吟吟的眼睛。他手一动，转头便走开来。

仪式之后是宴会。宴会厅中有头有脸的人物更多，只散落在各个边角，攀谈声胡乱泼进耳朵里。周知非四下张望一下，见李士群和罗武强就在不远处说话。

他抬腿刚要过去，却见顾易中也盯着与他一样的方向。没想到的是绿珠也在，还端着杯酒："顾易中，陪我喝一杯，这里的酒不太好喝。"

顾易中站得离她远了一步："喝酒我不在行。绿珠小姐，你看周站长在那边，你不如找他喝点。洋酒什么他比我懂。"

"你们都躲我。"绿珠哼了一声，显然是不高兴了，也不与顾易中纠缠，迈步就走，周知非刚要往顾易中那儿去，绿珠却不知怎的晃到了他前头。

他心里也一紧，往后退一步时候，顾易中早不见了。

"周站长，好久不见啊。"

周知非左右看看，全然无路可走，只得也笑："绿珠小姐，你好啊。"

绿珠声音尖锐："怎么，不想看见我？"

"哪能啊，我这段时间实在是太忙了，不然早就去看你了。"

绿珠半点也不信他："李先生说得一点也没错，你是一条狐狸，还是挺老的狐狸。"

周知非斜眼去寻顾易中："李先生开知非玩笑了，顾易中办事可是尽心尽力。"

"李先生让你照看我，你让顾易中看着我，周站长，我有那么不受欢迎吗？"

绿珠看来是不吃这套了，周知非也不打算再绕弯子："顾易中呢？"却听绿珠道："不要说那个木头了。周站长，别找借口甩了我。"

"……你可真冤枉我了。最近实在是公务缠身。李先生可以替我做证的。"

"那你现在也有公务？"

"现在？倒没有。"

周知非已有点头痛了，一个晃神，不防绿珠竟凑到他耳边来，馨香吐息、滚烫温度都离得极近，他霎时僵了身子，听她道了一句："周站长，你不想跟我睡觉吗？"

他几乎不敢相信自己的耳朵，然身体无法控制的生理反应更诚实——他的心失律地跳起来，脸唰的一下红了。

再回神时候，绿珠端着酒杯，已笑得前仰后合了："跟你开玩笑的，别当真哦。"

周知非喘了口气："绿珠小姐可不能这么开玩笑了，这样是要死人的。"

"开不开这玩笑，那就看我高不高兴了。你惹恼了我，我还咬你。"

她终于走了，带着笑，端着一口没喝的酒。周知非定了定神，左右胡乱张望，只看见了张吉平，张吉平慌忙低下头，去躲他的眼神，然早被他叫住。

张吉平慢慢吞吞地说："站长，我……什么也没看见。"

周知非答非所问："罗司令那个家庭教师没来？"

"听说生病了。在旅馆养着呢。"

张吉平见他点头，松了口气，才要转身，却被拉住。周知非换了低声："绿珠喜欢跟人开玩笑，李先生不喜欢开玩笑，我也不喜欢……"

张吉平脸色一白，点头如啄米："懂得懂得。"

李士群与罗武强正在一间密室当中。两人入座，桌上茶酒饭菜一应俱全，照例是几句寒暄奉承，李士群因有求于人，将姿态难得放低："……兄弟敬仰武强兄，可非这一时半刻。当年罗兄协冯将军驱清帝出紫禁城，一时华夏景仰，风头无二。兄弟也认定罗兄必成大气候。"

罗武强却连笑也不笑："什么大气候？不过是为了弟兄们都有口饭吃而已。"

李士群咧起嘴角："罗兄谦虚。"却听罗武强道："没脸再见冯司令，要让他知道我现在的情况，十个脑袋都没了。"

李士群一顿，话仍自然："理解理解。听罗兄这话，是对眼下的时局不满？"

罗武强却收了手："军人不懂什么时局，我只管带好我的兵，吃硬饭，打硬仗。"

"打仗也分替谁打，跟谁打，不是吗？"这才算进入正题，李士群慢慢坐直了，罗武强亦直盯着他："李先生有话尽管直说，拐弯抹角的，我们当兵的不习惯。"

"我知道，你心里有委屈。说实话，我的心情和你是一样的。和日本人合作是不得已，是为了大局考虑。可将来一旦局势稳定了，我们必然还是要自己当家做主的。这里是中国，中国人的事还是得中国人说了算，你说对吧？"

罗武强没吭声，只端起没人动的酒杯，径自喝了一口。

"不瞒你说，我和十师司令谢必达、一军的龚国良都聊过，将来这天下不管怎么分，还不都得靠手里这杆枪说了算吗。以一抵百的事谁也不敢拍胸脯，可若是大家联合起来，那这力量，就不可估量了。"

"李先生的意思是？"

李士群话声略急："汪主席没有野心，他看的是大格局，一旦将来局势稳定了，他何去何从还不好说呢。可是他能退，我们这些冲在前的，却是没有退路的。不是我想得多，很多事情，是要早做打算的。"

罗武强模样仍平静："李先生的打算是？"

李士群又笑了："天气马上要冷了，我们得抱团取暖。"

"现在不就是携手合作吗？"

"合作也要看怎么个做法，说实话，周佛海让你去税警团的事，我是知道的，大材小用，大家都替你鸣不平啊，罗兄，这苏常太一带带兵的，都盼望着你能主持大局呢。按我说，啥中将司令，就应该授你个上将司令，你还不比任援道、孙良诚强十倍。"

这样奉承话李士群说惯了，罗武强也听惯了，他早不吃这一套："李先生过奖了。孙长官是弟衣食父母，弟不敢置喙。弟一介草莽，中将司令，已是弟无上荣光，也是汪主席、陈院长、周部长的厚爱了。"

李士群却不想再纠缠下去了："我愿出资三千万，给你做后盾。"

饶是罗武强已想到他今晚会提出条件，此时也微微变了脸色，重复道："三千万？"

"不瞒你说，我现在已经着手在浙东四明山区建立军事根据地，那里进可攻，退可守，是很好的地盘。你说得对，非常时期，只要手里有枪，谁都得尊重你。"

罗武强自然不可能顺着他这般激进："我已答应了周部长，准备接受税警团番号了。"

李士群有些急了："非常时期，切不可感情用事啊。税警毕竟不是正规军。你再考虑考虑，罗兄，我这个也是汪主席、陈院长的意思，你再考虑考虑，咱们这个政府毕竟是汪主席的，不是周部长的。"

冰梅搀扶着肖若彤，两人下黄包车来，车正停在挂着"朱记药铺"招牌的店面门口。然店已打烊，大门紧闭，肖若彤左右打量一下，冲冰梅点了点头，后者立时上去拍门。

不多时，门便开了一条小缝，门里面人见了两人，当即侧身，将她们请了进去。后院当中正有几个伙计忙忙碌碌加工中药，肖若彤站着看，目光凝在里头一个穿着长衫、满脸胡子的人身上。她不由笑起来，叫一声："六哥。"

正是肖君侠。

两人进屋坐定，伙计给肖若彤冲了一剂中药，热腾腾的药碗冒起热气，肖君侠笑意隐去："老朱可是名中医，他这汤药治咳嗽管用。"

"要不是这咳嗽，躲不开今天大场面。听说在省政府那边办的仪式，苏省头面人物都去了。"

肖若彤虽这么说，还是乖乖把药喝了。肖君侠却仍叹气："其实我是反对你来苏州的，你偏不听。"

"……此次授勋，他们的目的并非这么简单。罗武强内心摇摆不定，这一年多他按兵不动，和新四军僵持，不攻不守。南京汪伪跟日本人不可能没有察觉。这次授勋，估计也是另有阴谋。"

肖君侠一怔："你是担心……"

"万一他们给出了极具诱惑的条件，不能保证罗武强不被收买。罗武强虽然有一些爱国心，但毕竟土匪出身，对钱财看得还是比较重。我怕重赏之下……"

肖若彤说的确是最差的情况，可也不能不列入考虑之内。肖君侠出言宽慰："罗武强就算有心投靠也会和他们拉锯一番，争取最好的条件，不过拖不了太久。"

肖若彤沉默一会儿，开口："实在不成，我想尽快坦白我的身份，公开策反罗武强。"

肖君侠愣了愣："你先别着急……"

"一旦他们达成了合作，一切就都晚了。"

肖君侠见状，叹口气："有个新情况，王科长要来苏州，这几天就到。"

"……他要亲自策反罗武强？"

"具体工作我不清楚。总之在王科长到之前，你要继续扮演好你家庭教师的角色，你的真实身份不到万不得已绝不能暴露。罗武强出身底层，自尊心是很强的，疑心也很重。一旦他发现我们欺骗他，前功尽弃。"

肖若彤一怔，转了话头："这次任务之后，我想离开罗的部队。"

"我同意。这次从苏州回常熟驻地，找个理由，这个王科长已经同意了。"肖君侠并没多问，又道，"还有一事，在苏州期间，你可能会遇上顾……"他看一眼肖若彤表情，没再说下去，"安全起见，不要联络。不管他现在是敌是友，咱们都不是一条线上的。对他好，也是对你好。苏州形势紧张，但凡有一丁点风声，建议你迅速脱离，你跟冰梅的安全是我们小分队最重要的。"

"我明白。"肖若彤答道。

她与冰梅不便出来太久，话说完便回程。回程坐的是黄包车，恰路过张记枫桥大面店门口。肖若彤定定地看着那店，却没说话。

李九招穿过宴会厅人群，头上冒着汗，终于寻见了周知非。他将一个纸条塞过去，又附在周知非耳边说了几句话，周知非立时变了神色，攥着字条去寻李士群。

李士群与罗武强二人仍在密室之中。李士群既已将所有牌面挑明，罗武强也就说出态度："我罗武强虽不是什么志士，但也算是个讲诚信的人，这事我一时难以定夺，也得跟底下的弟兄们商量商量。"

李士群忙道："罗司令不着急回答，好好考虑一下。我的诚意你应该是清楚的，但凡有什么条件，咱们都可以谈嘛。"

周知非终于寻见人，劲儿却半点没泄，正赶上李士群话到一半，他站在那儿，进退不得，好在李士群停了话，看着他："什么事？"

周知非便也附在他耳边说话。罗武强独自喝酒，漠然打量他俩。李士群似听得不耐烦："就跟他们说我没空，没看见我在苏州接待重要客人？"

周知非被他噎住，颇难堪地站在那儿，罗武强其实熟悉这一套，也没有要让李士群下不来台的意思，便开了口："李先生有事？"

"……南京那边有点事情，急电，非让我连夜就赶过去。"

"既是公务，那你就去吧。"

李士群倒似真有点急："那怎么行，咱们好不容易才见上一面。"周知非却在这时开口："汪主席也赶过去了，您不去恐怕……"

罗武强几乎笑出来："李先生就别推脱了，万一耽误了大事，岂不是罗某的罪过。"

"……那这样吧，你别着急走，既来一趟，就多待两天。我那边事情一办完，就马上赶回来。"

罗武强却摇头，把杯里的酒喝完了："来日方长。"

"那不行，一定要等我回来，否则我坚决不走。"

罗武强看着他，半晌，到底笑笑："好好好，我等你就是了。"

"有什么事你尽管找周站长，在苏州，他代表我。这边也没有他办不了的事情。"

三人这便出门。周知非走在最后，忽然回头，看了一眼屋旁博古架。架子满满当当，然并无动静，他慢慢出门去了。

屋子空下来，架子后头却走出顾易中——他已将两人对话听得一清二楚了。

李士群将周知非拉上自己的车。天色已暗，两人更显谨慎："知非，我有话跟你说。"

周知非附耳，做出一副恭听指教模样，李士群道："罗武强是个滑头。"

"……他拒绝了先生？"

"没应，也没拒绝。周佛海在拉拢他。"

周知非皱起眉头："小鬼子那头也盯着他呢，岩井这两天净往酒店跑，听说近藤……"

李士群却打断他："你拖住他，等我回来，只要他不离开苏州，这盘菜我吃定了，他的八千弟兄必须全成为咱们的人。他那个家庭教师怎么说？"

周知非眼光一动。

"名叫陆君诺，今天没出现。核实过她的身份，暂时没发现问题。"

李士群眯了眯眼睛："知非，要谨慎，共党无缝不入。"

周知非下车来，又将车门轻轻关好。李士群的车扬尘远去，他站在省政府大院门外，直盯到车影再看不见了。

周知非走进家门时候，天已经黑透。纪玉卿正坐在卧房里梳妆台前头，盘点她那些首饰，见他进屋，斜眼瞥他，显然是团着气在心里。

周知非坐在床沿："谁又得罪你了？"

她只需这一句便能开话匣子："咱们在犹太人那里看的那只鸽子蛋让人买走了。都怪你犹豫不下手，现在好了，想要也没了。"

周知非却只觉新鲜："不便宜啊，谁这么阔气？"

"……好像是罗司令。"

周知非却转过头："送给那个家庭教师？"

"应该是吧，陆老师可真幸福啊，六克拉，那个闪的呦，想想都开心。"

纪玉卿话里意思溢出来了，周知非只装没听到——或许也是真的没听到。他垮着背坐着，再没说一句话。

肖若彤看见晨雾，苏州城在雾笼之下只显出一片灰蒙。冰梅进门来，端着药走到她面前。肖若彤接过，喝了几口："一会儿咱们就要走了，抓紧……"

"我听孟连长说，今天走不了。"

肖若彤有些意外："司令呢？"

"一早就出去了，说是去任援道的府上拜访。刚才我看见大堂有了好几个鬼鬼祟祟的人，像是90号的特务，还有特工站周站长的片子……"

"他送什么？"

"一大束花。条子上写着'恭祝陆小姐早日康复'。"

肖若彤不动声色："周知非应该是对我起了疑心。"

"我们在苏州多待一天，就多一天的危险。90号特务头子周知非阴险狡诈，你得小心。"

肖若彤没答话，只点了点头。

"这是肖若彤的档案，她和陆君诺除了都是上海人之外，信息没有重合的地方。"

"没有照片？"

张吉平看着周知非手里那份档案，兀自摇头："去了她之前住过的地方和学校核实，资料应该是被动过手脚。"见周知非低头不说话，又道，"……罗司令昨天下午去了趟观前街犹太人开的钻石铺。"

周知非却笑："学丁默邨给人家买金刚钻……怎么都成情种了。这还打着仗呢。"

张吉平琢磨他这句话，还没出声，身后咔咔几声响，却是顾易中迈着大步闯进来，踏进门槛，看见张吉平，似才记起什么礼节，又要退出去。周知非揉额角："行了行了，进来吧。"

顾易中确实也没真打算道歉:"抱歉啊,忘了敲门。"

张吉平不等周知非说话,便退出屋去,换顾易中站在周知非身边。周知非抬起眼:"找我有事?"

顾易中似一下泄了劲:"你这姑奶奶我可是伺候不了了。"

周知非一怔,似没想到他是要说这回事:"你说绿珠?"

"还能有谁?"

"她又怎么了?"

"天天购物买东西,再这么下去,我连祖宅都得变卖了。"

周知非有些面热,只觉顾易中头回没那么面目可憎:"咳,钱的事好说,你要多少,找个名头去总务处让老苗批就好了。公家的事,别往里贴钱。"

顾易中一口回绝:"那可不行,我这不明不白的,年底上头查下来,我有十张嘴也解释不清。"

周知非又头疼起来:"你要多少,我给你就是了。"

"三千。"

把周知非吓一跳:"三千?这么多?易中老弟,你别借机敲我的竹杠。"

他其实知道顾易中不是这种人,后者也的确半点不心虚,只剩一个大大的"累"字写在脸上:"你要不自己去问她,看看她一天到晚都买了些什么?"

"……数目太多,容我两天。"

"最多我再坚持今儿一天,万一明儿她又要买东西,扒光了我也付不起账。"

周知非扒拉手:"行行,明天一准给你。易中啊,李先生过两天还要回来,耳旁风是很管用的,只要把那个姑奶奶伺候好了,不用我说,绿珠姑娘就会跟他念叨你,以后在90号工作就好开展了不是?你看,好事我都想着你呢。"

好事？顾易中险些把这俩字笑出口来，然到底只剩一句："谢谢站长。"

顾易中出了周知非办公室，便走出了90号，戴着礼帽上街。晨间雾散了，苏州又是晴日，他回头看看，买了张电影票，慢慢踱进影厅里。不落他几步，一个穿着风衣、戴墨镜礼帽全副武装的人便跟着他走了进去。

影厅里没几个人，放的是美国片子，声量也不大，使人昏昏欲睡。那人刚要进座位，腰后却顶了把手枪，顾易中声音响起来："你要干吗？"

"……易中，我是君侠。"

手枪慢慢松下了："我知道。六哥。"

"坐下说话吧。"

"你坐前头。"

俩人都坐在屋子后头，一前一后。肖君侠尽力压低声音："易中，一年多没见了，发生了许多事，我跟若彤一直想联系你，可……"

顾易中打断他："你来苏州干什么？"

"我不能说……易中，虽然我不知道你的身份，但是我能猜到。说实话，我来之前，专门联系了江苏省委，但他们都撤离了，黄老师也牺牲了。"

"我不明白你在说什么。"

肖君侠仍耐着性子，反而更坚定他对顾易中身份的判断："易中，我想跟你建立联系，我们在苏州的行动需要你的支持。易中，相信我，我是六哥。"

顾易中沉默一会儿，却忽然问道："六哥，你平时不读诗吗？"

肖君侠一怔："什么诗？"见顾易中再没说话，他猛然反应过来什么，心底激动更甚，"易中，是接头暗号吗？"

却听顾易中起身："告辞了，君侠。"

"等等！易中，若彤也来了，她跟我一起来的，我今天冒险联络你，是因为我们的行动需要你的帮助，易中……"

顾易中再次打断他。

"我不认识什么叫若彤的人。"

顾易中已转身走出去了。肖君侠愣在原地，手脚都发凉，然再也没追上去。

顾易中紧紧握着怀里那本诗集，步至沧浪亭。沧浪亭乃苏州名景，亭中二十来位文人骚客聚在一块儿，应和兴致正浓，一时竟宛如昨日。顾易中站得离他们远，只摊开自己的诗集看。约定中言，每月初一下午，会有人同他接头。今日并非初一，然他还是过来了。

他坐在一张桌子边，合上诗集，遥遥望着诗人背影。日头渐落，与散开的人群一块儿消隐不见了。

他面前的茶水也凉了。顾易中搁上钱，收起诗集，转身离开。

回至顾园时候仍是黄昏。他踏入园子拱门，远远便听见三弦与琵琶之声。

是小野和海沫在假山亭子上，海沫抱着琵琶，两人搭得默契，唱的是一曲《莺莺操琴》。海沫声如碧水，水化作薄雾浮空，缓缓飘过来。

"香莲碧水动风凉，水动风凉夏日长，长日夏，碧莲香，有那莺莺小姐她唤红娘……"

小野正跟她学唱，说笑之间，似真亲密无间。顾易中默然转身，出了园子，迈进屋里。海沫忽觉什么，再回头时，拱门底下、树影之间却早已空无一人了。

顾易中关上了书房门。唱针搭在黑胶盘上，盘慢悠悠地转，始终是这一首，始终不停。是那首《教我如何不想她》。黄昏也黯淡下去了。顾易中靠在椅子上,合了眼,手指也落下,轻轻点在桌上那本《历代吟姑苏名诗集萃》下册泛黄的封皮上。

"……西天还有些儿残霞,教我如何不想她?"

周知非步子一顿,立在卧室门口。他合了合眼,避过幻听似的音乐声,却不自觉往旁侧敞开的房门里看了一眼——区晰萍曾住在那儿,十五天半。

他走过去几步,被隔绝在门槛外,看着里面飘摇的窗帘。他手一颤,却又只见纱幔垂下,毫无动静了。

"老纪,苏州现在时兴吃什么菜啊?你安排一下,我想请罗武强司令吃饭,请的客人有绿珠小姐、王则民、顾易中夫妇、罗司令,还有他那位家庭教师,陆老师。"

周知非从楼上走下来,看着沙发上翻杂志的纪玉卿。他却没往客厅里来,甚至也似不需要纪玉卿的回答——他进了书房,纪玉卿回过神来,再抬头看时候,书房门却已咔一声合上了。

"我们开动了。"

顾易中和海沫盘腿坐在餐桌前,看着小野一家双手合十,恭敬地念出这句话来。军生待在一边,有些坐不住,压着声问海沫:"他们说的是什么呀?"

小野笑眯眯看着他:"说的是'我们开动了'。"

"开动了……为什么要说开动了?"

"这是日本的一个礼节,表达对食物的感恩,这些鱼啊、鸡啊,牺牲了自己,来养活我们,我们不该对他们表示感谢吗?"

军生听得倒颇认真，似也觉得很有道理，于是也双手合十，深鞠一躬。小野看得笑起来，又看向顾易中："来，请开始吃吧。"

朋子道："我先生一直说想请二位到家中吃饭，可顾先生公务缠身，一直抽不出时间，今日难得一聚，我敬二位一杯，感谢你们这段时间对我们一家人的照顾。"

顾易中一点头："客气了。"

小野神情柔和："我太太性格比较孤僻，平日里不常与人来往。来了中国，我最担心的就是她，怕她谁也不认识，也没有朋友。幸好有顾太太照应，我太太第一回见顾太太，就跟她特别聊得来。"

海沫与朋子便都笑起来："我们早就是好朋友了。"

顾易中赔着笑，吃了几口饭菜："一直没问过，小野先生，为何要来中国呢？"

"或许是受我大哥影响吧。我大哥一直酷爱中国文化，早年间曾加入过中华革命党，曾跟前辈宫崎滔天一起追随孙文孙先生，我大哥当过孙先生的日本保镖。"

小野这番坦诚倒出乎顾易中意料，他心中莫名沉重起来，不由问道："那你大哥现在……"

"二五年孙先生去世后，我大哥伤心欲绝，坐船回东京的时候，饮酒太多，跌落海中。"

顾易中一愣，放下筷子，点头致歉："对不起，我不该问这些。"

"没关系，都是过去的事情了。"

距今已将近二十年，小野模样看上去确已释怀，顾易中亦不知他所说是真是假，然朋子就在这时开口："小野学评弹也源起于大哥，大哥当年在苏州待过半年，有一位异性知己，就是唱评弹的，只可惜年代久远，这回来了，我们也找不到人了。"

海沫却有些疑惑："我听张玉泉先生说，苏州弹词女先生的兴起也就这些年的事。"

小野则笑起来："这红颜知己是位名妓，我大哥生性风流……他就这一缺点。"

顾易中干咳一声，岔开这话头："听说小野先生最近技艺大增，内子都快要教不了了。"

小野连连摇头："是顾太太谦虚了。噢，对了，我还有一个不情之请。我有位老朋友，过几日要办生日宴会，知道我会评弹，非要让我助兴。我这水平，一定会被他们笑话的，所以我想请顾太太和我一同前往，不知可否？"

海沫看一眼顾易中，先开口："不知小野先生的朋友是中国人还是日本人？"

"是一名日本军官。"

海沫面色便沉，又看一眼顾易中，慢慢道："我们就是普通老百姓，跟你们日本军官走得太近，怕人误会。"

小野有些急切："我这个朋友不是一般人，是小林信男阁下。"

顾易中搁在桌下的手动了一下，正点在海沫膝头，她神色一动："……这些事，我得跟我先生商量商量。他不喜欢我抛头露面。"

小野忙点头："那是那是。拜托了。"

"你知道这个小林信男？"

卧房门关死了，窗帘也盖住夜色，屋里灯飘飘荡荡的，顾易中坐在床沿："他是日军驻苏的最高将领，师团长。"

海沫其实自觉听不大明白："……一个师团长，为什么要请咱们去，会不会有什么阴谋？"

"我一直在找机会接近他,但始终没有渠道。他行踪隐秘,就是日方高层军官都很难接触到他……最近,我正想进入他们司令部。"

"那这次的生日宴会或许就是一个突破口?"

顾易中没看她,只点点头。

"那你为何还要拒绝小野?"

"轻易答应他难免会让人多心,推脱一下反而容易成事。我也担心是小野在试探我们……毕竟是日本人,得多加小心。"

"我知道。"海沫道,"那我找个机会,应了他就是了。不过你做的那些事,我可什么都不会啊。你要教教我……先教会我用相机吧。"

顾易中一顿:"这些东西你不要学。"

海沫却站在他面前,抱着胳膊:"凭什么?"

"……我不想把你拖入这个泥潭,特务工作不是你想的那样。掉脑袋的事,我不想把你给卷进来。"

海沫望着他,从来柔和的眉目之中却染上暗色。她似下了什么决心,方又开口。

"我能行……你编的那些教材我看过了。"

顾易中如她意料之中那样愣住了,一时说不出话来——连斥责也没有。他忽然反应过来,他不仅没立场拒绝,亦没立场斥责。早在假结婚那日起,海沫便不可能置身事外。而她就在这时笑了一声:"你看不起我。肖小姐能干的事,为什么我海沫就不能干?"

顾易中讷讷地说:"你又不是海沫。"

他浑身一颤,自己都不知道为何能说出这话,甫要挽回,却听海沫又笑:"对啊,我不是海沫,我是林书娟。可是顾先生,为什么我常常认为自己是海沫呢?我日子过糊涂了。我是林书娟,为什么要当这个海沫呢……"

"海沫！"

他站起身来，要去扶住她肩膀，她却往后退了一步，转出门去："……明天我就回复小野，评弹的事我应了。"

"……海沫，我跟你一起去。"他说，"你跟小野先生说，需要先生帮你拎琵琶照应，想必他会答应的。"

"……周知非要请咱们吃饭？"

"这是请柬。"

海沫接过那纸来，翻来覆去看几眼："无缘无故的，为什么突然吃饭？他又要查你什么？你有什么把柄落在他手上？"

顾易中也没琢磨清楚，便只摇摇头，又听她道："我这人容易说错话，去了会给你惹麻烦的。周知非是老特务了，每次跟他见面，我都特紧张。能少一面尽量少一面，省得我给你惹事。"

顾易中还是摇头："周知非点名要咱俩一起去，你不去，倒显得咱们心虚似的。"

"……就说我病了不行吗？"

"生病更可疑。"他抬头，难得柔和看着她，"别担心，兴许也没什么用意，就是个便饭而已……"

他话没完，海沫却忽而起身，一把扑在他身上，紧紧搂住他。顾易中吓了一跳，两手一推，轻易就与她拉远距离。还未说话，海沫却笑了："你看你看，就这样，到时还不露馅？有咱们这样的先生跟太太？"

顾易中话哽在喉："你这么突然，吓我一跳。"

海沫歪着头，竟颇有些局外人的潇洒，顾易中时常不明白她在想什么，如这样时刻更甚——他几已明白她的心意，只是不能回应，或说绝对是不回应的好。海沫慢慢念着："顾易中，要我说啊，你这特务当得还真不怎么样。周知非跟 90 号这批人是瞎了,竟没把你给挖出来。还让你潜伏了两年……饭局我不去了,省得到时候露馅,把命丢了。"话说完,便转头要走,她近来时常这样做派。她还没踏出书房门,却被一大力往回一拉,竟是顾易中,拽着她胳膊把她卷进怀里,两人连嘴唇都几乎碰上。海沫呼吸都滞住,唯觉脸上发烫。顾易中实则也没用力,她轻轻一挣,便脚步凌乱出门去了。

肖若彤正与罗武强坐在酒店餐厅之中。餐厅空着,灯光也昏暗,唯有他们两人对坐。她面前是烛光红酒,名贵菜品。肖若彤在桌下握着手,先开了口:"司令,今天什么日子,搞得这么隆重?"

"本想找苏州最好的西餐厅,可大夫不是说你不能外出受风,只好在这儿将就一下了。"

肖若彤便笑:"我好多了,要不是你们总提醒我是个病人,我自己早不觉得……司令,我们还要在苏州待几日?三少爷他们夏令营都快结束了。"

罗武强摆摆手:"不急。陆老师,你不是想在苏州逛逛吗?你这不是病要好了,我陪你在苏州到处看看。"

肖若彤点点桌子:"分明是你自己有事耽搁了。"见罗武强神色仍旧柔和,甚至笑了笑,即又问,"你是在等上海来的李先生?"

他似并不意外她会问出这些,亦十分从容地开口:"他们这些人,已经开始为自己铺后路了。给你说个事吧,李先生想要自己的部队,看上我们建国军了。能拿出三千万。"

"三千万,"肖若彤眼光是真切闪了闪,"好多钱啊。"

罗武强点头:"江苏省半年的财政收入啊。"

肖若彤却问:"你动心了,司令?"

罗武强垂下头,避开她的眼睛:"我不是一个人,手下还有八千多弟兄要养活呢。"

肖若彤却锐利起来:"为了活命,就带着他们落水,当……汉奸?"

此言一出,罗武强肩膀霎时动了一下,脸色话声皆沉:"我几时说要带着他们去当汉奸了!要不是我出面收拢,这八千陕甘子弟,还不知道受什么苦呢,他们可是从中条山杀出来的,哪个不是好汉。"

肖若彤不是会被这吓住的人,只又问:"那你还来授勋仪式,还不算表明立场吗?"罗武强竟也就答:"权宜之计。这一年多来,你可见我动过一兵一卒?你当真以为我不敢跟共产党对着干?"

他喘了口气,直至此时才激动起来,以致将肖若彤也忘了:"我是不想被周佛海那伙人当枪使,被小鬼子当炮灰!中国人打中国人……有意思吗?你们女人有时候想问题,只看表面,根本什么都不懂!"

肖若彤被此一席话镇住,一时不知该喜或忧,情急之下,讲不出话,竟咳嗽起来。罗武强脸色顿变,几乎往前倾身:"对不起,陆老师,我话说重了。民国了,男女平等……不聊这些行吗?"

肖若彤并没应声,端起手边白水自己喝了一口,而后便低头吃饭。罗武强见状,更有些慌神,他看着肖若彤的发顶,话竟磕绊起来:"陆老师,你知道的,我自小离乡,投笔从戎,一生漂泊动荡,从未体会过家的感受。直到一年前在上海遇见了你,在你给我当家庭教师这一年多里,你是那么美好,我的三个孩子也都那么喜欢你……我……我不知道该怎么表达我的心情……"

肖若彤手中的刀叉停了,在盘子上碰出极短促一点声响,然另一声就在此时响起来:一个首饰盒,搁在她面前的桌上。罗武强声音极轻:"打开看看吧。"

一个硕大钻戒,晶莹剔透,比烛光厅灯都更闪耀,映进她眼中。

罗武强只又说两个字:"收下。"

钻戒敞开着，放在桌上。房间里灯光比餐厅更亮，肖若彤垂着头，一语不发。

"……他向你求婚了？"

明摆着的事。见肖若彤不说话，冰梅又道："孟连长说得没错，司令是去了犹太人开的珠宝店。罗司令一贯说一不二的……你要是拒绝……"

"得尽快向组织汇报，"肖若彤打断她，"我的身份不能再瞒下去了，告诉六哥，我想尽快脱离。"

冰梅却显得有些为难："凭良心说，他人真的不坏。这半年来，我是看着他如何待你，如何待他的手下的。像他这样，视手下每一个兵都如亲兄弟的军人真不多。他虽是一介武夫，可心思却无比细腻，尤其对你，那更是挑不出一点错来……"

肖若彤抬起头来。

"这一年来我好过吗？他对我越好，我越自责，可我有我的任务，我能怎么办？现在这个局面，我必须得提早脱离——"

话音没落，外间敲门声响，冰梅走过去，站着的是罗武强。他小心翼翼的，连声音也放轻："陆老师呢，没事吧？"

"受了点惊吓，她已经休息了。"

罗武强朝里看了一眼，见套房里卧室门紧紧关着，又道："那我就不打扰她了。"没再多话，转身便走。冰梅没立时关门，看着他背影，深深叹了口气。

"……非去不可？"

周知非的帖子搁在手边，肖若彤任冰梅帮她整理帽子，又拿起来看了一眼："周知非亲自下的帖子，还专门给罗司令打电话了，交代一定要请我出席。"

"是 90 号的阴谋。"

"阴谋也得去。再躲下去,不明摆着告诉周知非我心虚吗?"

"那我陪你去。"

肖若彤不答反问:"下面那些特务还在?"

"有两对,前后八名,轮班在酒店大堂还有前面的街道盯梢。还有日本宪兵今天也来了两拨。他们都盯着罗武强。"

肖若彤点头:"也可能是我。今天我跟罗司令一离开酒店去吃饭,你择机脱身。"

冰梅有点急:"万一饭桌上周知非认出你?"

"我是上海人陆君诺。一丁点破绽我都不会露给他的。记住,冰梅,今天你务必联络上六哥。"

茅山六师根据地当中,师政治处林副主任独自坐在屋里,看了一眼窗外路过的几个战士,又看向桌上摊着的诗集,正思忖间,便见王明忠走进屋来。

两人坐定,王明忠先开了口:"您什么时候回来的?"

"刚到……罗武强那边什么情况?"

"《江苏日报》发表了,罗武强去了苏州,汪精卫授他中将司令,明显是在拉拢他。"

"肖君侠小组最近有什么情报报告?"

"昨天刚收到君侠电文,说罗武强还在首鼠两端,在授勋仪式上,姓李的特工总部头子跟他密谈了两个小时。"

林副主任皱起眉来:"知道内容吗?"见王明忠摇头,愁容更深,"估计又是糖衣炮弹。明忠啊,另有情报,日本人正在谋划一个'武工作'的行动,目标应该也是罗武强和他的独三十三师。我们得加紧行动,我想辛苦你亲自跑一趟苏州。"

"敦促罗武强起义。"王明忠道。

"比这还要紧的事。我上个月在盐城军部进行整风学习的时候,江苏省委的刘部长专门找我了……他说他们省委在苏州汪伪高层有个内线,能搞汪伪甚至日本人的核心情报。因为上线领导人牺牲,跟省委失去了联系。"

王明忠心底一沉:"这个很难再接上线了。"

"但这个上线在牺牲前,把联络那个内线的联络方式跟暗号留下来了。"他将那本诗集给王明忠推过去,"这是一本明代石刻孤本,《历代吟姑苏名诗集萃》的上册。接头的时候,上线拿着上册,内线会拿着下册。接上头后,要对暗号。暗号你记一下。"

林副主任看了一眼窗外,念出暗号来,又嘱咐道:"每个月初一上午八点至十二点,这个内线都会到苏州沧浪亭参加诗会。你用这本诗集接上头,对上暗号……他对我们促使罗武强起义,一定会有极大的帮助。"

王明忠看了一眼墙上的年历:"今天是农历三十,明天就是初一。"

"所以我希望你今天就动身潜入苏州,明天去沧浪亭接头。有困难吗?"

王明忠点点头:"保证完成任务。"

林副主任长出一口气,沉下声音:"记住,内线的代号叫'孤舟'。"

顾园的轿车停在一处私家园林之前,园中灯火明亮,草木繁盛,颇有雅致意味。顾易中西装笔挺,气度俊美,护着海沫从后座下车。海沫仍旧一身旗袍,只是相比平日精心盘了头发,化了淡妆,更显温婉优雅。她挽着顾易中的手臂,听迎来的侍从道:"顾副站长,站长及太太已在屋内等候了。"

顾易中夫妇便随此人往里走，穿过流水石桥，斑驳树影，海沫微微垂着头，眼光四处打量，顾易中明显感觉到她绷着手臂，轻轻道一句："没事，别怕。"

海沫便点头，弯起眉，微微笑了。

餐厅当中摆着长桌，瓜果鲜花一应俱全，餐具亦光洁锃亮。周知非和纪玉卿已坐在旁边，见两人过来，连忙起身。顾易中四下看看，笑道："周站长，没想到你还有这么一处世外桃源呢。"

周知非亦笑得亲切："什么世外桃源啊，这老宅的主人姓李，听说是交通部的一位次长，跑路去重庆，空着，我就让人给收拾收拾，平时当作兄弟喝茶的地方。"

纪玉卿则握着海沫的手："海沫，你这耳坠真好看，款式新得呦。"

"姐，也不算新，去年过生日的时候易中送我的。"

"哎哟喂，你看看人家，"纪玉卿霎时酸起来，瞟一眼周知非，嫌他装看不见，又拍了他一下，"你什么时候想着过生日送我东西？"

周知非赔着笑："你天天买，一包一包往家里搬，还嫌不够多哇？天天都是生日。"

"那能一样吗？"周知非哑火了。纪玉卿又看向海沫，念叨起来，"你这皮肤好得哇，一掐一包水，用什么涂脸的？"

周知非已觉头疼，也回至顾易中这儿，抱怨一句："女人们就关心点脸面这点事。"

顾易中亦带着笑，只道："跟咱们男人一样。"

"是，一样、一样。"周知非愣了一下，笑得倒更真诚了，"易中老弟一语中的啊。"

海沫与顾易中方才落座，正闲聊间，侍从又报："罗司令到。"

顾易中十足意外，先前给他的请柬上并未提到罗武强也要来，然几人都没来得及说话，周知非与纪玉卿便迎了出去，只留海沫两人在屋里。海沫蹙眉，望向顾易中："罗司令，就是你说的……"

"和平军独三十三师师长罗武强。"

而肖若彤正跟在罗武强身边。几人站在园林进门处，就开始寒暄。罗武强一点头："抱歉，来晚了，周兄。"

"不晚不晚，正是时候。"周知非又看向肖若彤，"这位就是……陆小姐吧？"

肖若彤上前，竟主动与周知非握手："听说周站长去看望过我，还给我送了花。多谢多谢。"

"客气。陆小姐，身体可好些了？"

"谢周站长关心，已经好多了。"

纪玉卿忙道："都别站着，咱们快过去坐吧，来陆小姐，当心点脚底下，这园子的花街铺得不行，高低不平的，小心。"

一行人便进餐厅来，顾易中与海沫也拉开座位，起身相迎。顾易中抬起眼，透过镜片，越过罗武强，正对上肖若彤的眼睛。他还未反应，海沫也傻了眼，盯着肖若彤瞧，却幸而忍住了没再去看顾易中，他们都知道周知非正紧抓着。肖若彤则大方自如，迎上两人目光，款款上前去，冲顾易中伸出手："我姓陆。"

周知非见现下大抵没什么戏可看，便也不吝介绍："我来介绍一下，这位是苏常太和平军第二方面军独三十三师罗武强罗司令，这位是罗司令的……"

他刻意停了话，然被罗武强接了去："我三个孩子的家庭教师，陆君诺陆老师。"

肖若彤这才点了点头。周知非佯作无察，又道："这位是我们特工站副站长顾易中,这位是顾太太。"

海沫握住了顾易中的手,他手心里凉得厉害,话也显然比方才干瘪,只冲罗武强点头问好。纪玉卿往里让着:"坐吧,大家都坐,像在自己家里一样,千万别见外。"

罗武强挨着周知非,帮肖若彤拉开椅子,请她坐下;纪玉卿则拉住了海沫,让她坐在自己身边,如此一来,桌上只剩下海沫与肖若彤当中的位置——顾易中僵立片刻,到底还是坐在那儿。

纪玉卿又招呼上菜。罗武强则瞥了一眼顾易中:"顾副站长年轻有为,在苏州听好几位朋友说起过你啊。"

他显然不是奉承语气,顾易中无心与他纠缠,干脆敷衍:"罗司令客气了。"却听罗武强又道:"顾兄,其实你我之间另有一段渊源。"

周知非像来了兴趣:"哦,是吗?"

罗武强随便点一下头:"兄弟当年也在黄埔混过,时间不长。曾受业于顾老先生,希形先生为人忠正,挥二十一师北伐,从昭关一路打到了济南,那是立下赫赫战功,也是我辈敬佩的榜样。只可惜……他老人家没能善终啊。"

然他还未看顾易中脸色,肖若彤便低声开了口:"你看你,说是来吃饭,又聊那些个政治、军事啊,司令。"

罗武强忙又收话:"对对对,不聊不聊。"

周知非打圆场:"来来来,这杯酒敬罗司令和陆小姐,李先生走的时候特地嘱咐了,让我和顾副站长好好招待您二位……"

顾易中陪着举杯,却瞥一眼周知非:他可没从他嘴里听见罗武强一点字眼。周知非又道:"多有不周,还请担待。"

众人都举了酒杯,菜品也正好上齐,纪玉卿挂着笑逐个介绍:"这几道正宗的苏州菜,你们试试看吃不吃得惯,太湖三白,是从昆山那边送过来的，老周有一个学生，不干特务了，专职在太湖边帮我们搞这些河鲜，平素都不舍得吃，尽送南京、上海了。"

她说罢便探出公筷帮肖若彤夹菜，一筷子鱼肉下去，却沾了不少香菜——全映在顾易中眼里。他下意识要开口——肖若彤不吃香菜，却听旁边一声响起："她不吃香菜。"

是罗武强。纪玉卿的手便顿住了，肖若彤赶忙接话："我自己来就行。谢谢周太太。"

电光石火之间，顾易中猛地缓过神来，余光瞥见周知非正望着他的眼神。周知非又移开目光，转向肖若彤，竟说出上海话来："陆小姐是上海人？"

肖若彤露出些形似惊喜的目光，也用上海话答他："是的哇，没想到周站长上海话讲得蛮地道的，站长也是上海人？"

周知非笑笑："年轻时在上海待过，学过一点。苏帮菜陆小姐还吃得惯不？"

肖若彤点点头："蛮吃得来的。"

罗武强忽然问："有没有辣椒？"

纪玉卿忙道："有的有的，知道你爱吃辣，老周昨晚上就派汽车夫去上海老陕酒店弄来点辣子，司令你尝尝。"

罗武强接过来往碗盘子里撒："没辣吃什么都不香。在西北其实不怎么吃辣的，民国十六年，兄弟随冯将军督河南，我部驻扎民权县，那地方潮湿，就吃惯了。"

顾易中搭话："听说冯先生治豫时，设自由、平等、博爱、民权、民治五县，也是一时盛话。"这话却将罗武强说得伤感起来："如今江山破碎，故人流落，唉。"

周知非立时道："今天不聊战前事。罗司令，多吃辣子。"

纪玉卿一直给各面夹着菜,这畔又转向肖若彤:"陆小姐是上海人,也是在上海念的书了?"却是罗武强开口:"她可是正儿八经的大学生,我儿子的英文、网球、画画都是她一人教的,多才多艺。"

周知非吃着菜,状似无意:"哪所大学?"

肖若彤这才道:"东吴大学。"

"名校啊,东吴大学不是在苏州吗?"

"三七年以后从苏州搬到上海法租界里头去了。我三八年才入的学,错过了苏州好校园啊。"肖若彤念得自然,周知非却没接话,而是转头看着顾易中:"哦,顾副站长,我记得你之前有个相好,也是东吴大学的?"

顾易中还没答话,纪玉卿先踢了他一脚:"好好的问这个做什么!不怕顾太太吃老醋。"

海沫自始至终没怎么说话,此时终于笑笑,说:"没事的,都是过去的事情了。"

周知非反问:"顾太太也认识?"

"我来得晚。没见过本人,听顾园的下人说,很是漂亮,是大户人家的小姐。"

周知非循循善诱:"听说还是个大学生。"

"东吴大学的。"

却是顾易中开了口。海沫看了他一眼,听周知非又问:"我记得,她好像姓肖,叫肖……"

"肖若彤。"

"对,肖若彤。"周知非笑了笑,又看向径自吃菜的肖若彤,"陆小姐可听说过此人?或者认识?毕竟都是东吴大学的。"

肖若彤只摇了摇头:"没听说过。"

周知非紧盯着她:"肖小姐当年是很有名气的,组织过不少高校的联谊活动。"

罗武强从菜里抬起了头:"怎么?周站长怎么对这位肖小姐这么感兴趣?"

周知非有些尴尬:"咳,司令有所不知,这位肖小姐是有名的女共党,还险些连累了顾副站长。"

罗武强反倒笑了:"有这事?顾老弟。"

顾易中也冲他笑:"……年轻的时候,人难免糊涂,如今都过去了。陆小姐是何等人物,岂能相提并论。"

他这话说得极巧,正给肖若彤留下话头。以他们二人默契,肖若彤不待周知非反应,立时开口:"司令,周站长问这么多,不会是怀疑我吧?"

罗武强仍笑着,声音却冷下来,唤了一声:"周站长?"

肖若彤犹自火上浇油,然只作玩笑口吻:"今天要不是司令您在这儿,估计我啊,早就被请进90号吃生活了吧。"

"周站长,你今天是来请我们吃饭,还是来调查家史的?!"

罗武强忽而变了脸色。周知非起身,连声敬酒:"罗司令,言重了。随便问问,没什么意思的,职业毛病,得罪得罪了。"

"我看你们90号的这些臭毛病应该要改改了!李先生这一去南京,就把我晾在这儿,好不容易吃个饭,也来鸿门宴这一套,听说周站长也是苏省人,鸿门宴这一套最会玩了。"

这番话说得周知非额角冒汗,顾易中心底暗舒,也来圆场:"罗司令,你一句话把我们在座的苏省人都骂了,误会,你这指定是误会了吧,周站长?"

周知非忙端酒:"罚酒罚酒。"一杯酒正要下肚,却听门外飘来清脆甜亮一个声:"我说怎么找谁都找不着,原来全藏这儿了呀。"

却是绿珠。

周知非半口酒哽在喉咙里，好容易咽下去，便看绿珠身后的王则民。王则民慌里慌张擦着汗，语无伦次："迟到迟到，该死该死。罗司令，抱歉抱歉。"

绿珠则半点没有客气意思，她打量肖若彤一番："哎哟，这位是……应该就是陆小姐哦？"

肖若彤礼貌地笑笑："陆君诺。"

"满苏州都在议论罗司令金屋藏娇，果然是一等一的人才啊。"

绿珠这话堪称冒犯，罗武强紧张地看了肖若彤一眼——他不便与女人吵嘴，然肖若彤什么也没说。绿珠便又转向海沫——确切来说，正眼都没瞧她，只指着她问顾易中："这位是？"

顾易中一字一句："我太太，海沫。"

"哟，顾太太。"绿珠又笑，"电话里认识过，听说是位弹词女先生？"

海沫应道："混口江湖饭吃。"

"难怪口齿厉害。"

海沫也笑："那是，不比你们唱昆曲的，大雅，都是那宫里赏玩的。"

连李先生都嘱托周知非，不教在绿珠面前提"昆曲"二字，海沫反倒一句就把这底甩出来，桌上众人都愣了，也不知接什么。顾易中只得唤一声："海沫。"海沫连他也不搭理，歪过头去不说话。

肖若彤尚没见过这模样的海沫，当下竟有些想笑，由衷赞叹一句："顾太太还真厉害。"

海沫这才斜一眼顾易中："就这样也看不住这些男人啊。"

周知非赔笑："顾太太，你这一句话，把我们四位男的都打落水了。"本意是争回点面子，未承想纪玉卿背刺他一下："打得准。"

三个女人一唱一和，连顾易中也只能掩面："见笑见笑。"

绿珠被晾了一会儿,早绕到周知非后头,拍拍他肩膀:"我坐哪儿?周站长。"

纪玉卿嫌弃地盯着她的手,周知非一晃,忙道:"坐我边上来,忘了跟众位介绍了,这位是绿珠小姐。"

绿珠却道:"不,我要挨着陆小姐坐。"

这番才是彻底下了周知非的面子,肖若彤则不在意这些,往旁让开些:"来,坐我这边。"

绿珠走到顾易中和肖若彤当中来,手又搭在了顾易中肩上:"我就坐这儿了,左边挨着陆小姐,右边挨着顾副站长,跟谁说话都方便不是?"说罢,着意瞥一眼海沫,心满意足地看见她冷着脸。周知非则盯着肖若彤,然见她不动声色,甚至给绿珠夹了一口菜。

纪玉卿又道:"赶紧吃饭,吃完了打八圈,太太小姐们,今儿一个也不许早走。"

园林当中自然不乏打麻将的悠闲地界。下人上了茶点甜品,庭院之下便响起哗啦哗啦的清脆麻将声。四面坐着纪玉卿、海沫、肖若彤和绿珠,面前是麻将牌,椅子边是搁着吃喝的小靠桌,桌旁站着下人等令,颇为惬意。肖若彤瞪着眼盯着牌面看,往往看半日,才能打出一张牌。

纪玉卿道:"陆小姐不常打牌的吧?"

"他们兵营里全是老粗,只喜欢喝大酒,哪来的牌搭子?"

绿珠却也搭腔:"年轻女孩子都在跳舞厅,太太们才有这闲工夫呢。"

纪玉卿满脸的不爱听,不知是怀疑她嘲讽自己年纪还是真不爱舞厅:"跳舞厅有什么好的呀?乌烟瘴气的。"

绿珠不似旁人般顺着她,她肆无忌惮惯了,倒像是更喜欢肖若彤:"一看周太太就没去过跳舞厅。陆小姐,不如明天我带你去俱乐部玩,你在上海应该老去的，百乐门还是新世界？"

肖若彤便笑："我一般去公共租界的英国人开的场子，那里头爵士乐好，不过罗司令不爱去，他一直学不会跳舞。"却听绿珠道："那是，不是个个军阀都能学张学良那样。"

这话怎么听怎么让人不舒服，肖若彤也皱起眉头，去看自己的牌了。纪玉卿又道："陆小姐，罗司令是不是在追求你？"

肖若彤立答："不是，别乱说。"

纪玉卿笑了，满面已知道什么的神色："瞒不住的。他看你那眼神，满满的都是罗曼蒂克。陆小姐啊，虽然是续弦，但我听说罗司令这人，很正派的。"

绿珠仿若刻意跟纪玉卿对着干："陆小姐，玩玩可以，结婚这些事你可别轻易答应他。男人都是喜新厌旧的，结婚前怎么看怎么好，结了婚看都懒得看一眼。"

"谁说的，我瞧着顾副站长对顾太太就好得很呢，婚后比婚前还要甜蜜呢，是不是呀？"

话忽然引到海沫身上，她头都不抬，往外扔牌："都是人前做得好。"

然她余光忍不住去瞥肖若彤，见她不动声色，又听绿珠道："顾副站长我是见识过了，和他聊天，左一句我家太太右一句我家太太，没见之前，我好奇极了，真想看看到底这顾太太是何等的一个人物。"

海沫应付着："在家里天天挑三拣四，外面倒是说起好话来了。"

肖若彤没动静，纪玉卿嘴里话不断流，提起海沫最头疼那一桩来："顾太太，还是没怀上？你没去看王知事介绍的东洋西医吗？"

海沫愣一下，避开纪玉卿与肖若彤目光："药吃得我都懒怠吃了。"

"我听说上海有个大夫，看这方面很灵的，麦太太之前也是怀不上，到他那儿看了两次，马上就有动静了……回头我帮你问问，什么都可以不要,孩子不要是不行的。"

纪玉卿显得比海沫亲娘还操心,胡乱往外打了张牌,却听绿珠欢快叫了一声:"和了!哎呀,等这个四条等了好久了,可算让我给抓到了。"

亭子底下女人打牌的笑声飘在风里头,断续进窗子里来。顾易中几人还坐在收拾好了的餐桌边上。顾易中端着红酒杯,听身后周知非道:"罗司令,想听听你对时局的见解。"

"不敢不敢。罗某带兵之人,政治这些玩意儿,一贯不太懂。"

周知非只笑着看罗武强,却又对顾易中开口:"易中,你说说。你是留美派,现在都四三年了,从三九年算,全世界大战快四年了,你看最终呢,是轴心国赢,还是同盟要赢。"

顾易中不吝分享:"上个月,十六万英美盟军登陆意大利西西里岛,西路英帅蒙哥马利,东路美国上将巴顿,两头夹攻,意大利早晚抵抗不住。"

周知非竟点点头:"轴心三国,去其一。剩下德意志与这日本,难了。"

王则民竟也搭上话,关心的却是另一桩事:"美国人要打赢,美元应该会涨啊,前些日子美元囤少了。"

顾易中便笑:"接着囤,王知事,不会错。"

罗武强侧目:"顾副站长对时局很悲观啊。"

"罗司令只要多听听外国电台,就乐观不起来。"

"那些洋文洋字我实在是听不懂看不懂啊,陆小姐嫌我学得慢,也不教了。"

听见肖若彤的名字,顾易中亦无心搭话了,只顺着罗武强言语往亭子当中望过去。罗武强又道:"周站长,李先生到底何事,这么急着去南京？"

周知非不动声色："说是为了调和周菩萨跟陈院长的上海市市长之争。"

"……都什么时候了，这些人还只懂得争官夺位。"

"我看南京那批人也就是些无头苍蝇，只知道拍东洋人的马屁，他们难道没看出来，东京也已经快撑不住了。"

以周知非的位置，说出这样话不可谓不胆大。罗武强则并不在意这些，只道："要不是党国这些人腐败，国事何至于此。"

"可不是可不是，李先生平时总用你们冯长官的对子教训我们。还是冯先生生动。"他清了清嗓子，顾易中竖起耳朵听着，"一桌子点心，半桌子水果，哪知民间疾苦；两点钟开会，四点钟到齐，岂是革命精神。"

罗武强笑了一声，然很快归于严肃："周站长，说实话，冯长官的话，我最记得的是：'日军要挟我国，欺我四万万，同胞奔走呼号，誓死奔国难，况我爱国军人，铁血男儿汉。'"

几句诗歌，铿锵有力，正合他高大身姿与威严目光。顾易中眼神变了变，周知非则鼓起掌来："好！罗司令真豪杰也。"

王则民便显得格外鬼鬼祟祟，凑在周知非身边："老周，我明天就去上海进美金，也帮你搞点头寸？"

周知非白了他一眼。

汽车往顾园开的时候，苏州夜色已深，离园林愈远灯火愈暗，顾易中与海沫坐在后排两侧，直至家中，始终相对无言。

"今天那么多人在，我不该那么大声跟你嚷嚷。"

顾易中往地上铺被褥的动作一顿，答一句："没事。"

"……是我太任性了。"海沫道。

"你做得没错，正常的太太看见这样的情况，心里都会不痛快的。你演得很好。"

却听海沫道："我是真的生气，不是演的。"

他不知该说什么，只能一下下地把床褥捋平，海沫又道："我就是怕我们俩太像两口子了，她看了怎么想？我看她眼神跟表情，一点儿都看不出来是不开心还是开心。"

顾易中仍答一句："没事。"

两人似各说各的，海沫似也没听见他的话，只径自说着："说实话，我挺佩服肖小姐的。这陆小姐她是演得真好，一丁点破绽都没有，要不是以前识得她，我都被她唬过去了。共产党新四军真的厉害，能把人训练成这样。"

顾易中道："不说这些。"

海沫坐在床沿，对着头顶暗光，默默看着他。

"我知道你还是在怪我，那会儿我不该生气。"

顾易中坐在地上，深深叹一口气："你越生气，我们才越不会被人怀疑。"

海沫一顿，方才将话撂下："那个绿珠到底什么人？"

"李先生的人。"

"……也是特务？听说李先生特别喜欢女下属。"

顾易中忽觉头疼："哪儿听说的？"

"纪玉卿说的。这个绿珠，你真的要小心点。"

顾易中累得眼快合上："晓得了。"

海沫却仍坐着："我不是吃什么醋，我只是担心……"

"我知道。"

"吃饭的时候周知非一直问东问西，他是不是认出肖若彤了？"

顾易中似被冷风吹额，又精神起来："肯定是怀疑了。"

海沫有些急:"那怎么办？要不要通知她尽快离开。"

"他们的事，他们应该会处理的。"

"……你跟她们不是一条线上的？"海沫也不知自己在问什么了，顾易中也不说话，她眼睛有些发虚，径自絮絮叨叨说着，"那个罗司令是什么人？我看他长得挺正派的，不像是个坏人的样子。有句话我说了你别生气，他和肖若彤其实挺般配的，纪玉卿都说他们俩挺像张学良与赵四小姐。张学良我识得，赵四小姐是谁？"

"你怎么这么多问题！"

顾易中话里显然带些怒气了。海沫只愣一下，然话中似有轻笑，念道:"又生气了。"

顾易中也愣，翻身躺下，拉上被子:"早点睡吧。"

海沫虽然躺下，话却不饶人:"骗谁的，今天晚上，谁睡得着才怪呢。"

顾易中没答，或说是答非所问。他忽然道:"海沫，今天是七月三十了吧。"

她则一躺下就困倦起来:"可不是，明天就是初一。又得给王妈她们几个支薪了。"

顾易中眼睛在外间透进的夜光里望向墙上的月份牌，今儿是农历七月三十，明儿又是初一，八月初一。

"怎么了，脸色怎么这么难看？"

"我今晚见到他了，"肖若彤道，"顾易中。"

冰梅便叹气:"果然是周知非的一个局。"

"他没戳穿我的身份。"

"……可顾易中为什么帮你？若彤，他是真的保护你，还是在自保？"

肖若彤不愿将这个问题掰开揉碎分析，反复盘算来去。她另起一茬儿:"六哥对我撤离的要求,怎么说的?"

"六哥一早出门了。我在药铺等了好几个时辰没等到他。我怕出去太久了,特务起疑心,我就回来了。"

肖若彤越发头痛:"这个六哥,这么关键的时刻怎么就找不到人了。冰梅,你觉得我有没有必要找顾易中当面谈一谈?我想搞清楚他到底是敌是友。"

冰梅立时摇头:"这势必暴露我们的身份还有我们现在的工作。若彤,还是忍一忍吧,我知道你现在很难受,但……"

肖若彤神色不变:"我清楚组织的纪律,我会处理好这事的。"

周知非拉被子,拉到胸口,盖上脖子,又盯着天花板。纪玉卿坐过来,还是没好气。

"想什么呢?还惦记绿珠——"看见周知非眼神,不说了,改掉话头,"陆小姐?陆小姐麻将打得蛮好的,上海滩那些吃的玩的,门儿清,不太像共党啊。"

"共党就不会这些了?他们骗的就是你这种人。"

纪玉卿也躺下,挨着他:"是不是共党,抓起来吃下生活,一下不就明了,躺床上盘算有什么用?"

周知非哼都懒得哼:"罗司令是好惹的?李先生都在讨好罗司令,她就算是共党,我动她干吗。一丁点证据都没有,她会招认?……没事干吗当这个罪人。你打开保险柜。"

纪玉卿懒怠下床:"今天没收礼啊。"

"把原有的法币还有日元、军票全打一包,明天让王则民带去上海换美钞。"

纪玉卿一口回绝:"那不行,太多了,我不放心王则民。"

"你打电话让玉平回来跑一趟,能换尽换。轴心国、汪记南京政府,早晚都要玩完。"

纪玉卿这下却急了:"那小四怎么办?这刚到的京都,尽糟心事……"

18

第十八章
云散

黄包车停在昭文旅馆外头，王明忠提着一柄油布雨伞下车，打扮俨然是个乡下私塾先生，长衫眼镜，面目暗沉。他的交通员雨生帮忙提着行李，两人一同进了旅馆。

王明忠进屋打量房间，窗下屋角前后门，寻好几条逃生路——这是特工首要任务。他回过头去，边收拾行李边说："雨生，这地儿不错，肖同志他们呢？"

雨生摇头："今天没来找我，我这不一天都在安排怎么接你，晚上他们联系我的时候，我带他过来见你。"

"今晚不用了，明天吧……那没事你回去吧。"

"那你休息吧。"

他脚步有些匆忙，不由使王明忠多看了两眼。然他到底没细想，打开那个随身的箱子，只将放在最上头的《历代吟姑苏名诗集萃》的上册拿了出来，放在膝头。

王明忠是一宿没睡，和衣坐了一夜，第二日略微整理一番，便揣上诗集，转身出门。然刚反手锁上房门，便见走廊两头各有两人朝自己走来——一见便知是特务。他膝盖一撞门，门却刚被自己锁住，再进去也来不及了。

张吉平正走在最前头，凶神恶煞模样："王科长，我们周站长想请你叙叙旧。"

"……明忠科长被捕了。"

"消息可靠？"

肖若彤一惊，又听肖君侠道："我亲眼看见了。多半是交通员出了问题，我已与他断绝联系，此处联络点亦不可靠。按照组织纪律，咱们小组是王科长直属下线，应该放弃一切行动，马上撤离转移。"

"可我不想这么做，六哥，我们要想办法营救明忠同志。"

肖若彤抬起头，正对上肖君侠的眼，眼神里显然是同她一样的情绪——"我也是这个意思。我们要第一时间把明忠同志救出来。"

她眼睛亮了亮："你有办法了？"

肖君侠却有些迟疑："有……我刚电告师政治部林副主任，请求他批准我实施营救明忠同志的计划。"

王明忠被套了头套，押在审讯室座位上，张吉平立在一边看着，两个小特务则七手八脚地剥他的衣服，王明忠一动，便被张吉平抽了一下，他霎时吸了口气，不敢动弹了。

"90号老规矩，进来都要剥光搜一遍，除非你是个女的。剥！"

王明忠便真被剥光了，所有东西全都排在屋子前头长桌上，除了一身里外衣服，便只有那本诗集。王明忠闭着眼，强迫自己什么也不看。

顾易中大衣里夹着《历代吟姑苏名诗集萃》的下册出顾园去，正要迈出大门，海沫却从后头追上来，抱着他的公文包。

顾易中站定，把包推回去："今天我不上班，我要去参加诗会，沧浪亭诗会。"

一句话不多，转身便走。海沫不明就里，站在原处望着他，直至他身影不见了。

苏州又是炎热时节，沧浪亭上好乘凉，亭中诗人骚客雅集盛会，倒热闹得像个茶楼。顾易中自然不认得其中的人，只坐在角落，一面看书，一面喝茶。

吟唱声便同湿热湖风一块儿灌进他耳朵，他看着书中纵列宋字，古诗声韵，又是那般恍如隔世感觉——再抬手表看时，已是正午十二点了。

唱和诗人也都吃完茶，亦不剩几个。他起身，迈步慢慢出了亭子。

"哥，这个给你，生春阳腌腊。"

顾易中在食堂领了饭盒。在90号凑合的几顿，他向来以填饱肚子为宜——家中虽有海沫苦心经营，然到底不如从前宽裕，吃食上也就是饱腹，更毋论高虎这样只靠工资过活的小特务——近来物价更高得厉害了。

"怎么有钱买腌腊了？"

"不是我买的，张队长请客。听说他们昨日抓了个大人物，发了资金，每人二十。"

顾易中耳朵霎时竖起来："什么大鱼？"

"不清楚。你要想知道的话，我再去打听打听？"

他自然不用高虎打听，吃过了饭，走进90号办公大楼，径直往审讯室所在那条连廊去，极轻易就能听见里头传出来的惨叫声。他并没多停一步，只作平常人模样，干走过去了。

"站长，硬得很，一个字都不肯说。"

周知非透过小窗户往里看，王明忠已浑身是血，早昏过去。他摆了摆手："不死就行，接着再打一天吧。"

顾易中踏着晨雾，拎着两袋糕点，走进小园外门。这是绿珠住处，芳草幽林，美景秀雅，空中飘的尽是水汽。他一步步进去，看着小楼，楼门没关，他亦径直往里走。然还没入客厅，一把枪便顶在后腰上。绿珠柔美声音硬加上严厉，使他听着十分割裂："说，你到底是什么人？"

他静静答一句："绿珠小姐，不开玩笑。"

"我知道，你是共产党！"

"这话可不能随便说，是会掉脑袋的。"

绿珠便笑:"你也会害怕?怕就不要当共党。"然不等顾易中答话,又顶了顶枪,话却相反,"你放心,我不会揭发你的。"

这回反倒是顾易中冷笑:"我行得正,做得端,问心无愧,不怕揭发。若不信,我们现在就可以去见周站长。"

他觉出绿珠手里枪口晃了:"你真不是共党?"

顾易中没再理她,于是那枪如意料之中垂了下去。绿珠绕过他去,走出小楼,歪坐在台阶上:"真没劲!不是说谁见了枪都会怕吗?你怎么一点反应没有?"

顾易中方才打算说点什么,又觉她坐在那儿不妥,可他还没来得及踏出一步,便听砰一声响——绿珠抬起手腕,朝天中就是一枪——这竟是把真枪。

绿珠转过头来,笑得比那一枪更烈。他矮身蹲下去,一把就夺过那枪:"疯了,把枪给我!……哪里来的枪?"

"李先生给的。"

又是意料之中。顾易中接道:"防身?"

"自杀用的。"她拂拂旗袍,站了起来,看着终于愣神的顾易中,往屋里走,"……防止你们这些臭男人沾我,李先生喜欢干净的。"

顾易中怔愣半晌,只说得出三个字:"别玩枪。"

绿珠却又抢过去,笑着看他,枪口也对着他眉心:"我就喜欢。"

"……我真的劝你,绿珠小姐,别玩枪。枪能伤人,但更容易伤到自己。"

绿珠压根儿不搭他的茬儿:"我最讨厌你的就是你正人君子的样子。顾易中,滚吧。别再来我这个地方了,滚。"

顾易中却跟着她进门,把那两袋点心搁在桌上:"上次你说喜欢吃绿豆糕,我正好路过,帮你带了几盒。"绿珠不说话了,没如他刚刚所想的那样把点心扫下桌。她身上忽然挂了一层先前从来没有的冷,虽然还笑着,盯着他。他到底没走,到底开口:"怎么这么看着我?"

绿珠也不绕弯子:"我问你,你以前……认识陆君诺?"

"不认识。"顾易中说。

"你骗我。我们女人的直觉很厉害,你看她的眼神,和看别人不一样。"

"想多了,周站长请客那天是我第一次见她。"

绿珠改盯着绿豆糕,把枪和她自己都扔在沙发上:"你们的事我没兴趣知道,别怪我没提醒你,他们在调查陆君诺。"

"他们?"

此言一出,顾易中便知道自己已经露馅。绿珠却仿佛真的不在乎这些,也看不出来:"你知道是谁,76号,他们比90号的更坏。"

"……调查她干什么?小心罗司令跟他们急。"

"要不是看在罗司令的面子上,早就请陆小姐吃牢饭了。听说他们想要收编罗武强的部队,可罗武强迟迟不肯答应,最大的理由就是陆君诺从中阻拦。"

顾易中装傻:"谁想收编,他不已经是汪主席的人了吗?"

"汪主席那边也好几拨人,里头的事情多了去了,争权夺利,跟我们戏班子似的。"

"他们怎么查的陆小姐?"

绿珠笑了一下,仿佛看出他前头的话都是为这一句铺垫。她也恍然反应过来,自己竟提了戏班:"你也别问了,再多的我也说不明白。这些话本不该跟你讲的,只是瞧着你人不坏,不想你被连累,走吧你。"说完,散开来的点心也没拿,她独自上楼去,顾易中目送着她的背影,却隐约看见楼上栏杆旁的另一个人。

小野家的轿车停在小林所居的园林门口。园中幽雅，多是日式园景花木，里头亦有不少盛装出席的客人，还能听见孩子的嬉闹声。外头守着几个日本宪兵，见小轿车过来，里头坐着一身和服的小野和一袭旗袍的海沫——小野摇下车窗，递了证件。

宪兵往车里看看："怎么有中国人？"

"是小林师团长专门请来演唱评弹的老师，这是她的通行证。这位是她的先生，帮她拿琵琶，顾先生是90号特工站的副站长。"

宪兵又看一眼，还了证件，放行车辆。顾易中与海沫便顺利成为宾客。小林似真如小野所说那般喜欢中国剧目——晚间宴前，戏台上先演昆曲《十八罗汉》，喝彩掌声毕，便轮到海沫上台了。

顾易中在台侧看了看，一个一身军装的日本人坐在宴席正当中，周围团团围着宾客，这人显然是小林信男。而他与海沫则坐在小野身后，离小林、离戏台都甚远。他收了眼神，将琵琶递给海沫，握了握她的手。

台上摆一张桌子，两把椅子。他目送海沫上台坐下，小野坐在上首，抱一柄三弦；海沫坐下首，抱着她的琵琶。唱的是一曲《琵琶记·思乡》，小野顺着手中三弦凄恻声音开嗓。

"辞别双亲来赴考，金榜题名换紫袍。肥马轻裘诚荣耀，怎奈我思念家乡苦难熬。枕边万点思亲泪，长夜不眠直到晓……"

长音没荡完，顾易中早已起身，溜出宴席了。他一身西装，戴着礼帽，步出会客厅，更将帽檐压得遮住眼睛。园中人仍旧不少，途中遇见几个日本人，都同他问好——他只照常回一句，反复绕着，打量小林住处的环境。

"……'武工作'是当下苏常太一带最重要的情报，各方的眼睛都盯着，但我相信你能完成任务。这番过后，我希望能做你的入党介绍人。"

彼时他总觉黄秋收提得突然，现下看来，反倒是太晚。他问老师自己是否已经合格，黄秋收便说了那番话。

"两年的工作，你得到了太多的情报，早就是我们一名合格的地下工作者，如果你要入党，我愿意当你的入党介绍人。"

"是不是入党了才能更好地工作？"

黄秋收笑着摇摇头："也不是，你已很好。入党从来是自己申请的。我们是自愿加入的先进组织。"

顾易中觉得自己蠢透了，彼时竟然说的是"我考虑考虑"。

黄秋收仍笑："这事很慎重，你应该好好考虑。"

仍是黄秋收的声音。

"小林的作战室就在顶头右侧那间，有警卫每五分钟巡逻，你要利用这五分钟的空当，进入作战室。据我们可靠情报，关于'武工作'的资料，就在右侧第三格的柜子里。"

他打开柜子，举着相机，将那些资料一张张地拍了下来。资料极多，他拍了几张便知自己绝对拍不完。五分钟时刻已到，他甫收了相机在衣兜里，而后转身，却见门外巡逻兵已经进来了——情急之下，他翻下窗户去，手扒着窗台，全身都挂在半空里。

好在这是楼后，没人能看见他。然而咔的一声，窗户竟从屋里被关严了。顾易中深吸一口气，脚蹬向墙面，努力沿着墙面爬下来。未料到手刚一松，脚便踩空，人跟相机先后摔在地上。而一只皮鞋先于他的手，压在那个相机上。顾易中心跳与呼吸皆滞，抬起头来，竟是小野二郎站在面前。

"顾桑，这相机里拍的是什么？"

相机摆在茶桌上，茶桌在两人中间，顾易中盘腿坐着，垂着头，仍不说话。

"我猜是小林部队长的情报。今日之事，你早有预谋。"

顾易中只是点头。

"……我万万没想到，我以礼相待，却成了别人利用的一颗棋子。我一直以为我们俩是朋友。"

顾易中抬起眼来："两国交战，庶民难为友。"

小野也看着他："这相机里的东西会要了你的性命。"

"一个人的性命又有什么重要的，如果这些照片能挽救更多人的性命，那这件事，值得去做。"和小野说这些其实并没有什么用，他想。可他也只能说这些——如果这是他的遗言，或者将这当作一个他已知结果的赌局。他听小野道："你不是为你自己。"

"我所做的一切都是为了苏州百姓安居乐业，孩子们有饭吃、有学上。而不是人为刀俎，我为鱼肉。"

小野的眼睛竟显得真诚："顾桑，我喜欢你们伉俪，是因为觉得你们是高洁之士，不会有这种偷盗行为，从小我的母亲就教育我，偷为一等一的罪过。"

顾易中反倒笑了："何为偷？这是在中国，在苏州，这里的一切原本都应该是苏州百姓的。可现在呢？你们，一大批日本人，占着我们的园林，吃着我们的太湖鱼鲜，还运回你们日本，小野君，你们这种行为是什么？"

小野便不说话。

"这不是偷吗？……你们还在偷，三一年，你们偷走了东北，还不满足，现在，又想来偷整个中国。"

"……不，我们来中国是来帮助你们的，你对日本人有误会。"

近藤，小野，日本人竟真都是这样想的吗？

"我在美国留学的时候，最好的朋友也有日本人，他们努力上进，严于律己,有很多优良的品格值得我们学习。我也看过一些日本学者发表的文章,他们喜欢中国的建筑、饮食、文化,他们渴望促进中日文化交流,斥责战争,他们的主张我也非常欣赏。小野君,我也一直以为你是这样的人。"

小野点了点头。

"我从不厌恶日本人,有时甚至钦佩,我只是憎恨那些夺我疆土、杀我百姓的日本军人。"

"……我接触过你们90号的人,你和他们不太一样。我可否问一句,你到底是什么人?新四军,他们说的四爷?"

顾易中却摇了摇头。他没有说谎:"我就是一个普通的中国人。"

见到顾易中走进顾园时候,海沫才算真正又活过来——她手心的凉化作了汗,人也能够支起来,朝他迎去,几乎费尽浑身力气,才做出一副若无其事情状,问他:"怎么说?"

她虽并不在场,也已知道全情。顾易中拍了拍她的肩,与她一块儿进屋去:"小野把相机还给我了。"

"……他不告发你吗?"见顾易中摇头,忍不住又问,"小野他是日本人,他为什么要帮我们?"

"日本人里,也有反对战争,渴望和平的人。以前我们去怡园,救的就是一位日本共产党员。我听说在中国,也有一支特殊的国际主义队伍,他们大多由日本人组成。他们当中的一些人目睹过日军的烧杀抢掠给中国人民带来的极大伤害,他们气得浑身发抖,就像是自己干了坏事一样感到无地自容。"

"真有这样的日本人?"

"他们也是人,也有些人有良知。他们明白,战争是日本少数人得到好处、多数人遭殃的战争。中国是自卫的，日本是侵略的。"

"那小野便是这种人。"海沫轻声道。顾易中却摇头："我不知道，但我相信，不管他是不是这个队伍中的一员，他都是一个有正义感，有良知的日本人。"他攥紧手里的相机，"我得尽快将这些照片洗出来，想办法送走。你看好家里，别让王妈撞进暗房。"

暗房之中，画面显影，计划书无一例外全是日文，然杂在里面的汉字让学了一段时间日语的顾易中已能看懂："'武工作'，收服罗武强之独三十三师全部兵马，并斩决罗武强。"

"进来。"罗武强正在酒店会客厅当中擦枪——不如说这本就是他为客人准备的见面情景。随他话声落下，厅门开启，走进来的赫然是孟连长和肖君侠。

肖君侠在外间已被搜了身，此时格外从容。罗武强上下打量他一回，先问："你认识林国萍先生？"

肖君侠却不开口。罗武强见状又道："没事，你说吧，孟连长是我的外甥。"

肖君侠这才从手中掏出一个纸条："林先生有个条子给你。"

纸面之上，林国萍字迹鲜明："武兄，持条者代表我方。三弟萍。"

罗武强慢慢道："你是新四军六师政治处副主任林国萍的部下。"

肖君侠方才点头："是。罗司令，我是新四军苏沪联络处特派员，肖君侠。"

罗武强态度半点不变："说吧，什么事？"

"我来请求罗司令营救我方被90号逮捕的人员王明忠。"话毕，肖君侠即提了一口气，见罗武强不出声，又道，"司令，情况紧急，王……"

罗武强却忽厉声："孟择光，把人给我毙了。"

肖君侠还未反应过来，已被孟连长按在墙上，枪口顶在脑门。扳机轻轻一声，就要扣紧。肖君侠却仍半点不动，只死死盯着罗武强，孟连长亦如是。罗武强终于起身，走到肖君侠身边来。

"兄弟，怪不得我。周佛海那边要收我跟弟兄们当税警，李先生那边要给我三千万，你们呢，你们新四军能给什么？"

肖君侠底气仍足："司令，我们能让你跟你的八千弟兄堂堂正正做人。"

"我们本来就是堂堂正正的人！"

罗武强露出怒气来，肖君侠却道："不是，你们不是。罗司令，你们是伪，伪军，汪伪。"

罗武强终于说不出话。

"罗司令，我知道你是一个重情重义的人，你对你的部下，你手里的兵，都像家人一样，与他们同吃同住。既是家人，你愿意他们跟着你背负汉奸的骂名吗？无论现在如何，历史总会记住这一切的，不久的将来，汉奸要接受人民的审判。"

罗武强眉目冷峻，一字一顿："当下时局，朝不保夕，谈何未来。"

"错，司令。全国，共产党在西北，国民党在西南，国共联合，抗击日本侵略者。苏省，新四军在苏南坚持团结抗战的方针，反清乡也取得很大的胜利。未来的中国，一定能赶走日本侵略者的。"

"谈何容易，兄弟。"

罗武强似再听不下去，已转过了身，孟连长亦要扣枪，肖君侠却又开口，字字清明。

"日军要挟我国，欺我四万万，同胞奔走呼号，誓死奔国难，况我爱国军人，铁血男儿汉……"

罗武强背影便顿住了。

"罗司令，冯玉祥将军要是看到你现在这样子，一定会失望的……罗司令,不仅冯将军,我们六师的师长还有新四军的陈军长,都希望你能弃暗投明。"

却听罗武强道:"这个以后再说。"

肖君侠眨眼之间,罗武强一挥手,孟连长已松了枪。肖君侠一怔,又叫一句"司令"。

罗武强坐回桌边,问道:"王明忠被90号抓走多久了?"

审讯室中昏黑,又是整整一天一夜,王明忠已被打得惨不忍睹,体无完肤。他死尸一般坐在刑椅上,却见面前漫开一道亮光——周知非推门进来,疾步上前,叫了一声:"明忠?"

他慢慢抬起头来,正对上周知非的眼。后者一巴掌抽在张吉平后脑勺:"谁让你这么干的!"

张吉平没了话,又听周知非喝道:"还不快把手铐打开!"

周知非就差去握王明忠的手:"明忠,对不起,我来晚了。"

王明忠哑着嗓子:"周站长,好久不见啊。"

"实在抱歉,这几天在上海处理点公务,才回来,听说你在这儿,我马上就赶来了。"周知非一转头,"还愣着干什么!快去找个大夫来。"

王明忠抬了抬手:"不用了,口渴,想先喝口水。"

周知非立时道:"水,没问题,不止有水,我还特地让他们准备了宜兴菜。"又是往后吩咐,"快,去给王先生拿身干净的衣服来。"

地方就在90号办公室改的临时餐厅。一张干干净净小圆桌,一席丰盛宜兴菜,周知非殷勤地往王明忠盘子里夹菜:"当年我父亲去世后,母亲为了生计被迫改嫁。继父酗酒,喝多了就打我。你母亲心疼我,把我叫去你家吃饭,我记得很清楚,就有这道呱唧菜。"

王明忠吃得并不客气："那时候你很有骨气，不管继父怎么打你，你都一声不吭。"

他话里带刺，周知非却笑了："哪是骨气，是我了解他，我叫的声音越大，他打得就越开心。不叫，反而没兴致了。"

"你不是拜了师傅，学了点拳脚吗？"

周知非摆手："江湖术士，是个骗子。我离家出走后，把所有的钱都给了他，他就消失了。现在想想，那段日子真是苦啊，吃了上顿没下顿，今天睡了，不知道明天还能不能醒过来……幸亏有你，在我最难的时候，拉了兄弟一把。"

王明忠眼神却厉："介绍你入党，是为了让你走正道，但你终究还是辜负了大家对你的信任。"

周知非看上去毫不在意："姓顾的把我卖了，我能怎么办。当时老纪已经怀孕了，就算不为我，也要为她为孩子着想吧，我没得选。"

王明忠不屑于搭话了，只夹菜吃。周知非提起另一茬儿："明忠，你还记得那年咱们一起去杭州拜访徐先生吗？当年戊戌七君子，六人被斩，唯有徐先生独活。我当时问他，六君子里有他举荐的人才，就这么死了，是否心痛。你可还记得徐先生怎么说的？"

王明忠答："顺势。"

周知非道："对，没错。我不知道你的感受如何，我当时一听这两个字，如雷贯耳，如获甘露。明忠，人啊，要活着，活着才一切皆有可能，死了，万事全成空啊。

"我知道，你这次到苏州来有你的任务，你不愿意说，我都理解，我只希望你能帮我一个忙。只要我在日本人那儿有个交代，必定不会再为难你。"

王明忠抬了眼，却见一份档案放在面前，上书姓名三个字，正是"陆君诺"。周知非指着照片:"这个人是否就是顾易中以前的相好,肖若彤?"

王明忠往上瞥了一眼:"对不起,我无可奉告。"

顾易中站在张记枫镇临河桥边上。

肖若彤看见了。她正朝这座桥走来,看日光之中顾易中的侧影。她也认得这座桥,就是在这座桥后,她送出那支钢笔,顾易中默读着他的信。

她走了过去。

顾易中转过身来了,与她眼神对上一刻,她便明白他心中所想——他开了口:"若……"

"顾副站长,找我何事?"她问。

一切暗流便都平静。顾易中一怔,神色亦淡下来,抽出一个信封递给她:"日军从上海登部队紧急调派了一个大队补充小林师团,他们要针对罗武强部队进行缴械计划。代号'武工作'。"

肖若彤一惊:"罗司令一直摇摆不定,日本人这是要釜底抽薪。"

"计划在明日凌晨发起进攻,如果罗司令今晚不能及时赶回去,群龙无首,后面是个什么情况,你应该能想象到,把东西交给他,让罗司令赶紧走。"

肖若彤点头:"明白。"话音甫落,见顾易中如释重负一般,转头便走。她心底一动,到底叫住他:"易中,我知道你在为我们工作,但纪律让你无法跟我坦白身份,但是,易中,你为什么不认我呢?你知道我们是在为谁工作的。"

顾易中仍不说。

"我想你,每时每刻都在想你。"

顾易中肩头一颤,他终于听见属于肖若彤的声音:"……无时无刻,我的脑海中,不在回荡那首《教我如何不想她》。唱'天上飘着些微云,地上吹着些微风,啊,微风吹动了我的头发,教我如何不想她……'"

是歌声。顾易中的手在衣袋里,握紧了,攥着衣料。他忽然开口:"别唱了。"

肖若彤便停下,仍看着他,听他道:"我答应过一个人。"

肖若彤眼光一动。

"我答应过他,他牺牲了,用他的性命保护下我,我要信守对他的诺言。若彤,还记得你常对我说的话吗?"

"国家已到存亡之际。"她说。

"我辈必得奋不顾身。再会,若彤。"

她再回过神来时,他已走远了。她道:"再会,易中。"

他衣襟慢慢湿了,一滴一滴地,眼泪落在手上。

90号守门的特务听见轰隆轰隆的响声,青天白日,街上扬尘,一辆拉着重机枪的卡车在前,两排全副武装的士兵站在车上,两辆只载士兵的卡车在后,最末是两辆军用吉普。两人还没反应过来,那车竟直冲过来,他们连忙躲避之时,总部大门砰一声被撞开了。是两队野战和平军,跟着卡车冲将进来,摆着战斗队列,立时占据90号各个战略位置,一挺马克沁重机枪正对着近藤办公的大楼。

90号特务本就是乌合之众,更毋论对付训练有素的精兵,几乎全都失了反抗之力。洞开的大门里头吉普车开进来,警卫兵端着驳壳枪先下,而后才下来了一身军装的罗武强。罗武强站在假山前头,环顾一圈,被和平军护得紧。他朝办公大楼喊了一声:"周知非,把王明忠给我放了。"

周知非半点没露头,倒有许多小特务往外走,不知楼外头什么事。罗武强看了看,一挥手,重机枪顿起,朝天射出一梭,巨响震地,所有的特务半点都不敢动了。

他又一抬手,枪声便停,唯余回声荡在空里。楼里所有人吓得都退了回去,唯张吉平带着一个小特务冲下楼梯,却立时被士兵按在墙角,动也动不了。

他这才看见和平军军装,恰在这时,众军齐声,喊声震天:"周知非,把王明忠给我放了!"

周知非不在场一般,仍无动静。近藤在二楼的花房窗户却开了,近藤探出头来,看看下面的和平军,与此同时,花房两边窗户每边探出六只枪口——六个日本宪兵提枪,正与下头对峙。

近藤道:"罗司令,所为何来?"

罗武强话里还留着客气:"近藤阁下,90号抓了我和平军情报处处长王明忠,我向周知非要人。"

近藤抬眉,朝身边岩井一瞥:"有这事?"

岩井道:"据说此人系共党的情报头子。"

近藤却摆摆手:"放人,让周知非放人。"

岩井下楼去,走到还被摁着的张吉平身边,踹了他一脚:"让周放人。"

张吉平点头如啄米,又求和平军:"放人,我上去让站长放人。"

军士松了手。张吉平连滚带爬,朝楼梯上面去。近藤仍看着罗武强,两人默然,90号院中一片死寂,罗武强的副官凑了过来。

"司令,他们不会在拖延时间吧?"

"阊门的绥靖军守卫解决了?"

"伯虎连长控制了,咱们随时都能出阊门。"

罗武强便点头:"救出明忠,就撤。"

王明忠踏出了周知非办公室的门。李九招与张吉平皆在后头跟着他,三人走向楼梯,一路无话。王明忠紧紧拽着那本诗集。甫拐过楼梯角,李九招慢慢走到了王明忠前头去,而张吉平忽听见后头传来周知非喊声:"吉平,留客!"

王明忠当即冲下楼梯,甫迈出一步,便被张吉平制住,他又要喊,嘴却也被捂着。李九招又一使劲,两人一块儿把王明忠挤到墙角了。

王明忠眼睁睁看着楼下和平军抬起头,却没看出动静,又垂下枪巡逻了。

这工夫间,周知非从楼梯口下来,已到了王明忠身边,他笑眯眯的,话声平静又客气,几乎到了祈求的程度:"明忠兄,你的诗集能不能留下来,让知非也读几日,受受熏陶。"

王明忠一声也没出。

周知非也没有等他回答的意思。他径直伸手去拿,王明忠却死死抓着,他半点也抽不出来。

他仍笑着:"明忠兄,诗集要不留下,你得把命留下。"

王明忠目眦欲裂,手上几乎将那书攥得撕裂。却听沉闷一声,他低头,一把匕首的尖头从胸前露了出来。

血浸透衣裳。他抬起头,看着周知非,听他道:"你还是不懂得顺势,明忠兄,真替你们家老太太可惜了。"

他伸出手来,合上了王明忠已无力闭上的眼,拿起了那本被血浸了角的诗集。

罗武强已等得有些不耐烦了,转着枪口,一偏头,却见是周知非从楼梯口快步下来,满面含笑:"罗司令,来了怎么也不说一声,我好派人去接你。"

罗武强对他半点好脸也没有:"不麻烦了,把我的人,王明忠给我放了。"

周知非笑容不变："王明忠是新四军六师政治处副主任，怎么成了罗司令的人？"

"看来周站长的特务工作不行。王明忠明是新四军的人，实是我的情报官，他早就弃暗投明，参加了和运。"

"原来是这样啊。"

周知非话虽这么说，却半点不似信了的样。罗武强没耐心跟他纠缠："王明忠人呢？"

周知非立时道："放人，放人。不要说是罗司令，日本人也让我放。我已经让人去提人了。马上马上。"

罗武强这才点点头："那我们一起等。"他抬起头来，看了一眼面无表情的近藤，然忽听楼梯上头传来一声枪响。下面的和平军立马举枪，就要往上冲，却见张吉平跌跌撞撞地下来，滚到周知非面前："站长，出大事了，出大事了……王明忠、王明忠被打死了。"

话音未落，和平军已冲上了楼梯，周知非与罗武强疾步过来，只见拐角地方倒着两个人，正是李九招与王明忠——王明忠胸前一个血洞，正是枪眼，气早断了，倚在墙上。李九招则捂着头，脑袋上全是血。

周知非满头汗："怎么回事？"

李九招磕磕巴巴的："……他疯了，打我，我就开枪打他……"

然话还没完，周知非竟拔出枪来，对着李九招就是一枪。他又看向罗武强："罗司令，底下的人办事不力，你……"

罗武强则已冲下了楼梯口，半句话都未留给周知非。背后和平军随他下去，登上了卡车吉普车，全军严整，转眼便撤出了90号。

周知非却还站在上头，甚至还同罗武强招手："罗司令，慢点慢点，有空再来。"

周知非的笑容直跟着罗武强出了大门，而后他转头，却看见了近藤

第十八章　云散

仍开着的窗口。岩井正附在近藤耳边说着什么,近藤脸色则极凝重,下一秒,伸手将窗户关上了。

周知非的笑与额上的汗一同散了。

他慢慢走上楼梯。楼梯间拐角,王明忠的尸体上面,挂着"革命尚未成功,同志仍需努力"两列大字。

两具尸体都已凉了。他一步一步地走,从西装背后掏出那本诗集,朝着楼梯天井之上,朝着亮处走了过去。

肖若彤被孟连长和两个士兵护着出了中德酒店大门,几人脚步皆极忙乱,冰梅则提着两个箱子紧跟在后。肖若彤一面上车,一面低声:"孟连长,罗司令这么急让我们去哪里?"

孟连长也压低声音:"阊门。陆老师,罗司令说了,让我必须在九点十五分之前把你们二位带到阊门前。"

冰梅冷不丁一声:"罗司令这是要打仗?"

孟连长毫不隐瞒:"说对了。罗司令跟东洋人要干起来了,兄弟们盼这一天很久了。陆小姐,再不赶紧走,我怕出不了苏州。"

冰梅闻言,立时看向肖若彤,肖若彤则对孟连长点头:"好,上车,出了苏州再说。"

吉普车发动,朝街上疾驰。肖若彤紧紧盯着后视镜——吉普后头,正有几辆黑色轿车,不远不近地慢慢跟了上来。

罗武强与他强攻90号的所有队伍亦正往阊门疾驰,副官抬起望远镜往城门楼上看,上头正飘扬着和平建国旗,罗武强心放下大半:"伯虎连长立了头功,加速,冲出城门!"

司机立时踩了油门,眼见卡车头便要冲出城门,门却陡然要合上了。

罗武强与副官紧急往四周看了看，竟见既无绥靖军，检问所也空无一人，连汪伪特务都没有一个。副官开了车窗，探出头去，往城头上喊一声："伯虎连长！"

余音未消，便见城头上一个人影飘了下来，转瞬间砰一声落在卡车上，望远镜一对，正对上那尸体——和平建国军独三十三师侦察连长伯虎浑身枪眼，死在车上。

罗武强浑身血顿时凝住："赶紧退！"

车却退不得了。后面的吉普也被抵住，卡车上的士兵还未反应，便被城头忽然现出的一排重机枪扫倒一片，霎时间满地枪声，重机枪后的大批日本宪兵也露了头。罗武强正欲跳下吉普，再喊副官时候，杂乱枪响中有一声极近地响在他耳边——副官也倒了下去。

而堵住后面吉普的是一辆日本坦克，此时炮管放平，正对着他的吉普。又是砰一声巨响，吉普被炸上了天。

孟连长的车已快要开到城门，而爆炸声远远传来，仍震耳欲聋，肖若彤与冰梅一时都呆住。肖若彤又看了看后面的车，只听枪声大作，越来越近了。

她急忙掏出笔纸，指尖如飞："罗司令，倭人对三十三师制订'武工作'，今晚要缴械，今晚要尽一切可能回师部。陆字。"又将纸条交给吴冰梅："冰梅，待会儿我们分头行动，去找罗司令，你要见到罗司令，把这个纸条给他。现在你下车。"

吴冰梅刚要应，又愣住，她看一眼前面孟连长，声音极低："那你呢，若彤。"

"我跟孟连长引开他们。"肖若彤道。

"你下车吧。"吴冰梅说着就要将她往下推。肖若彤却打断她："回到根据地,跟你儿子大龙说,阿姨今年一定带他到上海看电影,一定。"不容吴冰梅再犹豫,她忽而朝前喊了一声:"停车!"

车停下来,孟连长半句都未多问,而吴冰梅最后看了她一眼,飞奔下车,拐进街边奔逃的人群之中不见了。孟连长正从后视镜中盯着她,肖若彤道:"阊门那边出事了。我们不能从那里出苏州了,我们往齐门开。前面往左拐,我告诉你路。"

汽车当即拐道,肖若彤看着后视镜,那两辆车仍紧紧跟着。人群愈稀,天亦入夜,车慢慢到了齐门,却撞上了封锁线。

"……齐门、相门都不让出,现在胥门也不让出,陆小姐,苏州能通行的就这四大门,而且晚上八点以后就宵禁了。我们今天估计是出不了城了。"

"不行,我们走水路,盘门水门。夜里小船可通行。"

"那我们试试。去盘门水门。"

孟连长话还没完,车前亮起两盏大灯,竟被另一辆车挡住,肖若彤往后一看,一直跟着的那辆车果然也顶了上来。两辆车中人却都没有动静,只是开了大灯。

孟连长等不来人,终于下车去,抬着枪口敲前车车窗,肖若彤只听一声枪响,他就倒下去了。

"是陆小姐吗?跟我们跑一趟吧。"

她的车门亦被打开了,两个特务站在外头,冷冷看着她。

罗武强终于睁开眼,扒拉开手边死人的时候,往旁一望,只见自己的士兵已全都阵亡,自己也伤得厉害。而宪兵已下了城门,正四处翻寻着他。他立时去摸自己的枪——事到如今,即使不能活着出城,也绝不能被鬼子活逮。他匍匐在地,正要开枪,却见一队人马不知从何处冲了出来,将他团团护住,为首一个正是肖君侠。

"罗司令,跟我走!"

肖君侠将他背在背上,领着小分队七八个人,火力竟一时盖过下面的宪兵,城门上的重机枪也没了目标。其余人等正掩护,而肖君侠往前一路狂奔,正行至路口,岔路当中忽然闪出一辆轿车,罗武强已经神志不清,看了驾驶座上戴着墨镜的人一眼,半晌没认出来。肖君侠却背着他上了车,砰一声关上车门,他似松了口气,朝开车那人大笑起来。

"好家伙,你来得也太晚了!"

汽车发动,一路狂飙疾驰,转眼就绕出夜色。罗武强定了定神,才看出前人:"他不是90号特务站站长顾易中吗?!"

肖君侠还是笑:"有救了,罗司令,你有救了……易中,赶紧带我们出城。"

顾易中眉目凝重:"城门全部封锁了,出不去。"

"我们必须出城,罗司令要回到三十三师师部。"

顾易中点头,没人比他更清楚这一点:"是的。明天凌晨两点,小林部队会同上海登部队,联合实施'武工作',要缴你三十三师的械。六哥,打开我的公文包,里头有武计划的全部照片。"

罗武强浑身一震,炮伤痛楚霎时全麻木了,肖君侠便将一沓照片递到他手里。车灯打开,他一一翻着看,唯觉气血上涌,浑身冰凉,连老家陕西方言都蹦了出来。

"这些龟孙子……赶紧送我出城!"

"出不去了,我在想办法。"话音未落,汽车急刹,前头路也被堵死,停着90号日本宪兵的卡车和边三轮,领头的正是岩井。顾易中挂挡倒退,后头却更被堵住,几个日本宪兵甚至已下了车,朝他们来,张吉平夹在里头,提着手电筒,凶神恶煞。

- 751 -　　第十八章　-云散

肖君侠攥紧了枪："怎么办？"

"前面十米是打铁匠弄，这个里弄四通八达，像迷宫一样，只要一进去，谁也找不着。六哥，一会儿我车开到那里慢速，你带着罗司令从右边车门下车，逃进里弄。"

肖君侠笑了一声："好棋！易中，我来开车，你带罗司令走。"

"不。"顾易中咬牙道。而肖君侠连名带姓，念他名字。

"顾易中，这里地形你熟，也只有你，才能送罗司令晚上出城。"

"……六哥。"

"服从命令。"肖君侠道。

汽车滑行十米，停了下来。顾易中背着罗武强，跳下车来，转瞬便闪进昏黑无光的里弄口，顾易中侧身之际，最后回头看了一眼肖君侠，只见他在烈光幻影之下，朝他笑着挥了挥手，而他腿上放着一堆手雷，两手握上双枪。

"……还是杀鬼子痛快吧。"

肖君侠一踩油门，直朝前头宪兵撞过去，枪声四起，轻易将挡风玻璃打穿，而汽车就在这时撞上宪兵的边三轮。肖君侠跳下车来，双枪乱射，倒下一片宪兵，而他腿上也中了枪，软倒在地，枪口却仍对着围上来的一众日本兵。

夜色之中，灯光之下，他浑身是血，脸却极白，枪眼一个个绽开在身上，他机械地扣动着扳机。

子弹停了。

岩井自他面前走出来，抬手一枪。

砰的一声，越过蜿蜒里弄，越过城墙，越过苏州河。

顾易中正走上桥头。他脚步一顿，望向河中，看见自己的倒影，看见肖君侠冲他挥了挥手，露出惨白的笑容。

"站长，阊门外发生枪战，是宪兵司令部的人跟罗武强的随从。"

"罗武强呢，被日本人杀了？"

"应该是逃了。"

"要是被日本人逮着，麻烦可就大了。"

周知非话音被电话铃掩住，他顿时提起话筒，应了几声，答道："是，李先生，罗武强，活要见人，死要见尸。"

"……请您息怒，出城方向早已全面设卡。绝逃不出这苏州城。我已经下令所有的关卡，一个人、一辆车也不许放过去。"

"你太小看他们了。罗武强可能早就已经逃出城了。中国人在联手骗我们。"

"……阁下。"

"他们要付出代价的。"近藤说。话毕起身，再不理岩井，默默望向窗外深夜之中。

顾易中已是第十二回抬手腕看自己的表，终于听见门口传来汽车引擎声音，下一刻，绿珠摇摇晃晃地走进来，身上满染着酒气，别墅里保姆刘秀娟在旁扶着，她却直往顾易中身上扑。

"顾副站长，你是来找我的吗？"

"怎么又喝这么多？！"

顾易中到底接住她，扶她进屋里沙发坐下。绿珠却笑："多吗？一点都不多。他们想灌我，休想。"

顾易中看向刘秀娟："……去给她倒杯水来。"

绿珠摆着手："不要水，要酒。顾易中，我想和你喝酒……去拿酒去。"

刘秀娟走了，不知到底应了谁。绿珠一直盯着她的背影："我不喜欢她，看人的眼神真毒。说吧，顾易中，找我什么事？"

顾易中一怔："……绿珠小姐，易中有事相求。"

绿珠仍笑，伸出食指，抵在顾易中嘴唇上。

"嘘，别说，什么都别说。是不是我帮了你这个忙，以后你什么都听我的？"

不等顾易中答话，她又笑道："陪我睡。"

她仿佛就爱看顾易中这样神情，看他半晌说不出话，又松了手："放心。我舍不得你被李先生打死。说吧，要我干什么？是不是要我送罗司令出城？"

顾易中这回是真愣住了。

罗武强已换了一身西装大衣，由顾易中陪着走出方才暂时藏身的木工屋。绿珠手指绕着自己的头发，眯着眼往车窗外看，蓝色的高级轿车在夜灯里闪。她下了车，却朝罗武强走去。

"这是罗……"

顾易中介绍声音未完，却见绿珠已扑在了罗武强身上，嫣红嘴唇在他脸颊上印上一个深深唇印："亲爱的，李先生，怎么跑到这个地方来了，害得人家绿珠一顿好找。"

罗武强蒙了，下一刻又被她拉上车，顾易中也迷糊着，但动作比脑子更快，他敲敲驾驶位车窗，开车的正是高虎："从齐门出，那里的检问所比较松懈，还有，这是90号的特别通行证，看守若问，说是李先生有紧急公务，晚上必须出城，赶回南京。"

高虎一面发动汽车，一面道："哥，你放心吧。"

顾易中又点了点头。高虎一脚油门，轿车冲了出去，消失在顾易中视野里。

车拐过弯去,原本贴在罗武强身上的绿珠霎时离他八丈远,正襟危坐,倒颇有些威严气度。罗武强也明白方才含义,不好说什么,只用手去擦脸上的唇印。

绿珠却忽而又开口:"别擦,这能救你命。"

关卡死死扣着,往来巡逻的日本宪兵比平日更多一倍,而轿车车灯打过来,正照在宪兵的枪口上,高虎动了动喉咙,攥方向盘的指节有些发白。

两个宪兵走了过来,敲他的车窗。

他递出特别通行证去,上头是绿珠的照片,而绿珠就在后排,紧紧偎在罗武强怀里。宪兵对着两张脸,又听高虎道:"李先生急事,要回南京。"高虎朝后一声,"绿珠。"

绿珠便探了探头:"不认识我吗?"

关卡打开,齐门放行。

高虎手腕终于松了,一路疾驰,正至罗武强军营大门。

两边各列四名荷枪实弹的哨兵,拒马、轻机枪朝外,门口挂着"第二方面军独三十三师司令部"的黑字牌子,戒备森严。高虎心底有点发虚,便在这时,罗武强摇下车窗,顺手便将脸上口红印擦去一半,露出脸来,哨兵一看,当即立正敬礼:"司令!"

车开进军营大院,四面亮着,涌出官兵,都围在下了车的罗武强身边,一片敬礼问候之声。罗武强大步迈进作战指挥部,高虎和绿珠则在他身后下车,刚要跟进去,即被其余兵士伸手拦了下来。

指挥部中分两排坐着二十名军官,更有数名电台报务员各司其职,纷纷忙碌。见罗武强进门,参谋高喊一声:"司令到!"

屋中众人尽皆起立敬礼，其余半声杂音也无。罗武强也未说话，只站到中间主位上，垂下头去，沉默两秒。

再抬眼时候，眼中竟有泪光。

"警卫连一排、二排，六十七名官兵，为了掩护兄弟，全体牺牲。"

"司令，我们冲进苏州为弟兄们报仇！"

头个开口的正是罗武强的二把手副师长，参谋亦开口："司令，副师长已带领属下做好攻打苏州计划，我们为牺牲的弟兄们报仇。"

"为牺牲的弟兄们报仇！"

众人齐声，喊声震上房梁，却见罗武强神色慢慢变了，伸出手来，参谋长立即递上指挥棒。"现在还不是报仇的时候。"他几步走至苏常太布防军用地图前，沉声叫道，"二十一独立旅。"

"属下在！"

"你部全员朝昆山方向防御，防止小林部队从苏州出城。"

"是！"

"九十八、九十九团。你二部分左右策应二十一旅。"

"是！"

"一〇一团、警卫团，加强常熟城警戒，提防上海登部队日军来犯。"

"是！"

"……鬼子企图在凌晨两点实施'武工作'，缴我们独三十三师的械，弟兄们，我们要怎么办？"

"枪在人在！"

罗武强一挥手，屋中众人齐步敬礼，而后转身出门，小跑至自己部队。参谋长则留在罗武强身边，递给他一方手帕。罗武强会意，又擦了擦脸颊，低声道："参谋长，马上电台联络新四军六师林国萍副主任。"

绿珠坐在车上,已有些着急了。等了不知多久,终于见作战指挥部中跑出许多军人来,或上吉普,或上战马,或带着卫兵往外走。高虎一面回头看,一面慢慢朝她走来。

绿珠急道:"你哪里去了,快送我回苏州!"

高虎神情却为难:"我不想回去了……听说,他们要跟鬼子打起来了。"

"你不把我送回苏州,我跟你没完,不,跟顾易中没完,开车!"

一听顾易中的名,高虎便无法,只得上车点火,然还没踩油门,两个军士便挡在前头,连高虎也不明就里。他们却只到后座,敲绿珠的车窗。

"罗司令请二位在军营盘桓几日。"

绿珠气急了:"你这鬼地方,谁愿意待,快送我回去!"

军士却无动于衷,绿珠踢开车门,往屋里喊:"罗司令,司令!"

半声回应也没有。那军士又道:"司令给你备下住处,请跟我们走吧。"

绿珠狠狠瞪了他一眼,又钻进车里:"我哪里也不去,我就住在车里好了。"

高虎见状,也无计可施,军士又来请他,高虎跟着他走,一步三回头,看着车里坐定的绿珠。她抱着手,孤身一人,一动不动。

钟表敲响,凌晨两点整。

近藤抬眼看那钟,又望着桌前站着的小林。小林一动不动,雕塑一般。司令部灯火通明,却坟场一般死寂。钟表在走,指针嚓嚓,汗落气凝之间,电话铃刺一般响了起来。

近藤眼光便钉在电话上,而小林慢慢走了几步,提起话筒来,只听着对面的声音。

近藤慢慢冒出了冷汗。

小林脸色极沉，像将整个苏州城吞没的夜色。他什么也没说，手一松，扔了话筒，又是一下，将桌上的东西全拂在地。

近藤哪还用他多说。

他低下头，听见小林嘶哑的怒吼："罗武强回到指挥部，部队全线防御。'武工作'失败了！"

顾易中是清晨才回来。

他踏着苏州黎明的凉意走进书房，身上也无一点暖气——或说是活人气。海沫亦一宿未睡，只在卧房等着他，见他回来，连忙上前："你回来了……出事了？"

顾易中没答话，在桌旁坐下来，又听她道："昨天一天城里都在打枪，邻居说阊门那边死了好多人，还有……"

她看出他与平日里更不同的颓唐来，便到底不再说了，出门去倒一杯温水，放在他面前。不过一转眼工夫，他再抬头，眼里竟全是泪。

"六哥牺牲了，为了掩护我。"他说。

海沫其实不大擅长安慰人，刺人反倒在这两年学了不少。她握着那杯水，又问："那肖小姐呢？"

"……失踪了。"他说，"昨晚上我找遍了苏州，都没有若彤的踪影，没有她的一丁点消息。"

"或许她逃出苏州了……吉人自有天相。"

这话格外苍白，她知道，可也只能说这些。她忽然想起昨日白天顾易中回来时候她看见的情景——他握着那支钢笔，那支他们都再熟悉不过的钢笔，看了半日，把它搁回抽屉里。

"她肯定还在苏州……在苏州的某个地方，我得找到她。"

"……你这一天一夜没睡，去睡一会儿吧。今天我刚换过的被子。"

顾易中看着她，泪消退了，或是被蒸干，化作通红的眼。他慢慢站起来，却是出门。

他再回来又已是深夜。从大门进来，进园子，进院里，走到天井当中。苏州今儿是晴夜，月光皎皎，入目成霜。

卧房里没亮灯，只点着一炉香。海沫听见推门声，看见顾易中的黑影，她动了动嘴唇，到底没有问出来。顾易中则径直去取被褥，铺在地上。

她站起来，把顾易中推上床："你睡床上吧。先好好睡一觉，再想办法。"

他没怎么反驳。她顺利放下帷帐，看他的影子平下去，径自躺在了地上，背对着他，合上了眼。

小轿车声音渐近了。周知非又往外迎了几步，几乎是将李先生捧下车来，慢慢往小楼里走。李士群看也没看他一眼，只问两个字："人呢？"

"……回常熟了。"

"我问的是绿珠。"

周知非是装傻，拖延一分钟也是拖延，此刻却立时汗如雨下，话都颤抖："……先生。"

却见李士群摆了摆手。

"昨天半夜，她的车从阊门出去，没回上海，也没去南京。你还真把人把我看丢了，周知非。"

周知非身上一僵，再抬眼时，李士群已径自走进屋里了。

"……我刚问询了常熟分站，是有一辆蓝色的高级轿车昨晚进了罗武强的常熟兵营。绿珠小姐一定是受罗武强所挟。我一会儿就去常熟，让罗武强把绿珠送回来。当然，知非只跟罗司令提及绿珠是周某故人之女。"

李士群只看着周知非刚放下的电话，半晌，竟道一句："算了。"见周知非满面迷惑，又叹一口气，"女人，走了，再回来就不是那个人了。"

这话周知非倒是十分赞同，点了点头，听李士群又道："希望罗武强不要因为日本人的行为而动摇军心啊……别跟着新四军跑了。"

电话又响，竟是罗武强。李士群看一眼周知非，接了起来，话声顿变："武强兄啊，误会了误会了，昨天的事情我听说了，我第一时间就赶回苏州了，日本人过分了。我说过我会保证你的绝对安全……哦，你是说陆小姐。"

周知非猛一抬眼，李士群继续说着话："陆小姐她没跟你一起走……好的，放心，我让苏州特工站找找，放心，只要她人在苏州，我保证她的安全。再会再会。"

电话挂了，李士群面上笑出来些："罗武强跟我要陆君诺。看起来你的情报是真的。为了个家庭教师，还专门跟我打个电话。"

周知非也笑："没看出来，他还真是情痴。"

"我一直担心这件事后他跟着新四军跑了，既然这么在乎陆君诺，说明我们还可以做工作。八千西北壮士，能抵任援道那三万草包绥靖军。我们要好好打陆君诺这张牌！"

"……可惜这个陆君诺失踪了，我们正在找。"

"谁说失踪了，她在我手里。"

周知非一愣："知非惭愧。"

李士群摆了摆手："76号从上海过来的两个特别行动小组一直盯着姓陆的，她已经被我送到以前绿珠住的地方。知非，你给我看好了这个女人，别再丢掉。"

"知非亲自过去，二十四小时看管她。"

90号两辆黑色轿车停在绿珠的小别墅外头,十几个特务一拥而下,周知非走在正当中,身后跟着张吉平。周知非一面同迎上来的76号寒暄,一面四下打量一番,而后才走进楼里。

还未进门,便听见肖若彤的声:"我要跟罗司令打个电话!"

76号的小特务跟她鞠着躬:"陆小姐,抱歉,除了打电话什么都可以。"

"你们这是变相软禁我!我要告诉罗司令。你们是哪儿的特务?"

"陆小姐,别再闹了。跟你说实话,软禁你是李先生的意思。"

周知非终于走到客厅里来,肖若彤瞪他一眼:"李先生是谁?"

"你真的不知道李先生是谁?陆小姐?"周知非笑了,也不等肖若彤答话,"反正没李先生的命令,你不许离开这个地方一步,除非死了。"

周知非大马金刀,坐在沙发上,掏出个烟盒,紧紧盯着肖若彤,肖若彤半点不怯,回看过去,颇有些骄纵意思。周知非看看她,又道:"陆小姐,李先生下令,这些天就由我跟这些弟兄在这里陪着你,保护你的安全。我们是些干脏活的粗人,希望你老老实实待着,别打什么逃跑的主意。"

当夜,周知非便定好了一个新警戒计划,76号和90号的特务混在一块儿,将小别墅看得密不透风。肖若彤自是一夜没睡,直熬到天亮,第二天里,周知非却走了,只留下张吉平领队,其余人在客厅,他则带着四个特务在绿珠卧室里,坐在外间沙发上。

肖若彤离他们远远的,站在窗口出神,不多时,别墅里头的娘姨刘秀娟端着个托盘过来,里头放的竟是一套西洋下午茶,一个茶壶,两个杯子,都是雕琢精巧的好东西,还有些小吃。她劝道:"陆小姐,喝点茶,也吃点东西吧。"

"起开。"

肖若彤干脆走到沙发上去坐着,那畔原本的小特务吓了一跳,赶紧站了起来,张吉平坐在另一张小沙发上,看肖若彤在大沙发上坐了,娘姨跟过来,到底还是倒了杯茶喝。

"这到底是什么地方?"她问。见刘秀娟不说话,十分清楚似的点点头,"不方便是不?以前谁住过这里?是不是绿珠小姐?"

刘秀娟这才开了口:"是的,你怎么知道?"

"那些个昆曲的物什,一般人闺房也不会有啊,绿珠小姐怎么又不在这里了?"

刘秀娟摇头:"这我不知道。只让我照顾你生活,想吃什么喝什么,尽管吩咐。"

"是那个李先生让你来照顾我?"

刘秀娟又不说话了。肖若彤也不追问,然忽而手一滑,手里还剩些茶水的杯子便往地上摔。唯见刘秀娟头都没低,手便接住了茶杯。

肖若彤眨眨眼,张吉平也往这边看,她却笑了:"没烫着你吧。"

刘秀娟话仍平静:"我们做下人的,皮糙肉厚,不怕烫。"

"我怎么称呼你?"

"我姓刘,叫我娘姨、刘妈都可以。"

肖若彤点头:"谢谢你,刘妈。"

屋里正静,张吉平插了句话:"陆小姐,茶能不能倒我一杯,你看你这茶洋气得很,让我也尝尝吧。"

肖若彤摆了摆手,让他随便。张吉平赶紧倒茶,咕嘟咕嘟往嘴里灌,又听肖若彤道:"张队长,方便让你的人坐在外头不,珠帘里头留给我,我一个女人家,多少给我留点体面,以后我在罗司令面前也就不说你的不是了。"

张吉平忙应："行行行，陆小姐，只要你不跑，怎么着都行。你们几个粗货都出来……"

"武强兄，陆小姐我们找着了，她在苏州很好，放心，我保证她绝对安全。"

电话对面是李士群。罗武强一身军装，攥着话筒，身后沙发竟坐着林副主任和何顺江，两人一个西装革履，一个一身长衫，听罗武强道："我现在就要我的家庭教师回来，李先生，我那三个孩子，天天跟我闹着要陆老师。"

"这个好说好说。武强兄，兄弟想请你再来一趟苏州，消除一些误会。"

"苏州我可是不敢去了。日本人刚杀了六十七名弟兄。"

"那上海，南京也行。兄弟亲自去常熟接你。兄弟还有一个好消息，之前你提的所有条件啊，汪主席都答应了。钱、枪，都不是问题。我可是做了很大的努力才替你争取到的，武强兄。"

罗武强看一眼林副主任："这些事太远了。李先生，咱们这样行吗，我把绿珠小姐给您送回去，你把陆老师给我送回常熟，如何？"

他听见李士群似笑了："绿珠就一唱昆曲的，怎么配得上跟陆小姐交换呢。她昆曲唱得挺好听，你就让她给你多唱几首吧。"

罗武强再客气不下去，话既至此，两方几乎算撕破了脸皮，他怒道一声："你……！"

"罗武强，你听着，共产党不可信。别意气用事，把事情弄得不可收场。只要你答应跟我见面，李某保证陆小姐完好如初地交还给你。"

不等罗武强再骂，李士群便挂了电话。

"林副主任，你说得一点没错，姓李的真是卑鄙小人！"

第十八章　-云散

林副主任也皱了眉:"……还是不肯放人?"

两方沉寂,罗武强的参谋长俯下身:"司令,当断不断,反受其乱,目前是我们起义易帜的最佳时机。"

罗武强盯着他,半晌,却道:"不救出陆君诺,我绝不易帜!"

何顺江也有些急了,起身要说什么,却被林副主任握住了手腕。两人点点头,走出了屋。

"林副主任,现在怎么办?"

林副主任看着院里训练的士兵和进进出出的军车:"老何,营救肖若彤同志的苏州小分队有报告了没有?"

何顺江面上皆是愁:"他们侦察到肖同志被软禁在三号别墅里,但那里警备森严,由特工总部76号的人把守,听说周知非亲自坐镇,很难。"

林副主任摇了摇头:"先救肖同志……敦促罗司令起义的事也别停,我马上发电报给师长并转陈军长陈述情况。你跟苏州的地下同志取得联系,我们要不惜一切代价救出肖同志。"

顾易中敲了敲门,海沫提着一盒点心,两人等在小野家门外。不久,却是朋子来开的门。

顾易中端着笑:"小野先生在吗?"

朋子暂没答话,只将他们往里迎:"……是顾先生和顾太太啊,快请进吧。"孩子们则都在院里,看见了顾易中,嘴里竟念出句蹩脚的中文:"顾叔叔好!"

顾易中一愣,点点头:"你们好。"

主客几人进屋,朋子倒上茶水,面露难色:"最近他生意上出了点事情,早出晚归,忙得焦头烂额的。"

顾易中与海沫皆神色一滞,顾易中又道:"噢,我们是想看看,有没有我能帮得上忙的。"

"最近他们的大米订单总是莫名其妙地被别人抢走，价格比他们高不说，还混着糙米一起卖。你说，这不是昧着良心做生意吗？"

海沫十分意外："你们日本人的大米也有人敢抢单吗？"

"现在哪还分日本人和中国人，大多是混在一起做生意的，只不过名头不一样罢了。我们家先生被请到米统会里……但就是米统会，也一点用没有。登部队的人还有你们特工站的人，想收购多少大米就收购多少，价钱还由他们定算。"

听见 90 号名字，顾易中垂下眼来，思忖一会儿，又听朋子问："你找小野有事？"

"也没什么事。"顾易中刚说完，被海沫在桌下掐了手，"小野先生好久没去学评弹了，我过来看看，是不是小野先生对我们有什么意见。"

"没有没有。实在是他太忙了。等他回来，我们一定来回访你们。"

顾易中点点头："那小野先生不在，我们也就先走了。顺路买的点心，给孩子们吃的。"

朋子便道谢，又将夫妇二人送出门外。海沫挽上顾易中的胳膊，不等他推，低声道："小野太太还在送呢，她看着。"

两人往旁走了几步，快到顾园时候，海沫神色便松快下来，又问："我表现还可以吧？"

顾易中闭上眼，长长叹了口气。

"我的事你越少参与越好，海沫，这不是闹着玩的。"

海沫却笑："我就喜欢闹着玩。"

她竟又紧了紧手，几乎全靠在他身上，顾易中上半身尽僵了，不知道是怎么走回的顾园。

两人甫至前厅，却听外面门响，王妈过来说有客找先生。海沫与顾易中对视一眼，顾易中坐在前厅，而她出去迎了，再回来时候，身旁跟的竟是吴冰梅。

吴冰梅比先前憔悴许多，满目焦急。海沫自觉出去，站在了门外。顾易中则请她坐下，先倒了杯茶。

吴冰梅上来便开口："顾易中，若彤被捕了。"

顾易中虽已料到如此，心还是一沉："被谁抓了？"

"76号的人。"

"……难怪我在特工站都探不出她的消息。"

"若彤被捕之前，交代一旦出事，我就来找你。放心，我了解你跟若彤的所有事。"

顾易中点头："我识得你。你先生刘水生为了护送我们，牺牲了，你们还有一个儿子大龙，缺的门牙应该长出来了吧。"

这些话辨不清究竟算作伤心事还是温情，吴冰梅到底应声："他读上了根据地的小学。"

"若彤被关在哪里？"

"三号别墅。"

"我知道，就是以前绿珠住的地方。"

"我们正想办法营救肖若彤，小分队已经到了苏州，实在不行，我们准备强攻。"

顾易中一怔，边说边起身进屋拿东西："千万不可……稍等。"

他进书房抱了一堆东西出来，不过一会儿，便在桌上用模型摆出了三号别墅周围里弄的地形图："三号别墅其实是个特务窝，前面这个宅子，是清乡委员会苏州办事处；五号是大汉奸汪曼云家；四号是76号的一处处长万里朗在苏州的家。三号别墅被夹在这中间，这个里弄还是个死胡同，设有碉堡,上面有狙击手,二十四小时有人值守着,对面的制高点还有两个游动哨。休说个人,连只苍蝇都飞不出这里弄。"

吴冰梅看愣了:"比90号还戒备森严。"

"可以这么说。警卫全是上海76号特工总部精选的,每人两把快慢机,平时看守就有二十四名,每班八名。听说隔壁还驻扎着一队日本宪兵。总之,强攻很难,代价也会极大。"

吴冰梅沉默一会儿,算是默认,半晌,又道:"你能跟她联系上吗?"

"……见面应该可以,但估计我们之间不能自由交谈。"

"想办法告诉她,组织正在竭力营救她。罗司令那边约定的起义的日子是三天之后,李先生押着若彤当人质,我们都有些投鼠忌器。林副主任的意见是,尽快营救肖若彤。"

顾易中看着那模型,脸色变幻不定。

"说过了,进门之前能不能敲门。"

肖若彤手掩着信纸,掩着"武强司令"那几个字,几乎是神情严厉地盯着刘秀娟,却听她道:"不能。李先生交代,除了你睡觉上厕所,二十四小时不能离了我视线。"

肖若彤收了信纸,坐到床边去,并没说话。

一日便都是如此。直至入夜,张吉平与带来的特务也都睡在外间,肖若彤和衣躺在床上,听见窸窸窣窣响,掀开帷帐,起身一看,刘秀娟正翻着她的手包。

她整整身上的旗袍,敲了敲桌子。

刘秀娟即便再专业,此时也有些尴尬,包放回去,转身便要走,却听肖若彤在后头叫了一声:"刘秀娟。"

她脚步都不停,肖若彤继续道:"堂堂76号行动处外围组组长,来给我当娘姨，李先生可真看得起我啊，刘组长。"

身份已经暴露，再周旋也毫无意义，她并不关心肖若彤是如何知道的，只转过身，看一眼肖若彤，竟走进套间最里头，一屁股坐在大床上，主人一般，熟稔地从桌上铁盒弹出一支烟来，然没有点火，只拈在手里，斜瞥着肖若彤："陆小姐，你一定也不姓陆吧。"

肖若彤不答只笑："刘小姐，看起来小报写的都是真的，两年前，李太太带着众太太打上藏娇地，闹得沸沸扬扬，原来就是为了你。"

"陆小姐做得一手好情报。我看不像是重庆，是太湖那边的吧。"

"只能说刘小姐大意了……当年小报登出你的玉照了，我可印象深刻，真没想到你躲到苏州来了。"

刘秀娟却忽而问："信呢？"

"什么信？"

"我也不知道，不是写给你的上级，就是写给罗司令的，你写了。我敢肯定你没送出去。"

肖若彤又敲敲桌子："我承认，我是没送出去……你盯太紧了，这才让我怀疑你是专业的特务。"

刘秀娟伸出那只拿烟的手："把信给我。"

肖若彤半点不动："给不给都没有意义了。刘小姐，我想麻烦你转告李先生一句，别在我身上费工夫了。罗司令该干吗还是会干吗的……我对他没那么大的影响力。"

"那可不一定。听说罗司令迷你得很。"

肖若彤却忽而话锋一转："你说过，绿珠以前住这里。"

刘秀娟一愣，点了头："他的另一个小娇。"

"说实话，这绿珠姑娘还真讨人喜欢，又年轻，皮肤又好又光滑，不像刘小姐你。"

孤舟

刘秀娟竟冷笑一声,脸上现出些肖若彤从未见过的、终于有些似情人的心绪来:"有什么用,早晚,李先生不照样弃之如敝屣……这个卧房,三年前我也住过。"

"……就这样一个人,刘小姐,你们为什么还要为他献身卖命?"

刘秀娟不说话了,然脸上还残着那样神情。肖若彤坐过来:"如果你把我送到罗司令那头,你想去哪里都可以,我相信罗司令会送你一大笔钱……远远超过76号、李先生能给你的。实在不行,你让我打一个电话就可以。"

刘秀娟却忽然转头望着她:"我不缺钱。女人干特务这一行的,哪个是为钱的?你为了钱吗,郑苹如为了钱吗,重庆的区晰萍为了钱吗?陆小姐,你策反的手段太差了。"

刘秀娟把烟扔在了她脚边,起身揪着哗啦啦的珠帘走了出去。肖若彤望着她的背影,仍坐得直直的,眼中却现出一层被深埋的悲伤的情绪。珠帘声后,张吉平疲乏的声音传过来:"我梦见你们俩在吵架……"

苏州日晴。顾易中登上假山时,见近藤正坐在亭中,遥赏山景。这亭子他熟悉,他与周知非在此见面多次,只是近藤此时仍有心情赏景,着实使他意外。

他站到近藤面前去:"阁下,我有重要的情报要向您汇报。"

近藤眼光并没落在他身上:"别坏了我的雅致。"

顾易中恍若未闻:"有个办法,可以让罗武强还有他底下的八千兵士归大日本帝国所有。"

"说。"

"据说罗武强很爱他的家庭教师陆君诺,只要陆在我们手中,我们就可以控制罗跟他的八千弟兄。"

近藤慢慢看着他:"罗武强会是一个吴三桂?"

顾易中立时点头:"可能。"

"那个陆现在何处?"

顾易中心跳渐快:"陆君诺被李先生秘密扣押,由周知非周站长亲自带人看守。"

近藤脸色变了变:"周又瞒着我。"

"李先生想自己独立建军,跟大日本帝国对抗,破坏清乡运动,在南京政府之外搞第三政府,我有情报说,李先生家里还设有电台,跟重庆方面联系。"

"晴气中佐警告过他的……你们支那人从不可靠!"

近藤紧紧盯着他,顾易中神色不变:"是他们不可靠,他们习惯性背叛,背叛过一次之后,自然又会再背叛。只要我们把人从周知非手里抢过来,我们就有办法控制罗武强。"见近藤已生犹豫,他语速更快,"还有,阁下,丁建生一案之后我一直在查军米案。周知非从清乡以来,用他小舅子纪玉平的生又隆贸易行共倒卖了七次军米,涉及军米共三百多万担,获利两千多万元,导致苏沪地区米价暴涨,在极大地损坏大日本名誉。"

话说到这儿,近藤脸色已难看至极。他眼珠瞪了瞪,似是在想什么,半晌,终于下了结论:"……周知非大大的坏。"

"他有李先生做幕后。"顾易中紧接着说。

"我要打电话给李,要这个陆。"

"不妥。阁下。"顾易中立即道,"李先生一定会否认陆君诺在他手上,逼急了,他们会杀陆灭口的。阁下,你忘了四一年的蒋伯先案,最终蒋伯先也是生不见人、死不见尸,全是他们搞的鬼。"

近藤已站起身来,背着手,在窄小亭中匆匆踱步,听见顾易中的话,只问一句:"顾,你的意见。"

"阁下，此事不能犹豫，只要我们立刻从李先生那边把陆君诺要走，我们就能取得主动。"

近藤眼神更厉："你知道陆关在何处。"

"我有内线，阁下，我恳请您派岩井军曹协助我，我保证一个小时之内，就把陆君诺抓到这里来。阁下！"

顾易中自觉收了声，他知道自己方才已显得有些太过着急了，而近藤的目光也证实他并未完全相信自己的话。近藤盯着他，不知多久，直至他浑身都有些发凉。

"顾桑，你最好不要像周知非、黄心斋那样骗我……否则我会把你太太还有那孩子杀了，把顾园烧了，把苏州全烧了，你的，明白？"

顾易中反倒定住了。他眼神平静下来，应声道："明白。"

肖若彤搁下钢笔，信写完了，折好放进信封，藏在胸前内衣里。她心头一块大石便这样落下——唯一剩下一件事便是如何能够交给罗武强。她忽听见汽车轰鸣声，正从窗下传来，连忙往外看。

两辆日军边三轮开路，一辆漆黑轿车，最后是一辆大卡车。车将别墅前头路挡得水泄不通，统共下来十二个日本宪兵，跟在顾易中后面。

周知非就坐在客厅当中，顾易中冲进来的前一秒，他还坐在沙发上，闭目养神，优哉游哉，再睁开眼时候，却见里外特务都已经被下了枪制住，日本宪兵围在当中，岩井用枪指着他，而另外六名宪兵则摸上了楼。

"……岩井军曹，你这是干吗？"

岩井没搭理他，顾易中却从门后闪出来，显然是已在周围看了一圈，而后才问："陆君诺在哪儿？"

周知非仍坐着，皮鞋尖荡了荡："我猜她不姓陆，姓肖。"

顾易中压根儿不理："奉近藤长官的指令，立刻逮捕陆君诺！"

周知非一笑。

"可以,顾易中,把东洋人都骗了,你赢了……在上面,你去吧。"

顾易中抬腿便上楼,直入绿珠卧房。外间的张吉平和另外三个特务已经被按倒,而肖若彤身影就在珠帘之后。顾易中心脏几乎跃出喉咙——他见肖若彤站着,活生生的,站在窗边,而他的手冰凉。他低声:"陆小姐,请跟我们走一趟吧。"

不等肖若彤问,又是轻声一句:"先走再说。"

话毕,抓住肖若彤胳膊便往外拉。肖若彤并未迟疑,即跟上去,然仍做出一副并不情愿模样,只听刘秀娟在旁冷声:"陆小姐,要出这个门可没那么容易。李先生……"

话还没完,却被顾易中用枪指了脑袋:"不劳你费心。"

刘秀娟即闭了嘴,举起两手来,看顾易中与肖若彤被日本宪兵围着出了门。她脸上忽而现出一丝——近似遗憾的神情。

周知非仍一动不动坐在客厅沙发上,被岩井用枪指着,一动不敢动。然见了顾易中走出来,他竟又开口:"顾易中,得饶人处且饶人,不能总赢。"

顾易中头也没回,便冲出客厅去。周知非皱紧了眉,垂下眼,唯两手举着,束手无策的模样,岩井看在眼里,慢慢放下了枪,亦转身退了出去。

轿车车门已开,顾易中使一把劲,着急把肖若彤往里推,却听身后周知非的声音,高喊的竟是一句:"肖若彤!"

肖若彤下意识身子一滞,顾易中又是用力,然就这一刻之间,一声枪响自他身后传来。顾易中浑身一颤,回头一看,冰冷的手将肖若彤又握得紧了些,却有温热滚烫的东西流在他手上,滴在他胸口。

鲜血从肖若彤胸前的弹孔中流出,她轻颤一下,没了力气,倒在顾易中臂弯里。

顾易中身子僵着，只知使力，只知盯着她看，而半点旁的反应都做不出。连岩井在内的日本宪兵也傻了眼，周知非走到岩井身边，往旁使了使眼色，霎时有三组枪手自别墅周围三个角落冒了出来，轻机枪、狙击步枪围成一圈，竟反将日本宪兵给围了起来。

是76号，李先生布置的人。周知非无声道。

而他再也不说话，岩井攥紧了枪，亦愤然离去。边三轮与卡车轰隆隆地响，眨眼之间，唯余周知非站在原地看着，唯余顾易中抱着满身是血的肖若彤，跪在了地上。

周知非看着顾易中，眉眼黯淡，终于叹了口气，亦转身走了。

"别离开我。"

顾易中说。

他嘴唇颤动着，吐出气声组成的语句，眼中却干得发疼——他流不出眼泪，而连他自己也已分不清，这是多年工作锻炼出的本能，还是因人痛苦至极时皆会如此。他说着连自己也不相信的话，他看见肖若彤微微勾起嘴角——还是许多、许多年前。

"若彤……别离开我，若彤。"

而肖若彤没有闭上眼，直至咽气，只是看着他笑，只是指了指自己胸前被血迹覆盖的地方。

天朗日清，映得血与她眉眼都鲜亮。

顾易中踏着血一般的黄昏进门。

晚霞行千里。苏州今日晚霞一如晴日，浮光跃金，顾易中身上则挂着血气。他西装上湿了一片，洇开深色，走进书房。海沫匆忙迎上去："怎么了？"

"若彤牺牲了。"

他说。

海沫便僵在那儿。她忽然觉得这场景她仿佛千百次地见过,在过去这两天、两个月、两年之中。而今日的顾易中又与以往每回都不相同,而她知道为何不同。她神色亦散开了,愣着,站着,被顾易中关在书房门外,无一句话可说,也无一句话想说。

林国萍的车停在罗武强指挥办公室门前,而他带着何顺江与吴冰梅匆匆下车,与迎过来的参谋长一块儿走进屋里。罗武强几乎是立时便站起来:"怎么样……陆小姐找着了?"

吴冰梅望着他,干净利落的三个字:"牺牲了。"

罗武强愣着,嘴唇哆嗦了两下,还未说出话来,林国萍又开口:"罗司令,有个情况一直没跟你报告,陆小姐其实是我们的同志,她的真名,叫肖若彤。"

罗武强有些语无伦次,只下意识答着林国萍的话:"我有意识到、我早就有意识到,她,还有那个姓肖的……"

"他们都是我们的同志,他们是兄妹俩。"

"兄妹俩……"罗武强无意识地重复,见林国萍掏出一封信来,半红半白,上头的血都已干了,递给他。

"肖若彤她牺牲之前,留下了一封信,专门要交给你。"

司令,见字如晤。

当你看见这封信的时候,我可能已经不在人世了,对不起,以前没跟你说实话,我的真名叫肖若彤。

罗武强的手也开始发抖。他忽然有些呼吸困难,眼睛的酸痛使他觉得无法看下去,可他不能不看——他忍不住不看,肖若彤的字迹于他而言再熟悉不过,如今被血染得模糊一片,他看了下去。

请不要替我难过，我相信你终将明白我此刻的决定。我知道，无论是你还是顾易中，为了救我，你们一定会不惜代价，甚至是拼上自己的性命。可我不能允许这样的事情发生，比起我，此时的你们身上肩负着更重要的责任，绝不能因为我造成更大的损失。而阻止你们的唯一方式，就是我的离开……

从参加革命的那一天起，我就做好了今天这样的准备，人终有一死，死有所值，我心满意足。司令，一直以来我都很感谢你对我的呵护，我把你当成我的哥哥。但我的心早已被另一个人占据了，此生不渝。我希望你不要怪我。我知道，你是一个有血性、有正义感的人，我希望你能选择一条正确的道路，不负此生。国家危难之际，多少英烈为了百姓，为了人民，浴血奋战，披荆斩棘，你又怎能将枪口对准自己的同胞呢？

罗司令，有什么荣誉能比守卫自己的国家、自己的人民，更值得骄傲的呢？我相信你明白我的意思，也坚信你会做出正确的选择。虽然我的肉体将不复存在，可我的灵魂、我的信仰，将会始终与你同行。司令，不要畏惧，曙光就在眼前。

另请转告顾易中：海沫是个好姑娘，我真心希望你们成好。

国家生死存亡之际，我辈必奋不顾身！

肖若彤

"……国家生死存亡之际，我辈必奋不顾身！"

罗武强将信轻轻握在手里。他念出这句话，一如他听见的肖若彤的语调。而在他对面，林国萍点了点头。

作战指挥部当中,二十名军官已坐定。大门顿开,罗武强一身军装,后头跟着身着新四军军装的林国萍、何顺江与吴冰梅。屋中军官露出些困惑神情,然仍纹丝不动,只见罗武强走至主位,扬声道:"我命令——"

军官尽皆起立,听他道:"独三十三师全体官兵,宣布起义!加入新四军六师,加入抗日民族统一战线,抗日到底!"

"抗日到底!"

官兵亦齐声,声音传出砖瓦墙屋,直至院中,掀起嘹亮的军号。军官逐个出门通知部队,军士开始清点武器,撕掉肩上伪军部队的肩章。

绿珠被这番动静惊醒,她正躺在车后座睡觉,身上的毯子都掉了下去,起身一看,正见一个士兵把军旗上"和平建国"的标记取了下来。她茫然四顾,终于见高虎冲了过来。

"起义了、起义了!他们三十三师全部加入六师,成新四军了。我也要参军加入新四军了。"

绿珠愣着:"那我怎么办?"

高虎从怀里掏东西:"绿珠姑娘,那天晚上出城的时候,顾易中给我一个条子,让我交给你。"

上头果然是顾易中字迹,写着一行字:"卢翰天总经理,见持条的陈绿珠小姐,请给予一切方便及协助。顾易中字。民国三十二年七月十五。"

"……这什么意思?"

"卢翰天那里是顾家在上海的贸易行,顾易中让你去上海找他,他会安排你未来的生活。"

高虎满眼兴奋,却见绿珠冷了脸,厉声问一句:"凭什么?"

高虎有点无措:"顾易中让你离开李先生,绿珠小姐。他们这些人真不是好东西。听顾易中的。"

绿珠却一把将字条塞了回去,自己坐上驾驶位,就要开车。罗武强便在这时挡在了车前头，他与参谋长都换上了新四军的臂章，后头还跟着个司机模样的人："绿珠小姐，我部已全部起义，加入了新四军。你是何去何从……"

"我回苏州。"绿珠道。

"我想你会这么决定的。这是我给你派的汽车夫，他会送你回苏州城的。还有，这有一万法币，是罗某的小小谢意，谢谢你救罗某一命。"

绿珠只瞪他一眼，更不看那钱，一言未发，上了车。车立时发动，便往外开，高虎站在后头，仍在目送，眼见便要过军营岗哨，车却又停了下来。

绿珠跳下车，竟冲他来。他忙往前迎几步，见她伸手，皱着眉眼："条子……顾易中写的条子。"

高虎一笑，掏出条子，抚平了，折好了给她。绿珠把它塞进兜里，这回是真头也不回地上车，高虎却还听见她的话声："我想好了，我要回上海上学，顾易中他说话不能不算数，以后他得养着我读书。"

车开出军营，尾烟消失之际，新四军的军歌慢慢响了起来。

高级轿车开到小别墅前头。绿珠下了车，正要进门，却见别墅大门里头转出一个女人来，而她并不认得，她一愣，听司机叫了一声："李太太。"

她脸色终于变了，转身就要跑，早被李太太身边的人按住。李太太踩着高跟鞋，走到她身边来，垂眼看看她："你就是那个叫绿珠的？"

绿珠挣了两下，渐变作面如死灰的模样。

周知非与纪玉卿兵分两路，扒拉着自家卧室，着急忙慌地收拾行李：周知非塞的是些要紧文件，尤其是与徐恩曾往来的信件；纪玉卿则拆着一个个首饰盒，往包里塞着珠宝。

周知非呵斥一声："别拿那些没用的！"

他打开保险柜，拿出十几条小黄鱼扔过来："把黄鱼带好，法币，还有美金！"

话音甫落，他却停了动作，亦拉住纪玉卿，示意她别再动，而后掏出腰间的枪来，蹑手蹑脚往卧房紧紧关着的门口走。

夜已深了，公馆窗外街道、院中楼中都一片死寂。周知非犹豫一下，握着把手轻轻开门，甫探出一点头去，枪口便顶在了眉心。

正是岩井，而在他身后，跟着十二个荷枪实弹的日本宪兵。

"天上飘着些微云，地上吹着些微风……"

"快点啊，快上来！"

肖若彤正朝他招手，就在苏州天池山顶，离他不过几步远——肖若彤跑得快，先一步上了山，笑容在脸上平不下来。他急忙连跳两步，也到她身边去。

山顶奇峰秀石，巍然兀立，站在巨石凸岩之中，则正能望见半山之中清澈见底的天池，池中水波涌动，映出苍翠葱郁的林木倒影，林木层叠，掩在山中，拂过阵爽利凉风来。

"姑苏名山无多少，唯有天池形势好。"

他们已坐下了，而肖若彤便偎在他怀中，轻声接道："四面山光施彩色，松柏常被白云绕。"他听见看见她笑，她柔软的头发落在他脖颈之间，扫出一片痒来，她又道："易中，这里真美。"

"你喜欢的话，以后每年都陪你来一次。"顾易中垂眼，看看她眼色，又补道，"真的。"

"那，"她握上他的手，"以后我们会一直在一起吗？"

"那还用说，等你毕业了，就到苏州来。咱们再也不用分开了。"

"……我们还会像现在这么好吗？"

"会比现在更好。"顾易中眼睛亮起来,"到那时候,你可能会在苏州的一家律师事务所,像郑毓秀一样,成为一名出色的女律师。"

肖若彤便如他一般,似陷入遐想之中:"你在易中营造社,不仅潜心研究中国古建筑,还会设计出更多更好的建筑,苏州的大街小巷都能看到你设计的作品。"

"我们还要生两个孩子,"顾易中一顿,"一个男孩,一个女孩。男孩像我,女孩像你。"

"……谁说要跟你生孩子。"

顾易中便笑,他听见自己的笑声,糅合在歌声之中。

"啊,微风吹动了我的头发,教我如何不想她……"

黑胶唱片仍在转着,歌声传出窗户,传出顾园,飘在苏州城从日到夜的天中。

他睁开眼,满面湿凉。

# 第十九章
轮盘

"周知非的事,影响很恶劣,小林师团长的意思是,要追查到底,绝不纵容。"

即使已有预料,顾易中亦没想到近藤行动会这样快。他站在近藤办公桌前,微微俯身:"李先生那边怎么交代?"

近藤显然满不在乎:"我知道,周知非这么肆无忌惮是因为有李先生后台撑腰。可倒卖军用物资,勾结共党,这事关重大。这个时候,只怕旁人想躲都躲不及呢。"

顾易中应一句:"也是。"

"这件事你就不要管了,我自会处理。"

顾易中立时道:"一切听从您的安排。"

"也不必声张,这不是什么光彩的事情,传出去对苏州站的名声也不好。"

顾易中点了点头,转过身去,神色立变,眉眼都沉下来,而后出了近藤的办公室。

近藤手下的十二名宪兵今日正在广场上训练,喊着日语,赤着上身,说是训练,更似示威。顾易中走出办公大楼时候,正见有两个特务抬着个轿子出来,走到宪兵面前,说这是李太太赏给他们的。

轿帘掀开,里面却赫然瘫倒着绿珠。

宪兵队的大笑声传进顾易中的耳朵,绿珠被拖到轿子外头,跌在地上。岩井正拿枪指着她,喊了句日语:"起来!"

绿珠抬起头来,看了他一眼,又听得一句:"起来!走!"

她头发蓬乱,几乎已睁不开眼睛了,然还是爬了起来,跟跟跄跄地步步往前。

顾易中迎上一阵大风,将天中最后的遮云也拂开,吹出一片刺目阳光来,又吹几片树叶在绿珠脚下。顾易中皱起眉头,却见绿珠忽而跑了起来。

日本宪兵霎时反应过来,拿枪指着她:"站住!"

绿珠却撞向了身边那棵大树,一声闷响,人便滑了下去。

顾易中只觉眼前发白,再反应过来时候,已跪到绿珠身边了——她头上鲜血直流,气喘得紧,然只出气无进气了。

一个翻译匆忙从大楼里跑了出来,原是来寻顾易中的,见此情状,慌忙到宪兵面前交涉。顾易中愣着,轻轻去擦她头上的血。

"……你怎么这么傻?"

他神情怆然,却见她笑:"我知道,你们都觉得……我是个荡妇,是个不知廉耻、没有节操的女人。"

顾易中一愣,顿觉一切话语都格外苍白,只拼命摇了摇头,听绿珠又道:"我曾经也有过爱情,也幻想过美好,可这个世界有……太多无奈,太多我们无力改变的事情,我只能用我的方式去对抗。我知道我很蠢,但至少那样做会让我不那么麻木,让我知道我自己还活着——"

顾易中的眼泪落在她的衣襟上。

"谢谢你,这辈子,还没有哪个人为我流过泪。"

她的手指颤抖着抬起来,然便这样随着细弱的话声又落下了。

顾易中仍呆坐在原地,直至被几个日本宪兵拉开。风尘散尽,他木偶一般站在广场中央,楼上落下近藤的目光。

"张队长!"

"苗科长?找我有事?"

苗建国拽着张吉平的胳膊,把他拉到走廊角落去,压低了声:"……听说出大事了?"见张吉平一头雾水,又问:"你跟那边没什么关系吧?"

张吉平只觉脑仁子发疼:"你到底在说什么?"

"你就别瞒我了,听说周站长……是共党的卧底?"

张吉平耳边嗡嗡的，心头顿时火起："胡说八道！"

苗建国摊手："又不是我说的，大家都在传啊。"

"这是栽赃陷害，是造谣。"张吉平一把甩开他，见苗建国仍无所谓的德行："你别跟我急啊，有本事跟日本人嚷嚷去，我可听说周站长已经被近藤长官给关起来了。"

张吉平的脸色彻底变了。

周知非对这审讯室再熟悉不过，他在这里头审人不下几百回，其中就包括害他至此的顾易中。近藤暂且还没动他，他坐在电椅上，缩成一团，听见屋顶往下滴水的声音。水声被硬皮靴声盖过去，周知非浑身一颤，立时坐直了，又慌慌张张地整理自己的衣裳，而后便挺起脊背来，直愣愣地望着门口，果然见近藤与岩井一前一后走了进来。

周知非盯着他们站了起来，踉踉跄跄往台阶上迎去："近藤阁下……太君……"

话还没完，岩井抬手把他往后推："过去！坐下！"

周知非一滞，慢慢往后，又坐到那把椅子上，几乎带了些祈求地叫一声："近藤阁下。"

"听说你有话要向我亲口说。"

"一切都是顾易中的圈套，我们都上当了！"

周知非变了脸色，近藤不语，岩井则厉声道："你与小舅子成立公司，倒卖军用物资，甚至把太君的军米都卖给了新四军，这难道也是顾易中的圈套？"

周知非嘴还没合上，听见这番喝问，彻底傻了眼，他确不知道近藤会查出这桩事来，岩井又道："纪玉平已经什么都说了，王则民也招供了，米怎么买的，又卖到哪里去，他都说了。"

近藤一语不发，只盯着他看，周知非僵着，慢慢低下头去："好，军米的事我承认，我认罪。但太君，给我一个将功折罪的机会……我知道一个情报。"

"继续。"近藤道。

周知非底气足了些，一字一顿："中共在苏州特工站有一个高级潜伏特务，代号叫'孤舟'。"

"孤舟？"近藤慢慢重复一遍，见周知非点头，又问，"是谁？"

周知非语速顿提："我有怀疑对象，近藤太君，我就一个请求，我帮你们把孤舟挖出来，你放我一条生路。特务的日子我也过腻了，不想过了。我带我老婆孩子回宜兴老家种地，可以不？太君！"

近藤看着他，半晌，点了头。周知非几乎是在那一秒便有了精气神："近藤太君，我就知道你会答应我的，我这回一定帮你把共党挖出来。"

"是谁？"

"顾易中，他就是孤舟！"

近藤脸上露出点近似于玩味的神色，对周知非的兴奋视若无睹："……你有什么办法可以证明他是中共细作？"

"太君还记得，我之前抓过一个共党，王明忠？"近藤点头，又听他道，"王明忠到苏州来除了想策反罗武强，更重要的任务是要和这个孤舟重新接上头。我有他们的联络办法，顾易中是不是孤舟，试一下便知道了。"

"什么办法？"

"诗集……我让我太太从家里捎衣服的时候带过来了。"周知非说着就要冲屋角的包袱去，被岩井一声喝止，岩井自台阶下去，从装满衣服和吃食的包袱里掏出一本《历代吟姑苏名诗集萃》来，又递给近藤。近藤翻来覆去看了，周知非在旁絮絮叨叨，竟又站起来，走到近藤所站的台阶下头，仰头看着他。

"这册诗集是他们的见面联络暗号。太君，我有一计，让人假扮中共上线，给顾易中打电话，要求见面，就说有孤本诗集要卖给顾易中，顾易中应该与组织失联许久，必定会携诗集接头，届时，太君定能人赃俱获。"

屋中昏暗，近藤的脸隐在一片黑里，半点也看不清。

顾易中带着军生在书房里，正看着那个顾园的建筑模型，外间电话便在这时候响了，海沫出门不在，他便匆匆接起来，只听个男声问："是顾易中先生？"

"你是？"

"我姓潘，从上海来。有朋友托我来找你，明天中午十二点，狮子林山水亭见。"

说完，不等顾易中答话便挂了。顾易中听着里面忙音，慢慢放下话筒，到书房里头去打开盒子，里头赫然是那本《历代吟姑苏名诗集萃》。

顾易中到约定的亭子上时，只见一位身着长衫，戴着眼镜，文质彬彬的男人已经坐在里头。他握紧了手里的册子，朝四下看了看，亭中旁人不少，有看报纸的，有买东西的，而显然无一例外都是特务。

他假装张望一下，那男人便朝他挥了挥手，喊一声"顾易中先生"。

"你好。是你约的我？"

顾易中坐在他对面，见男人却没说话，只将一册《历代吟姑苏名诗集萃》搁在桌上。顾易中一愣，抬起头来，盯着那人的眼睛。

"……很多时候，我们听说话判断不出来一个人有没有撒谎，但他的表情可能出卖他真实的想法……他们会以虚假的笑容来掩饰自己的内心，会不自觉地摸鼻子，端茶喝水，甚至单肩耸动。说话时，眼球向左下方看，代表大脑在回忆，所说的是真话，而谎言不需要回忆的过程，所以说谎者，会一直盯着你的眼睛……"

那人正死死盯着他的眼睛，忽而又问："顾先生手上拿的莫非也是这册诗词？"

顾易中松了眉目，慢慢抬手，把书册搁在桌上。手刚一松，却见那人把书抢起来，高高一抬——书名便落在了对面假山岩井的望远镜里。

"脂砚斋重评石头记"几个字映入岩井眼中。

顾易中仍看着那人："潘先生，不知你找易中所为何事？"

周知非盯着桌上已经凉了的菜看，菜是一口没动，他耳朵耸动着，听着审讯室门口的声——门吱呀一声开了，他猛地转过身去，见岩井带着两名宪兵，却不进门，只站在门口。

周知非眼睛霎时亮了："怎么样？怎么样！顾易中来了吧，他拿诗集来接头了吧？"

岩井却一言未发，朝他身上扔过什么东西来，骂了句日语，转身便死死合上了门。

正是那本诗集。周知非没接住，书滚落在地上。周知非愣住了，再去敲门，却早被宪兵按住，他嘶喊起来："我要找李先生，我是李先生的人，你们日本人无权关押我，我要见李先生！"

"怎么样？见着李先生了吗？"

张吉平也垂头丧气的，冲纪玉卿摇摇头："说是病了，概不见客。"

纪玉卿的脸一下便垮了："怎么早不病晚不病，偏偏这个时候病了呀！"她听见张吉平叹气，便几乎俯下身去，"你想想办法，再去和近藤说说。"

"……该说的已经都说了,他们现在手上有周站长通共的证据,我也没办法啊。"

"实在不行,去求顾易中!向他低头认个错,说不定他能有办法。"

"他通共的证据就是顾易中提供的,他巴不得周站长死呢。"

"死"字撞进纪玉卿耳朵里,将她话都撞碎了:"你说什么,死……死,谁巴不得谁死?"

鹤园这些日子灯光比往日黯淡许多了。纪玉卿不知在客厅当中等了多久,终于见管家从楼上下来,招呼一声:"周太太。"

"我想找李太太。"

管家还未说话,便见门口进来几个德国医生、护士,他忙使人引上去,纪玉卿在后头追着问"怎么了",他仍不说话,只把纪玉卿也带了上去。

纪玉卿甫走至李士群卧室外头,见外间竟有五六个人影,或立或站,她认出先前一块儿打过牌的老汪、王则民,还有万里朗来。

"……王则民,怎么了?出什么事?"

"李先生得怪病了,你没听说过?"

纪玉卿呆住了,又听老汪接话:"近藤请客,我跟着,先生只吃了半个肉饼。"

"……先生不是不在外头吃东西的吗?"

"日本人逼着吃的,回来抠半天也没吐出来,这前晚的事了,没承想现在就发作了。"

万里朗冷不丁发话:"跟当年吴四宝的症状一样,中毒。"

纪玉卿脸都白了,正见方才的医生、护士出来,连连摇头,身后则跟着李太太。她上去唤了一句,李太太只是拉了她的手一下,半句话也没说。纪玉卿知现在不是时候,然还是硬着头皮:"李太太,知非被日本人逮起来了,能不能救他?"她张着眼望着李太太看,却见她沉默半晌,忽而甩开了她的手。

"对了,我得回南京一趟,马上回南京,先生还交代了我重要的事体要办。"

说完,拎起沙发上外套便往外走,管家紧跟在后头,隔绝了纪玉卿脚步。纪玉卿茫然望着,觉着手一点点凉下去,只听见里间李士群惊天动地的咳嗽声。她浑身一颤,匆匆下了楼。

"周知非明日处决。"

这话着实使顾易中也意外,他愣愣盯着近藤,又听他道:"听说周的太太已去南京找梅机关的人活动了,拖下去也许又会引出什么不必要的麻烦。"

顾易中迟缓地点点头:"现在周知非人呢?"

"他想见李先生一面,我许可了。"近藤看一眼他疑惑神情,"两个死人,见一面又何妨。顾易中,他们对大日本帝国不忠,必须全部杀死。"

周知非当夜便坐上了去鹤园的车。岩井和另一名宪兵押着他,日本宪兵队的车开进鹤园铁门,周知非下车,两手铐着,在周边警卫惊惧的目光中走进楼里。

先前李士群卧房里的人都在。李太太身后跟着万里朗、老汪几个人,都是李士群的心腹,一块儿迎了上来。岩井开门见山,话极难听:"说是李先生病重,临死了要见周知非,近藤阁下特批,让我带周过来……快点,五分钟。"

万里朗还是堆着笑:"岩井君,有劳了。吃烟吃烟。"

周知非则木着脸,弯出个极难看的笑:"李太太。"

"知非，先生他……"话音未落，李太太已是哽咽了。周知非费劲抬起手，拍拍她的肩："带我去见先生。"

李太太点点头，便要引他进屋，岩井在后头怒喝一声，万里朗连忙赔笑："岩井君，我们打包票，逃不脱的，周站长不会逃的。"

岩井吐出一口烟来，正喷在他脸上，挥了挥手，让随身带着的宪兵跟了进去。

李士群正趴在床边要死要活地吐，几乎把肠子呕出来，痰盂里头呕吐物味极难闻，几乎漫开在整个房间。他嗓子里声音也极难听，周知非却几乎是扑上去，帮他拍着背。良久，他才起身，护士把痰盂端了出去，李太太则倒了一杯水进来。

李士群摆摆手："喝了呕得更厉害。"

周知非话声抖着："先生，好好的，怎么就病得这么严重。"

李士群却笑了："我当了一辈子特务，没想到最后还是着了道。"

"……中毒。"周知非道。见李士群点头，李太太又道："储院长刚验过，说是阿米巴菌的毒。"

周知非倒吸一口凉气："害死吴四宝的那个……谁干的？"

李士群只瞟了一眼周知非身后的日本宪兵，没吭声，周知非喘着粗气，半晌，方听他道："我只吃了三分之一不到的肉饼，回家还呕了半天。老夏吃了一整个，一点事没有。"

"没有解毒针吗？"

"……一天一夜了，上吐下泻的。储院长找小林师团长的军医要解药，也说没有。"

李士群却似刚听见这回事，青白的脸上泛出怒气来："不要找日本人！就是他们要害死我，他们巴不得我早死！"

李太太也急了："都这会儿了还生气！要不是你总跟东洋人置气，怎么会落到这种地步。"

李士群只兀自嚷:"不要他们的药,他们巴不得我死!"

周知非哑着嗓子:"当下如何?"

李士群摇了摇头:"我也就这样了。知非,外头那些人都指望不上,我一走,他们孤儿寡母的,以后就交给你……知非,还记得,咱俩是弯过膝盖结拜的兄弟。"

周知非眼睛有点红了:"先生对知非的提携之恩,知非没齿难忘,但先生你不知道近藤马上就要枪毙我吗?"

李士群竟笑了:"不要紧的,不要紧……我知道你会有脱身办法。记着,把那些东西交给上清寺姓戴的住持,他会保他们的。拜托。"

他又往旁边的宪兵那儿瞥了一眼,至此终于笃定,那日本兵听不懂汉语。他又握在周知非手上。

"……先生放心。"周知非一字一顿地说。

李士群还要张嘴说什么,岩井却已从外间冲了进来,骂一句:"浑蛋,该走了!"

周知非忽然感到一种格外的凄凉。他四下看看空旷腐臭的屋子,而李士群紧紧抓着他的手,眼睛都快要睁不开。他身体起伏两下,又趴在床边,周知非彻底湿了眼眶。他挣出手来,李士群的指甲在他手腕上留下一道血痕。他慢慢站起来,往屋外走去,听见李士群混乱的呕吐声中含着一句:"——拜托。"

他走出了门。

李士群吼起来:"把手枪给我,我自戕算了!"

"先生、先生!"

万里朗和老汪冲了进来,与周知非擦肩而过,把李士群按在床上。

"岩井君,明天周某就要被执行了,周某想回家,洗个澡,最后见家人一面,好上路。"

岩井坐在副驾驶位置上,那个日本宪兵看在周知非旁边,开车的则是个90号的小特务。岩井骂了一声,又听周知非道:"人之将死,家里那些黄白之物也没啥用了,听说岩井君雅好中华古字画,可惜了我家里那幅唐李太白的《上阳台帖》啊,真正的稀世珍品。"

岩井闭了嘴,车开了半天,他道:"只洗一个澡。"

周知非点点头:"阁下吃一根烟的工夫。"

汽车掉头,于夜色之中往山塘街周知非公馆开去,一路畅行,直至纪玉卿打开楼门,竟见周知非活生生地站在外头。

"回家洗个澡。上楼把《上阳台帖》给岩井君取来。"

纪玉卿一句也没多问,将人引进屋来。纪玉卿在前带路,岩井拔出手枪,顶在周知非背后,家里的保姆刘妈还在,有些不知所措地站着。周知非朝她使了个眼色。

刘妈立时凑了上去,拉住那个日本宪兵:"太君……喝的,冰啤酒的有,解渴。"

宪兵便留下了,只岩井跟着上楼去,直入周知非卧室。周知非道:"帖子在保险柜。"

"你去保险柜,你,脱。"

岩井指着俩人。周知非进卫生间,戴着手铐脱衣服,纪玉卿则过去开保险柜,鼓捣半天,柜子纹丝不动:"密码不对啊……老周,不行你来开。"

周知非已脱了上衣,此时赤着上身从卫生间探出头来,先看了看岩井,见他点头,才到保险柜前头转了两下转盘。柜门应声开了,他取出一幅画轴来,慢慢展开给岩井看。

"此书纸本,纵二十八公分,横三十八公分,草书五行,共二十五字。"

他动作极慢，似是爱惜纸本，岩井耐不住性子，伸着脖子往前凑，却听一声闷响，下一刻便绷着脖子倒了下去，周知非急把画轴躲开，又伸手扶着他，轻轻搁在了地上。在他背后，纪玉卿赫然举着个景德镇铜香炉，站在那儿。周知非一句话没多说，从岩井身上卸出两把枪，又摸钥匙解开自己的手铐，而后指了指楼底下。

纪玉卿点头，拎起卫生间里一条毛巾，慢慢走出了卧室。下楼梯去，见那宪兵还喝着冰啤酒。宪兵见纪玉卿一人下来，又收了松懈神色，摸上枪去，却听纪玉卿笑道："刘妈，给楼上的太君也开瓶啤酒吧。"

刘妈便去开冰箱。纪玉卿趁那宪兵移开眼神工夫，已走到他身后去，把拧成一股绳的毛巾往他脖子上一套，顿时勒紧了，直往后倒。她手竟似铁钳，将蹬着腿的宪兵勒得一声也发不出，刘妈则转过来，趁那宪兵拔枪之前死死压住了他的身子。

不过几分钟，屋里便没有动静了。

纪玉卿跑上楼来，见周知非还未穿上衣，只坐在桌子前头写字，不由心焦："老周，干吗呢，还不走？"

周知非正把已写好了的纸条和桌上几张照片都塞进信封，没答她话，又起来穿衣服。纪玉卿则拎起床单，聚成个兜子，哗啦啦地往里扔保险柜里的金银珠宝。再转过头，见周知非已穿戴整齐，这晌才说了头一句话："我去办点事咱再走。"

"……这会儿，还去哪儿？"

"跟近藤摊牌，别忘了咱们儿子还在他们手里。"

纪玉卿一愣，看着周知非走出门去，立时继续收拾她的珠宝。

周知非走至街上，山塘街一个人影都无，只那个开车的小特务歪在座上，昏昏沉沉的。周知非抬手敲车窗，没等他起来，枪已经指着他的脑袋。

"……程保甲,你是吴江市第六区所辖莘塔镇南庄村人氏,家有一哥一姐两个妹妹父母共七口,按我说的做,否则我保证把你全家灭门。"

话音未落,他已抬着枪关上了车门。那小特务吓得浑身打哆嗦:"站长……站长!"

"去90号。"周知非道。

大风入室,幔帐乱舞,近藤一激灵,睁开眼,听见外面风声。门开了,屋里头定是进了人。他手上一冷,提起床头的武士刀下了床,走出卧室去。外间并无人影,只小矮几上反着窗外暗沉的天光——一把匕首,匕首下头压着一封信。

近藤阁下,我走了。若你敢再不善待吾儿,你部下宪兵卖药品阿托品及奎宁与新四军,走私军米等的恶行照片将呈小林信男师团长、北平的晴气阁下及南京的柴山中将阁下。若果如此,按日本皇军军规,阁下将不得不离开美丽的姑苏,南下缅甸与英军作战,在野人山与蚊虫了此余生。周知非具上。

近藤的手开始哆嗦。他倒出信封里的照片,全摊在桌上。照片当中拍的竟是胡之平与周振武,两人在小楼当中与两个日本军医交易药品,而送药过来的汽车上,开车的竟是岩井。

"……年三十八岁,浙江省人,出身于东方劳动者共产主义大学。1940年还都后,首任警政部次长,后升任部长。1941年3月任清乡委员会秘书长,同年12月受命任江苏省主席,兼江苏省保安司令。于9月8日患吐泻重病,医治无效,9日逝世于苏州,遗有夫人子女……"

是李士群。顾易中关掉了广播，下一刻敲门声便响起来。顾易中念声"进"，推门而入的竟是警卫队长张吉平。

他开门见山："听说了吗？"

"什么？"

"李先生死了。"

顾易中指指刚关上的收音机："刚刚听广播说了。"

"广播里没提死因吧。"

"患吐泻重病，医治无效。"

张吉平却变了眼神，转身去关上门，回来又压低声音："我可是听说了，李太太给近藤写了一份声明，一口咬定是周知非下毒毒死了李先生，有人还传说周知非跟李太太之间有私情，因奸杀人。"

"……这怎么可能？"

张吉平也不像相信的模样："她现在孤家寡人的，没了靠山，还不是日本人让她说什么她就说什么。"

顾易中看着他，又问："你知道李先生到底得的是什么病吗？"

反倒是张吉平惊讶："你不知道？"

顾易中诚恳地摇头："只听说是高烧不退，呕吐腹泻，不知道究竟什么原因。"

张吉平声音更低："日本人……下毒。"

顾易中一惊："这是他们惯用手法。但李先生……"

"当时76号吴四宝就是这么给毒死的。症状一模一样。要不是做贼心虚，他们干吗逼着李太太写声明？"

顾易中沉吟一会儿。

"汉奸也是不好当的。"

张吉平忙道："可不是。现如今汪主席身体不好，南京的事，全凭周部长一句话。周部长是最烦特务了。李先生撒手西归，76号特工总部还有咱们90号未来怎样，还不好说呢，又没地方挣钞票了。"终于见顾易中也变作和他一般的沉重神情，他忙道："顾副站长，以前吉平不懂事，多有得罪，以后在站里，还请多多照拂。"

顾易中闻言，也换上笑模样："好说好说。"

"周先生，舟车劳顿，辛苦了。"

辗转一个月，才入重庆，周知非自觉能接得下这句话。他看了一眼身后自己开来的吉普车，又看向面前的国民党军官，一面握手，先问一句："我太太呢？"

一个中年男人方才与那军官一块儿等着他，眼下忙道："已安排在曾家岩的宿舍住下了。东西带来了吗？"

周知非却摇头："没有。我想面见戴老板。请你放心，重庆方面写给李先生还有汪主席的所有重要信件，包括委员长给高宗武参与重光堂和谈的密信，李先生都让我转交给戴老板。我在一个妥当地方存好了，李先生就一个要求，善待他的家小。"

"这个上海区电台已经请示过戴先生了。上车吧，戴先生在上清寺等着会见你呢。"

周知非点了点头，跟着两人上了另一辆车。

顾易中刚与张吉平走出办公室，便听见广场上一片嘈杂声。两人靠在扶手往下看，见是万里朗带着几个人，大摇大摆走进90号。

张吉平霎时拧起眉毛："这不万里朗，他怎么来了？"

"他就是万里朗啊，特工总部内的小军统的头目。"

张吉平想了一想："现在是政治保卫部局长了，他来了，咱们站的好日子怕是要没了。"

万里朗走进大楼大厅里头,从头到脚写着"趾高气扬"四个字,等着人来接待。顾易中也不晾着他,上前去:"万局长,大驾光临,怎么也不提前打个电话,也让我们好有准备?"

张吉平看一眼万里朗眼神,不等他问,便介绍:"这是顾站长,我们苏州站副站长。"

"你就是顾易中?"

顾易中看了一眼万里朗吊着的眉毛:"正是在下。"

"久闻大名啊。听说你很厉害,留洋回来。"

"不敢。"

万里朗话锋一转:"近藤正男呢?"

"……近藤长官不在。"

"去哪儿了?"

顾易中笑:"东洋长官们的行程,不是我们能过问的。"

万里朗却摆摆手:"没关系,你在就行……就你们几个,站里其他的人呢?都叫下来。"

张吉平悄悄瞪他一眼,转过头去叫人,没过多会儿,90号二十来个特务便在广场上稀稀拉拉列好了队,万里朗站在最前头,张嘴嚷嚷。

"我现在宣布,即日起,奉汪主席命,撤销特工总部的名号,改组为政治保卫局。苏州特工站也改称为'政治保卫局直属苏州分局',由顾易中担任局长。还有,谢文朝。"

话音甫落,面目阴沉的谢文朝竟真从他身后走出来,听万里朗道:"……担任苏州分局副局长。大家欢迎。"

掌声起来,顾易中不动声色,唯张吉平臭着脸。万里朗又喊了声解散,便只有顾易中留了下来。万里朗把身边两人拉到一块儿:"顾局长,局里给你派了个副手，文朝呢，原先是特工总部一处情报科的，对付中共，他是行家，四一年前又在昆山特工站当过分站长，苏州的情况他熟悉。以后你们俩多配合。"

谢文朝先开口，竟伸出手："请顾局长多指教。"

见顾易中有点发愣，身后张吉平忙推了他一下，顾易中这才握住谢文朝的手，顿了顿。万里朗挑起眼皮看着："怎么？一点也不高兴啊，顾局长。"

"不不，就是有点突然。"

万里朗这才笑开："顾局长，这次交给你的担子，可不算轻啊。"

"多谢万先生栽培。"

万里朗摆手，没有认功劳的意思，反倒阴阳怪气："不谢。是日本人的提名，我是只来发表一下。顾局长，你可以啊，把东洋人拍得那么高兴。"

顾易中只装作听不出来："近藤长官不在，今天就由我代为设宴，给您接风洗尘吧。"

万里朗人已经笑了，话还假模假式："没有这个必要吧？"

顾易中也笑开："有，太有了！请务必赏光。"

谢文朝便在这时接话："苏州新开了个潮州菜馆，味道听说很不错。"

万里朗拍了拍顾易中的肩："看样子，是盛情难却啊。那我就……叨扰一番？"

不仅包下餐馆宴会厅，还请了乐队，顾易中已经做得十分全面。觥筹交错之间，张吉平把他拉到角落里，塞给他一个皮箱。

"这是什么？"

"给万里朗的。"

顾易中打开看了一眼，满箱子金条法币，差点晃了他的眼："这不合适吧？"

"来的时候万里朗的秘书专门暗示了，咱们不能不懂规矩啊。便宜了姓谢的那小子，捞了个副局长。"

顾易中下意识看了一眼人群里正跟90号特务推杯换盏的谢文朝："你提副局长的事，顾某记在心上，咱们徐徐图之。"

张吉平脸色便松快许多："谢谢局长。以后我就是你的人，你指东我打东，绝不含糊。"

顾易中又从人群里寻见万里朗，却见他正要离席。两人上前去："怎么，万局长，这就要走吗？"

万里朗摆了摆手："年纪大了，熬不了夜，让他们这群年轻人陪你们玩吧。我回家歇息了，有一阵没回苏州住了。"

顾易中忙跟着送了出去。几人一路出门，苏州天已黑透了。直至远了人群，顾易中又道："万局长，这回在苏州多住几天，让易中也略尽地主之谊。"

万里朗叹了口气："不行啊。明天回南京。南京这一堆事，特工总站改了局，有许多工作要交接……苏州是第一站，还得去通知其它地方。都得换牌，原先咱们特工总站多气派，没办法，周部长不喜欢，只能叫政保局了，这么个晦气名字。"

顾易中听出他语气变化，道："辛苦万先生了。"

万里朗又拍了拍他的肩："行了，就送这儿了。留步。"话音甫落，便被顾易中塞了皮箱。"这是我们苏州分局的小小心意，不成敬意。"看万里朗打量那皮箱，顾易中又道，"没有储银券，全是金条和法币，硬通货。"

万里朗便接过去，换上了满脸笑："好好干，眼下可是大好的机会，大家一起发财。"他上了车，顾易中仍站在原地，一面挥手，直至那小轿车彻底没影子了。

宴会厅当中，其余人仍喝得正欢，灯光似更亮，乐队也更响。顾易中端着酒杯，东喝一杯西喝一杯，此刻面前是个挺着将军肚的胖子——他把酒一饮而尽，却忽然一阵恶心，连忙冲胖子抱歉地摇摇头，假装捂着肚子，转身就冲向厕所。或许是喝多了，他想。在隔间里吐得撕心裂肺。或许也不是。他嗅到腐臭的气息，几乎把酸水都吐出来，半晌才直起身，拽卫生纸擦了擦嘴，又站了一会儿，推门准备走。

门还没开，他竟听见隔壁传来话声："先生，《历代吟姑苏名诗集萃》您有需要吗？"

他瞪圆了眼睛。

"还有一件事，你务必牢记。倘若日后我牺牲了，组织上会另派接头人和你取得联系。联系暗号是，'先生，《历代吟姑苏名诗集萃》您有需要吗？'你的回答是，'我不看诗词，我喜欢的是思成先生主编的《中国营造学社汇刊》。'"黄秋收说。

他愣在原地，或许一秒，或许一分钟一个小时，做不出任何反应来。只听一阵冲水声撞进耳朵，那人已出了隔间。他慌忙低头，却只从门底看见一双黑色皮鞋。他是喝多了，残余的酒精使他眼前的一切都迷乱成轮廓和影像。他站在边缘，扫视着宴会厅当中的人群——却有许许多多的人都穿着黑色皮鞋。

他再也没找到里面的何顺江。何顺江端着酒杯，盯着摇摇晃晃的顾易中，走出了宴会厅。

河边上停着一艘乌篷船，像是夜色里枯干的落叶。何顺江走至船上，只见里头背坐着个中年男人，正是林副主任。何顺江只站在他面前，摇了摇头。

"他没有回应暗号?"

"他喝了点酒,但是我觉得他应该听清楚了我的暗号,如果是的话,他一定会回应的。"

"那就奇怪了……总有一个不明身份的人在暗中帮助新四军。我一直怀疑顾易中就是孤舟。"

"会不会是太突然了,他不敢回答。"

林副主任点点头:"也许他是警惕。我回根据地之后,你们要密切注意顾易中的动向。如果他是孤舟,我们不能让他一直处于孤立无援之中。我相信,当他再需要组织的时候,他会跟我们联系的。"

"听说东洋人也挨炸弹了,炸死好多人。"

"在哪儿?"

"在他们日本本土,美国人的新式武器,好家伙,一个炸死了好几十万人。"

"嚯,还有这么好的东西,炸死狗日的。"

"小声点,别让特务听见。"

海沫将两个食客的话听得一清二楚。她正牵着军生,军生啃着半条油炸鬼,两人更似母子,都站在馄饨摊前头等着。摊主往食盒里头盛了满满一碗,又递给她。

正是民国三十四年八月。海沫紧皱着眉头,匆匆往顾园走。

顾易中卧房的窗户都用毯子遮严实了,只天窗透下一束天光来,照在桌上的长波收音机上。顾易中低着头,一点点调试旋钮。他听见里头丝丝拉拉传来人声,方才松了手,摸摸自己下颌的短须。

"……中央社讯,据美新闻处华盛顿 13 日电,中、美、英、苏四大盟国本日已接受日本之投降建议……"

外屋忽然传来响动,他立马关了收音机,把上面木板一合,收音机便变成抽屉的一部分。抽屉关上,他起身出门,见是海沫带着军生,拎着馄饨回家里来。

"街上有说日本那边被扔大炸弹,死了不少人,是真的?"

一家人都围坐在桌子前头,吃着热乎乎的馄饨,顾易中逗弄着军生,听海沫问,便道:"他们要投降了……美国往广岛、长崎扔了原子弹。"

"什么叫原子弹?"

"我也不懂,只知道是种新式炸弹,杀伤力巨大,中央社说有几十万人的伤亡,日本政府正想投降呢。"

海沫眼睛微微亮起来:"真的?那就不用打仗了……可东洋人在苏州还那么多,他们会愿意放下刀枪?马上街面上又要兵荒马乱了。还有,就咱们这身份,东洋人走了,不管谁再来,估计都不会给咱们好脸色。"

却听顾易中道:"我们得走了。"

"……能去哪里?"

"我安排了一个地方,在三乡庙,苏州东北郊那边,从咱们南石子街出齐门过陆墓朝东十多里,庙里有一个老和尚,是我父亲那头的族舅,小时候我们都管他叫'和尚阿爹',庙边上有家农户,姓陆,打去年端午后,我就每个月付她家八十元钱,把房间租下了,就等着这一天启用呢。"

海沫却撇撇嘴:"按你们行的话叫安全屋。"见顾易中拿别样眼神瞧她,又道,"我不该翻你编的那些教材。什么时候走?"

顾易中望着她:"今天。"

海沫一怔:"今天不行,我还约了苏大夫给军生看牙呢,早十点。军生牙痛得不行,夜里总睡不好。"

顾易中点点头,说:"先去看牙,我回90号一趟。中午一起走,不能再晚了。"

海沫不明白:"你还回那个地方啊?"

"有些要紧文件得处理一下。"

海沫皱着眉："输急的畜生最会乱咬人了。东洋人被炸了，肯定不高兴，你小心点儿。"

顾易中不答："你赶紧收拾东西，什么也别跟王妈说，跟任何人都不要提，我已经给王妈留了笔钱，够她养老了。"

海沫到底是开心起来，起身收拾碗筷，絮絮叨叨的："原来你早就想跑了。偌大的动静，我一丁点也不晓得。你现在啊，真像个老特务。"

顾易中坐着家里的老式凯迪拉克，开上观前街，街面上倒是一切照常，似与广播里的世界大事无半点联系，只看见几个日本伤兵游走，围在个绸布庄门口，扯着丝巾绸布，乱糟糟的。

他攥紧了手里的公文包。车一路开进90号，他瞥一眼门边上"国民政府政治保卫局苏州分局"的牌子，下车匆匆上自己的办公室去。

他掏出钥匙来，打开办公保险柜，里头赫然一个锦缎盒子，而盒子里则是一根派克笔——肖若彤送给他的那支。

他盯着那笔看了两眼，将它插进西装内袋里，又把盒子底下的文件塞进公文包或干脆撕掉，忙了一阵，却听见外面响起叫骂声。

从窗户往下看，正能看见几个90号特务押着七八个犯人往假山下头的监狱走，其中一个穿着新四军的军服，手上吊着绷带。他顿了一下，把一柄小勃朗宁也塞进公文包，又锁上保险柜，钥匙都扔在柜子顶上，拎着公文包出了门。

关门以前，他最后往屋里扫了一眼，再回头时，却见张吉平骂骂咧咧地往这儿走，见了他，停了步子。

"这他妈的不是没事找事嘛！"

"怎么了这是？"

"还不是谢副局长，昨天不知道抽哪门子风，要求把昆山、太仓、常熟三个分站刚抓上来的新四军及共党全送到苏州分局来,有七八号人呢,往哪儿关?伙食费从哪儿支?"

顾易中皱着眉头,也确实想不明白:"谢副局长这是要干吗?"

"老谢亲自带侦行那帮人下去办的。说是南京的万里朗亲自打的电话,要严厉打击共党及新四军,没想想这都什么局面了,还胡搞。"

顾易中耸耸肩:"老谢有万里朗当靠山,咱们这些老人也都得让着他点儿。"

"我才不想甩他呢!说到底,这90号还得小鬼子说了算。"

顾易中便接话:"近藤阁下呢,怎么没见他?"

"东洋人也疯了。从前天到现在把自己关在屋里,时不时地用东洋话吼两声,谁也不敢进去。听语气是心情不好。他们真的要输了?"

顾易中没答,从走廊窗户往近藤房间紧闭着的门看,正听里头传来日语唱着的《联队之歌》,是近藤的声音。

"长满野草的荒冢里,长眠着日出之国的武士啊。生生死死都在护着吾皇的坚盾,世世代代保卫我们的联队旗。"

顾易中转身,没理径自走开的张吉平,走进自己办公室去,把公文包搁在桌上,又从里面掏出那把勃朗宁,上了膛插在后腰上,正用西装下摆遮了个严实。

他踩着歌声走进近藤办公室去,屋门没锁,他开门便入,却见里头有个小门也开着,更通一间密室,近藤便坐在里面,背对着他,低声唱着那首歌。

他没掩盖脚步声,近藤亦听见了,停了歌声,并未回头,只叫了一声:"顾桑。"

顾易中走到近藤面前来,看一眼他跪坐严整的姿势,一屁股盘腿坐下来。而近藤竟低着头,半晌,才轻轻道一句:"日本要战败了。"

"这是必然的。"顾易中说。

近藤抬头看着他:"我还记得四年前我们第一次见面的时候你对我说的话。你说'这场战争,中华民族是不会输的',你还说中国人民一定会让我们输得一败涂地。"

"8月6日广岛,8月9日长崎,都受到了美军的强大炸弹攻击,死伤无数。8月9日,苏联红军出兵东北,向日本关东军大举进攻,今天,你们政府宣告接受《波茨坦公告》,几日之内,你们大本营必定宣布投降。"

顾易中一番话念得平静似广播。而近藤握紧了拳:"军部的那些笨蛋,他们不听天才的石原战略部署,导致国家失败!一群笨蛋!八嘎!"

而顾易中静静看着他。近藤忽然起身,离他极近:"顾,你是共产党吗?"

"不是。"顾易中诚实地说。

"那你是国民党吗?"

"我也不是。"顾易中顿了顿,"我就是一个普通的中国人。"

他望着沉默的近藤:"近藤正男,作为一个普通的中国人、苏州人,我希望你们承认失败,宣布投降!……向太湖的新四军投降。"他又道,"国民党的那些人糟糕透顶。重庆的蒋介石打着抗战的旗号,党同伐异,腐败堕落。跟南京汪精卫的汪伪一样。我希望你把苏州城献给朝气蓬勃的中国共产党。他们才是能领导中国未来的政党,他们才能代表绝大多数中国人民的利益。"

"近藤。"他又叫道。

"好吧。"近藤缓缓开口,"我会说服小林师团长,把苏州城献给新四军,请你去联系他们,接受我们的投降。"

"一言为定。"顾易中一字字道。

近藤竟俯身,跪伏在地:"那就拜托了,顾桑!"

顾易中回至家里时候,见花厅当中摆着两个随身箱子和一个软包袱,军生正在屋里头自己玩,见他进来,清脆地叫了声"舅舅"。他眉头便舒展许多,坐在太师椅上,扯过一张纸来,用胸前插着的那支笔画起一张地图来。

"我把你的东西都收拾了,那个收音机太大了,搬不动。"

正画着,海沫又拎了个箱子过来,他答道:"那个不带了……你过来。"

海沫不搭理他:"忙着呢。"

"过来嘛。"

他声音难得软和些,海沫到底走了过来,看了那地图一眼:"这是什么?"

"去三乡庙的路线图,这是齐门,从这儿出。"

海沫却变了脸色,紧盯着他:"你不跟我们走。"

"……有点紧急情况。"

海沫没答话,蹲下身去,打开箱子,把里头东西一样一样地,又取出来:"你不走,我们也不走了。"

"……海沫。"

顾易中说不出话了,然又听她道:"别想甩掉我,这么多年了,我知道在你眼里我也就是一个临时的太太、稻草人,现在要胜利了,我没用了,你就想甩掉我。"

顾易中一怔,忙道:"你想哪儿去了,我真的是想跟你和军生一起走的。"说罢,当即从公文包里拿出三张良民证,摊在桌上,"你看,这是我偷偷在90号做的良民证,你的,军生的,还有我的。"

海沫起身看着,他声音更柔和:"你跟军生先过去,我这边处理完了,不出一两天就过去找你。咱们三个人好好地在乡下快活几天。"

海沫转而望着他的眼睛："真的？"

"我几时骗过人。"

海沫竟笑了："以前你是不太会骗人，但这两年你太会骗人了，有时候，我真的不知道你哪句话是真的，哪句话是假的。"顾易中又愣住，见她笑得难过："我不喜欢90号，也不想你再回90号，这么些年，你这一通拼命，谁看得见，谁记你的功劳？"

"……不说这些。"顾易中道。

海沫却何时听他的："我知道你没忘肖小姐。我有自知之明，我是比不上她，可易中，但凡你对我，有对她十分之一好，我也就满足了。"

"……不说这些行吗？"

她却道："我想说。再不说，我怕以后就没机会了。"

顾易中看着她的眼睛，里面一汪流水，正似苏州河，他忽而记起，自己已经许久没听见她的琵琶声了。

"不会的。"他说。

海沫只是摇头。

"这些话，我放在心里很久了。今天说出来舒服多了。"

顾易中站了起来："放心吧，海沫，好不容易要胜利了，我会好好地活着，活到胜利那一天。亲眼看见鬼子滚出苏州城……走吧。"

他重新合上箱子，拎起来，慢慢往外走："人力车会把你们先拉到定慧寺。我在定慧寺的柴火房里藏了一辆小汽车，车里头有应急用的吃的，这是钥匙……你还会开车吧？"

"勉勉强强。"

顾易中挑了一下眉头，心下顿时少几分底气："从定慧寺开到三乡庙也就七八里地，你把车开到三乡庙，和尚阿爹自然会帮你安排。"

海沫抱着军生，两人拎着箱子，走向门外头停着的黄包车。箱子放好了，人也坐稳了，他轻轻扶着海沫的手。

"一路小心。"他道。

未料到海沫反手，也将他握紧了："快点来找我们。"见他点头，又道一句，"你千万小心。"

顾易中笑了笑："放心吧，走吧。"

黄包车很快消失在街上人群当中。顾易中转过身，慢慢走进园子，进花厅，只见里头搁着两个箱子，两个包袱。

他愣了一瞬，坐回太师椅上，桌上还摊着他的良民证，赫然是他的照片，三个字写在下头：顾彦直。

90号监狱里头几乎已关满了人。顾易中后头跟着张吉平，慢慢往前看，终于走到集中关着新四军的号间。顾易中站在门口，仔细瞅了瞅，指着那个仍吊着绷带、穿着军装的人，往外勾了勾。

监狱长在旁边，满面为难颜色："顾局长，这是谢副局长指名从常熟调上来的犯人，他一再交代，谁也不许审，等他从南京回来再开审。"

顾易中还没说话，张吉平先骂开了："90号顾局长是正的还是那姓谢的是正的。把号门打开，别给脸不要脸。"话音一落，一脚就踹了下去，监狱长连忙开门，把那人揪了出来。顾易中则一句话没说，先往外走了。

伤兵带到审讯室里，顾易中坐在桌子前头，翻卷宗看，张吉平在旁陪着，听他问："陈岸良？你是常熟人。"

陈岸良半声不吭，顾易中继续念："隶属第六师十六旅五十一团。"

陈岸良还是哑巴。顾易中合了卷宗："看你这岁数，应该是名长官吧？"

"伙夫。"陈岸良蹦出俩字。

顾易中却忽而拉起他的手来，白皙整洁，只带点薄茧子，显然是个读书人:"伙夫不可能有这样的手,这是读书人的手,你这岁数也有三十四五了,在新四军那边,不可能是普通士兵,但你也不太像是行伍的人。我猜猜……你是团作战参谋,还是政委?"

陈岸良还是不说话。

顾易中松了手,绕着他转,又竖起耳朵,听见外间传来日本宪兵队训练时候喊叫的声音,形似疯魔,噪声巨大。宪兵队如今已是另一个军曹山田带领,顾易中摸了摸下巴,开口:"陈参谋,姑且这么称呼你吧……你们六师的副师长里有没有一位姓罗,大号叫武强的?"见陈岸良变了眼光,便笑,"我们是故人了。以前他也来过90号,他易帜前我们打过交道。"

喊声又起,连张吉平也移开视线,顾易中趁这空当,迅速使自己声音淹没在噪声里,只说了两个字:"打我。"

陈岸良有些发愣,恰在这时,噪声停了,顾易中又说话如常:"罗师长以前是和平军的,后才投了贵师。"

不过半分钟,喊声又起,顾易中再道:"使劲打我。"

陈岸良呼吸有些急,到底抬起另一只手,使狠劲抽了顾易中一个耳光,又抬起膝盖撞在顾易中肚子上。他疼得弯下腰,又往后退了两步,动静不小,张吉平忙扶住他,外间的特务也跑了进来,把陈岸良死死按在椅子上。

"顾局长,没事吧?"张吉平见顾易中疼得站都站不直,又问,"这老四怎么办?"

顾易中咬着牙:"望树墩刑场,毙了!"

张吉平带着一个特务将陈岸良押出楼去,正撞上日本宪兵队。山田凑上来:"吹子,怎么了?"

张吉平做了个枪毙的动作:"新四军坏得很,死啦死啦的有。"

"要得要得。"山田对着他,又做了个斩首的动作,一众日本兵皆哈哈大笑。唯监狱长站在后头，惊疑不定，直到张吉平的车开出90号。

车行至阊门，被拦在检查岗前头。同行的小特务拿着公文，下车交涉，却见那日本宪兵看也不看公文一眼，就把他推了回去。小特务有些垂头丧气："张队长，东洋人不让过。"

张吉平张嘴骂人："妈的，以前瞧一眼就放行了，今天怎么搞的，换的这些鬼子兵也都是生面孔。我来看看。"正要下车，却听顾易中说一声："我来吧。"

两人便一块儿下去，张吉平顺手把车后座使劲想伸脖子往前看的陈岸良按了回去，招呼那个小特务："你看着人犯，别跑了。"

到了日本宪兵面前，顾易中开口，竟是流利日语："我是顾易中，奉近藤少佐命押送犯人往常熟，请给予通过。谢谢。"

那宪兵闻言便愣了神，终于接了公文，正看之间，忽见王则民陪着个一等宪兵出来，与顾易中打了照面，两人都是惊讶。顾易中主动伸手："王知事，久违了。"

王则民匆匆摆手："早不是知事了，不提了不提了。"一看形势，连忙上前，也说了几句日语，"太君，这是顾易中，特工站的，为和平运动服务的。"

他陪着的那一等兵便摆了摆手："走啦走啦，别挡着路。"

车通过岗哨，终于一路畅行无阻，直开到常熟郊外。顾易中下车，张吉平和那小特务则押着陈岸良下来。左右荒芜，乱草横生，倒真像个刑场。

却听顾易中道："吉平，你们回去……把他双手松开。"

那小特务没迟疑，便去松绑，张吉平则一愣，把顾易中拉到一边："顾局长，真的要把这四爷放了？"

顾易中斜他一眼："不放，你想怎么处置？当下时局，你敢朝四爷身上打枪？万一鬼子败了，接管苏州的是新四军，你怎么办？"

三个问话，张吉平没一句能答，他口干："但把他放了，谢文朝跟我们要人怎么办？"

顾易中竟语重心长起来："老谢那边我自有办法应付。吉平啊，时局要搞得清，马上就要清算咱们这些当汉奸的了，多给自己留条路不好吗？想想你我手上沾了多少四爷的血。"

张吉平忙点头："局长，你说什么是什么，我就听你的。"

顾易中摆手："你赶紧跟车回去，记住，别从阊门返回了，省得鬼子们怀疑。"

"……你怎么办？局长，这边四爷挺多的，别着了他们的道。"

"我有法子。走吧。"

张吉平便未再多言，跟着小特务上车，汽车倒出去，没两分钟便开远了。这儿便只剩顾易中与陈岸良两人，日光之下，荒风之中，沉默着、对视着，半晌，陈岸良先开了口："你真的是我们的同志？"

顾易中却连神色都变了："带我去见罗司令，我有紧急的军情要汇报。"

一个游击队员在前面提着马灯带路，顾易中双眼被蒙着，陈岸良在旁搀扶，一行人沿村路疾奔，直至一道柴门前，轻敲了三声。

里头的人悄悄将门打开一个小缝，看见那游击队员，立时将一行人让了进去，自己则倒扣柴门，提了下了保险的快慢机在门外头警戒。

这间屋子正是金塘乡游击区临时指挥部，屋里也仅有一盏马灯，并不显亮，顾易中扯掉了蒙眼布，只看见了个三十多岁的汉子站在面前。

那人面目严肃："你是谁？想干什么？"

顾易中并不多言："我要见罗武强副师长。"

那人一摆手："不可能……陈参谋说你有重要情报。"

"见到他之前，我不会说的。"

陈岸良终于开口："这是我们常熟游击大队大队长蒋啸，同他说也是一样。你见不到罗师长了，部队刚刚转移了。"

顾易中心底一凉："转移去哪里？"

蒋啸话声冷硬："不知道。知道了也不会跟你说。"

陈岸良又道："你有什么情况，我可以帮你传达给罗副师长。"见顾易中还是不说话，态度软了许多，"你猜得没错，我是六师十六旅的团参谋。上个月在战斗中受伤，落在伪军手里……不管你是谁，陈某都谢谢你的营救。"

"陈参谋，最快多久你能找到部队？"

"蒋大队长手上有部队收留所的地点，一两天时间或许能赶上部队，见到罗副师长。"

顾易中想了想，掏出胸前的派克笔来："有纸吗？"

陈岸良四下看了看，屋里是一张纸没有，唯门框上还有半截过年时候贴的春联，晃荡在上头。他一把扯下来，翻过背面铺开给顾易中。

顾易中便坐下来，提笔写道："武强兄见字如晤。"

落款时候，本欲写"顾易中"三个字，写至一半，到底画掉，改作"若彤的朋友"。

顾易中将信叠上递给陈岸良："十万火急，拜托你了。"

"我即刻就去找部队……你歇一个晚上，明早再回苏州。"

顾易中却摇头："晚上我就得回去。"

"那再会。"陈岸良伸出手来，紧紧握住顾易中，"顾同志。"

顾易中呼吸一滞，应道："陈同志。"

门外守着的汉子领顾易中回到村口，又给他指了回苏州的方向，最后把马灯给了他。顾易中望一望深夜，拎着马灯，踩着土路，深一脚浅一脚地往苏州城走。

再至顾园门口的时候，已是第二日清晨，他精疲力竭，而马灯也早就灭了。

他进门去，将马灯搁在桌上，又提起话筒拨了出去。

"接政保局苏州分局张队长。"

黄包车停在城外定慧寺门前，海沫拎着行李，牵着军生，匆匆进门，被个年轻和尚引至柴火房外头。她在旁等着，心下总是不安——出齐门的时候，日军与伪军检查比以往更严，她假作咳嗽几声，似有些传染病的样子，才蒙混过来，此时又不知顾易中怎么样了，究竟何时能一家团聚。

和尚掀开了盖在汽车上的苫布，下头果然露出一辆老式汽车来，车后头又放着些旁的行李。军生一见汽车，便十分兴奋，笑着便要过去，被海沫牵住，搁在住持旁边。她则自己上车，插上钥匙，又是一拧，车便响了。

她便如释重负，长长出一口气，轻轻笑起来。车从柴火房里开出来，停在外面，年轻和尚将箱子搁在后备箱，又把军生抱到后座。她从车窗里往外挥了挥手，开车走了。

车慢慢开至乡间土路，路上颠簸，军生竟随着这起伏躺在后头睡着了。她抬起眼来，望见庙宇的屋檐，顿时笑起来，又踩下油门。

"三乡庙。我们到了，军生。"

三乡庙后头便是村落，顾易中说过的和尚阿爹领着海沫和军生走进村里，天已黑了，阿爹提着马灯照路，海沫则抱着军生。阿爹至一小院前头，推开门，见一条黄狗先出来，摇头晃脑的，阿爹叫一声："陆大婶，贵客来了。"

大婶应声迎了出来，后头跟着个十几岁模样的乡下姑娘，两人帮着接过箱子:"是顾太太吗？"

海沫连声道着"打扰了",便跟着进屋,又听陆大婶道:"打去年就盼着你们来呢,这下真是太好了。孩子睡了,赶紧进屋。和尚,进来喝口水吧。"

阿爹摇了摇手,转身走了。姑娘赶紧关上了门,连黄狗也安静下来,村中便又是一片安宁了。海沫进屋,归置物件,铺床换衣,先把军生放在了床上。

床上铺着张竹凉席,已有些泛黄了。她正坐着,见陆大婶进来,端着一大海碗鸡蛋,给她搁在桌上,又笑道:"乡下没啥东西,煮了几个甜水蛋。"

"劳烦陆大婶了。"

"快别客气。你们能来是我们的福分,请都请不来的你们……顾先生怎么没来？"

"过一两天就会来,他还有要紧事要做。"

大婶便松了一口气:"那就好那就好。先生来了,一家子就团圆了。"

海沫心下一暖,笑着点了点头。

顾易中此时在卧房熟睡,直至枪口顶到他太阳穴上,方才醒过来——他立时伸手去摸枕边的枪,手却被按住,那把小勃朗宁也被夺走——那还是当年顾希形给他的枪。

抬枪指着他的正是谢文朝。

谢文朝提着两把枪,手上却还拿着个马灯,在旁坐下:"马灯都点没油了,还有皮鞋上的黑泥,这么厚。顾局长,昨晚上走了不少的夜路啊。"

顾易中挥去旁边要来挡的特务,从床上站起来,慢慢道:"夏夜,姑苏城外景色宜人啊。你没听过杜荀鹤的'夜市桥边火,春风寺外船'吗？"

"谢某没顾公子读书多。"

"那应该听说过姜夔这句'行人怅望苏台柳,曾与吴王扫落花'。"

"谢某只知道'姑苏城外寒山寺,夜半钟声到客船'。"

顾易中便叹气:"那着实遗憾了,古往今来,歌吟姑苏的好词太多了,可惜这时节的人都不知道欣赏了。"

谢文朝却笑:"顾局长说的极是。就是不知道昨晚到的客船上,坐的是不是都是四爷?"

顾易中竟点点头:"正是。拎着快慢机的四爷。"

谢文朝拍了拍手:"痛快,顾局长果然对通共一事毫不掩饰。前年我甫上任,万局座就一再让谢某警惕你吃里爬外。看来昨晚你是把新四军的长官送回太湖那头去了吧。"

顾易中又点点头:"不傻。"

谢文朝皱着眉头:"人赃俱获,顾局长没话说吧。拿下。"

周围特务又要动,顾易中却伸出手:"且慢。谢副局长,诸位读书少,不看报纸,难道也没听广播吗?7月26日,中、美、英联合发表了《波茨坦公告》敦促日本人投降,8月10日,日本政府宣布接受公告。时局已至此,你们就不给自己留一条后路吗?"

谢文朝却冷哼:"时局怎么了?日本人要战败了是吗?我知道。就是日本败了,这苏州也轮不着那些泥腿子的四爷,还是我们国民党人的。"

"你说的是重庆那边的吧,谢副局长,可惜你们是南京这边的。他们跟你们的国民党可不是一路的……到头来,脱不了汉奸的下场。"

谢文朝只咬着牙:"顾局长不愧是名门公子,通个匪也通得一脸正气。回90号跟老虎凳耍把式吧。带走!"

"等一下。"顾易中又道。谢文朝却已不听他的,只喊一声"拿下",众特务便将顾易中制住,然听他道:"你把那抽屉打开。谢副局长,我多送你一个功劳。"

正是顾易中藏着收音机的那个抽屉。谢文朝将它掀开，收音机显露无遗："还常年收听重庆敌台。好你个顾局长。"

顾易中却抬抬下巴："把收音机后盖打开。"

后盖里头是个防水袋子，袋子里则是一张叠得方方正正的委任状。动手的小特务将它拿给谢文朝，后者脸色立变，转头死死盯着顾易中看。

"谢副局长，看明白了吧。"

"不可能，你这个肯定是伪造的！"

委任状上只一行字，一个落款：特委任顾易中为军统苏州特别区总负责。戴笠。

"你仔细看看戴老板的签名，那是假的吗？……谢副局长，现在这时局，周佛海部长、万里朗局长都争先恐后地跟戴先生那边联络呢，图的是什么？图的是战后，别用汉奸罪名把他们枪毙了。"

谢文朝捏着那张纸，仍自顾自念叨："不可能，这绝不可能。"

"谢副局长，你现在跟我好好的，等苏州光复时，我上报戴老板，你有立功表现，或许可免一死。"

"……听重庆号令，还通着四爷，你到底是哪头的，顾易中，你能告诉我你是谁吗？"

顾易中却只是看着他，笑笑，一语不发。

顾易中被小特务押进90号监狱里头去，监狱长在前开锁引路，进的正是先前聚着新四军的那一间。顾易中被推进去，身后是落锁的声音。

他看看四周的破烂衣衫，又看看自己还没脱下的制服，清了清嗓子。

"你们谁是领头的？"

意料之中没人应声，他又道："我知道你们不相信我。我也解释不清。

我只告诉你们，小鬼子要战败了，别在黎明前死在小鬼子监狱里头，我要带大家冲出去。我需要跟领头的四爷商量商量。"

又是沉默半晌，他终于见人群后头有人慢慢举起手来。

张吉平已经摸了第六回枪。

他嘴里咬着根火柴棍，周围是五六个特务，都聚在警卫队办公室里，桌上横七竖八摆着十来把枪，门忽然开了，一个小特务冲了进来："队长，顾局长被抓了！"

张吉平差点跳起来："不可能！谁那么大的胆？"

"谢副局长。听说顾局长是重庆那头的。"

张吉平见了鬼似的表情："更不可能。"

"……在他家还搜出了委任状，戴老板亲自签名的。谢副局长把他下牢里了。但又担心是真的，正往南京打长途，请示万局长呢。"

后头有个年长点的特务出了声："队长，你不是说顾易中跟四爷有联络，怎么又成重庆的了？"

张吉平念叨："我也不明白顾局长到底哪头的。"

"队长，怎么着，还干不干？"

"造反可是杀头的罪。"

张吉平在一片声里更烦，他咬下半根火柴，站起来："放屁，咱这叫起义。鬼子要败了，赌一把大小。咱们冲进牢里……全去，别挤一堆，三三两两地去，知道不。把那批家伙扛上。"

话音落下，他提着两把枪，带着小特务先出了门，后头的特务一一跟上，张吉平背上搭了个不大的麻袋，一路行至假山下的监狱门口。

门口有个特务拦着："张队长，谢局长有令，不让进。"

"是吗？"

张吉平吐了嘴里剩下的半根火柴杆，扇了那特务一巴掌："瞎了你的狗眼！"

那特务被打得晕晕乎乎，正要拔枪，张吉平后头的人早把枪顶在他脑袋上，一行人大摇大摆地进了监狱。张吉平抓住转头要跑的监狱长："钥匙。"

另一个特务拿枪顶着他的脑袋，他拎着那一大串钥匙，慢慢走到顾易中号间门口。

张吉平往里看了一眼，却有点目瞪口呆：牢里已经变了样，顾易中竟十分威风地坐在当中，身后十来个人，整整齐齐。

张吉平喊了一声："顾局长。"

"你来晚了。"顾易中耸耸肩，张吉平连忙开门，顾易中又问一句，"家伙带了吧？"

麻袋撂在地上，里头几把短枪，还有两颗手榴弹，顾易中后面的人一拥而上，瓜分干净，他又问："警卫队的弟兄都在这儿了？"

张吉平点头："总务老苗那边也愿意跟咱们一块儿干。"

"好。把号门都打开，把犯人全都放了。快点。"

特务立时押着监狱长去开门，正要往出走时候，却听监狱门口一声枪响，将所有人吓了一跳。顾易中与张吉平冲了过去，竟见方才张吉平吩咐守门的小特务被打死在了监狱门口。

"小心！"

顾易中拉了一下正要冲出去的张吉平，一颗子弹正飞过来，打在张吉平方才脑袋的地方，他破口大骂："妈的，谁打的老子。老子吹子，张吉平，狗日的我出去弄死你们！"

"冲出去！"顾易中道，后头二十几个人当即全都冲了出来。

迎面到广场正撞上谢文朝带着十来名特务，两拨人短兵相接，然谁也没先开枪。顾易中喊道："把枪放下，不许动！"

谢文朝声音正与他叠上："顾易中通敌，把他抓起来！"

"兄弟们，鬼子马上要打败了，别听他们的！"

两边喊声乱作一团，却忽听警哨响起，竟是山田带着那十二名全副武装的日本宪兵冲出了兵营，成攻击队形卧倒，甚至架上了机枪，枪口赫赫，正对着底下的两拨人。山田正要挥指挥刀，顾易中身后则有几人调转枪口，对准了宪兵，空气中几能闻见火药味，张吉平紧挨着他："怎么办？局长。"

顾易中一时也无计可施，正皱眉时候，一道嘶吼般的笑声从楼上撞了下来——是从近藤的办公室来的，所有人一惊。

只见近藤将朝着广场的窗户全都打开，收音机的声音传了出来，是日本裕仁天皇的《终战诏书》："……朕于兹得以维护国体，信倚尔等忠良臣民之赤诚，并常与尔等臣民同在。若夫情之所激，妄滋事端，或者同胞互相排挤，扰乱时局，因而迷误大道，失信义于世界，此朕所深戒。宜举国一致，子孙相传，确信神州之不灭。念任重而道远，倾全力于将来之建设，笃守道义，坚定志操，誓必发扬国体之精华，不致落后于世界之进化。望尔等臣民善体朕意。"

"败了，日本帝国败了！"

广播与他的话都是日语。宪兵队的人霎时扔了枪，跪在地上，哭号一片，响声震天，谢文朝与顾易中两队人则面面相觑，不知发生了什么。半响，顾易中走到谢文朝面前，慢慢按下了他的枪口。

"日本投降了。老谢啊，别把枪口再对准自己国人了，给自己留条后路吧。"

谢文朝愣愣看着他，枪垂了下去，却忽听一阵马嘶——近藤的那匹东洋马挣脱了缰绳，在广场上狂奔起来。

广场上人连忙躲避,马匹乱跑,又听砰一声枪响,鲜血横流,马倒在地上。

枪口在二楼,近藤垂下手,白烟仍往外冒,而枪则与马的身体一块儿,轰然砸在地上。

鞭炮声,欢呼声,都从外面响起来。

顾易中走到热闹的街上,几乎抬不起腿,他茫然四顾,看着庆祝的成群结队的人群,慢慢回家。

军生在晒场上追着芦花公鸡玩,他要捉那只鸡,而鸡刻意逗他似的,来回绕着玩。海沫则在一边树荫下头做针线活,陆大婶家的姑娘也在旁边择菜。

院里本静着,被慌忙跑进门来的陆大婶打破:"喜事喜事,东洋人缴枪了!"

海沫霎时站了起来:"大婶慢慢说!"

"村里的拨浪鼓郎中说,苏州城都乐疯了,东洋人打败了,他们投降了,他们皇上都下圣旨了,通通放下武器……"

"太好了……太好了!"

海沫一时竟连笑都笑不出来,只听陆大婶道:"可不是。这样先生马上就可以过来跟你们团聚了。"海沫只过去抱起军生:"军生,我们胜利了,我们胜利了!"

军生却还看着公鸡:"舅妈,什么是胜利?"

"胜利了……就是从今以后,我们再也不会被人欺负了。"

军生回过头来:"胜利了,我们就能见到舅舅了?"

"对,胜利了,我们就能跟舅舅一起,快快乐乐地在这里过日子。"

她说着,不由自主地望向门外,无际的山野与土路,还有满怀晴日,虽是黄昏,却似朝阳。

顾易中正在花厅里头收拾箱子。天色将要入夜,他却没点灯,左右也就快要离开。然外面忽然传出动静,他立即拎起枪,慢慢走出去,撞见的竟是提着菜篮子的王妈。

"吓我这一跳,少爷,你还在家,以为你走了。我不放心园子,过来瞧瞧。这天晒的,不浇点水,花儿都会枯的。"

顾易中便把枪收了起来:"这几天街面上会乱,王妈,尽量在家待着。"

"少爷,你这是也要走了?"

"我要找海沫跟军生去。"

"太太跟小少爷在乡下还好吧?"

顾易中只点了点头:"帮我上门口叫个黄包车吧。"

王妈应声出门,顾易中又回去收拾一会儿,终于把箱子合上,没过多会儿,又听见脚步声。

"王妈,这么快?"

一回头,竟见是山田与一个日本宪兵。顾易中正要拔枪,山田的枪口却已经指着他的脑袋,叫了一声:"顾桑?"

"山田桑。"

顾易中点了点头,那个日本宪兵便来搜他的身,掏出那把勃朗宁交给山田。顾易中皱着眉头:"日本已经投降了。"

"我们还没有。"山田满目阴沉,踢了踢底下的箱子,"顾桑这是要去哪里啊?"

"90号估摸也开不下去了,顾某想出门做点小买卖,养家糊口。"

山田没纠结这些:"近藤阁下请您回局里一趟。"

顾易中也笑了:"不去估计是不行吧。"说罢,不等山田答,转过身先出门,正撞见王妈,王妈看着日本宪兵,吓了一跳,一时说不出话来,顾易中转过身又说:"放心吧,王妈,不会有事的。帮我照看好园子,我去去就回来。"

顾易中上了宪兵队的边三轮,山田就坐在他旁边。三轮开上街,轰隆隆响着,将人群冲散,隔在两边。行人都静悄悄的,直至里头响起一声:"谁让他们投降?他们凭什么投降?"

"就是!杀了那么多人,说句投降就完了吗?"

两句话掀起大家的激愤,人群中慢慢扬起骂声来,忽有个大头菜叶飞了出来,差点砸在顾易中脸上,宪兵急踩油门,车冲出人群,而后头的"打倒日本帝国主义,打倒汉奸卖国贼"之声仍悠悠飘在天中。

边三轮一路驶进90号,顾易中闭目,只在进门时看见了那个摇摇欲坠的"国民政府政治保卫局苏州分局"的牌匾,而院里也一样一片狼藉,所有人都在争抢着值钱的东西,而后奔逃。他一步步往里走,山田跟在后头,正要上楼梯时候,撞见了抱着一堆卷轴山水的苗建国。

苗建国一把拉住他:"你还来干什么?赶紧跑吧!"

"近藤找我。"顾易中道。

苗建国便露出不可思议的目光,而后才看见了山田,正要叫"太君"时候,反应过来,又闭了嘴。顾易中经过他去,他在后头望着,直至人走得没影了,才骂一句"小鬼子"。

顺手抄走了桌上的一个花瓶。

山田和两个日本宪兵守在近藤办公室门外,近藤本人则正襟危坐于室中,见他来了,面色竟颇欣慰,请他坐下。

近藤沏了壶茶,倒茶动作竟有些小心翼翼:"谢谢你,这个时候了,还愿意来见我。"

"我想是重要的事……"顾易中道,"我已经联系上了新四军,他们会来接管苏州的。"

近藤却摇头:"我想说的不是这个。喝茶。"顾易中便喝一口,听他道:"这么好的明前龙井,近藤明年估计是喝不上了。"

又是街上,敲锣打鼓,传来连绵不绝的鞭炮声。近藤往外看了一眼:"现在外面,很是热闹吧。"

"苏州人过年的时候才这样。"

"我知道,早晚会有这么一天的……从那些笨蛋发动珍珠港事件那一刻起,我就知道。只是没想到,这一天来得这么快。"

"快吗?"顾易中望着他,"我们等这一天,已经等了很久了。"

"……你也是?"

"当然。"

近藤点了点头,脸上并无过多意外的神色,而只是叹了口气:"我喜欢苏州,但我的心愿是不能实现了,天照大神的子民,无法在苏州这么好的土地上生活了。这实在是太遗憾了。"

"日本子民有他们的土地,他们应该生活在自己的土地上。"

近藤沉默一会儿,又笑:"你知道周知非临走前,跟我说过什么吗?"他顿了顿,"他说,这么多年,我一直把他当对手。事实上,你才是我真正的对手。顾桑,我有个问题一直想问你,希望你能真诚地回答我。"

顾易中做了个"请"的手势,便听近藤清晰地问:"你到底是不是共产党?"

他摇摇头:"我不是,虽然我希望是。"

"……真话?"

"这个时候没必要说假话。"此时已是真心实意。顾易中望着他,果听他问出那句话来："那你在 90 号这么多年，到底为了什么？"

他却似是接上自己方才的话："我希望自己有一天能成为他们其中的一员，他们比国民党优秀太多了。"

"我明白了……明白了，这就是你们所谓的信仰吧。"

话音甫落，他却忽将身边的武士刀抽了出来，正对着顾易中的胸膛，后者却一动不动，只是盯着他，近藤目光似刀光灼灼，道："你和我虽然立场不同，但我敬重你，因为我你都是真正有信仰的人。"

下一刻，近藤却将刀横了过来，双手奉上，顾易中一惊："你这是……"

近藤起身，深鞠一躬："天皇下诏终战，我们是天皇陛下的士兵，必须遵守命令。这场战争，日本帝国终究失败了。南下攻击美国，与英美开战，这是日本帝国的民族切腹。我们这些军人，要负担责任的。"

"所以……你要学武士切腹自杀。"

"这是帝国军人的最高荣誉。顾桑，拜托担任近藤正男的介错人。"

"介错……斩你的首级？"

"拜托了！"

近藤纹丝不动，顾易中一滞，慢慢接过刀来，刀身寒光闪闪，一见即知是宝刀。近藤抖了一下肩，身上披着的和服便落下去，露出精赤的上身，只一条宽白布横缠在腰间。他原是早已都准备好了。

他抬起眼来，朝顾易中一瞥，后者还未反应过来，只听他一声闷喝，另一把利刃已入腹。他一使劲，便横切下去，神情顿变，眉眼扭曲，便就这模样，抬头看着顾易中。

顾易中心中喘着气，面上却没有呼吸。他死死盯着这具注定成为尸体的身躯，感受着自己高高举起的手，手中冰冷的刀。他看着近藤的脖颈，脆弱的一截，化作夜一般的血——父亲的血、姐姐的血、肖若彤的血、富贵的血……凝结了，变作模糊的面孔，变作他额角滴下的汗。

近藤的呻吟传进他的耳朵，紧接着却是外间的躁动——他一回头，原本关上的房门被一脚踹开，一群忠义救国军冲了进来，个个臂上绑着白底红字的袖章，上头几个大字："国民党军委会"。

几人便将顾易中和近藤团团围住，在他们身后，皮鞋敲击地板的声音渐响，顾易中眼前清晰起来，只见来人一身五袋中山装，一顶呢制礼帽，从头到脚是戴笠的风气，神采奕奕，神气勃发，正是周知非。

近藤嘴唇动了两下，先念出了他的名字，却听周知非道："近藤，认错人了。在下是国民党军委会苏州行动总指挥兼军事统计局苏州特别站简任专员周友仁。"

顾易中只是一笑："果然投了军统。"

"戴先生乃不世枭雄，天下豪杰，尽收囊中。蒙他不弃，友仁愿当马前卒。"

"说你三姓家奴，一点没错。"

周知非走上前去，摸上顾易中手里的刀："随机应变矣。顾易中，小鬼子切腹，让你拿着他的刀，莫非是要你当他的介错人……近藤小鬼子跟你还真是惺惺相惜啊。顾易中，你该手起刀落，一刀斩了他的首级，为你父亲、姐姐，还有你那死去的女友，肖什么来着，报仇。"

哐当一声，顾易中却扔了那把刀。周知非弯下腰，捡起来，也不看他："读书的人，终究还是不愿意手上沾血。算了，这种脏事，还是周某人来吧。"

近藤已浑身是血，只刀还插在腹中，颈子却挺得极直，用日语朝周知非大声骂着："浑蛋！来吧！"

周知非一语不发，挥刀，落下。顾易中闭上了眼，却听周知非哈哈大笑。周知非并未斩他首级，刀锋落下，只有几缕头发滑落，随着刀一块儿掉到地上。

"……想为天皇玉碎，成就殉难武士美名。近藤正男，你想得也太美了吧！这样子最好，死不了，又活不成，是你这种人的报应……合适。哈哈哈，太合适了！"

周知非比满身血的近藤更像个疯子，近藤蜷在地上，浑身抽搐，周知非弯腰，将他翻了过来，一把将那柄匕首抽了出来。血喷涌而出，近藤叫声更甚，却听他道："还有一事，近藤正男，我儿早在三月之前已经回到了重庆。这几年，多谢照拂。"他转过头去，叫一声："山田。"

"阁下。"

山田竟应声而入，听他号令："把他抬走，少在这里给你们倭人丢人现眼，鬼哭狼嚎的。"

山田一个立正，喊一声"是"，又叫了两个日本宪兵进来，一块儿将近藤抬了出去。山田更毕恭毕敬，弯着腰倒退出门，又把门关上了，里间一时只剩周知非与顾易中两人，还有满地血迹，散落的武士刀。

"国民政府政治保卫局苏州分局局长，顾易中，顾局长，你说现在怎么善后？周某人奉戴先生命，跟着忠义救国军的任司令，代表国民党军事委员会接管苏州，没想到，办的第一桩案子，就是顾局长你啊。"

顾易中实在没想到他能说出这样话来，一时只剩一句："周知非。"

"友仁，周友仁。军统苏州特别站简任专员。"

顾易中咬了牙："但凡你有点脸面，都不敢站在这儿跟我说话。"

周知非恍若未闻："还在这儿跟我充公子哥派头，顾易中，知道你现在什么身份？汉奸，把你扔在外面街上，你看看你苏州的父老乡亲们会不会把你生吃了。"

"苏州乡亲应该生吃的是你！"

周知非一笑："地下工作，我是军统的地下工作者，明白没有。我当汉奸，是受戴老板的指派。打入，还记得这词吧，我是军统打入90号的内线细胞。你呢……别告诉我你是新四军打入的。"

顾易中抬腿要走："我没时间跟你废话，我要回家喝水了。"

"站住！"

他甫转过身，便听见后面枪上膛声音。他站住脚，然没回头，听见周知非义正词严："顾易中，你以为你能逃脱人民的审判吗？你这个汉奸！"

20 第二十章
茫茫

顾易中坐着敞篷吉普车从 90 号出去，被四个忠义救国军的士兵围着，前后共三辆车开上了街。车尾巴后头，另两个士兵正往上贴红纸写的大字"军事统计局苏州特别站"，正正把原来的"国民政府政治保卫局苏州分局"覆盖住。车往司前街狮子口江苏第三监狱去，街上熙熙攘攘，他今日等同于汉奸游街，百姓群情激奋，几如曾经围观人犯，纷纷将手里的烂菜叶、臭鸡蛋和泥巴朝他扔去。顾易中并未躲避，身上很快狼狈不堪，满是污秽。

"打死你个狗汉奸！卖国贼！去死吧，呸！"

周知非听见这一切声音，他几乎并未眨眼，而只是一动不动地看着，眼神隐在车中暗处。

顾易中被上了手铐，押进监狱"忠"字号牢房当中。号间当中原有三四个人，见他被看守推进来，立时围上，七嘴八舌，然不过冷嘲热讽。

"哟，这不是政保局的顾局长吗，你也进来了。听说外头抗日胜利了，应该放我们出去。"

"胜利了，重庆的国民政府肯定要跟这些汉奸算总账的。"

话还未完，狱卒便来点名，将这几人全点了出去："收拾铺盖，走了走了。军委会下令，这牢要清空，马上是关汉奸专用。"

三人几乎是逃出去的，唯顾易中一人茫然地站在里头。环顾四周，不过两张上下铁床，一个马桶，一个凳子而已。牢门却未关，那狱卒又进来，手上是纸笔，递给他。

"写。"半字不多。

"写什么？"

"自白书。名字，出生年月，哪里人，哪年当的汉奸，都有多少人死在你手上。"

顾易中还愣着,见他要走,忽道:"长官,跑个条子?"

狱卒甩甩手:"顾先生,都什么时候还跑条子,别害我吧。"

顾易中只撕纸,迅速写下几个字,叠起来交给狱卒,又写:见条即付一百法币。

狱卒这才接过来:"自白书赶紧写,上头催得急。"牢门咔一声关了,顾易中坐下,看着那纸,再也没动笔。不过多时,却又有两个汉奸被押了进来。

周知非坐的那辆吉普却停在他家门外,五六个忠义救国军士兵护着他,大摇大摆进去,小楼里却早不复从前了——楼里乱得像个垃圾堆,门口则搁着两个皮箱,周知非还未开口,见纪玉卿和刘妈从楼上骂骂咧咧地下来。

"哪个缺德的,把咱们家糟践成这样。这还能住吗?……老周,你得查,查出来严办,办他们个汉奸罪。"

"原先霸占这儿的是伪江苏省政府民政厅余百鲁,这个狗家伙,举家逃了。我已经派人去搜捕了。"

"这种当汉奸的抓到了就得枪毙!"

周知非难得应和一声,又听她道:"这破家我不高兴收拾了,老周,咱们搬酒店住,六国饭店的大套间还可以凑合。"

周知非却笑:"还有一个更好的地方。"

王妈正在顾园花厅当中扫叶浇水,厅门忽然被撞开,一队忠义救国军冲进来,后头跟着周知非和纪玉卿,夫妇二人一唱一和:"顾家可真阔气啊。"

"外头那几个箱子全抬进来。还有电台。"

王妈全然没反应过来:"你们这是……"

纪玉卿已经往外赶她:"你是顾家用人是吗?赶紧滚出去吧。"见王妈还待着,周知非又道:"这儿现在是伪产。走走走。"

周知非后头跟着的侍卫官动了手,把她往外推:"赶紧走,长官是重庆派过来的,奉命接收伪国民政府汉奸卖国贼的一切产业。走吧走吧。"

王妈便这样被推出门去。周知非指着厅里那些硬木太师椅:"这些破椅子扔掉,硬邦邦的,坐着一点也不舒服。明天去趟原先李先生鹤园,把他们客厅的那套真皮沙发搬过来。还有,黄副官,让他们把电台架后头厢房,一会儿我要跟重庆联络。"

纪玉卿则早在园子里绕了一圈:"老周,这里大得跟宫殿一样,我都迷路了。"

周知非点点头,冲方才那侍卫官说话:"明天会到两个新的保险柜,黄副官,你让下人们搬到我跟太太的卧房。"

纪玉卿又道:"房间又多,还有院子,我太喜欢这里了。老周,我不想住咱们原先的破公馆了。"

侍卫官忙道:"太太,这里是周公馆了。"周知非应声点头,笑道:"叫周园。周园比周公馆听起来气派。"

和尚阿爹推开院门冲进来时,陆大婶正在院里晒场晾稻谷,给她吓了一跳,嘲笑起来:"哟哟,义仁和尚,这都胜利了,别这么吓人好不好?我还以为又是鬼子清乡扫荡呢。"

阿爹却着急:"顾先生给抓起来了。"

海沫正从里屋出门,闻声晃了晃,抓起车钥匙便往外赶。

车绕一遍90号,最终停在苏州城南石子街外头,里面就是顾园,路上却堵满了车。她听见行人闲谈:"怎么回事?全挤这儿了。"

"顾园……好像顾园那里头有喜事。"

"听说重庆的接收大员在这里办公。街面上全是往他家里送礼求见的。好几天这样了。"

海沫心头更慌，停车下来，强压着激动的心情往前走，一路过去，见了从里头排队到街道口的人，全是衣冠楚楚，瞧着便有身份。她什么也不顾，只往前挤，听见路人不满声："不要挤，见专员要排队。"

她终于忍耐不住："什么啊，这是我家。这里现在不是顾园了吗？"

里头仆人正迎出来，见了她，忙往里让："顾太太啊，请请请。"

她行至花厅外头，见顾园已完全变了样，到处都是戴国民党军委会袖标的士兵，还有些哭哭啼啼的男人女眷。纪玉卿正呵斥一个朝她哭求的女人："哭，跟我哭有什么用？我们家老周又不是神仙，谁都能保得了……早知这一天，就不该到伪军里任职当汉奸。就你送的那几根黄鱼，小得跟泥鳅似的，谁稀罕……哟，顾太太。"

纪玉卿瞧见了她，总算转过身来，海沫脸色已全变了："这是怎么回事？"

纪玉卿不答："是不是找我们老周，一会儿我看他得空，给你插个队。家里这乱的，没法招待你。"

海沫只觉自己声音都颤抖："家里？这是顾园。"

纪玉卿半点不慌："顾园那是以前的名字，汉奸伪产，接管了，现在叫周园，我跟老周的新家。"

海沫已气极，反倒冷静下来，硬着脸，眉目似冰，咬出一句："你们也真敢。"

纪玉卿假装没听见："顾先生现在怎么样了？关哪里了？都这时节了，顾太太，就别心疼家里那点细软了。保先生的命要紧。"

海沫还未答话，便见周知非陪着个人出来，还边念叨着："高主席你放心。重庆那边指示,登记情况就可以,一概不追究。当年时局嘛,随机应变,理解理解。"

那被叫"高主席"的人还在问:"此事可得当真?"

"当真当真,高主席。戴老板亲自定的政策。你慢点、慢点。"

待他送走了客,纪玉卿上前去:"老周,顾太太。"

周知非看了她,竟一副含着满腹难言之隐的神情,还深深叹了口气,转身往里走。海沫跟了进去,既至这样,她已不指望能从周知非这儿得到什么说法,反倒有些好奇他能无耻至什么境地——即便如此,看见花厅里硬木家具被换作一组真皮沙发时候,她还是险些提不上一口气。

周知非一屁股坐在沙发上,还招呼她:"海沫,来,坐。"

她站着:"不坐,我就想问一句话。"话音没落,见个士兵走进来:"报告,重庆急电。"

周知非接过电报来,只看一眼,画了个圈便又放下笔,跟她笑:"抱歉啊。实在太忙了,军委会、特别站还有肃奸委员会,三个差事,我都得支应。就是生出三头六臂,也忙不过来。"

纪玉卿恰也在这时候进来:"今天参茶还没喝呢。"

周知非便又接过那茶,慢条斯理喝着,任纪玉卿倚在旁边。纪玉卿也招呼:"顾太太,坐,怎么不坐下说话。"

海沫终于问出来:"你把顾易中关哪里去了?"

周知非竟先装傻:"顾先生还在苏州吗?没见着啊,我还以为顾先生早带着你们全家跑香港做寓公呢。"

海沫只问:"他被关在哪个监狱?"

周知非又喝一口茶:"真不知道……顾太太,转告你家先生,要还在苏州,现在千万别露头,如今民意汹汹了,要被当了汉奸逮起来,我也保不住啊……前几日,民政厅余厅长,被追得跳河了,那叫一个仓皇。"

未承想海沫却道："我问过张吉平了，他说是你带人把顾易中从90号带走的。"

周知非脸色一变："这个吹子，嘴巴还是那么不牢。"

海沫一字一顿："我就想知道他被关在哪里，周知非站长。"

"什么周知非不周知非的，在下周友仁。我不晓得你先生在哪里。就这事啊。"

周知非是恼羞成怒了，海沫更想笑，听见清脆一声，那杯参茶被撂在桌上。黄副官立时高喊："送客！"

海沫深深看了他一眼，挺直脊背，转身离了顾园。纪玉卿直看着她背影不见了，才小声凑到周知非耳边去："老周，咱们这样做会不会不好，把顾易中当汉奸逮了，又占了他们家顾园。"

"什么当汉奸，他本来就是汉奸。我跟你说，他那个政保局局长，是上了军统《整肃汉奸名册》的。这本名册是戴老板钦点的，又不是我给他安的名头，他就等着国民政府的审判吧。"

却听纪玉卿道："他跟你共事过三年。你在特工站的情况他都了解。怕就怕他在法庭上全说出来。"

周知非却满不在乎："怕什么，我怕什么？我在苏州站的事，戴老板说了可以帮我证明。从民国二十八年始，我已经是干'地下工作'的了，我是奉重庆军统之命，潜伏。放心吧，老纪，有戴老板在，啥事没有。"

纪玉卿仍絮絮叨叨的："毕竟蒋伯先的事，中统死了十几号人……"

周知非这回才是真急了："快住嘴吧！你又不懂，嚷嚷什么……你出去，让副官叫下一位进来，晚上万里朗要从南京来见我，央我向戴先生求情，躲都躲不掉，真麻烦。"

周知非挥了挥手，纪玉卿耷拉着脸，慢慢走了出去。

海沫听见有人唤她。

"顾太太、顾太太!"

她抬起头来,见一人站在自己面前:"我是兆和医院的,陆先生让我在这里等你,好几天了,你总算出现了。"

她眼睛一亮,跟了上去,一路开车至兆和医院,进了陆兆和的办公室。后者递给她一个条子:"易中送出来的。"

条子上一句话:"联络罗武强。体尚健,见条即付一百法币。"

海沫一愣:"他被关在哪里?"

"江苏高等法院第三监狱,狮子口那里。送条子的是那里的狱卒。"话音刚落,竟见海沫往外走,陆兆和起来去追,"海沫,海沫。你去哪儿?"

海沫去监狱门口,好不容易寻见,却被狱卒拦在外面,她好声好气求着:"求您了,我就进去看一眼,看一眼就走。"

"现在是特殊时期,私放探监,出了问题,我们是要担责任的。"

她语气更低:"我一个弱女子,能惹出什么乱子呢?求你通融通融吧。"

狱卒就差上手去赶:"不行不行,走吧走吧。"

海沫从兜里摸出几张钞票,悄悄塞进他口袋里:"您就让我见一面,见一面我就走,绝不再烦你。"

狱卒摇摇头,把钞票塞回去:"真不能要你的钱,这样吧……你到前头59号那家,从他们家三楼阳台可以瞧见监狱后院,这会儿快放风了,你或许能见着家属。"

海沫忙道谢:"您真是大好人,谢谢您了。"

顾易中还在牢房里坐着,面前的纸也仍是白的,笔搁在上头,他定定望着,听见狱友闲谈声:"我刚才见到陈公博了,押里头单间了。"

"他怎么也关这里,不是听说躲日本去了。"

"东洋人现在泥菩萨过江,自身难保。没见着……周佛海吧?"

"他现在是戴雨农那头的红人,接收大员呢。老周这身段,真行。"

"就咱们几个实在,当汉奸就专心当汉奸,不懂得与重庆暗通款曲,弄个'地下工作者'的名堂。"

顾易中肩头一颤,听见牢门打开,狱卒在外头喊:"放风了,放风了。"他抬腿要起,一顿,却又坐了下来。

海沫被引着上了三楼,直走到外间阳台。阳台上已有不少人,都伸着脖子看,她塞一张钞票给引路人,又是一番道谢,便听旁的家属喊:"出来了出来了!"

她赶紧挤了过去,挤到人群前头,出了一身的汗,一捋头发,真看见了监狱通电的铁丝围墙。里头是个十米见方的院子,有犯人正从号间里出来。阳台上家属仔细辨认着,认出了,便兴奋地喊起来。

"……必成!"

"金华,这边这边,孩子也来了,你看一眼!"说着,便把孩子抱起来。距离实在太远,两边其实各自都听不见说什么,海沫站在这一片喊声里,不敢眨眼,茫然寻着,却怎么也没看见顾易中的脸。

过了不一会儿,她眼睛忽然亮了起来——一个高瘦的人从号间里走出,她几乎跳起来,高喊着:"易中——顾易中!"

顾易中听不见,也就一直没有回头,直到旁边一个人扯了扯他的胳膊,他才往阳台这边望来,黑压压的一片人,不会儿,他却看见一张漂亮的蓝色丝巾飘起来。正是他那年在上海与黄秋收见面的时候,买给海沫的礼物。

他便笑了,唤一声:"海沫。"

两人眼神终于对上,然半点声音也听不到。海沫使尽最大力气喊着:

"易中，你怎么样？"

顾易中答非所问："军生呢？"

海沫自顾自往下问："他们凭什么关你？你不是汉奸，你是好人啊！你们组织的人呢？他们能不能帮你？"

顾易中又问："条子收到了没有？给我送些衣服进来，还有那本书《营造法式》，我想看书，建筑书。"

"知道，罗武强。我会登报找罗武强的。军生，军生我让陆大婶照顾着，放心。"

顾易中还没说话，狱卒便赶人了，犯人又都进了号间。顾易中费劲回头，仍看着海沫，只听她终于传来稀薄的话声，几乎已经嘶哑。

"易中，我一定会救你出来的，一定会！"

他眼睛便终于有些酸了，使那蓝色丝巾与一方天空模糊成一片，慢慢消失了。

街上仍有人放鞭炮，小孩们都上了街，吵吵嚷嚷地跑，玩"打鬼子"的游戏，海沫自街边、自他们身旁过，低着头，步履慢慢的，只听一个报童跑过来："卖报啦，卖报啦，《苏州新报》《大公报》……重庆谈判，重庆谈判了，毛先生亲临重庆，两党再次合作，内战阴霾消除。"

"给我一样来一份。"她递过钱去，接过几份报纸，一张张翻看，每一份上都有她发的寻找罗武强的"寻人启事"，留的是兆和医院的电话。

顾园之中张灯结彩，周知非与纪玉卿夫妇今日大宴宾客，各路高朋纷纷而来，几乎踏破古旧的门槛。王则民也在当中，拿着个大红请帖，跟着一个仆人进花厅来，见里头已坐着许多熟人，不免又是一番奉承寒暄。

"王会长，您老也来了。"

"周特派员亲自送的请帖，兄弟真的是三生有幸。周特派员呢？"

"还在会客呢，重庆方面来的。听说昨天上海逮了梁鸿志。"

王则民一惊："梁老不是躲在苏州吗，任援道保着他，怎么会在上海被抓？"

"任援道出卖的。任援道太不仗义……听说周特派员现在在戴雨农那边颇能说得上话。老王，以你跟周特派员的交情，这回是肯定上岸了，到时拉兄弟一把……谢局长也来了。"

正是谢文朝，他也拿着请帖，闻言连忙拱手："局长不敢不敢。兄弟谢文朝……听说万局长也到了？"

说的则是万里朗，同他打招呼那人便生出些不安来："在里屋呢。把我们这些落过水的人都请过来，是要做什么？老王。"

王则民道："周特派员专门交代了，纯粹餐叙。几年未见，跟各位老兄弟叙叙旧情。"

谢文朝皱了眉头："吃饭？这花厅没摆桌席，这么多人，也坐不下啊。"

"放宽心啦，周特派员是个念旧情的人，一定会帮大家在戴老板面前美言。"

王则民话还没完，正见周知非从里屋优哉游哉地出来，后头跟着的正是万里朗，两人谈笑风生，十足亲密，万里朗更是拱手："兄弟就全拜托您了。"

"好说好说。"周知非扫一眼满屋人，便站定，万里朗在他后头，听他道，"各位，今天高朋满座，周园蓬荜生辉。兄弟自重庆过来，临行前，戴先生亲口对兄弟交代，苏州地处南京、上海要衢，沦陷期间，汪逆常来小住。苏州乡绅，附逆者众，须严查肃办。现按国民政府颁布的《惩治汉奸条例》，戴先生亲拟的汉奸名册，请各位束手就缚，免伤和气。"

这语气便如换个人一样变了，声音没落地，外头便围进来许多忠义救国军,将屋里人包了圆,所谓客人还在愣着,见周知非接过个名册,翻开就要念。

人群当中响起一声低叫:"敢情,鸿门宴哪。"

"周某也是奉戴先生命令执行,递不上话。各位,周某得罪了。名册共录汉奸四千七百五十三名,其中江苏省部暨苏州共七十八名,晚上都在这里了吧。现在,周某念一个名字,就请上前一步……高冠吾。"

高冠吾应声站了起来,许是破罐破摔,指着周知非的鼻子骂:"姓周的,你太不是东西了,诳我们来吃饭,原来吃的是牢饭。"骂声未绝,已经被忠义救国军押走,周知非后头的万里朗揣着手,还看热闹,下一个却听见自己的名字——他脸上笑容还未消尽,便看见周知非的笑眼。

"周知非,王八蛋!"

周知非装作没听见,摆摆手,军士就将万里朗拖走。再下一个念:"王则民!"

王则民早已发抖了,此时哼哼似的应了一声,两个兵士来拖他,听他嚷一句:"周友仁……"

下半句还没说,便挨了个耳光:"特派员的名讳也是你叫的吗?"

"哪位?"

"是你登的寻人启事?"

"是是是,你哪位?"

"观前街的八仙茶馆,二楼。"

海沫撂了电话,抓起车钥匙来,直出兆和医院。车开到八仙茶馆,她便匆匆上楼,正四望搜寻之间,却被个人撞了一下。那人帽子也掉在地上,她并没在意,帮着捡起来,归还之间,却听一句话:"你是海沫吧,靠窗那两位就是。"

海沫愣神，那人却已道了谢，下楼去了。她往窗边走，果有两个男人坐在那儿，显然是等着她。

"是顾太太吗？"其中一人问。

"你是？"

"在下姓林。新四军六师师政治部的。"

正是林副主任，也是他给海沫打的电话。海沫几是霎时便松下来："可把你给盼来了！……"话声一顿，忽又想起什么，"有无证明？抱歉。"

"理解。"林副主任点头，往另一人那看了一眼，他便拿出半截残碎春联，正是顾易中在游击区指挥部里头写的字，"我们有顾先生写给罗司令的信。"

此人即是陈岸良。海沫一看落款当中"若彤的朋友"五个字，立时认出顾易中字迹来。陈岸良将信收起，林副主任又道："组织看到了你登的寻人启事，派我专门跟你联络。"

海沫只问："……罗武强呢？"

"罗司令他们过江了，北上了。"陈岸良道。

"国共两党正在重庆谈判，为了表示我们和平的决心，决定让出苏沪地区，苏南的新四军全部转移到苏北和大别山根据地了。"

海沫一愣："你们不要苏州了。"

林副主任摇摇头："不能这么说，只是暂时撤离。我们会回来的。说说顾易中目前的情况，我们很关心他的际遇。"

"……被关在狮子口监狱，他们拿《惩治汉奸条例》抓他。军统说他是汉奸，他不是，这么多年来，他一直在替你们做事，你们不能不管他。你们要出来证明他是党的地下工作者，一直为抗日工作的。"

林副主任点头："顾易中的事你放心，我们是专门来营救他的。组织上是绝对不会抛弃一名为国家和民族做出重大贡献的人的。回去告诉顾同志,要利用好监狱、法庭,跟国民党反动派做斗争。"

海沫心跳都快起来:"你们承认他是同志?"

"组织已知道顾易中就是我们断线的、代号为'孤舟'的同志。这些年我们一直在寻找并试图和他建立联系。这是罗司令给他的一封信。请你想办法转交给顾易中同志。"

海沫接过信来,手紧紧握着信纸,声音却颤抖:"狮子口监狱根本就不让我进,我见不到他。"

"我们会安排的,狮子口有我们的关系。……探视的事,你以家属的名义出现会比较有利。还有我们得请律师,最好去上海请,做好长期斗争的准备,经费组织上会提供。"

顾易中往探视室走的时候,正见一卡车运来不少新抓的汉奸,骂声、哭声一片,吵作一团,而万里朗几人就在里头。谢文朝的声音格外刺耳:"这是人住的地方吗?"

"军统太不是东西,我们先遣军做了多少工作,翻脸就不认人了?"

顾易中倒对周知非会卖了他们毫不惊讶。他走进屋子,海沫已坐在里头等他。他一愣,心下顿时燃起许多希望来,而更多的是扫除过往几天一切阴霾的喜悦——他一坐下,海沫便轻轻握住了他的手。

"他们跟我取得联系了。"她说。

"罗武强?"

"是的,罗司令给你的信。"

顾易中接来拆了,见里面果是罗武强字迹:"易中兄,当年一别,历四载。这些年你为国家及抗日事业所做的贡献我们记在心里。今虽陷囹圄,但我相信你会在法庭上拿起法律武器跟反动派做斗争。我们也正尽一切努力组织营救。相信我,也相信组织。罗武强字。"

"怎么说？"海沫急切道。

"让我放心，他们会帮我，救我出来的。"

"……那我就安心了。我给你带了些日用的东西。"

衣服、日用品装在包袱里，还有厚厚一套《营造法式》。顾易中摩挲着书皮："你在阳台听见我说的了。"

海沫却摇头："没有，我猜的。军生陆大婶照顾着，你放心，还有笔记本，穿的里衣、袜子……"

顾易中只翻开书："在牢里刚好能静下心好好琢磨了。海沫，这回要是能出来，我……"

她却打断他的话："你肯定能无罪释放。我要找最好的律师，把90号的证人都找出来，让法庭还有苏州人民知道你顾易中是什么人，这些年你都在干什么，我们都受的什么难……"

"海沫。"

顾易中看见她柔软眼睛里的湿意，他顿时有些慌起来，然还未等他组织好并不擅长的语句，她便抹了眼睛，重变得亮晶晶的，看着他。

"日本人在的时候，没地方讲理，现在抗战胜利了，这都是咱中国人，我就不信还没地方讲理，不信周知非那些坏种受不到惩罚。这官司，我要跟他们打到底！"

苏州今年冬日竟下起雪来。四六年二月，雪落房檐，将青砖灰瓦遮作白茫茫一片，欢声亦皆已作静寂，一辆吉普车带着两辆军卡开至码头，慢慢停了下来。吉普上头是国民党军队，卡车上则是三十几个日军战俘。他们带着行李卷，被驱赶下来，官兵又列好队，纷纷挤进一旁亭子里避雪——雪还在下，几有纷纷扬扬之势，官兵骂声更欢，亭里侨民亦给他们让路，便在此时，河上鸣笛声起。旅人与战俘纷纷往船上检票。近藤也在人群之中，脸上起了胡茬，眼中映着麻木的雪地，然身上衣装还算干净。他也混在战俘之中，弯着腰，跑得十足狼狈。

便在这时，他眼中忽而射进一丝寒光。他用手捂住脖子，滚烫浓稠的液体沾在手上，往下滴滴答答地流。他看见一柄沾满他血的闪亮的茶刀，一个戴着黑帽子、穿着中山装、脸已伪装得看不出是谁的身影。

他听见对方说："周站长让我送你上路。"

他瞪大了眼睛。

杀手离去了。他看着前路，跌撞着往前，往排队上船的战俘之间走，他听见国民党军官遥远的喊声："回队伍，叫你呢，快回队伍！你没听见啊？"

旁边战俘则看见他血红的脖子、血红的身体，大叫起来，人群顿时一片混乱，从他身边散开——他忽又有了力气似的，从人群当中冲出来，冲进空茫的雪地之中，倒在了上面。

他的手终于落了下来。

脖颈处的血如忽然盛放的花，喷向空中，足有三尺高，转瞬之间又与仍下着的雪一块儿落到他脸上，将他整个人都覆盖。

"结束了……"

他呼出最后一口气。看着人群又聚起来，只不过离他远去，慢慢地，在他眼中最后的影子里，船开走了。

官兵也走了。他躺在雪地里，仍睁着眼。

周知非坐在花窗前，看着飘进窗里来的雪，雪落在他怀里的手炉上，他听见脚步声，是副官领了个杀手进来，站在他身后。他摆了摆手，一句话不必说，两人又出门。而他纹丝未动，只眼中渐渐湿润起来。

他记起李士群临死时候的脸。

又是脚步声，是纪玉卿进门来，絮絮叨叨的。她方才在院子里同几个年轻仆人玩雪，满身的冷气，进来到他身边，抬手便关了窗："怎么开着窗，小心冷着了。好些年没瞅见苏州下雪了。"

周知非没说话。纪玉卿径自坐下："俩保险柜又装不下了。老周，要不要再置办俩？"

却见周知非忽然发起火来："纪玉卿，有完没完！差不离得了！"

纪玉卿有些愣，不知他为何又不高兴，一眼瞥见桌上的《江苏日报》，头版头条一行大字：昔日伪特工站站长，当下军统接收大员。

她笑了一声，便将那报纸拿开："我说无名火哪儿来的呢，刘妈怎么还把这张报纸给你呢。理它做什么，全是小报放屁乱写的。"

"小看了海沫，上蹿下跳，颇能活动。给顾易中请了上海的大律师，听说本来是要请章士钊的，但章大律师忙着替褚民谊打汉奸官司，拒了。推荐了手底下的得力干将，姓胡，是个能钻营的。"

"再能干也没用吧。顾易中的汉奸是进名册的，戴先生定案的。"

周知非却摇头："如今国民政府讲法治了，民意不可不防。蒋先生要收拢民心，也不敢公开庇护以前的地下工作者，听说周佛海都被戴老板软禁起来，早晚要吃官司的。"

"我们地下工作比周菩萨早，我们四三年就反正了。还给戴老板送那么些重要的信。"

"……没后台吹风，小报不敢乱写的，有人想翻案。"

纪玉卿终于有些慌了："那怎么办？顾易中要是在法庭上翻以前你在90号的事，那会难堪的。"

周知非已站起来："我得跑趟狮子口。"纪玉卿在他身后嚷："不是约好晚上在家吃藏书羊肉，陪我喝点花雕吗？……任援道三姨太也要来的。"

话音落下，周知非身影却已消失在雪里了。

海沫早告诉了他即将开庭的消息,也给他带了新衣服。顾易中换上一套合体的长衫,显得十分精神。几个月以来,牢房桌子上也摆了许多书,都是他从前的专业书,还有个简单的监狱模型。深廊暗室间,旁的犯人唱《二进宫》铜锤花脸的声音悠悠传过来。

他忽然听见牢门开了,两个人走进来:是狱卒陪着一身中山装的周知非。狱卒竟将其他同牢犯人赶了出去,只留他们两人在里头。

顾易中瞧着他,听周知非先开口:"关了小半年,倒精神了。这……还做起学问来了。"

顾易中只道:"学问才是我正业。"

周知非便笑:"你谦虚。堂堂国民政府政治保卫局苏州分局局长,老特工人员了,怎么会只是个做学问的,稀罕。这模型是狮子口监狱?"

顾易中不答,周知非径自拿起来看,边琢磨边絮叨:"做得很逼真啊。狮子口监狱前身乃宣统二年的苏州模范监狱,在前清也是大大有名的。狮子口,取'有进无出'意。易中老弟啊,这明天就要庭审了,准备得如何?听说你太太从上海请了最好的律师。"

"事关顾家千年声誉。"顾易中望着他。

周知非点点头:"这官司你是想赢,想洗清汉奸罪名。"

"我本来就不是什么汉奸,我是个地下工作者,进入90号工作是另有目的。"

周知非又笑:"知道知道。易中老弟啊,都知道你是奉新四军之命打入90号的。但就是你有证人、证物,也没用,你知道高等法院承认'地下工作者',需要什么证明吗?国民政府军事统计局的证明,才能算是,也就是说,你得有戴先生认可,才是地下工作者。你能搞到戴先生签字吗?……所以,你不是,也不可能是地下工作者。而我,周友仁,才是。"

顾易中静静望着他，只想再听听他今日还能说出什么话，周知非眼珠动了动，似对他的沉默很是意外："当此时局，我们的方法和对策只有一条，随机应变……你忘了李先生的座右铭吧。好了，我来这儿不是跟你打嘴仗的，是想告诉你，明天在法庭上，什么该说什么不该说。"

图穷匕见，顾易中也笑了："你是怕我揭露你在90号犯下的那些滔天罪行吧。"

周知非一摊手："偏激了不是？易中老弟，沦陷这些年，你们家死的那些人，你父亲、姐姐，还有肖小姐，是死在小鬼子手里，跟周某没关系。你也扯不上跟周某有世仇。可能你忘了，在90号的时候，要不是我竭力保全，你早就被近藤灭口了。"

荒唐至极。如他所言，顾易中也无意同他打嘴仗，只听他说："法庭相信的是事实。你也别太紧张，易中老弟，你的案子判不了死刑。戴先生最近刚指示，肃奸按照'只问职务，无关罪状'量刑标准：伪省长级别死刑，部长无期，次长七至十年，局长三至五年，其余均判二年半，以示薄惩……你也就当个局长，三至五年，兄弟保证，三年，让你出来。"

顾易中险些笑出声："你在给你自己做心理安慰吧。三至五年，周知非，你干的那些事，足以判你死刑。少废话，法庭上见。"

说完，便沉默坐着，似在等他走，终于将周知非也看得抬不起眼来，嘴唇动了动，径自起身，砰一声关上牢门。

"民国三十五年度特字第四二八号，关于原汪伪政府政治保卫局苏州分局局长顾易中涉嫌通敌叛国罪一案，现在公开审理。带被告顾易中。"

法官落槌，示意开庭，顾易中戴着手铐，慢慢走到被告席，抬眼看了看检方席位上端正坐着的周知非。海沫则在旁听席，与他对上目光。

"姓名？"

他脸色平淡无波:"顾易中。"

"年龄?"

"二十九岁。"

"籍贯?"

"江苏苏州。"

"被捕时职业?"

他眨了一下眼睛:"政治保卫局苏州分局局长。"

法官并未停顿:"进入汪伪之前,是何身份?"

"易中营造社的古建筑师。"

"有无其他政治身份?"

"没有。"

"你没有加入任何党派?比如共产党?照实回答。"

顾易中深吸一口气:"没有。但我曾以积极分子的身份,参与过共产党的行动,并一直为新四军及抗日事业服务。"

"现在请你详细交代,你是如何加入汪伪特务机构,以及在汪伪的经历。"

海沫听到这儿,终于起身往外走,她身边的两个空位置一直没有来人。法庭之外警备森严,她出去便不能再进来,只得往外张望,又裹紧了身上的外套。

"……以上就是你所有的供述?"见顾易中点头,法官又问,"还有补充吗?"

"暂时没有。"

"现在请检方证人发言。"

周知非站起来,先深鞠一躬,倒显得十分郑重。法官亦问他姓名身份,一套流程以后,方至重点:"对于顾易中的陈述,你可有什么意见?"

"顾易中所述一派胡言。我这里有 90 号的记录，里面详细记载了顾易中为了博取 90 号日方顾问近藤正男的信任，不惜杀父求荣的事实。"

旁听席之中一片骚动，法官不动声色，接过周知非的材料，又听他道："这件事当年在苏州是相当轰动的，上至达官贵人，下至平民百姓，无人不知，无人不晓。顾易中的父亲顾希形是国民党元老，北伐功臣，为国民政府的建立做出巨大的贡献。可即便如此，为了自己的荣华富贵，顾易中不惜对顾希形痛下杀手，这种连父亲都能杀害的人，哪还有良知可言。不只他的父亲，他身为共产党员的姐姐也惨死于他的枪下。"

议论声更大，而顾易中忽然想笑，周知非还没说完："我提交的材料还可以证明，顾易中加入 90 号以后，积极拥护汪伪的清乡运动，大力推广日本文化，腐化侵蚀国人的信仰，还多次参与剿灭新四军，残杀中统特务人员。"

顾易中在此刻打断他，一字一顿："血口喷人。残杀中统潜伏人员的是你。"

"顾易中，不要再做无谓的狡辩了。你为虎作伥，助纣为虐的时候，不曾想过有今天吧？法网恢恢，疏而不漏。你是逃脱不了法律的制裁的。"

法官即问："顾易中，你刚才所述，虽身在汪伪，却一直替新四军做事，可有证人？"

顾易中的目光渐从周知非身上移开，而变作一种难言的、遥远的悲凉："我的老师，也是我在中共的上线黄秋收，四三年的时候，不幸牺牲了。"

"……四三年至今呢？中共是否派人与你继续联络？"

顾易中摇了摇头。

"那也就是说，现在没有任何人可以证明，你加入汪伪是在替中共做事？"

沉默。

"是的。"他说。

"既无证人，则……"

法官话音未落，法庭大门忽开，进来的正是罗武强，身边则是林副主任和海沫。罗武强高声道："我可以证明顾易中的清白。"

顾易中也看向他，又看了看他身边的林副主任，最后与海沫相视，眼睛慢慢亮起来。他的律师则开口："这是我方证人，请庭上允许他发言。"

法官点了头："请证人出庭做证。"

罗武强走上证人席，瞥了一眼眉头紧皱的周知非。法官又将姓名与身份问了一遍，当话至"请您开始进行陈述"时，海沫终于轻轻攥紧了手。

"一定会没事的。"林副主任道。

海沫点了点头，静听罗武强陈述。一席话落，满庭静寂，法官尚未开口，周知非先抢上了话："法官大人，罗武强的证词只能证明顾易中曾帮助他及他的八千弟兄，走上了抗日之路，但并不能推翻顾易中服务于汪伪的事实。"

罗武强却没理他，只高高扬起一份文件："我这里有一份材料，请法官过目。"

书记员将材料接过去，递给法官，又听罗武强道："这是共产党地下党员黄秋收在牺牲前交给我党组织的重要报告。报告可以证明，顾易中的确是中共卧底，代号'孤舟'，他一直在为抗日做事。"

周知非愣住了，审判席上法官等几人传着看了一遍，又问："证人可还有需要供述的内容？"

罗武强鞠了一躬："顾易中他是冤枉的，请法庭给予他公正的判决。"

法官点点头："证人可以离席了。"

罗武强便回至林副主任身边，然还未坐下，却听见周知非声音："法官，黄秋收已经牺牲了，仅凭一份不知道哪里来的报告，根本无法证明顾易中的清白，况且，即便他是中共卧底，也不能掩盖他过去所犯下的滔天罪行。"

法官便问："检方可还有需要指证的内容？"

周知非灰暗的眼睛闪烁一下，话音竟与他先前都不同："还有……我这里有材料可以证明，顾易中曾一手谋划杀害了中统江苏区区长区晰萍及中统十几名特工。"

此言一出，满庭皆惊。法官立时问："可有证人证物？"

周知非话声又恢复如常："有！"

一个满面颓丧的中年男人走了上来，看见顾易中，又立马变作一副要生啖其肉的凶狠模样，周知非极夸张地拦住他："你别激动，把真相说出来，法律会替你制裁他。"

那人吼道："就是他！这个狗汉奸，为了帮助日本人，害死了我姐姐，还有中统十几名特工！他就是化成灰，我也认得！"

他继续道："我叫区茂春，区晰萍是我的姐姐，我们是广东梅县客家人，这是我的身份证明和铺保。"

顾易中一怔，听见那个名字以后，反倒落了眼神，他长长呼出一口气，闭上了眼睛。

此案暂时休庭，众人渐渐出了法庭，而海沫踩着雪地上凌乱脚印，匆匆赶上周知非，抓住了他的肩膀："周知非，你到底想干什么？"

周知非也不挣，只回过头来："我给顾先生留了条生路，他非得往这死路上挤。"

"顾易中什么时候杀害中统特工了，你这不是黑白颠倒吗？"

周知非反倒笑了："法庭怎么会黑白颠倒，还有你们不是请了上海胡大律师嘛，他们怎么会颠倒？"

海沫咬着牙，然说不出一个字来，周知非却一反身，附在她耳边："顾易中要出得了狮子口，我就得进大牢。我告诉你，他这次死定了。你跟顾易中后面的组织都救不了这个'孤舟'。"他说罢，便轻轻一抖肩，上了汽车，车轮碾过行人脚印，扬长而去。

顾易中走回号间时候，与王则民擦肩而过，王则民被两个荷枪实弹的警察押着，面如土色，腿几乎站不直，直到顾易中站在面前，才飘出两句："……顾先生，救命啊，救命啊！我搞过地下工作的，我是地下工作者。"

顾易中一刻未停，慢慢走回他的号间里，坐在桌子前头，捧起书看，字里行间晕着天窗当中掉下来的光。半晌，他隐约间听见一声枪响。

海沫又来到了探视间，两人这回隔着铁栅栏。她面色比上次苍白许多："法庭完全是在颠倒黑白，易中。罗司令说，要不是有组织纪律，他就派几十个弟兄把这鸟监狱劫了。"

顾易中急道："千万别这么做。我是被诬入狱的，如果我不清不楚地逃跑了，那么我还有我们父亲，我们顾园，永远都要背负着汉奸卖国的罪名。他们怎么把我抓进来，我就要让他们怎么把我放出去。我要以一个爱国者的身份，清清白白地走出这个国民党的监狱。"

海沫点头："我知道你的心意……罗司令做完证就回根据地了。现在国共两党摩擦不断，军调会沦为虚设。罗司令担心内战很快打起来，希望你能早点出狱，并肩战斗。"

"我的案子现在的关键是区晰萍及中统十几名特工被害一案，你跟她怎么认识的？"

海沫一怔，露出点怀念的神色："在香港，她找到的我。有时候我们也会聊起家人，她说她全家都被炸死在广西桂林，所以她特别恨日本鬼子，她有一个姐姐一个哥哥，但她没提过有一个弟弟……"

"要是她有弟弟，她应该会提及。这姓区的可能是个冒名顶替的？"

"……可法庭已经承认了他的身份。"

"让他们查一查。他要是假的，周知非的证据就可以推翻。"

海沫便应下，顾易中默默看了她一会儿，道："先回去吧，雪天，小心点。"

然海沫仍坐着不动。顾易中便也只看着她，直至她终于从怀里摸出一封信来："罗司令回根据地之前交给我的。让我务必转交给你……说这是当年肖若彤小姐的遗物。"

顾易中不必拆开，便能知道，这是他当年送给肖若彤的情书。然而他还是拆开，然而他甫拿出信纸，便见海沫起身走了。走到他声音无法漫至的地方，他便只有目光相送。她走得平稳，融入外间他看不见的雪天，而他终于看着那封信，时隔五年，崭新如初。他合上眼睛。

"尊敬的肖若彤小姐，未遇到你之前，我没想过结婚，遇见你之后，结婚这事我没想过和别人，我正式在此向您求婚。允，则易中此生之幸。民国三十年九月二十一日于姑苏。"

他泪如雨下。

苏州雪更大了，素絮漫天，海沫站在当中，微微扬起下巴来，然仍往前走，一步步地，并未回头。

顾易中抱着腿，往那扇天窗看。夜中仍有天光，天光慢慢暗了，而他眼前则亮起来——他看见繁茂的树林，看见苏州难见的澄澈晴日，日光如碎金缕帛，落将进来，而他与肖若彤一块儿缠在丛林当中。

她制服的裙摆总离他咫尺之遥，便如她遥远的笑声——终于，她不再回头了，她往前跑着，很快跑出他追逐的视线。这林中竟只剩他一个人。顾易中仰起头，望见葱郁的暗下去的枝叶，愈围愈紧，最后变作黑暗。

他浑身一颤，醒了过来。他看见阴冷的栏杆，而天窗外片光也无，夜色漆黑如墨。

房间当中亮起烛光。枪口一晃，顶在床帏间男人的脑袋上，两个妓女被惊走，一个麻袋落下，将男人的惨叫声都压了下去。

"好汉饶命！"

区茂春被解开时候，见面前坐着一男一女，正是陈岸良和海沫。他连声求饶，不知自己究竟是如何从妓院到了这儿。

陈岸良开口："你到底姓什么？"

"……区。"

陈岸良又抬了枪，这回不等他问，区茂春便打了哆嗦："丁。"

"拿了周知非多少钱，假冒区晞萍的弟弟。"

"十根小黄鱼。"

陈岸良脸上有些抽搐："你要命还是要钱吧。"

区茂春几乎喊出来："命！"

"那好，给你最后一次机会，明天上法庭，把你冒充身份的事招了，否则晚上你就去太湖喂鱼了。"

区茂春连声答应，话音未落，林副主任便从门外进来，也是满脸喜色。海沫忙迎上去："找着了？"

林副主任看了区茂春一眼，陈岸良当即叫人把他押了出去，林副主任方道："找着了……还好我们找的胡律师熟悉苏州，不然这么一大堆重要资料都化成纸浆了。"他将手里一沓文件递过来，两人凑上去看，又听他道：

"胡律师在纸厂找到了当年90号的一批档案资料，有中统这十几个人案件的前后事件经过的详细报告。你们猜写报告的人是谁？"

海沫迟疑道："……周知非。"

林副主任点点头："他为了取得鬼子顾问的信任，把事件前前后后都写了一遍。一切都是他主谋的，包括当时如何开枪杀死区晰萍，都写得详详细细的。报告后面还有他的签字。"

陈岸良却未放松警惕："还有当年90号的当事人？"

林副主任点头："对，这人是中统主动从学习班中押送给我们的。中统、军统一直摩擦不断。中统为了防止军统抓捕，把原中统投敌分子集中起来，名为学习，实为保护。为了惩治叛变到军统的周知非，中统新局长叶秀峰亲自批的条子，让证人出庭。"

顾易中的案件终审开庭。区茂春一入证人席，周知非的眼睛便瞪大了，脸色也顿时煞白，只听他道："我不是区茂春。也不是区晰萍的弟弟，这一切都是这位姓周的先生指使的。"

周知非立马叫道："他说假话！"

胡律师道："说假话的是你，周友仁，不，应该叫你周知非。法官大人，我这还有更有力的证据。"他将一沓90号档案递给法官。周知非渐渐冒出冷汗，身上也冰凉，法官手中翻阅纸页的声音，听在他耳中几为磨刀声。

法官扬了扬档案："周知非，你当时在90号当站长是不是？这份报告是不是你写的？这里面可有全面且详细的对区晰萍等特工被出卖经过的叙述。"

"这是一份假材料！"周知非喊。

"这上面不仅有你的签名，而且整份材料都是你亲笔写的。难道你是被逼写下来的吗？这笔迹是你的吧？"

"我——"

然这回却未待他说完，法官便道："传证人。"

被押上来的人众人再熟悉不过，竟是张吉平，周知非愣愣看着他的脸，已是一个字也说不出来。法官问道："这人你还认识吧？"

张吉平咧着嘴朝他笑："周站长。我，吹子，张吉平啊！不认识了？"

周知非喘着粗气，手也抖起来："法官大人，我抗议。我是本案检方证人，苏州肃奸委员会主任、特派员，我奉戴先生之命来肃奸的。"

法官竟点了点头："我们是要肃奸的。"

"这里头应该有大大的误会。我先告退……"他慌忙收拾桌上的材料，纸页乱飞，掉出他抖着的手，他几乎是逃跑模样地走下检方席位，却见外面冲进来五六个法警，将他团团围住。

顾易中自始至终一言未发，再回头时，只见海沫端端正正坐着，慢慢泛起笑意来，眼睛却骤然湿了。

苏州的雪已在几日以前停了，雪后大多是晴日，融过后并未成冰，化作软河流在路边。顾易中抬起头来，看着金灿灿的太阳。

"怎么，在里面待久了，出来都不习惯了？"

海沫的声音响在旁，真实的，并非幻梦的，他便肩头一颤，也笑起来。

"习惯，"他慢慢道，"太习惯了。"

纪玉卿扒着铁栅栏，死死朝里面盯着，终于见周知非与两个狱卒过来，坐在她面前。他神色仍旧淡定，与她截然不同，只听着她哭哭啼啼："知非，怎么会这样？戴先生不保你了吗？……这可怎么办啊？"

"不慌。"他安抚道，"不慌。……这都是徐恩曾背后捣的乱。四三年我自90号反正，没回中统，投了戴先生，老徐就记上仇了。中统、军统一贯势不两立，戴、徐二人更是形同冰火。因为区晰萍跟那十几名中统特务的事，老徐一直想办我，苦于没机会。这回听说是老徐让立夫先生在委员长那边告的状……才有了法庭这一出。"

纪玉卿破口大骂："姓区的都死这么多年了，还缠着我们！我恨死她了。"周知非垂着眼，将这句话拂开来，又听她喃喃："徐恩曾怎么那么记仇。"

"干特务的都记仇。这些老特务尤甚。徐恩曾号称美国卡耐基工学院硕士，实乃小肚鸡肠之辈。你还记得有个叫蒋伯先的吗？中央委员，四三年在90号住过，我搭救过他。"

纪玉卿忙道："知道知道，我还收过他太太送的黄鱼。"

周知非立道："送回去。蒋伯先现在接管了原先李先生的鹤园……听万里朗说，这蒋伯先跟戴、徐二位老板都有交情，由他出面，先消消徐先生的气，然后戴老板自然顺水推舟，会放了我。"

"好好好，我马上就去办。"纪玉卿匆忙起身，却见周知非握着她的手，显出她从未见过的托付神色："老纪，要舍得那些金条还有细软。我知道你贪财，可我的命现全在这上头了。"

"晓得了、晓得了。"纪玉卿的声音有些颤抖，周知非却更用力，又念一句："玉卿，我一直是爱你的。"

纪玉卿回至顾园卧房当中，把门关紧，又打开保险柜，里面珠宝字画，古董金银，堆了满箱，尽是这半年的收藏。她怔怔望了一会儿，到底起身，拖出床下一个装衣物的大箱子，将里头杂物全扔出来，转而把金银珠宝往里装。

而后叫了辆黄包车，直奔鹤园。

蒋伯先拄着拐杖，慢悠悠地踱步进客厅，看了一眼她和她脚下的箱子。她的来意已与管家说清，此时便失了言，只得起身叫一句"蒋先生"。

"知非的事难办啊。"蒋伯先道。

她踢了踢脚下的箱子，声音更急："蒋先生，我们可全靠您了。"

蒋伯先瞥她一眼，挥手让旁人下去。纪玉卿立时打开箱子，露出里面珠宝："蒋先生，我家里值钱的全在这儿了，就求你保我们家老周一条命。"

蒋伯先脸上亮了，只还不动声色，四下望了望，终于瞧见纪玉卿手上的镯子："你手上，好像是我们家传之物，宫里头流出来的。"

"对对对，当年您太太送我的。还给你们、还给你们。"

她将那镯子脱了下来，也搁在箱子里，蒋伯先这才用拐杖扣上箱盖，将它压实，又咳嗽了两声，顿来两个下人，将箱子拖了下去。

见收了东西，纪玉卿脸上闪出希望："无论如何，请您务必在戴先生面前为我家知非美言几句。"

蒋伯先望着她的眼睛，面上却忽然涌出一股复杂神色。半晌，纪玉卿听见他说话。

"不巧了。戴雨农昨晚在南京岱山飞机失事，怕是摔死了。"

周知非张着眼睛，一眨不眨，盯着纪玉卿看了半晌，铁栅栏将他的脸分割成碎块，他嘴角忽然抽搐，继而哈哈大笑了起来。

那笑声听在纪玉卿耳中便似哭声，她全然慌了，最后一点底气也崩塌，只喊他："老周、老周……周知非！"

周知非恍若未闻。笑声停了，他忽然找起东西来，在空白的桌面上找："我给徐恩曾写信，我现在就写，戴先生不在了……只有可均先生救得了我。"

纪玉卿愣愣的："徐恩曾早已经不是中统局局长，如今的局长姓叶。"

周知非只点头:"叶秀峰,秀峰局长,我写信、写信。"

这些话声里也含着笑,不知过了多久,笑声终于在纪玉卿的哭声当中停了。

"民国三十五年度特字第四九八号江苏高等法院刑事判决书,人犯周知非,通谋敌国,图谋反抗本国,处死刑,褫夺公权终身,全部财产除酌留家属必需生活费外没收。"

周知非一句话也不再说。

纪玉卿放声大哭。她身边坐着已长成少年的周幼非,与父亲的面目眉眼如出一辙。

"我明天再去趟南京,到陈立夫家门口去跪……"

纪玉卿脸上还挂着泪,她紧紧抓着周幼非的手,隔着铁栅栏再看周知非,却只听见他喝一句:"够了。"

"……老周。"她念道。

"事情已经到这步田地,奔走也是多余的。你们以后也不要再来看我。你们来看我,徒添我内心的痛楚……咱们一家子,今生就此别过了。"

他站起来,竟就这样走出探视间。纪玉卿余音在耳:"老周、老周,你就不给你儿子留句话吗?好歹留句话!"

他站在门口,似死人,似雕塑,纪玉卿和周幼非也坐着,看着他,许久许久,听见他道。

"别干卖国的营生。"

他已出了门,身影渐渐看不见了。纪玉卿的眼泪一坠而下,周幼非比他的父亲更像腐朽的棺,直至周知非的声音极远、极远,才清醒过来。

"我先祖世居宜兴果山,始迁祖峰,生于明洪武年间,卒于成化间,因靖难之变。迁居东洋塘里,分礼、义、仁、智四支。三支周仁科生曾祖周求山,曾祖周求山生祖父周秉才。"

"阿爸……阿爸！"

周幼非活了过来，而周知非的声音还在："祖父移居城下里，生周知非，周知非生周幼非。"

"我，周幼非，江苏宜兴果山周氏十一代孙。"

周幼非轻声道。

顾易中跟着狱卒走进监狱走廊，"忠"字号间，正是他曾待过的那一间，周知非今日便坐在里面，在铁架子床沿。他低着头，一袭长衫崭新整洁，片褶不存。

顾易中进了门，走上前去，见周知非抬起头，并无半分意外神色："来了。"

"你跑条子要见我。"

周知非只笑："最后一面。据说执行令今天会下来。这都五年了，我们之间的恩仇该最后了断一下。"

顾易中只点了点头。

"造化弄人。数日之前，我来'忠'字号造访你，没承想如今宾主易位。人在'忠'字号，罪判通谋敌国。荒唐，荒唐！"

周知非笑声更甚。顾易中看着他，记起了什么："'随机应变'四个字，害了你。"

"戴笠摔死岱山，良机失，难为变。否则，周某何至于此境地。"

顾易中望他半晌，便不再接话，然转瞬之间，竟把头上礼帽一摘，抄出一把小勃朗宁来，枪口顷刻对准周知非的眉心。

周知非抬头看他："进门要搜身，你帽底藏枪，这一招还是我教你的。"

"我真想亲手杀了你这个无耻之徒，为我父亲、姐姐、富贵，还有黄秋收老师报仇。"

顾易中声音却平静,手也半分不动,然听周知非道:"你忘了肖若彤小姐。"

顾易中脸色顿变,见周知非笑意浮在脸上,又落下眉眼:"你在激我动手。"

"死在你手底下,比死在那些法警粗货手里光彩点。开枪吧,咱们这辈子的事就平了。知非'魂兮归来'之后,下辈子也投个好人家。"

顾易中却撤了枪。

这模样、这眼神他都熟悉,与近藤切腹那日一模一样。周知非摇头:"还是不敢沾血。"

"政府的公审,人民的子弹,比易中一枪了私仇,更有警世意义。"

"这实在遗憾了。特务工作,你学不到我精髓。但有一点周某不得不服,顶汉奸恶名五年之久,家破人亡,万众唾弃,你内心不孤苦吗?不曾犹豫吗?"

顾易中确实没想到周知非会问出这话来。

"宋人李诫的《营造法式》说,栾,柱上曲木也,两头受栌者。思成先生曰,拱上为梁,拱下为柱。梁柱皆直,唯栱曲,曲直相间,故力无穷。"

"是以曲当直,赢了随机应变?"

顾易中却亦摇头。

"是信念。周知非,人活于世,总要信仰一些东西。你没了这些,已不成为人了。"

周知非终于怔怔望着他,脸上有什么碎裂开来,化作悠悠的话。

"民国十五年,在上海大学社会学系学生宿舍,时任共青团上海书记施存统介绍我加入中国共产党,我还记得当时的誓词是:牺牲个人,严守秘密,阶级斗争,努力革命,服从党纪,永不叛党……时值中秋,满庭桂香,沁人心脾。平生初次体会崇高,幸福至极。彼时,我年二十,名周进添。"

他眼睛终于慢慢转回来，一点点地，粘在顾易中身上。

"信仰这玩意儿，我他妈的也有过！"

他已离顾易中极近，吐息之间，生死将隔，几为两界之分，恰在这时，门外响起当当一声。

"周知非。"法警叫到。

四名法警，站在门外。周知非半响方转过头，问道："是要执行了？"见法警点头，他竟又笑："待我穿上新袜子。"

他坐在铁床上，打开纪玉卿送来的布包，里面一双新袜子，一双新布鞋。他一件件撑平褶皱，仔仔细细穿上。又站起来，最后抚平长衫。

"走吧。"他说。

他越过顾易中去，脚步未停，声音未绝："其实我是邀请你来，今次我被枪决，你不来观礼吗？顾易中！"

然顾易中并未回头，也并未挪步。他听见脚步声渐远，监狱大门关上。他望着那方狭窄天窗，天窗外有天光，又有他从未见过的活的鸟。

半晌，鸟惊飞起，枪声落下。

他闭上眼睛。

渡轮停在黄浦江码头，梯子上正搬货，上海仍有雪飘，已积了薄薄一层。码头上却人山人海，多是侨民及送行者。顾易中一家与小野一家便站在当中。两家人沿着雪地缓缓而行，走至亭子底下，站在里头二十来个日本人当中。

日本人几都躲着这一家中国人，几个女子弯腰行礼，然见他们同小野站在一块儿，意外神色更甚。小野便开口："顾君请回吧，送君千里，终有一别。"

顾易中叹一口气："本来还以为你们还会在苏州待几天，没想到这么快就……"

"强制遣送，情非由己。"

海沫也道："我跟易中都没来得及为你们饯行。"

小野摇了摇头："从苏州送到上海，这份情，顾桑，小野全家永铭在心。这半年来，要没有你们的接济，美代和南上他们就饿肚子了。"

海沫闻言亦转头去看两个孩子，孩子们在玩雪，是与父母全然不同的模样，她又道："快快别这么说，我还记得当年小野太太送我的香皂呢。"

小野笑了笑："我真不想离开中国。我很喜欢苏州，不知道什么时候能回来，看看园林，听听评弹。"他看了看顾易中夫妇的神情，转了话头，"不过，我的家乡京都也是一座很美的城市。希望以后有机会，你们也能去日本看一看。"

顾易中立时应下："一定！"

朋子便冲孩子们招了招手，美代和南上闻声便跑过来，与父母站作一排，正对着顾易中一家，听父亲道："这些年来，我们日本人，多有得罪了。"

一家四口深鞠一躬，顾易中只静静站着，如此坦然望着雪落在他们脊背。半晌，小野一家起身，却听他道："中日两国，再也不要有战事发生。"

军生也跑了过来，他手里握着个风车，递给身前的美代。

"送你的。"他脆生生地说。

美代接过风车，竟上前两步，搂住军生的脖子，眼睛与脸颊一块儿红了。

"军生，我会想你的。"

"美代。"

朋子轻声唤了一句，正要去拉，然被小野拦住。大人们便沉默，海沫转过头去看着雪地，顾易中则看着两个拥抱的孩子，久久没说话。

松柏苍翠，静谧无声，顾氏墓园当中立起一方崭新石碑，上头写一行大字：爱国义士先考顾氏希形之墓。

顾希形的棺材被后面队伍抬过来，沉默之中，落棺盖土。顾易中领着海沫、军生、陆兆和父子亦在一旁，一家人站在墓前，始终一语未发。直至安葬完成，顾易中才上前，将父亲的勃朗宁手枪放在碑前。

他落膝跪下，弯下脊背，结结实实三个响头。墓碑上遗照清明，恍然如生。他一字一顿。

"阿爸，您都看到了吧。倭人败退，仇雠伏法，河山归来，清天朗日。您也入土安息吧。"

海沫亦在此时跪下，亦磕三个头。而后起身，慢慢走出了墓园。

"海沫！"

顾易中看见她一袭素装，看见她背在身后的琵琶，看见她的竹编箱子。她立在苏州桥头，如翠竹般飘摇环顾，而到底站定，回过头来。

"我叫林书娟。"她说。

顾易中一愣："你要走……书娟。"

她道："我想去长沙。表嫂说过，我弟弟是在长沙空战战死的，我想去看看，能不能找到他的墓地。然后去趟重庆，替他看看歌乐山。"

"……我陪你吧？"顾易中说。

林书娟只是摇头："不为难你了。我知道你的心永远在肖若彤那里，谁也替代不了。我不想要一个心不在我这里的人。顾易中，跟你当了这五年的假夫妻，我也算够够的了。"

顾易中便愣住了，循着她的每一句话，却说不出什么来反驳，只听她问："你呢，有什么打算？"

他讷讷地说:"易中营造社重新开张了,我想干回老本行。抗战以来,苏州园林建筑砖雕、木作损坏很多,要是没有专人修复的话,早晚,这些古建筑就全荒弃了。"

林书娟便笑,点点头:"这比做特务适合你……再会,顾先生。"

"再会,书娟。"他听见自己说。

他便看见她转身走了,没有回头,也没有再看看这苏州桥,直至消失在水边,消失在他的视野当中。

如他自己所言,天朗日清,山河依旧,各人归位,天理昭昭,似乎没有什么可说,也没有什么需要再说了。

尾声

"忙着呢？"

顾易中站在梯子上低头看，陆峥正拎着一筐鸡蛋进花园里来。他住了动作，应声："啊。这额枋裂得可惜，一直想修，可算倒出空来了，营造社今天没事？"

"都忙着内战，忙着炸建筑，谁还修房子，还古建筑呢，懒得理你。这是军生这个月的鸡蛋。"

他话倒有理。时值民国三十六年五月，内战打得火热。军生就在院里，也学顾易中拿把小刀，刻着木头。陆峥放下篮子，把军生抱了起来："军生！让表舅看看，重了没有，鸡蛋别白吃了……"他忽而住了声，再开口时候又高一个调门，"呦，你这鞋子怎么又反着穿呀？"

军生也低下头，十足无辜："是舅舅给我穿的。"

陆峥把孩子放下，又把鞋子纠正过来，瞥顾易中一眼："一点都不关心孩子。鞋总穿反，将来脚是要变形的。"

顾易中本已回过头去修那额枋了，此时更不敢低头："带孩子这事儿，还真比修补古建筑难。"

陆峥唠唠叨叨起来："当初让你把海沫留下，你不开这口。现在人走了，知道后悔了吧？想她了吧……天底下哪儿再去找海沫这样的。"

顾易中放下手里工具，亦打断他："她也不是该帮我带孩子、操持家里的……再者，她叫林书娟。"

陆峥哪理会："管她叫什么，当时你就不应该让她走。一起住了五年，会没有感情？"

"陆峥！"

"我话过分。"陆峥讨饶，然立马回转过来，"但是你也不怎么样。你骗自己干什么？我就看不上你们这些读书多的，心里想的不敢说出口，虚伪！"

顾易中便没应声了。

顾易中出门，到凤苑书场去，台上总有先生唱弹词，悠悠曲声，更胜流水——今儿是父女档。他没落座，看了一眼，又往出走，一步一步，走过苏州城大街小巷，终于又至苏州桥上。

琵琶声悠悠地响。映在天日，使他一怔。顾易中立住，慌忙往桥下去看，果见了一个弹着琵琶的背影。素衣，消瘦，转过脸来，眼似水波。

"林……书娟。"他喃喃念道。

而她竟走上前来，慢慢地，声音与琵琶一样，进入他耳朵。

"先生，《历代吟姑苏名诗集萃》您有需要吗？"

他便看见那本书，他的眼睛终于慢慢聚起光来，与笑容一块儿，渐渐浮现出来。

"我不喜欢看诗词，我喜欢的是梁思成先生主编的《中国营造学社汇刊》。"

"孤舟同志。"他听见她道。

"我是，林同志。"他说。

他亦看见她笑，迎着金灿灿日光。桥头繁华，人声喧嚷，他也慢慢地走，只是这回终于同她一块儿了。

"新四军？"

小舟飘摇，湖面宽广，粼粼碧波。顾易中牵着军生，与他一块儿看远处新四军的基地，满载军士的船正开过来，荡起久久不散的涟漪。

"他们现在叫华东野战军。"林书娟说。

然他们仍唱着新四军的军歌。顾易中浑身一震，他想起深沉颜色的冲山岛，想起那日里那样遥远的军歌，如今却已近在耳畔了。

— 尾声

为了社会幸福,

为了民族生存,

巩固团结坚决的斗争!

抗战建国高举独立自由的旗帜,

抗战建国高举独立自由的旗帜!

前进,前进!我们是铁的新四军!

前进,前进!我们是铁的新四军!

前进,前进!我们是铁的新四军!

这歌声是迎接他的。他看见愈来愈清晰的晃动的人影,着军装,在岛上,极快地,离他越来越近。他胸间迟滞地涌上暖流,溢出眼睛,化作他弯起的唇角。

他用力握了握林书娟的手,而有更温暖的回应到来。或无关风月,或来日方长,总之在此时此刻,已概不重要了。

"谢谢。"顾易中说。